法藏知津

三編：佛教文學與藝術研究專輯

杜潔祥 主編

第 6 冊

惠洪「文字禪」之詩學內涵

吳靜宜 著

花木蘭文化出版社

國家圖書館出版品預行編目資料

惠洪「文字禪」之詩學內涵／吳靜宜 著 ― 初版 ― 新北市:
花木蘭文化出版社,2015〔民104〕
目 4+272 面;19×26 公分
(法藏知津三編:佛教文學與藝術研究專輯 第 6 冊)
ISBN 978-986-254-739-7(精裝)
1.(宋)釋惠洪 2.學術思想 3.禪詩 4.詩評
820.91 101001400

法藏知津三編:佛教文學與藝術研究專輯
第 六 冊 ISBN:978-986-254-739-7

惠洪「文字禪」之詩學內涵

作 者 吳靜宜
主 編 杜潔祥
副總編輯 楊嘉樂
編 輯 許郁翎
出 版 花木蘭文化出版社
社 長 高小娟
聯絡地址 235 新北市中和區中安街七二號十三樓
電話:02-2923-1455 ／傳眞:02-2923-1452
網 址 http://www.huamulan.tw 信箱 hml 810518@gmail.com
印 刷 普羅文化出版廣告事業
初 版 2015 年 5 月
定 價 三編 15 冊(精裝)新台幣 25,000 元

惠洪「文字禪」之詩學內涵

吳靜宜　著

作者簡介

吳靜宜，臺灣台南市人，現為國立成功大學中文系博士候選人，曾兼任科技大學通識中心講師，教授「大一國文」、「人生哲學」、「應用中文」、「應用文學」等課程。現為新北市高級中學國文科專任教師。研究專長為古典詩學理論、中國古典文學、佛教文學等，著有〈天台宗與茶禪關係〉、〈從寺院僧規及和尚家風探討禪與茶的關係〉、〈清代台人品茗風尚之源流探究兼論台灣古典詠茶詩之內涵〉、〈黃庭堅詩歌中的茶禪生活美學〉、〈蘇軾詠茶詩與其詩歌美學〉、〈全球化衝擊下世界各地中文系的轉變——國內中文系教育改革因應之道〉等數篇論文。

提　　要

　　惠洪在北宋文字禪發展扮演重要角色，本論文將以惠洪詩學著作《石門文字禪》、《冷齋夜話》、《天廚禁臠》三本著作為主體，萃取惠洪文字禪的詩學內涵。本研究自禪宗與詩學兩大範疇切入，同時觀察唐、五代、北宋的禪林文字與詩話、詩論、詩禪合一等發展現象，從文字禪與詩學演進史著手，以釐清惠洪文字禪之定義與詩學意涵。本文的第二章，主要從政治、經濟、文化背景對北宋禪學與詩歌的影響作為觀察的起點，並由惠洪師承交遊等，客觀了解其生平、著述與禪學思想。本文第三章追溯至六朝與唐代僧人文士化及文士與禪林互動的現象，釐清不立文字至文字禪的轉變，並同時觀察北宋時期文字禪的走向與惠洪文字禪形成的原因。確認文字禪的定義及詩歌內涵，了解其形成的遠因及近因，明白其文字禪形成的由來。

　　第四章為本文主體，探討惠洪「文字禪」的詩學內涵。企圖透過探討惠洪「文字禪」詩學內涵的過程，客觀還原惠洪的人格風貌與歷史價值。有關詩學歷史的觀念借鏡哈洛‧卜倫（Harold Bloom）對傳統的典律（canon）提出質疑，強調正典（Canon）重要性的觀點，重構中國詩歌史與詩學的反思，觀察惠洪如何通過詩歌歷史，萃取詩學典型，並且有意識地兼容並蓄詩禪的傳統，經過融合而後開拓出新的詩法與創作題材。第五章探討惠洪詩學在文字禪上的意義及其詩學著作在詩歌理論上的意義。同時觀察惠洪詩學在文字禪對後代及其他國家的影響。

　　文末附錄之惠洪年譜，乃筆者根據《石門文字禪》，並參考其他研究惠洪的文獻，以繫年的方式呈現，同時對照北宋禪宗大事年表，希望能夠觀察惠洪在宋代禪宗發展史上扮演的角色，了解惠洪在北宋時期與其他文士僧人的關係。

目次

第一章　緒　論

第一節　研究動機與目的

　　中國禪宗發展自達摩開始強調理悟，「藉教悟宗」、「不著文字」自此成為禪宗的特色。〔註1〕有唐一代，禪宗由北宗禪過渡到南宗禪，一直以「不立文字」為核心，直到晚唐五代時，才發展出「棒喝」、「機鋒」、「旨訣」、「圓相」、「作勢」、「偈頌」的語言形式。〔註2〕至宋代，「文字禪」逐漸發展為指經藏、語錄、偈頌的文字到包括世俗詩文的文學作品等。〔註3〕故禪宗發展從「不立文字」的禪觀，經唐、五代文士、詩僧的努力，已經轉為「不離文字」。到宋代更演進為「文字禪」觀，至此禪宗發展可謂進入一個全新的面貌。〔註4〕而

〔註1〕詳見印順《中國禪宗史》（竹北：正聞出版社，1998 年 1 月），頁 7～37，75。印老以為「北方禪法充分表現出：「不立文字」、「頓入」及「傳心」的禪宗特色。」「不著名相而意在超悟，原是達摩禪的特色。」周裕鍇《禪宗語言》以為「不立文字」乃排斥概念化、說教式的經論文字，並非全然否定語言文字本身。（台北：世界宗教博物館，2002 年 11 月），頁 46。

〔註2〕詳見周裕鍇《禪宗語言》，頁 72～127。

〔註3〕詳見周裕鍇《禪宗語言》，頁 214～222。

〔註4〕詳見周裕鍇《禪宗語言》，頁 15。周氏認為文字禪的演變，從中晚唐「祖師禪」、「分燈禪」傾向不立文字，之後不離文字呼聲漸高，到北宋末期逐漸走向禪教合一、儒釋融通的文字禪觀。劉澤亮〈語默之間：不立文字與不離文字〉（《中國禪學》第一卷，2002 年 6 月），提到禪宗由不立文字觀，經唐五代時轉為不離文字的文字禪觀。宋代文字禪的興起與鼎盛，乃隨著《燈錄》的刊行，公案等大量廣佈流傳。繼而善昭《頌古》、圓悟克勤的評唱至惠洪始將文字禪理

詩歌從唐詩的全盛期之後，到宋代開展了「以禪論詩」的風氣，[註5] 也在詩歌理論史上開啓了全新的樣貌。

宋代禪宗進入「文字禪」的時代，加上燈錄、偈詩等相關創作蓬勃發展，詩歌進入宋代開始有了「詩話」、「以文字爲詩」等新的文學形態產生。原本唐詩重視詩歌意境，至宋代成爲強調句法、詩眼的詩歌風格，此皆可歸功於儒佛交涉後，文字禪演進的貢獻。蓋「文字禪」對詩學產生「以禪喻詩」「以禪論詩」的影響，而惠洪正是此「文字禪」的揭櫫者。雖然後代研究對於惠洪個人毀譽參半，然而惠洪對於文字禪的貢獻，可謂功不可沒。因而本文企圖用客觀的角度，觀察惠洪對於北宋文字禪在詩學方面有哪些承繼與開拓？此爲本文研究動機之一。

詩歌歷經詩經傳統、漢魏樂府流變到晉宋風流，陶謝詩遺風，至唐詩已蔚爲大觀。宋人代唐詩精華的復古回歸與新變代雄，在詩學上都起了豐富的反思。唐人已有詩格（如上官儀《筆札華梁》、崔融《唐朝新定詩格》、王昌齡《詩格》、皎然《詩式》、《詩議》、白居易《文苑詩格》、齊己《風騷旨格》等），提供了詩學初步的反省，重要內涵集中在律對的方法與意境論。惠洪身爲北宋時期僧人與詩人的雙重角色，歷經宋代詩歌之詩論、詩法的創造時期，與蘇軾、黃庭堅、元祐時期的詩人，均有間接或直接的接觸，扮演了接軌詩人與僧人之間的橋樑。而詩格、詩法作品，自唐五代以來，皎然以後，詩格撰寫便以僧人爲主。惠洪延續此一傳統，不僅留心前代與當代詩歌之演變、在宋代詩學上有創新的開展，並扮演接續與突顯蘇黃詩學的重要的角色。其《冷齋夜話》、《天廚禁臠》在詩學上承詩格、詩話而來，所論擴展爲以唐宋名句爲式，標舉詩格、詩法，而以句法爲中心，不僅保留部份唐人遺說，更反映出宋代的論詩風氣。因此，筆者企圖藉由惠洪於詩學方面的著作，仔細比對考索惠洪整理前代的詩論與其己身的創見，以明白惠洪《冷齋夜話》、《石門文字禪》在詩學上的意義爲何？有哪些創造性？對詩學的反思起了哪些影響？這是筆者所欲探究了解的內涵。此爲本文研究動機之二。

論化、系統化，借言以顯無言的文字禪風才愈來愈盛。

〔註5〕 詳參周維介〈禪與中國詩論之關係〉《貝葉》第七期（新加坡：南洋大學圖書館，1972 年 12 月），頁 67～73。內容提到「以禪論詩」乃以禪論詩理論的建立，「以禪喻詩」則是佛理禪味詩的出現。詩用靈敏有限的語言捕捉刹那的意象即以禪論詩的基調，而將禪理貫徹於詩歌理論中，即所謂以禪論詩。作者並且指出《滄浪詩話》之前，已經有「以禪論詩」的說法。

以禪論詩是唐人已逐漸開展的論詩模式，宋人自惠洪提倡文字禪後，又蔚為大觀。據蕭麗華先生所考，蘇軾是北宋詩壇第一個從「以禪喻詩」的角度提出相關詩論者，此後黃庭堅、惠洪、陳師道、韓駒、呂本中、范溫、劉克莊、葉夢得、嚴羽等等追隨其後，大量發展。〔註6〕郭紹虞〈詩話叢話〉云：「以禪喻詩，人皆知始於嚴羽《滄浪詩話》，實則由詩話言，固似此義發自嚴羽；由論詩韻語言，則司空圖《廿四詩品》已發其義，至東坡詩中則益暢厥旨。」〔註7〕由之也可見蘇軾在北宋以禪喻詩的發展上所立的領先位置。而惠洪承繼蘇軾、黃庭堅詩論，也可算是北宋文字禪倡導與實踐的大家，可以說是由蘇軾到南宋「以禪喻詩」的重要過渡人物，其影響嚴羽「以禪喻詩」的觀點，是大有可能的。而詩禪合一受宋代文士融合儒釋思想的影響頗深，〔註8〕更早在蘇軾的作品中便可觀察到其詩禪融合的痕跡，〔註9〕惠洪上承蘇軾詩禪合一、以禪論詩之風，下啓南宋時期以禪論詩之詩話，如嚴羽《滄浪詩話》等，其於詩禪合一的發展歷史上應有關鍵性的地位。

又綜觀惠洪一生博覽禪宗典籍，對創作詩詞，詩法研究不遺餘力，其不但收集前代詩歌，並且身兼詩評家的角色。提供後代詩人、文人，了解當時詩歌發展的豐富視野及發展的路徑。而《石門文字禪》一書，更表明其「幻夢人間」〔註10〕、「游戲筆硯」、「以筆墨作佛事」，〔註11〕用詩歌來闡發文字禪的用心。考察北宋末葉至南宋時期所流傳有關韓駒「學詩當如初學禪」、曾幾「學詩如參禪」〔註12〕等說，應可上溯惠洪「文字禪」之開拓及「以

〔註6〕詳見蕭麗華〈東坡詩論中的禪喻〉一文指出北宋詩禪融合的痕跡實以蘇軾為先。其後，蘇門諸子黃庭堅、秦觀、陳師道乃至晚出的范溫《詩眼》、葉夢得《石林詩話》、嚴羽《滄浪詩話》等等，宋人詩論中以禪喻詩之風才大為昌明。《台大佛學研究中心學報》第六期，2001年。

〔註7〕見郭紹虞〈詩話叢話〉，《中國文學批評史》，頁403。

〔註8〕見蕭麗華〈從儒佛交涉的角度看嚴羽《滄浪詩話》的詩學觀念〉，《台大佛學研究中心學報》第五期，2000年。

〔註9〕杜松柏〈禪家宗派與江西詩派〉一文認為：「主張以參禪而學詩，最初舉用，似以東坡最早。」《中興大學文史學報》第八期。

〔註10〕見《石門文字禪》卷二十六〈題言上人所蓄詩〉云：「予幻夢人間，游戲筆硯，登高臨遠，時時為未忘情之語。」

〔註11〕見《石門文字禪》卷二十七〈跋行草墨梅〉云：「山谷醉眼蓋九州，而神於草聖。華光道價重叢林，而以筆墨作佛事。」

〔註12〕韓駒〈贈趙伯魚論參禪學詩詩〉云：「學詩當如初學禪，未悟且遍參諸方，一朝悟罷正法眼，信手拈出皆成章。」曾幾（1085～1166），字吉甫。作詩以杜甫、黃庭堅為宗，奉杜甫為百世祖，黃庭堅為一燈傳。論詩主禪悟和活法，

禪論詩」對後人的影響。〔註13〕因此，筆者企圖研究惠洪「文字禪」的意義及在「詩禪合一」的演進上所具有之關鍵性的地位，此為本文研究研究動機之三。

　　觀惠洪一生，能與當代文士、官宦、高僧等往來唱酬，交情匪淺，雖受朋友牽連而經歷牢獄、流放等不一樣的人生際遇，但其重情重義，不因朋友遭逢患難而離去，反而能彼此護持，堅決捍衛正義的決心。卻因個性直言狂妄，飽受當代士僧非議批評與惡意打擊，且一生數度遭逢險厄，然其即使深陷囹圄，仍能逆緣修行；遭竄逐海南，猶能談笑飲食如常。且笑云：「死可避乎？心外無法，以南北論中外，則謂之失宗，以僧俗議優劣，則謂之迷旨。失宗迷旨，前聖所呵！吾方以法界海慧，照了諸相，猶如虛空大千，沙界特空華耳。何暇置朱崖於胸次哉？」〔註14〕其多難的人生，不僅能完成禪學、詩學、史學等大量著作，更能終身以文字證禪佛為職志，其生命智慧與信力，實有值得借鑑之處。自從王安石之女譏評惠洪為「浪子和尚」之後，惠洪在歷史上的評價歷來有兩極化的分歧，可謂具有爭議性的人物。〔註15〕直到明

而惠洪亦以杜甫、蘇軾、黃庭堅為效法的對象，故可謂同脈法承。曾幾〈讀呂居仁舊詩〉云：「學詩如參禪，慎勿參死句。縱橫無不可，乃在歡喜處。又如學仙子，辛苦終不遇。忽然毛骨換，政用口訣故。居仁說活法，大意欲人悟，常言古作者，一一從此路。」宋林希逸（1193 生）《竹溪口齋十一稿》續集卷十三（台灣：商務複印《四庫全書》本），提出「學詩如學禪」的觀點，其針對陳後山「學詩如學仙，時至骨自換」的說法，認為學禪可由頓悟法門，直接明心見性，學詩之道亦可悟入超然高妙的詩境。

〔註13〕據錢志熙〈詩學一詞的傳統涵義、成因及其在歷史上的使用情況〉《中國詩歌研究第一輯》（中華書局，2002 年 6 月），頁 262～280。內容指出詩學泛指對詩歌創作實踐體系的概括稱呼。也指從事詩歌理論和詩歌批評的學者們常用的概念，其內涵以詩歌為研究對象的這門學問。近年來對於詩學的解釋則指詩歌基本理論和詩學基本範疇、詩歌形式和創作技巧問題、對中國歷代詩歌源流的研究、詩歌史的研究、或對某一作品的研究、對歷代詩人由眾多詩人所組成的創作群體研究及對歷代詩歌理論的整理和研究等六方面。本文採用這個說法。主要探討惠洪文字禪對於詩歌形式、創作技巧有什麼影響，分析惠洪作品中所提出的詩歌理論整理與研究，歸納受文字禪影響的詩歌理論，並探討惠洪文字禪對於詩歌史有什麼特殊的意義和影響。

〔註14〕詳見《石門文字禪》卷二十三〈邵陽別胡強仲序〉。

〔註15〕詳參張雙英〈試探胡仔論惠洪評詩之弊的理論基礎——作家兼批評家時角色的糾葛〉一文內容說明由於惠洪作品中有許多傳抄訛誤，加上其一生多牢獄之災，自從王安石之女（蔡卞之妻）讀惠洪〈上元宿百丈〉等詩，斥為浪子和尚之後，後人對其評價一直不佳，認為其未守僧門誡律，懷疑其人品。《中國文學批評的理論與實際》（台北：萬卷樓圖書公司，1993 年）

代紫柏眞可重新翻刻惠洪的著作，並爲《石門文字禪》作序後，惠洪才重新受到了重視，並廣泛引起討論。〔註16〕本文除了探究文字禪的起源與演進，深入惠洪詩學的內涵，耙疏其詩禪合一的樣貌之外，更深入南宋、明、清時期受惠洪文字禪影響的痕跡，企圖能夠用中立的態度，還給惠洪人格及詩學一個客觀的歷史面貌，此爲本文研究動機之四。

　　綜合而言，本文主要以惠洪「文字禪」的詩學內涵爲主要研究方向，先從禪宗發展與詩學演進的角度探討文字禪的起源及意義。再從惠洪以禪論詩的詩論觀察，了解惠洪如何接軌僧人與文士間詩禪融合的橋樑，企圖以客觀的角度，重現惠洪人格及詩學貢獻之眞實的面貌。

第二節　文獻探討

　　有關於惠洪文字禪於詩學上的成就，目前研究的人並不多。收集有關惠洪著作的第一手資料，發現有許多作品今已無可考。現存的作品《冷齋夜話》、《石門文字禪》、《天廚禁臠》成爲本文考索其文字禪之詩學意義的主要材料。因此，筆者特別留意這三部著作不同版本的差異，以及是否會造成讀者之不同解讀。筆者選擇比較可靠完整的版本，經過重新斷句、校對，企圖探索出其間的重要意涵。

一、惠洪相關的著作

　　根據《僧寶正續傳》卷二所列，惠洪著作，計有《林間錄》二卷、《僧寶傳》三十卷、《高僧傳》十二卷、《智證傳》十卷、《志林》十卷、《冷齋夜話》十卷、《天廚禁臠》一卷，《石門文字禪》三十卷、語錄偈頌一編、《法華合論》七卷、《楞嚴尊頂義》十卷、《圓覺皆證義》二卷、《金剛法源論》一卷、《起信論解義》二卷等。〔註17〕其中部份今已亡佚，目前現存的作品如下：

〔註16〕詳參紫柏〈禮石門圓明禪師文〉《紫柏老人集》卷十四（《卍藏經》第一二六
　　　　冊），頁 886～887。陳永革〈論晚明佛學的性相會通與禪教合流──以晚明佛
　　　　教四大師爲例〉（《普門學報》第十五期）；楊乃喬〈後現代性、後殖民性與民
　　　　族性〉（《東方叢刊》1998 年 1 月）指出紫柏眞可作〈石門文字禪序〉爲主要
　　　　探討惠洪文字禪涵義的重要文獻。
〔註17〕《佛光大藏經・禪藏》（高雄：佛光出版，1994 年 12 月）。

書　名	資　料　出　處	類別	內　容
《冷齋夜話》	張伯偉編《稀見本宋人詩話四種》（南京：江蘇古籍，2002 年） 吳文治主編《宋詩話全編》（南京：江蘇古籍出版，1998 年） 臺灣商務印館景印文淵閣四庫全書，863 冊（臺北：藝文印書館影印《叢書集成續編》，1970 年） 《禪學典籍叢刊》第五卷〈冷齋夜話〉（京都：臨川書店，2000 年 10 月）	詩話	記錄惠洪從唐人詩作、詩法之分析前代及北宋詩人文人之軼聞軼事
《石門文字禪》又名《筠溪集》	台北：新文豐出版，1973 年 12 月。 《四部叢刊》（徑山寺本） 臺灣商務印館景印文淵閣四庫全書，1116 冊（臺北：藝文印書館影印《叢書集成續編》，1970 年） 《禪學典籍叢刊》第五卷〈註石門文字禪〉（京都：臨川書店，2000 年 10 月） 藍吉富《禪宗全書》九十五冊 《全宋詩》卷 1327〈釋德洪〉一～二十（以明萬曆二十五年徑山興盛萬壽禪寺刊《石門文字禪》爲底本）	詩文集	惠洪詩詞文賦之創作集內容含大量北宋當代詩人文人之活動與惠洪一生行蹟、思想與詩畫藝術之主張
《天廚禁臠》	張伯偉《稀見本宋人詩話四種》（南京：江蘇古籍，2002 年） 北京：中華書局影印明正德丁卯刊本，1958 年 10 月 《禪學典籍叢刊》第五卷〈天廚禁臠〉（京都：臨川書店，2000 年 10 月）	詩格	唐代詩人詩作、詩法分析當代詩人詩作、詩法分析
《法華經合論》又名《妙法蓮華經合論》	《卍續藏》47 冊（台北：中國佛教影印卍續藏經委員會編，1967 年）	經論	法華經疏經論
《楞嚴經合論》又名《大佛頂如來密因修證了義諸菩薩萬行首楞嚴經合論》	《卍續藏》18 冊（台北：中國佛教影印卍續藏經委員會編，1967 年）	經論	楞嚴經疏經論
《林間錄》又名《石門洪覺範林間錄》	《卍續藏》148 冊（台北：中國佛教影印卍續藏經委員會編，1967 年） 《佛光大藏經・禪藏》（高雄：佛光出版，1994 年 12 月）	筆記	禪師語錄及僧傳之軼聞軼事

《禪林僧寶傳》 又名《僧寶傳》	《卍續藏》137 冊（台北：中國佛教影印卍續藏經委員會編，1967 年） 柳田聖山編《禅の文化　資料篇》禅林僧宝伝譯註（京大人文研，1989 年） 《佛光大藏經・禪藏》（高雄：佛光出版，1994 年 12 月） 《禪學典籍叢刊》第五卷〈禪林僧寶傳〉（京都：臨川書店，2000 年 10 月）	僧傳僧史	博採別傳遺編，參以耆年宿衲之論增補之，收入晚唐五代至北宋禪宗名僧 81 人事蹟與代表性語錄
《智證傳》又名《寂音尊者智證傳》	《卍續藏》111 冊（台北：中國佛教影印卍續藏經委員會編，1967 年） 惠洪智證傳標點：注釋與研究（台北市：行政院國科會，2001 年）及林伯謙於東吳大學網站上提供標點版 《嘉興藏》第二十冊（大藏經補編）	經論	折衷五家宗旨所著，有意融通禪教，以禪語證佛經
《臨濟宗旨》	《卍續藏》111 冊（台北：中國佛教影印卍續藏經委員會編，1967 年） 《禪學典籍叢刊》第五卷〈臨濟宗旨〉（京都：臨川書店，2000 年 10 月）	經論	援引古德、尊宿之提唱，論三玄三要、五宗綱要旨訣序、十智同真、四賓主等法要，導引學人悟得臨濟宗旨

　　有關《冷齋夜話》的版本，筆者主要採用吳文治主編《宋詩話全編》的版本，再加上《禪學典籍叢刊》第五卷〈冷齋夜話〉與張伯偉《稀見本宋人詩話四種》二書予以校對。《石門文字禪》則主要以新文豐出版的版本為主，加上《禪學典籍叢刊》第五卷〈註石門文字禪〉加以考訂。《天廚禁臠》則以張伯偉《稀見本宋人詩話四種》為藍本，輔以《禪學典籍叢刊》第五卷〈天廚禁臠〉加以校訂。

二、近人研究惠洪的成果

　　關於近人研究惠洪的成果，近幾年有越來越多學者，從不同角度切入探討。其中關於惠洪「文字禪」研究最為透徹者，應屬大陸學者周裕鍇先生。周先生於《文字禪與宋代詩學》一書對於宋代文字禪的詩學意涵有深入的研究，筆者也是因為閱讀周先生的著作後，決定深入探討惠洪「文字禪」的詩學意義。

　　本章節所列關於惠洪的研究成果，有東洋文獻、西洋文獻與兩岸學者的成果。由於東洋文獻、西洋文獻目前所收集到的資料不多，因此兩者合併呈

現。而兩岸學者的研究成果，則有期刊論文與相關書籍等不同著作。筆者試著在此一章節，將研究文獻成為分為外文研究文獻與中文研究文獻兩方面。試圖分析每篇論文的長處與重點，作為論文的重要參考資料文獻資料。

（一）外文研究文獻

作者	篇名	刊名	時間	頁碼	內容
阿部肇一	〈北宋の學僧德洪覺範〉	《駒澤史學》24 期	1977 年 3 月（昭和 52 年）	頁 3～19	內容敘述贊寧與德洪的比較，張商英、鄒浩及陳瓘與惠洪交遊情形，還有惠洪的簡歷及法系圖
西脇常記	〈慧洪研究序說——寂音自序をめぐって〉	堀川哲男編『10 世紀以降 20 世紀初頭に至る中国社会の権力構造に関する総合的研究』（〔昭和 59 年度科学研究費補助金（総合研究 A）研究成果報告書〕	1985 年 3 月	頁 34～42	日文資料
西脇常記	〈慧洪研究〉	《人文》33 期	1987 年 3 月	頁 1～26	日文期刊資料
柳田聖山主編	《禪林僧寶傳》	《禪の文化——資料篇》（京都：京都大學人文科學研究所）	1989 年	頁 3～121	註解禪林僧寶傳的日文專著，探討北宋初期禪宗史料與惠洪撰寫《禪林僧寶傳》的寫作背景及評價，以及禪宗史籍對五代至北宋禪宗發展的記載
西脇常記	〈舍利信仰と僧伝におけるその叙述——慧洪禅林僧宝伝叙述の理解のために〉	《禪文化研究所紀要》16（京都：禪文化研究所）	1990 年 5 月	頁 195～222	日文資料。惠洪《禪林僧寶傳》中特別使用禪僧的話語，有別於以往只用事蹟來撰寫。惠洪並特

					別記錄高僧火葬時的舍利，作者因而追溯舍利的起源及其發展與影響
長谷川昌弘	〈『石門文字禪』よりみたる北宗禪宗史〉	《東海仏教》41	1996年3月	頁1〜12	日文資料。本文主要探討惠洪《石門文字禪》一書在北宋禪宗史中所扮演的重要地位
雷維霖	A Monk's Literary Education: Dahui's Friendship with Juefan Huihong 一個禪師的文學養成教育——大慧與覺範慧洪的友誼	Chung ～ Hwa Buddhist Journal No.13.2	2000年5月	頁369〜384	英文期刊。資料內容敘述宗杲數度拜訪惠洪，有助於其對於禪宗開悟與訓練的養成教育
大野修作	〈慧洪《石門文字禪》の文學世界〉	《書論と中國文學》（東京：研文出版社）	2001年	頁203〜230	日文資料。作者認為身為北宋末期的禪僧，了解惠洪《石門文字禪》有助於幫助我們理解黃庭堅，以及禪、文學與繪畫之間的關係
Keyworth, George Albert.	Triterary ansmitting the Lamp of Learning in Classical Chan Buddhism: Juefan Huihong（1071〜1128）and LChan.	Los Angeles: University of California,Los Angeles(UCLA).	2001年	頁1〜630	英文博士論文。內容主要從學習和語言方面，探討禪法在中國佛教文化中扮演的意義，並認為惠洪文字禪展現文字是實踐禪法的基石。探討其詩歌創作與詩歌批評的內涵也是研究中國禪宗非常重要的材料。

小島岱山	五台山系華嚴思想の中國的展開（二）——慧洪覺範に與えた李通玄の影響	印度學佛教學研究	2001 年 3 月	頁 745～749	日文期刊。本文主要探討唐代李通玄的佛學思想對惠洪石門文字禪及其禪學思想的影響
小早川浩大	覚範慧洪の評価について：『人天眼目』への引用から	曹洞宗研究員研究紀要 35 號	2005 年	頁 63～80	日文資料。南宋圓悟克勤曾以「眞人天眼目」來稱讚惠洪的著作
小早川浩大	晚年の覚範慧洪の五家宗派観の変化について：『林間録』に見える記述との相違から	宗學研究 47 號	2005 年	頁 245～250	日文資料
小早川浩大	覚範慧洪の伝記研究（1）	曹洞宗研究員研究紀要 36 號	2006 年	頁 55～70	日文資料
小早川浩大	覚範慧洪の開悟に関する一考察	駒澤大學佛教學部論集 37 號	2006 年	頁 299～312	日文資料
小早川浩大	《林間録》の《禅林僧宝伝》への引用について	駒沢大学大学院仏教学研究会年報 38	2005 年	頁 49～69（R）	日文資料
小早川浩大	晚年の覚範慧洪の五家宗派観の変化について	宗学研究 47	2005 年	頁 245～250（R）	日文資料
小早川浩大	《林間録》の諸本について	《宗学研究》48	2006 年	頁 217～222（R）	日文資料

　　日文的研究文獻中，阿部肇一〈北宋の學僧德洪覺範〉的研究，不但是目前收集到外文資料最早期的作品，且對於惠洪之生平與交遊，均有深刻見解。而柳田聖山《禪林僧寶傳》內容不僅探討《禪林僧寶傳》出現以前北宋時期禪宗史料的編輯狀況，更針對惠洪的生平與其寫作《禪林僧寶傳》的背景及評價加以討論，且留意自《祖堂集》以來的禪宗史籍對五代至北宋時期

禪宗發展的研究探討。此外，西脇常記對於惠洪的研究也有多篇研究成果，除了從惠洪《石門文字禪》〈寂音自序〉來理解惠洪，並從其《禪林僧寶傳》，了解中國禪宗發展史，指出惠洪特別運用話語來記錄高僧，有別於以往僧史的敘述。另外還有長谷川昌弘也針對惠洪《石門文字禪》一書在北宋禪宗史中所扮演的重要地位，與大野修作從惠洪《石門文字禪》一書，探討禪、文學與繪畫之間的關係。而小島岱山則觀察到唐代李通玄的佛學思想對惠洪石門文字禪及其禪學思想的影響。筆者碩士論文完成之後，日本學界小早川浩大於 2005 年開始相繼發表了七篇關於惠洪的研究論文，分別從惠洪《林間錄》中的記錄與分歧，探討惠洪晚年時所見禪宗宗派的變化，以及從其傳記觀察惠洪開悟的相關研究和惠洪對於《禪林僧寶傳》與《林間錄》間相互引用的情形，和探討《林間錄》的不同版本等。

　　英文資料方面，則有兩篇重要著作，雷維霖〈一個禪師的文學養成教育〉，內容探討大慧宗杲曾數度參訪惠洪並受惠洪的啓蒙影響。由本文可以得知文字禪的傳續現象，並了解惠洪所隸屬的臨濟宗黃龍派，在江西北部的西門山寶峰寺活動的情形，而宗杲曾在此依止數年。宗杲不但能吸收臨濟法脈的禪學，更能加以融合開拓，針對當時文字禪浮濫的現象，提出救贖的方法，因而提出看話禪的參禪方法。了解宗杲與惠洪的關係，有助於釐清惠洪文字禪的影響。另外，加州大學洛杉磯分校 Keyworth, George Albert 博士於 2002 年出版其博士論文《Transmitting the Lamp of Learning in Classical Chan Buddhism: Juefan Huihong（1071～1128）and Literary Chan》，內容主要從學習和語言方面，探討禪法在中國佛教文化中扮演的意義，並認爲惠洪文字禪展現文字是實踐禪法的基石。探討其詩歌創作與詩歌批評的內涵也是研究中國禪宗非常重要的材料。

　　（二）中文研究文獻

作　者	篇　名	刊　名	時　間	頁碼	內　容
陳垣	〈禪林僧寶傳：僧寶傳之體製及得失〉	《中國佛教史籍概論》卷六（北京：中華書局）	1962 年	頁 132～137	引前人批評，指出「傳多浮誇，贊多臆說」、「多失事實」等
方豪	〈宋代佛教對史學之貢獻〉	《中國佛教史學史論集》（台北：大乘）	1978 年 9 月	頁 220～225	論惠洪對史學之貢獻

郭紹虞	《冷齋夜話》	《宋詩話考》（北京：中華書局）	1983年1月	頁14	論《冷齋夜話》，含《天廚禁臠》，涉及惠洪人格評斷
陳垣	〈中國佛教史籍概論卷六〉	《中國佛教史籍概論》（台北：彌勒出版社）	1984年4月	頁132～142	評論《僧寶傳》體製、得失及版本，論《林間錄》二卷及《後錄》一卷
阿部肇一	〈北宋義學僧德洪覺範〉、〈北宋贊寧與德洪的僧史觀〉	《中國禪宗史——南宗禪成立以後的政治社會史的考證》（台北：東大）	1986年2月	頁575～620	比較贊寧與惠洪，探討惠洪與士大夫的交遊及惠洪的僧史觀與其《禪林僧寶傳》及贊寧《高僧傳》之僧史觀
郭玉雯	〈有關奪胎換骨法若干問題的探討〉	《宋代文學與思想》（台北：學生）	1989年	頁173～195	探討奪胎換骨的定義、分界、是否為山谷所立，且惠洪所舉詩例是否恰當
王煜	〈北宋德洪覺範禪師融會儒釋〉	《世界宗教研究》	1992年4月	頁34～40	全文重在討論，認為惠洪融會儒釋只是表面工夫
張雙英	〈試探胡仔論惠洪評詩之弊的理論基礎～作家兼批評家時角色的糾葛〉	《中國文學批評的理論與實際》（台北：萬卷樓圖書公司）	1993年10月	頁95～127	藉由作家兼詩評家不同角色，探討惠洪「偽造」、「剽竊」之習慣的由來與缺失
鄭群輝	〈瘦搭詩肩古佛衣——論北宋文學僧慧洪覺範〉	《韓山師範學院學報》第四期	1995年12月	頁65～72、77	論述惠洪生平及文學創作，側重詩歌創作的探討，並認為惠洪詩歌與蘇軾風格接近，乃習蘇詩之結果
皮朝綱	〈慧洪以禪論藝的美學意蘊〉	《四川師範大學學報》（社會科學版）	1996年4月	頁56～66	探討惠洪如何理解王維所畫「雪中芭蕉」的含意，美學意蘊如何？
劉正忠	〈惠洪「文字禪」初探〉	《宋代文學研究叢刊》第二期（高雄：麗文）	1996年9月	頁273	探討惠洪文字禪的意義
皮朝綱	〈慧洪審美理論瑣議〉	《宋代文學研究叢刊》第二期（高雄：麗文）	1996年9月	頁523～534	針對惠洪提出的審美理論加以探討
張福勳	〈宋代的詩僧與僧詩〉	《陝西師範大學學報》（哲學社會科學版）	1996年12月	頁80～85	以為惠洪詩歌創作與論詩主張一致，反應當時的風氣

鄭群輝	〈北宋詩僧慧洪覺範的文學成就〉	《學術論壇》	1997年3月	頁83～87	針對惠洪在詩歌、詞、筆記散文等創作，了解惠洪在文學上的成就
黃啓方	〈釋惠洪五考〉	《宋代詩文縱談》（台北：商務印書館）	1997年8月	頁241～272	考證「惠洪之姓氏」、「寂音自序」、「別號」、「覺範與師範」、「惠洪與黃庭堅」等問題
黃啓江	〈僧史家惠洪與其「禪教合一」觀〉	《北宋佛教史論稿》（台北：商務印書館）	1997年8月	頁312～358	探討惠洪文字禪問題與禪教合一觀
陳德禮	〈妙觀逸想：古代藝術家的審美體驗及其意義世界〉	華中師範大學學報（人文社會科學版）	1998年1月	頁112～116	認爲惠洪提出妙觀逸想、自法眼觀藝、神情寄寓於物三個命題可概括中國古代審美體驗論的基本特徵
杜愛英	〈北宋詩僧德洪用韻考〉	山東師大學報（社會科學版）	1998年第一期	頁85～89	探討惠洪詩歌的韻系與宋代通語18部相一致
麻天祥	〈宋代禪宗的新視向：惠洪與文字禪〉	《1992年中國歷史上的佛教問題》（三重：佛光山文教）	1998年4	頁100～119	探討惠洪文字禪的意義
吳麗虹	《惠洪覺範禪學研究》	《臺灣師範大學國文研究所碩士論文》	1998年6月	頁1～200	探討「惠洪禪學在禪史上之意義與價值」，考察「禪教合一」與「文字禪」的影響
釋見一	〈漢月法藏之禪法研究〉	《中華佛學學報》第11期	1998年7月	頁181～225	描述漢月法藏於晚明時期受惠洪〈臨濟宗旨〉的啓發與文字禪的影響
謝惠青	〈詞僧惠洪及其詞之探賾〉	《興大中文研究生論文集》第三期	1998年7月	頁125～139	從《全宋詞》收惠洪詞，分類探討其詞之特色
周裕鍇	〈「文字禪」發微：用例、定義與範疇〉	《文字禪與宋代詩學》（北京：高等教育出版）	1998年11月	頁25～43	提出文字禪的定義與範疇
李貴	〈試論北宋詩僧惠洪妙觀逸想的詩歌藝術〉	《四川大學學報》（哲學社會科學版）	1999年增刊	頁113～120	探討「妙觀逸想」在惠洪詩歌中的意涵與影響

姚大勇	〈惠洪稱謂辨〉	《江海學刊》	1999年6月	頁93	考訂惠洪的稱謂
周春生	〈四庫全書總目子部釋家類、道家類提要補正〉	《世界宗教研究》	2000年第一期	頁86～92	以爲《僧寶傳》32卷本的作者不僅限於惠洪一人，全書傳主84人，慶老應爲兩宋間人
林伯謙	〈惠洪非「浪子和尚」辨〉	《東吳中文學報》第六期	2000年5月	頁19～72	提出翻案，認爲惠洪非浪子和尚，還給惠洪客觀的歷史評價
神田喜一郎	〈五山文學與填詞〉	《日本填詞史話》（北京：新華書局）	2000年10月	頁13～49	探討惠洪的詞作風格
彭雅玲	〈惠洪的禪語觀及創作觀〉	《第五屆中國詩學會議論文集》	2000年10月	頁1～29	探討惠洪的禪語觀，並由文字禪反省惠洪的創作觀
張宏生	〈釋子綺語——詩僧惠洪的一個面向及其文化信息〉	《中國作家與宗教》（香港：中華書局）	2001年2月	頁157～180	討論惠洪未忘情之語與艷情詩乃北宋文化現象下的產物
彭雅玲	〈創作與眞理——北宋詩僧惠洪的創作觀與眞理觀析論：以「石門文字禪」爲討論中心〉	《臺北師院語文集刊》	2001年6月	頁97～132	以《石門文字禪》爲討論中心，根據惠洪的創作觀與眞理觀進行析論
謝佩芬	〈釋惠洪「文字禪」與文學觀初探〉	《國科會89年釋惠洪新論計劃成果》	2001年10月	頁1～26	分「文字禪」爲三（一爲惠洪作品、二爲修行方法、三爲以文字爲禪）
張宏生	〈無蔬筍氣的詩僧與士大夫禪〉	《宋詩：融通與開拓》（上海：上海古籍出版社）	2001年12月	頁117～141	探討惠洪未忘情之語及元祐前後寬容的文化精神
楊勝寬	〈人品、氣韻、詩史——惠洪論杜及論詩述評〉	《杜甫研究學刊》第一期	2002年	頁1～9	探討惠洪論杜、論詩與文人主流意識的一致性
陳自力	〈惠洪上元之作考〉	《西南民族學院學報·哲學社會科學版》	2002年8月	頁147～149	考訂惠洪上元作品之創作時代及生平事蹟
李貴	〈北宋詩僧惠洪考〉	《文學遺產》第三期	2002年第三期	頁115～116	考證惠洪生平經歷、姓名及著述

廖肇亨	〈明末清初叢林論詩風尚探析〉	《中國文哲研究集刊》第二十期	2002 年 3 月	頁 263 ～302	從德洪覺範評價的轉變看明末清初叢林詩論的發展方向
林伯謙	〈惠洪《智證傳》研究〉	《東吳中文學報》第八期	2002 年 5 月	頁 82～122	考訂《智證傳》體例、特色與其在惠洪文字禪研究中所扮演的重要角色
蕭麗華 吳靜宜	〈蘇軾詩禪合一論對惠洪「文字禪」的影響〉	《玄奘大學佛學與文學全國學術研討會》	2003 年 4 月	頁 1～26	比對蘇軾及惠洪二者詩禪合論的理論，藉以觀察狹義「文字禪」之內涵及其在北宋發展之軌跡
陳自力	〈非離文字　語言非即文字語言——惠洪文字禪理論研究〉	《曹溪——禪研究》（三）（中國社會科學出版社）	2003 年 10 月	頁 294～317	討論惠洪文字禪理論，分析學者對文字禪的看法，說明惠洪促進文字與禪、禪與文學的結合
周裕鍇	〈惠洪與換骨奪胎法——一樁文學批評史公案的重判〉	《文學遺產》	2003 年 第六期	頁 81～98	透過惠洪著作爲內證，宋人文獻爲外證，證明奪胎換骨乃惠洪總結的若干種作詩法中的兩種
莫礪鋒	〈再論「奪胎換骨」說的首創者——與周裕鍇兄商榷〉	《文學遺產》	2003 年 第六期	頁 99～109	作者以爲在現有文獻的基礎上，尚無法否定黃庭堅首創「奪胎換骨」說的舊說，以爲惠洪只是較早的引述者
林伯謙	〈惠洪其人其書簡論〉	中央研究院文哲所「詩與詩學研究」讀書會	2003 年 10 月 17 日	頁 1～8	介紹惠洪研究的參考書目，探討惠洪的生平經歷及著述內涵
廖肇亨	〈惠洪覺範在明代〉	《明清文學與宗教研討會》中央研究院小型學術討論會	2003 年 11 月 14 日	頁 1～23	透過惠洪形象與特質之建構過程的解析，了解明代佛教的豐富文化義蘊
楊曾文	〈北宋惠洪及其《禪林僧寶傳》〉	《江西師範大學學報》（哲學社會科學版）第 37 卷第 1 期	2004 年 1	頁 26～29	論述惠洪生平，並將《禪林僧寶傳》一書中 81 位禪師以表格分類呈現，並進行討論
陶文鵬	〈論仲殊、道潛、惠洪的山水詩〉	《唐宋詩美學與藝術論》（南開大學出版社）	2004 年 2 月	頁 230～241	言惠洪山水詩多借山水宣揚佛意禪理，亦有純寫山水之美及以自我入畫之作。

蕭麗華 吳靜宜	〈惠洪詩禪的「春」意象——兼爲「浪子和尚」辯誣〉	《台大佛學研究中心學報》第九期	2004年7月	頁155～176	從惠洪「春」意象直接入手，一方面突顯惠洪詩禪獨到之處，二方面爲其「浪子和尚」的汙名，通過詩歌檢證得到有力的辯誣
周裕鍇	〈從法眼到詩眼：佛禪觀照方式與宋詩人審美眼光之關係〉	《聖傳與詩傳》國際學術研討會	2004年12月	頁1～14	以惠洪《石門文字禪》爲中心，結合蘇軾與黃庭堅等人，從禪觀與詩觀相通的問題上，考察僧人與詩人在觀照世界方面的一致性
廖肇亨	〈惠洪覺範在明代——宋代禪學在晚明的書寫、衍異與反響〉	《中央研究院歷史語言研究所集刊》	2004年12月	頁797～837	作者主要探討惠洪在晚明被接受與重新詮釋的過程爲例，藉以思考禪學體系當中關於知識、語言、文化論述之傳播與接受的衝突與融合，並經由檢視惠洪覺範其人在晚明所引起的思想論爭，說明縱使原初看似反對經典與教條的禪宗思想，在其長遠的發展過程中，經典詮釋其實也是不容忽視的重要環節。
林伯謙	〈佛教文史五考〉	《新世紀宗教研究》	2005年6月	頁46～85	文中考證惠洪於臨終前一年已經重敘僧籍
周裕鍇	〈惠洪文字禪的理論與實踐及其對后世的影響〉	《北京大學學報（哲學社會科學版）》	2008年4月	頁82～95	惠洪能成爲宋代文字禪的代表人物，與其童年教育、禪門師承、社會交往、坎坷遭遇有關，獨特的人生經歷使他具備了融通儒與釋、禪與教、詩與禪的眼光。惠洪的著述和文字禪觀念對後世禪林影響深遠，甚至在日本五山禪林文學裡受到歡迎。

周裕鍇	《宋僧惠洪行履著述編年總案》	高等教育出版社	2010年3月	頁1～449	本書爲惠洪的年譜，內容除著重惠洪行跡編年和著述繫年，兼及交遊生平、禪宗譜繫、政治事件、黨派紛爭、文人社團、佛教制度等諸多內容的考證敘述。
周裕鍇	〈「奪胎」與「轉生」的信仰——關於惠洪首創作詩「奪胎法」思想淵源旁證的考察〉	《成都理工大學學報》（社會科學版）	2010年6月	頁1～4	本文主要透過考察佛教術語「奪胎」的含意與「轉生」的概念，證明「奪胎」法乃惠洪首創

　　從以上針對惠洪的研究文獻來看，目前現有的研究成果，對於惠洪詩學方面的研究較缺乏。有關惠洪生平的考訂，主要有黃啓方先生〈釋惠洪五考〉一文，針對惠洪姓氏、年譜、別號及惠洪、黃庭堅交游的時間，均有詳密的考訂；有關惠洪的姓名字號亦可見李貴〈北宋詩僧惠洪考〉一文；至於惠洪稱謂則可參考姚大勇〈惠洪稱謂辨〉。阿部肇一〈北宋義學僧德洪覺範〉一文，主要比較惠洪與贊寧之不同。而惠洪因「浪子和尙」之誣名，導致歷來評價兩極，林伯謙〈惠洪非「浪子和尙」辨〉一文，客觀的釐清「浪子」「和尙」之名義，重新探討〈上元宿百丈〉一詩內容，並從惠洪可能受政治迫害導致汙名的角度加以思考，觀察惠洪的宗教情感及對佛門的貢獻，林先生認爲「浪子和尙」是指學禪未悟，未歸靈源之鄉，並非指親近女色，由其一生專以詩文爲佛事來看，後人應以客觀角度，重新觀照惠洪的著作與文學成就。由此可見惠洪雖然本身是一個極具爭議性的人物，但爲其平反的學者仍不少，且能夠從不同角度切入。有關惠洪的生平，歷來有許多疑點值得釐清，目前對於惠洪生平考最清楚的作品仍屬黃啓方〈釋惠洪五考〉，而惠洪的稱謂等問題，姚大勇、李貴及林伯謙，均分別提出證據加以考證。

　　此外，後人多認爲「文字禪」始於惠洪《石門文字禪》的創作，因此對於惠洪的「文字禪」有不少深入的探究。其中以周裕鍇《文字禪與宋代詩學》的研究成果最顯著，對於惠洪《冷齋夜話》、《石門文字禪》、《禪林僧寶傳》、《智證傳》、《林間錄》均有深入的研究，並對於文字禪的定義能加以釐清。阿部肇一〈北宋贊寧與德洪的僧史觀〉專從僧史角度看文字禪，劉正忠〈惠洪「文字禪」初探〉則從詩爲文字禪的角度立說，其他從語言文學觀看文字禪的有謝佩芬〈釋惠洪「文字禪」與文學觀初探〉、陳自力〈非離文字　語言

非即文字語言——惠洪文字禪理論研究〉等。

關於惠洪的詩論方面的研究，近代學者周裕鍇發現「奪胎換骨」可能為惠洪總結作詩之法的兩種，李貴已注意惠洪承繼蘇軾的妙觀逸想之文字禪觀，並能對於作品中妙觀逸想的意象加以探究，並且留意惠洪以禪論詩的情形。蕭麗華師和筆者則觀察惠洪承襲蘇軾「以禪論詩」的詩論觀現象，並注意惠洪「春」意象之詩禪合一論而有〈蘇軾詩禪合一論對惠洪「文字禪」的影響〉、〈惠洪詩禪的「春」意象——兼為「浪子和尚」辯誣〉兩篇文章。其他從美學論惠洪者有皮朝綱〈慧洪以禪論藝的美學意蘊〉、〈慧洪審美理論瑣議〉、陳德禮〈妙觀逸想：古代藝術家的審美體驗及其意義世界〉等文。

至於惠洪對於後代的影響，廖肇亨主要觀察惠洪於明代的影響情形。由於紫柏真可重新翻刻惠洪的著作，使惠洪於明代備受重視，〔註18〕甚至影響漢月法藏〔註19〕、憨山德清〔註20〕大師等人的禪學觀。

綜上所述，可知目前對於惠洪詩論的文字禪意義研究仍不多，吳麗虹雖以惠洪禪學研究為專門論文討論，然而其論文方向並不討論惠洪文學上或詩論上的意義，也未探究禪學走向文字化的過程，只有部份惠洪對於文字禪的詮釋與實踐。因而筆者企圖承繼前人的研究，繼續開拓惠洪文字禪的深度與廣度，希望藉以釐清惠洪文字禪在詩學方面的意義，並探究其對於後代詩論的影響。以彌補惠洪文學上、文字禪方面研究的不足。

第三節　研究方法、進路與步驟

在研究惠洪「文字禪」的過程中，筆者彷彿參與了惠洪的生平活動，了

〔註18〕紫柏為《石門文字禪》作序云：「蓋禪如春也，文字則花也。春在於花，全花是春；花在於春，全春是花。而曰：禪與文字有二乎哉？……逮於晚近，更相笑而更相非，嚴於水火矣。宋寂音尊者憂之，因名其所著曰《文字禪》。……噫！此一枝花自瞿曇拈後，數千餘年擲在糞掃堆頭，而寂音再一拈似，即今流布，疏影撩人，暗香浮鼻，其誰為破顏者？」《嘉》冊23、頁577上。

〔註19〕釋見一於《漢月法藏之禪法研究》（臺北：法鼓文化，2000年）一文中第三章第一節〈惠洪覺範〈臨濟宗旨〉與《智證傳》的啟示〉說明明代漢月法藏之禪法受惠洪《臨濟宗旨》與《智證傳》影響。

〔註20〕據廖肇亨〈惠洪覺範在明代〉一文中註25中提到憨山德清門人顓愚觀衡（1579～1646）曰：「昔紫柏大師海內周旋三十餘年，搜尋洪覺範禪師文集，盡覺範大師所有諸作，紫柏老人盡得而梓之。一一能新人耳目。紫柏老人未梓之前，世以絕聞者亡矣。人謂紫柏老人是覺範大師後身。」語見顓愚觀衡：〈永嘉禪師證道歌註頌重刊序〉，《紫竹林顓愚衡和尚語錄》，收錄於《嘉興藏》，冊27，頁704。

解孟子所謂「知人論世」「以意逆志」的意義，也追隨惠洪詩論，進行了一場詩學建構的歷程。由於研究過程中必須不斷從惠洪的著作內容把疏出惠洪追溯歷代詩學傳統的痕跡，揣摩惠洪如何企圖在語文形式到風格之間，清理出一個理論系統，因而自己也有了更清楚的詩學體系。

　　由於本論文以詩學爲重心，因此研究方法上，必須具備詩學建構的能力，又因爲研究惠洪及文字禪，因此有關詩禪合一的歷史認識，禪學的學養與宋代文化史、禪宗發展史，甚至對宋代文人的基本認識等等，都是必備的能力。基於這些背景知識，筆者從學科整合的研究模式開始，以文獻考索與文本把疏工作爲基礎，進而運用詩學及禪學歷史縱深的分析比較方式進行研究。

　　有關詩學歷史方面，本文研究的主要觀念建立在哈洛‧卜倫（Harold Bloom）《影響的焦慮》（The Anxiety of Influence）一書，〔註21〕卜倫以此書解釋文壇遞嬗原理，對傳統的典律（canon）提出質疑，同時將莎士比亞視爲西方正典（Canon）的核心，認爲西方文學都在其影響下。這正是一種重構文學史的反思。卜倫爾後的《西方正典》（The Western Canon）也正是這種思考，強調正典（Canon）的重要性，「以文藝美學的觀察爲核心，表現詩人透過誤讀（misread）而產生新作品的過程（clinamen），並以爲這就是文學史的構成方式。」而我國文學正典的核心顯然則應推崇「詩騷」，宋明又都以「唐詩」爲正典，重構詩歌史與詩學的反思，必然有詩騷傳統、漢魏樂府與唐詩等正典的思考。卜倫認爲「正典作品源於傳統與原創的巧妙融合」，〔註22〕從惠洪的詩學中，明顯具有這種反思意識，隱然可以看出惠洪如何通過詩歌歷史，萃取詩學典型，並且有意識兼容並蓄詩禪的傳統，融合後開拓出新的詩法與創作題材。

　　至於詩禪合一方面，釐清詩禪的共通性首先必須分辨中國詩歌語言與禪

〔註21〕　見徐文博譯《影響的焦慮》（台北：久大文化，1990 年），頁 17。

〔註22〕　詳見高志仁譯哈洛‧卜倫（Harold Bloom）著《西方正典》Harold Bloom, The Western Canon: The Books and School of the Ages. Appendixes.（New York: Harcourt Brace & Company, 1994）（台北：立緒，2003 年 12 月）卜倫堅持「美學自主權」，將莎士比亞置於西方正典的核心，認爲其前後時期的作家、劇作家、詩人，抑或小說家，全都是以莎士比亞爲依歸。卜倫強調，莎士比亞在人物的創造上，可說是前無古人，而來者無一不受到其影響。米爾頓、約翰生博士、歌德、易卜生、喬哀思、貝克特全都受惠於他；托爾斯泰和弗洛依德反叛他；而但丁、渥茲華斯、奧斯汀、狄更斯、惠特曼、狄津土、普魯斯特以及波赫土、轟魯達、裴索等現代西葡語系作家都告訴了我們──正典作品源於傳統與原創的巧妙融合。

宗語言之不同，才能明白禪宗思想對宋詩語言藝術的影響，以及臨濟宗思想對於惠洪在詩學上的影響。本文借用英美新批評（New Criticism）理論家維姆薩特（William K. Wimsatt）之意圖謬誤（intentional fallacy）與感受謬誤（affective fallacy）的理論，認為隱喻存在的基礎在喻旨與喻體之間的相異性，兩者相差越多，則越有力量。此外布魯克斯（Brooks）認為悖論（paradox）為詩歌不可避免的語言，詩人常用悖論以表達真理。用這些歐美的語言觀，以觀察惠洪詩歌理論如何詮釋禪宗語言的「悖論」與「反諷」，〔註23〕或者對於惠洪詩歌理論之語言藝術能有更深入的了解。重新審視詩歌與禪宗語言的差異，以求能更清晰地釐清惠洪詩歌之詩禪交涉情形，也是本文極重要的進路。

由於本研究涉及禪宗與詩學兩大範疇，時間切入北宋，因此唐、五代、北宋的禪林文字與詩話、詩論，均為研究觀察時的第一手資料，近人所著之重要參考文獻則為第二手資料，本論文預計進行程序如下：

（一）借重禪宗史料，分析禪風從不立文字到文字禪走向的各階段文獻。

（二）清理惠洪與北宋文士及禪林往來的痕跡，藉以觀察文字禪在北宋發展樣貌及惠洪所受的影響。

（三）從惠洪作品中清理出北宋蘇軾、黃庭堅等重要詩家的詩論，並勾勒出惠洪詩論的具體特徵，以呈現宋代以禪喻詩，以禪論詩的主張與發展方向。

（四）清理受禪宗思想影響的重要《詩話》，分析其演進，以定位惠洪文字禪之詩論的繼承性與開創性。

（五）綜合文字禪、《詩話》、詩家詩論之主張，歸納出惠洪詩學受禪學影響的重要詩法，並探討它對後代的影響。

在此五大步驟下，筆者主要以惠洪《天廚禁臠》、《冷齋夜話》、《石門文字禪》三部作品為主，《林間錄》、《禪林僧寶傳》、《智證傳》為輔。用第一手材料為建構詩學與禪學的主要素材，先了解二者匯通之機制，作為立論的根基；繼而耙疏惠洪生平、經歷、師承、交游，以釐清其文化人格的內涵；最後深入《石門文字禪》詩歌中「文字禪」的內涵；輔以惠洪研究的相關文獻

〔註23〕有關英美新批評理論的角度考察，參考郭玉生〈論禪宗語言對宋詩語言藝術的影響——從英美新批評理論的角度考察〉（《寧夏社會科學》第一期，2003年1月）一文中所使用的方式，借鏡於觀察臨濟宗語言對惠洪詩歌語言藝術的影響。

為視野，從而架構起本論文的全幅內容。

　　了解惠洪的詩學內涵，必須了解其生平、人格，此正孟子所謂「知人論世」之說，本文於是強調惠洪詩禪與北宋初期、熙寧前後的文藝風氣、政治環境、文化思潮的相關。且傳統「知人論世」說，並非以靜態的「社會環境」、「文化概況」來呈現，而是重視作者在其社會、文化情境中如何發展出其獨特的面貌來。因此考索惠洪詩禪合一與以禪論詩的詩學理論，仍須從惠洪生平、師承、交遊與思想不同面向加以觀照，才能完整建構惠洪的詩學風貌。

　　由於詩禪合一乃從唐至宋一直不斷演變的課題，故並須輔以唐宋詩禪研究的論文，了解文字禪形成的遠因、近因，客觀觀察詩歌史與禪宗史之歷史發展。本文先從唐五代詩僧文士化、經典入世化、文士禪林化等現象及北宋排佛與儒釋調和的過程入手，了解文字禪如何從不立文字到不離文字，進而如何調和儒釋，走向文字禪的深度內涵。再深入抉發惠洪詩學上文字禪的內涵，回歸詩學及禪學縱深的世界，如此才能觀察惠洪文字禪如何受臨濟宗及詩學觀的影響，如何承繼蘇軾、黃庭堅詩論而形成獨特見解，也因此才能凸顯惠洪文字禪在詩學上詩禪合一之繼承與開展。這是惠洪獨到的詩歌創見，與《冷齋夜話》、《天廚禁臠》《石門文字禪》在詩歌理論上的重要意義。

　　文後之附錄一惠洪年譜，乃筆者根據《石門文字禪》，並參考其他研究惠洪的文獻，以繫年的方式呈現，對照北宋禪宗大事年表，希望能夠觀察惠洪在宋代禪宗發展史上扮演的角色，了解惠洪在北宋時期與其他文士僧人的關係。

第二章　惠洪生平與時代背景

　　北宋初期，政治因素與社會環境直接與間接刺激禪宗發展，使得禪宗成為北宋時期士大夫普遍能接受的宗教。當時文人雅士與僧人往來頻繁，促進詩學與禪學間文字的交流。唐代詩人、詩僧「以禪喻詩」，〔註 1〕到了宋代轉變為「繞路說禪」。〔註 2〕而惠洪身為禪宗臨濟宗派的傳人，與蘇軾、黃庭堅等人的生平有不少互動與交涉的痕跡，得與東坡和山谷之間以詩詞相切磋，吸收蘇黃詩禪之神髓。惠洪雖然身為僧人，卻極具詩禪之使命感，一生企圖以「筆硯做佛事」〔註 3〕、用「文字說禪」，〔註 4〕著有許多詩學、禪學方面的

〔註 1〕　關於「以禪喻詩」，可參見第一章第一節之討論。

〔註 2〕　關於「繞路說禪」的說法見周裕鍇《文字禪與宋代詩學》〈繞路說禪：從禪的詮釋到詩的表達〉云：「蘇軾、黃庭堅和江西詩派，則在對禪宗典籍的參究中受到影響，直接把禪的詮釋方式轉化為詩的表達技巧。」頁 181～184。周裕鍇指出惠洪「言其用不言其名」的詩法，即從五代到北宋，絕大多數禪師在上堂說法或拈頌公案時，都不從正面標舉佛法的名稱，不從正面討論禪理的本體，而從「義用」的角度去展示佛禪的意義中得到啟示。

〔註 3〕　詳見《石門文字禪》卷二十六〈題言上人所蓄詩〉云：「予幻夢人間，游戲筆硯」及卷二十七〈跋行草墨梅〉云：「山谷醉眼蓋九州，而神於草聖。華光道價重叢林，而以筆墨作佛事。」惠洪效法山谷與華光仁老以筆硯作佛事的精神，努力用文字以說禪。

〔註 4〕　詳見《石門文字禪》卷九〈賢上人覓偈〉云：「懶修枯骨觀，愛學文字禪。」達摩初傳佛法自中國，以壁觀禪、枯骨觀方式來修行，然而到了宋代惠洪生存的時期，禪宗已經發展至士大夫禪的修禪方式，惠洪此處所提出的正是其創作文字語言的主要中心思想。卷二十〈懶庵銘并序〉云：「以臨高眺遠，未忘情之語，為文字禪」，所謂的未忘情之語與詩歌相通。古希臘哲學家德謨克利言「沒有一種心靈的火焰，沒有一種瘋狂式的靈感，就不能成為大詩人。」（參自李世萍〈靈感與禪悟——談詩禪相通之契機〉《內蒙古民族師院學報哲社版》第二期，1995 年，頁 20。）可知惠洪由於體認到詩禪的共通性，因而

著作，對於宋代文字禪的發展，具有深遠的影響。

　　探究惠洪的生平之前，務必洞悉當代之政治、社會、文化背景，此外，藉由觀察惠洪生平及其往來交遊的文士與僧人間的文字交流互動，也能更進一步明瞭惠洪著作的內涵及其「文字禪」在詩學上扮演的意義。

第一節　北宋政治環境及其對禪學與詩歌的影響

一、政治背景──中央集權、文人主政

　　由於唐朝末年藩鎮割據，呈現君弱臣強的局面，因而北宋初期，政治上便採取封建君主專制與中央集權制的手段，加強皇權的掌握。當時君主有計畫的分散地方官吏的職權，且將各州賦稅收入全部運送至京城，軍政、財政權全部集中於君主手中。此時國家政治統一，爲經濟發展與文化繁榮提供有利的發展條件。

　　然而君主專制的制度中，由中央直接任命軍帥，造成軍事上，兵不知將，將不知兵的情況，導致軍隊戰鬥力下降。國家背負沈重的軍事開銷，卻無法長治久安，順利抵禦外敵。當時有才幹有抱負的官吏，由於皇帝的猜忌或皇帝身旁的小人橫行，導致「志未伸，行未果，謀未定，而位已離矣」，〔註5〕例如范仲淹、滕子京、張商英、元祐集團等。貶官風氣之盛，導致士大夫有感於宦海生涯沉浮浮於海，士風因而萎靡不振。也因此，士大夫紛紛投向另一個心靈的出口──禪學，參禪之風因而鼎盛。

　　爲了供養當時軍事與官吏龐大的人事編制，皇朝積極的向人民搜刮，以彌補當時的財政虧空，北宋時期，甚至還將搜刮佛教僧人視爲經常性的手段，佛教各宗因此逐漸凋零。所幸中唐以來，百丈禪師（749～814）創立叢林法式，另建禪居，作禪宗學人住處，堅持「一日不作，一日不食」。此變化使禪宗的叢林文化精神得以生存，在此因而取代其他宗派而一枝獨秀。〔註6〕加上宋代有些書院乃由寺廟轉變發展而成，如嵩陽書院原爲嵩陽寺，長沙嶽麓

　　　一生企圖藉由語言文字的創作融通禪理與說禪。
〔註5〕王夫之《宋論》卷二（台北：九思出版社，1977年），頁46。
〔註6〕呂澂《呂澂佛學論著選集》卷五〈禪和生活〉指出百丈禪師提出「一日不作，
　　　一日不食」的叢林制度，使得禪宗在當時得以一枝獨秀。（山東：齊魯書社，
　　　1996年），頁2990。

書院原爲智璿的寺地。〔註 7〕而書院的學規、教學組織、教學方式均受佛教禪林清規的影響。〔註 8〕禪宗文化藉此深入平民百姓的家庭，成爲普遍的信仰。〔註 9〕

除了政治經濟因素外，宋代特別重視思想統治，宋初君主皆提倡儒學，宣揚儒家倫理，爲了重整倫常與統治階級的需要，北宋君主採取三教並舉的措施，同時扶植佛教與道教。〔註 10〕儒佛之間出現調和之說，如張商英、李綱，以爲佛與儒在教化上不可偏廢。另一方面，禪宗實踐趨於簡易，理論典籍集中於少數經典，如《華嚴》《楞嚴》《圓覺》《起信》等，有時用儒家經典《中庸》做解釋，使儒者在思想上，修養上更容易得到佛家思想影響。〔註 11〕至此，北宋學術走向三教融合的發展，這種政治形態的主導下，直接影響佛教的發展，導致宋代佛教也轉變爲以禪宗爲主流。〔註 12〕

宋代政治重文輕武，文人政治地位因而提升，形成文人主政的局面。學術領袖與政治領袖因而常常是同樣一批人，例如：范仲淹、歐陽修、王安石、張商英等人都曾擔任宰相的職務。這些文人與禪宗多有淵源，范仲淹與僧人常往來，由其〈朝賢送定惠大師詩序〉內容，可以體會出歐公認爲僧人之隱與儒家之隱的不同，〔註 13〕他希望仁宗能公平對待儒釋。慶曆四年（1044）歐陽修左遷滁州時，經由廬山見圓通居訥禪師，與之談論佛儒關係。元豐七年（1084）王安石奏施金陵舊宅爲寺，請眞淨克文禪師住持。張商英則是以宰相之尊爲佛教外護，尤與克文及惠洪往來密切，影響宋代禪宗發展極大。〔註 14〕由於文人集團間交遊密切，並與僧人互動頻繁，更促使儒釋緊密融合。〔註 15〕

〔註 7〕 詳參李國鈞主編《中國書院史》（湖南：湖南教育出版社，1994 年），頁 155。

〔註 8〕 詳見前揭書李國鈞主編《中國書院史》，頁 156～157。

〔註 9〕 詳參魏道儒《宋代禪宗史論》，《中國佛教學術論典》第三冊（高雄：佛光山文化，2001 年）。

〔註 10〕 北宋君主對於三教扶植的策略依個別而有不同，然而同時皆積極扶植。

〔註 11〕 詳參前揭書呂澂《呂澂佛學論著選集》，頁 3004。

〔註 12〕 有關北宋政治情況參考方豪《宋史》，及魏道儒《宋代禪宗史論》〈宋代社會與禪宗〉，頁 28～29。

〔註 13〕 范仲淹於景祐二年撰，收於《范文正公集》，頁 160。

〔註 14〕 詳見黃啓江《北宋佛教史論稿》〈張商英護法的歷史意義〉，頁 367～372。

〔註 15〕 此處說法與許總《宋詩：以新變再造輝煌》之政治影響禪宗發展之說相似，書中亦有傳達政治促使儒釋緊密融合的觀點，（桂林：廣西師範大學出版社，1999 年）。

二、社會環境──重視禪宗、財政依賴

宋代的君主相當重視佛教的發展，基本上對佛教的態度採取既扶植又限制的政策。太祖即位不久，便解除周世宗顯德年間的廢佛令，〔註 16〕並給予佛教適當的保護以加強國內統治的力量。建隆元年，普度童子八千人，並且停止寺院廢燬。乾德四年（996），派遣沙門行勤等一百五十七人去印度求法，各賜錢三萬。〔註 17〕使內官張從信在益州雕刻大藏經版，促使佛教在宋朝逐漸有發展。開寶四年（971），宋太祖詔刻宋代第一部藏經《大藏經》，此藏經完成於太平興國八年，歷時十二年。

同時，宋太宗於太平興國五年（980）建譯經院，開創宋代的譯經事業，恢復唐代元和六年（811）時中斷的翻譯。太宗努力將北宋都城建立成新的佛教中心，不僅奠定禪宗的發展，對於北宋士大夫對佛教的信仰與文化形成，更具有開創之功。此時期譯經的數量約佔北宋全部譯經的六成，數量相當驚人。太宗可謂北宋最熱衷以文字演說佛法的帝王，其詮釋佛法的作品，如《祕藏詮》，採用五言古詩的方式詮釋佛義。太宗積極事佛、崇佛，影響其家庭與後代君主。〔註 18〕

真宗（998～1022）設立戒壇七十二所，放寬度僧名額，天禧末（1021）達到宋代僧尼數額最高峰。〔註 19〕由於當時所譯經典多屬密教，與儒家倫理多所背離，因而真宗下令禁止新譯《頻那夜迦經》流行，自此，類似此類之經文不得翻譯。宋代君主逐漸由重視外來佛教轉向注重本國佛教，尤其重視中國佛教主流的禪宗。真宗曾著《崇釋論》，內容表明佛教戒律與儒家學說「跡異而道同」。大抵而言，由宋太宗對佛教的基本政策「道、釋二門，有助於世教。人或偏見，往往毀訾。假使僧、道士時有不檢，安可廢其教邪？」〔註 20〕可知宋初君主皆具有佛教素養，不但有佛教建設或著作，並且試圖將佛教當作擴大對外聯繫的重要扭帶。

景德元年（1004）真宗詔令道原撰《景德傳燈錄》，惠洪《石門文字禪》

〔註 16〕詳參潘桂明、董群、麻天祥合著《中國佛教百科叢書‧歷史卷》（台北縣：佛光文化，1999 年），頁 411。

〔註 17〕《宋史》〈太祖本紀二〉云：「癸未，僧行勤等一百五十七人各賜錢三萬，游西域。」

〔註 18〕詳參黃啓江《北宋佛教史論稿》〈宋太宗與佛教〉（台北：商務印書館，1997 年），頁 31、43、46。

〔註 19〕詳見前揭書呂澂《呂澂佛學論著選集》，頁 3005。

〔註 20〕見《續資治通鑑長編》卷六十三，景德三年八月。

卷二十四〈答郭公問傳燈義〉云：「景德中，東吳僧道原披奕世之祖圖集諸家之語錄。由七佛以至大法眼禪師之嗣，凡五十二世一千七百一人，成三十卷。目之曰「景德傳燈錄」。詣闕上進奉，冀流布章聖。皇帝詔翰林學士右司諫知制誥臣楊億等，同加刊削，俾之裁定」。因而《景德傳燈錄》不但爲第一部官修禪書，且使禪宗在社會上的影響因此擴大。宋仁宗開始，宋代帝王開始高度重視禪宗。仁宗「迎六祖衣缽，入京闕供養，……敕兵部侍郎晏殊，撰〈六祖衣缽記〉」〔註21〕有意識抬高慧能的地位，又於京城設立禪宗寺院，尋求有名望的禪師住持寺院。禪宗雲門派僧人大覺懷璉在此時應詔入京，主持淨因禪院。皇祐七年（1055），禪宗雲門派僧人契嵩進京，仁宗閱讀其著作《輔教編》，相當欣賞，准予編入大藏經。

神宗元豐三年（1080），命臨濟派黃龍系僧人常總爲東林寺住持，自此「天下衲子望風而集，咸信敬畏仰，以爲肉身大士。其被賞賜者，必名聞諸方」。〔註22〕自此，東林禪寺成爲禪宗一個重要的據點。

宋代君主如此重視禪宗是有其企圖的，一方面時代風尙使佛教禪宗於當時盛行，另一方面宋代君主企圖搜刮僧人，解決財政困難。由於禪宗寺院擁有田園、山林，並得到豁免賦稅和縣役的權利，因此寺廟經濟情況普遍良好。神宗時（1068～1085），由於國內經濟拮据，開始發度牒徵費。〔註23〕當時財政上主要採取的措施有：1. 鬻牒；2. 出售紫衣師號；3. 徵收免丁錢；4. 徵寺廟田產稅；5. 禁佔寺廟土地。〔註24〕由於與惠洪較有關係的僅有鬻牒的政策，詳細原因，將於惠洪生平的章節談論。此處筆者將加強討論北宋鬻牒的情況，其餘有關徵收等措施，則簡略敘述。

所謂鬻牒，又稱度牒。爲官方頒發給已經得到公度、成爲僧尼者，證明其合法身分的文字憑證。其發放的主要目的在於防止私度僧尼，有效控管僧尼數量。因而度牒上詳細記載僧尼原籍、俗名、年齡、所屬寺廟、剃度師名與所屬官署。僧尼持有度牒，不僅得到身分，獲得政府保護、並可享有免除租稅徭役的特權。〔註25〕《釋氏通鑑》卷九記載：唐肅宗乾元元年（758），僧尼考試制度與度牒發售制度並行，規定凡有誦經五紙者准度爲僧，或納錢

〔註21〕《佛祖統紀》卷四十五，《大正新脩大藏經》第四十九冊，頁409b。
〔註22〕惠洪《林間錄》卷上（高雄：佛光出版社，1994年），頁53。
〔註23〕詳參前揭書呂澂《呂澂佛學論著選集》。
〔註24〕參考前揭書魏道儒《宋代禪宗史論》，頁34～39。
〔註25〕參考前揭書《中國佛教百科全書·歷史卷》，頁417。

百縑請牒剃度。中唐歷經安史之後，國家財政日趨困難，已出現買賣空名度牒的風氣。〔註26〕由此可見唐代度牒已經開始收費並且逐漸商品化。〔註27〕

宋代沿襲唐代度牒政策，太宗時期對僧尼要求嚴謹，三百人只准許一人剃度，並且需要通過誦經百紙或讀經五百紙才及格，嚴格控管度牒數量。道元年（995）規定僧尼考試不及格而予以度牒，知州、通判職官去除，相關人等亦須處分。北宋中期，財政日趨困難，英宗治平四年（1067）已出現買賣度牒，籌款賑濟，解決財政問題的現象。〔註28〕尤其神宗以後，鬻牒反而成為當時彌補財政虧空的依據。當時甚至把度牒成為類似貨幣有價證券般使用。南宋孝宗時，為控制僧尼人數，大幅抬高度牒價格，價格飆高到不可思議的程度。甚至成立專門買賣度牒的市場，從此度牒不再成為出家人的證明文件。〔註29〕

而紫衣師號原是君主對有功於朝廷的僧人之獎勵，因而沒有價格，亦不收費。然而北宋中期以後，紫衣師號與度牒一起被出售。建炎二年（1128）「敕賣四字師號，價二百千」（《佛祖統紀》卷四十七）。〔註30〕由於先前濫發度牒造成僧尼人數失控，紹興十五年（1145），南宋高宗下詔徵免丁錢「十五年，敕天下僧道使納丁錢，自十千至一千三百，凡九等，謂之清閑錢。年六十以上及殘疾者聽免納」（《佛祖統紀》卷四十七），以平衡當時的財政支出。然而卻對於僧侶、寺廟造成經濟負擔。神宗時，王安石變法，取消寺院免役免稅的特權。熙寧四年（1071）開始，寺觀開始按戶繳納，沒有收入的小寺亦要納稅。〔註31〕

宋初君主對於佛教的保護，使寺院林立，佛門興盛。中期政府藉由經濟財政的政策，有效控制寺廟經濟的增長。如此一來，寺院財富得自民間，政

〔註26〕關於唐宋時期度牒詳細情況可參考潘桂明、董群、麻天祥合著《中國佛教百科叢書‧歷史卷》〈度牒制度〉頁417～426。

〔註27〕關於度牒收費可參見《舊唐書‧裴冕傳》卷113「賣官鬻爵，度尼僧道士，以儲積為務，收貲濟軍興。」唐代度牒買賣的記載，可參見《資治通鑑》卷209，唐中宗景龍二年。惠洪考度牒時，應為宋神宗時，當時度牒的價格每道一百三十貫，亦有一百九十貫，價格頗高昂，對普通百姓是一沈重負擔。

〔註28〕詳參《宋史》卷十三〈英宗本紀〉、卷十五〈神宗本紀〉。

〔註29〕詳見《宋史》卷一八一〈食貨志〉云：「詔封樁庫撥金一十五萬兩，度牒七千道，官告綾紙、乳香，湊成二千餘萬，添貼臨安府官局，收易舊會，品搭入輸」。

〔註30〕有關紫衣、師號價格等詳細內容可參考黃敏枝《宋代佛教經濟史論集》（台北：學生書局，1989年）。

〔註31〕參考魏道儒《宋代禪宗史論》，頁38。

府再藉由稅收將寺院財富轉介至國家。一方面有效控制僧尼的人數，另一方面又可藉由稅收，建設國家，和平的解決佛教與國家間的矛盾。禪宗也在這樣的情況下，得以在宋代興盛。

三、文化概況——士夫入禪、禪子習文

中唐以後，南宗禪「直指人心，見性成佛」的悟道方式廣為士大夫開方便之門，當時社會「上而君相王公，下而儒老百氏，皆慕心向道」。〔註32〕因為禪宗走向平常心是道的境界，因而吟詩作畫也成為僧人修行的課題之一。唐代已有不少僧人大量創作詩歌，雖然他們曾經有著詩為外道之事的矛盾，但最終能從詩禪分離的困局中統一起來，嘗試達成詩禪合轍。〔註33〕由於宋代統治方式採取開明的文化政策，促進宋代士大夫與禪僧往來密切，這種詩禪之間的矛盾，早已不存在。

北宋初期，禪淨雙修風氣相當盛行，著有《宗鏡錄》的延壽，以華嚴宗圓融觀「舉一心為宗」為基本，天台宗「性具實相」、「一念三千」及唯識宗「萬法唯識觀」以圓成其禪、教、淨融合的思想。永明延壽認為不要執著於某一門，企圖由禪淨合一，欲化解宗派分歧，融合各宗思想。因為禪淨雙修的盛行，帶動結社念佛的風氣，因而吸引士大夫的參與。《佛祖統紀》記載北宋初期已有大批僧俗參與廬山蓮社的活動。士大夫藉由結交禪僧參禪學佛，修習禪定，除得到心靈慰藉外，更融合儒禪，發展出新儒學。阿部肇一認為宋朝佛教的特徵在於士大夫透過禪與淨土成立其交友關係。〔註34〕

因此，宋代詩禪關係進入了新的階段，參禪的方式也由原來唐代農禪轉變為士大夫禪。張方平語王安石云：「儒門淡薄，收拾不住，皆歸釋氏。」〔註35〕即說明當時禪宗興盛的景況。至於士人與僧人往來密切的有楊億、歐陽修、王安石、蘇軾、蘇轍、黃庭堅等人，雖然歐陽修極端排斥佛教，但卻獨尊居訥禪師。而僧人與士大夫保持友好關係的也有居訥、懷璉、契嵩、克文、法秀、常總、佛印、道楷、惠洪等人。禪師們與文士們保持良好互動，

〔註32〕見《百丈清規》卷五。
〔註33〕有關唐代僧人如何在詩禪分離與融合間掙扎與轉變，詳見蕭麗華‧吳靜宜合著〈從不立文字到不離文字—唐代僧詩中的文字觀〉《中國禪學》第二卷，2003年6月出版。
〔註34〕詳參前揭書阿部肇一《中國禪宗史》，頁585。
〔註35〕見《佛祖統紀》卷四十五，（《大正新脩大藏經》第四十九冊），頁415b。

同時亦有助於宋代禪宗的發展。惠洪曾於《林間錄》稱讚楊大年，認為其辯慧足以達佛祖無傳之旨，可見文士參禪亦獲得禪機妙悟。

由於文士的參與，使得宋代成為燈錄和語錄編撰的黃金時代。惠洪《林間錄》云：「以紙為衣，隨所聞，隨即書之。」〔註36〕說明禪師們記錄傳法心要的現象。景德元年（1004），眞宗命翰林學士楊億等人裁定法眼宗僧人道原所編撰的《景德傳燈錄》，楊億用了一年時間仔細修改，完成修訂。楊億所修訂的《景德傳燈錄》，〔註37〕確定了《燈錄》體的主旨，記錄歷代祖師啓悟參禪者的機語。由於《燈錄》的內容主要是記載禪師們師生間的機鋒問答，以公案的形式呈現，因能傳達「玄趣」和「迅機」，頗受到士大夫的歡迎。柳田聖山認為宋代燈史入藏，代表禪宗已經成為官方和社會所接受的中國佛教代表。〔註38〕

李玉珍認為公案乃禪宗對佛教提出新詮釋方式，因為修行者可以不用拋棄世俗的角色和責任，能夠選擇用在家修行的方式體會禪道。〔註39〕因此，公案的編輯不但締造禪宗的歷史傳承，同時更使禪宗比天台宗、華嚴宗、律宗，成為廣泛為士大夫普遍能接受的修行方式。很快地，禪宗自然成為中國式的佛教。而公案式充滿機智與巧喻的藝術語言也影響宋代詩學的發展，葛兆光認為禪僧的詩偈便是一種語言轉換的過程。宋代文士將禪宗語言由經典轉為公案、詩偈進而變化為詩的語言。〔註40〕

道融《叢林盛事》卷下云：「本朝士大夫為當代尊宿撰語錄序，語句斬絕者，無出山谷、無為、無盡三大老。」〔註41〕文中指出的文人無盡乃張商英、無為則為楊傑。由此可知，宋代士大夫對於燈錄的熟悉與喜愛。此外，宋代文人和僧人常運用詩偈的方式，表達禪悟與禪悅。蘇軾於〈付惠誠遊吳中代書十二〉中列舉十餘名僧人「能文，善詩及歌詞，皆操筆立就，不點竄一字。」《東坡志林》卷二云：「秀州本覺寺一長老，少蓋有名進士，自文字言語悟入，

〔註36〕惠洪《林間錄》卷上，頁21。
〔註37〕禪宗公案最早的三本著作《祖堂集》、《寶林集》、《景德傳燈錄》皆於晚唐五代到宋朝才完成。
〔註38〕詳見柳田聖山《中國禪思想史》，吳汝均譯，（台北：商務，1992年），頁181。
〔註39〕詳見李玉珍〈禪宗文學之公案：佛教證悟經驗之宋代新詮〉，「讓證據說話：案類在中國」學術研討會，2000年12月28日。
〔註40〕詳見葛兆光〈語言與意義：九至十世紀禪思想史的一個側面〉，鄭志明主編《兩岸當代禪學論文集》（嘉義：南華大學宗教中心，1999年），頁347。
〔註41〕參考《叢林盛事》卷下（高雄：佛光山出版社，1994年）。

至今以筆研做佛事，所與遊皆一時文人。」僧人文人間以詩文互相贈答，刺激了宋代文字禪的發展。

魏道儒以為當時禪僧與士大夫詩偈文頌互酬即是禪，舞文弄墨則為作佛事，〔註42〕僧人藉由詩偈，表達佛門禪悟；文士間利用詩文，表達對於禪理的領悟。惠洪在這樣的文化氛圍下，自然追隨蘇軾「游戲翰墨，作大佛事」〔註43〕、黃庭堅、華光仁老「以筆墨作佛事」。〔註44〕加上，曹洞宗宏智正覺提倡默照禪，臨濟宗大慧宗杲完備了看話禪的系統，這兩種參禪方法，廣泛受到士大夫的推崇與關注，因而擴大影響的層面。因此，禪宗原標榜「不立文字」，至北宋禪淨合一思想與禪文學盛行之下，惠洪因而提出「文字禪」想法。〔註45〕

佛教經典三藏十二部中，《金剛經》、《法華經》、《維摩經》、《華嚴經》、《圓覺經》等佛教經典不僅是禪僧必讀的書籍，也是士大夫普遍閱讀的讀物。禪宗重視人生如夢、立處即真、浮世虛幻，本無去來等追求個人心靈境界自由的人生觀觀點，深深吸引士大夫，引起情感的共鳴。禪宗一方面為士大夫提供心靈的庇護，而士大夫的追求，也帶動其在宋代的發展，兩者之間，可謂相輔相成。

第二節　惠洪生平、著述與思想

一、惠洪的生平事蹟

惠洪生於神宗熙寧四年（1071），卒於高宗建炎二年（1128），恰逢宋代社會政治與思想文化劇烈轉變的時期，當時的士大夫皆有著積極入世的心情，然而政治上政黨間的交替鬥爭，使得官吏的宦海生活浮浮沈沈，導致士大夫轉而欣賞禪宗的禪悅之風，文人與僧人間往來密切。惠洪雖然身為僧人，與當時的士大夫往來還算密切。文士間的文字交流，使得惠洪不管在文學上、

〔註42〕見前揭書魏道儒《宋代禪宗史論》，頁44～45。

〔註43〕見《石門文字禪》卷十九〈東坡畫應身彌勒贊〉。

〔註44〕見《石門文字禪》卷二十七〈跋行草墨梅〉。

〔註45〕周裕鍇指出「研究禪宗史的學者，都普遍注意到兩宋士大夫參禪的盛況，卻未留心禪悅之風的真正席卷朝野是在北宋中葉特別是熙寧（1068～1077）以後」。惠洪生於熙寧四年，恰巧躬逢士大夫普遍參禪之盛況。《文字禪與宋代詩學》第二章，頁45。

禪宗義理上，皆有獨到的見解。加上政治上，君主對於燈錄語錄的重視，更使得撰寫僧籍的寫作風氣大盛。

熙寧二年，宋代文學進入「蘇軾時代」，當時王安石的變法，導致宋代不管在經濟、政治、軍事都有重要的變革。變法對於文學產生重大的影響，解放了文人儒家精神的束縛，儒釋道三家思想廣爲士大夫所接受。〔註46〕因此，惠洪便在這樣文化的刺激下，大量著述，對詩歌與禪學影響極爲深遠。

（一）惠洪的生平

惠洪又稱慧洪，字覺範，亦名德洪，自號寂音〔註47〕、寂音尊者，又號甘露滅〔註48〕、冷齋、儼、老儼等，自稱明白老、洪覺範，人或稱之明白洪、洪覺範、覺範洪，賜號寶覺圓明禪師，〔註49〕史家有清涼惠洪之稱，〔註50〕因王安石女讀惠洪詩作，斥爲浪子和尙，後世多以浪子和尙稱呼之。〔註51〕江西筠州新昌人，〔註52〕生於宋神宗熙寧四年，卒於宋高宗建炎二年（西元1071～1128），享年五十八歲。〔註53〕

〔註46〕有關於變法如何對文學產生重大的變化，詳參程杰《北宋詩文革新研究》（台北：文津，1996年），頁14～23。

〔註47〕有關惠洪自號寂音見《石門文字禪》卷十八〈蓮水觀音像贊并序〉云：「聲音語言形體絕，何以稱爲光世音？聲音語言生滅法，何以又稱寂靜音？」與卷二十四〈寂音自序〉。

〔註48〕有關惠洪自號甘露滅見《石門文字禪》卷十一〈余號甘露滅所至問者甚多作此〉一文。及卷十七〈余自渡海，即號甘露滅。所至問者尤多，時作偈答，益不解，乃告之曰：《槃經云》甘露之性，食之令人不死，若合異物，亦能不死。《維摩經》亦曰：得甘露滅覺道成。又爲之偈。〉指惠洪自海南渡海北返後，自號甘露滅。「解聞寂靜音，方見甘露滅」即點出惠洪字號寂音與甘露滅之來由。而《冷齋夜話》卷六「陳瑩中罪洪不當稱甘露滅」條中也指出「使我不得稱甘露滅者，如言蜜不得稱甜，金不得稱色黃。世尊以大方便曉諸眾生，令知根本，而妙意不可以言盡，故言甘露滅。滅者，寂滅；甘露，不死之藥，所謂寂滅之體而不死者也。人人具足，而獨僕不得稱，何也？公今開放，且不肯以甘露滅名我。脫爲宰相，寧能飾予美官乎？」

〔註49〕《宋史》卷四二六云：郭天信「奏錫樁服，號寶覺圓明」，《法華經合論》論宋寶覺圓明禪師慧洪造，《續大正藏》冊四十七，頁351。惠洪號老儼見於卷十一〈余號甘露滅所至問者甚多作此〉云：「老儼化身甘露滅」。

〔註50〕惠洪曾經住過金陵清涼寺。

〔註51〕見吳曾《能改齋漫錄》卷十一所記載。

〔註52〕《五燈會元》卷十七〈清涼慧洪覺範禪師〉云：「瑞州清涼慧洪覺範禪師，郡之彭氏子。」筠州相當於現今瑞州府。

〔註53〕據陳援庵《釋氏疑年錄》卷八云：「筠州清涼覺範德洪，先名慧洪，新昌喻氏。《佛祖通載》作俞氏，《嘉泰錄》作彭氏，而云《續僧寶傳》誤作喻，今據《石

　　關於惠洪生平可見於南宋祖琇《僧寶正續傳》卷二〈明白洪禪師〉、正受《嘉泰普燈錄》卷七、曉瑩《雲臥紀談》卷上、普濟《五燈會元》卷十七、志磐《佛祖統紀》卷四十六、元代念常《佛祖歷代通載》卷十九、清代厲鶚《宋詩紀事》等，有關於惠洪生平各家說法有一些出入，有些說法甚至以訛傳訛，待文後一一辨析，今主要依惠洪《石門文字禪》及卷二十四〈寂音自序〉內容，輔以後人考證，整理其生平事蹟大致如下。〔註54〕

1. 惠洪姓氏考

　　有關惠洪的姓氏，歷來有兩種說法。一說喻姓、一說彭姓。根據惠洪《石門文字禪》〈寂音自序〉云：「寂音自敘本江西筠州新昌喻氏之子，年十四，父母併月而歿。」自稱喻氏子，應不可能有誤，何以有另一彭姓說法產生呢？

　　從《冷齋夜話》卷八「淵材南歸布囊中墨竹史稿」條云：「淵材游京師貴人之門十餘年，貴人皆前席。其家在筠之新昌。」可知惠洪與淵材乃同鄉人。而卷九「開升法禁蛇方」條云：「使予跋其書曰：『子落筆當公，不可以叔侄故溢美也。』」可知其他人認為惠洪與淵材為叔侄關係。任淵作《山谷內集詩集注》卷二十〈贈惠洪詩〉註解云：「惠洪，字覺範，筠州彭氏子，祝髮為僧。」〔註55〕《欽定四庫全書總目》云：「惠洪，本彭氏子，於彭淵材為叔侄。故書中但稱淵材，不系以姓。」《宋詩紀事》云：「淵材，筠州人。釋惠洪覺範之叔。」以上均指出惠洪或姓彭或與彭淵材為叔侄關係，若惠洪與彭淵材真為叔侄關係，那惠洪俗姓彭應無疑義。〔註56〕

　　此外，《嘉泰普燈錄》卷七云：「新昌人，族彭氏」，亦稱惠洪作彭氏，且注云：「《續僧寶傳》誤作喻。」李賢《明一統志》云：「僧惠洪新昌人。字覺

門文字禪》卷二十四〈寂音自序〉。宋建炎二年卒，年五十八（1071～1128）。《僧寶正續傳》卷二。」（台北：彌勒，1982 年），頁248。

〔註54〕有關惠洪生平，本文採用惠洪著作《石門文字禪》、《冷齋夜話》《天廚禁臠》等內容，並參考近人研究黃啟江《北宋佛教史論稿》〈僧史家惠洪與其禪教合一觀〉附錄之〈惠洪年譜簡編〉、黃啟方《宋代詩文縱橫》〈釋惠洪五考〉所列惠洪生平簡表、林伯謙〈惠洪非「浪子和尚」辨〉、〈惠洪智證傳研究〉（東吳中文學報，第6期、第8期）。

〔註55〕詳見《山谷詩集注》卷二十〈贈惠洪〉（上海：上海古籍，2003 年），頁476。

〔註56〕此外根據《氏族大全》云：「彭淵材，家宜豐，宋元豐間人。平生喜遊，出入京師貴人之門十餘年，……時洪覺範奇於詩，鄒元佐奇於命、淵材奇於樂，號新昌三奇。姪覺範為僧，名惠洪，有冷齋夜話、甘露集、林間錄行於世。」亦指出惠洪與彭淵材的關係。

範，俗姓彭氏。」、《江西通志》卷一百三云：「德洪，一名慧洪，字覺範，號
冷齋，新昌彭氏子。」《山堂肆考》卷一百二十二云：「僧惠洪，新昌人，字
覺範，俗姓彭氏。」與《五燈會元》卷十七〈清涼慧洪禪師〉云：「瑞州清涼
慧洪覺範禪師，郡之彭氏子。」、《四庫全書》中《墨客揮犀》提要云：「惠洪
本高安彭氏子，與乘同族同時」，〔註57〕均指出惠洪俗姓彭。而《冷齋夜話》
卷十終云：「是書僧惠洪所編也。洪本筠州彭氏子，祝髮為僧〔註58〕」為彭姓
子弟。根據以上文獻資料考證，惠洪姓彭應無疑義，因此，林伯謙認為日人
廓門貫徹懷疑惠洪可能原姓彭，後來過繼為喻家養子，改姓為喻，應有可能。
而由以上資料，也足以進一步印證林伯謙先生的推證。〔註59〕

2. 得法出家、冒名惠洪

元豐七年（1084），惠洪十四歲，因父母雙亡，依三峰靚禪師為童子。
自幼惠洪便飽讀詩書，以讀書為樂。其言「日記數千言，覽群書殆盡，靚器
之」，〔註60〕說明跟隨靚禪師時，並不專務禪學，然而卻博覽儒典與佛經等
各類書籍。惠洪自云：「余幼孤，知讀書為樂，而不得其要。落筆嘗如人掣
其肘，又如瘖者之欲語而意窒，舌大而濃笑者數數然」。〔註61〕十六歲時，
惠洪自謂：「予時年十六，曉夕以思，茫然莫識其旨。」直到十六、七歲時
跟從雲庵禪師學習，才真正悟道，從此以後，發憤圖強，進步神速，並且開
始寫書。〔註62〕由此可知惠洪跟隨靚禪師十四、十五歲之時，雖然用功勤學，
亦天資聰穎，但並未悟道。直到十六、七歲時，學法於臨濟宗義玄派系黃龍
慧南弟子雲庵克文，才成為南嶽第十三世禪僧。〔註63〕

十九歲時冒名惠洪，參加東京天王寺試經，得度為僧。〔註64〕此後一生

〔註57〕詳見《四庫全書》子部卷一四一，小說家類二，頁1195。宋彭乘撰《墨客揮
　　　犀》，《宋史》記載此書作者乃筠州高安人，與惠洪為同鄉人士。
〔註58〕詳見張伯偉《稀見本宋人詩話四種》（南京：江蘇古籍，2002年），頁98。
〔註59〕關於惠洪的姓氏考採用《禪學典籍叢刊》第五卷《註石門文字禪》的說法，
　　　頁629。
〔註60〕詳見《五燈會元》卷十七（北京：中華，1984年），頁1159。
〔註61〕見《石門文字禪》卷二十六〈題佛鑑蓄文字禪〉。
〔註62〕詳見《石門文字禪》卷二十六〈題佛鑑蓄文字禪〉云：「年十六、七，從洞山
　　　雲庵學出世法，忽自信而不疑，誦生書七千，下筆千言，跬步可待也」。
〔註63〕惠洪即慧洪。有關惠洪之師承關係，參考阿部肇一〈北宋的學僧德洪覺範〉
　　　附錄之法系表及《石門文字禪》卷三十〈祭雲庵和尚文〉云：「我生九歲，則
　　　知有師，寤寐悅慕，想見形儀，識師新豐，等父母慈，欣然摩頂，使執軍持。」
〔註64〕有關度牒，在上一章節已有討論，根據覺岸《釋氏稽古略》卷四云：「（太祖

因為冒名之事，飽受牢獄之災與聲名遭受污辱，皆與此脫離不了關係。關於惠洪何以冒名？近代有許多學者考證，忽滑谷快天《中國禪學思想史》言其冒惠洪之名為大僧。〔註65〕而日僧廓門貫徹《註石門文字禪》懷疑冒用惠洪之說是否因為「惠」字輩僧人乃因惠恭皇后的緣故准予披剃，較特殊，故惠洪冒用之。根據林伯謙先生考證《宋史》卷二四三〈列傳第二后妃下〉云：「徽宗顯恭王皇后，……大觀二年（1108）崩，年二十五。諡曰靜和，葬裕陵之次。紹興中，始附徽宗廟室，改上今諡雲。」〈徽宗本紀〉則說：「（大觀四年）十二月庚戌，改諡靖和皇后為惠恭。」《宋史》卷一○九〈志第六十二〉又說：「紹興七年，惠恭改諡為顯恭，以上徽宗聖文仁德顯孝之諡故也。」由此可知徽宗王皇后先後有三個諡號，「惠恭」是大觀四年改諡；而惠洪十九歲，當時為哲宗元祐四年（1089），二者顯然完全沒有關係。〔註66〕

　　二十歲時隨宣秘大師深公學成實、唯識二論。並且在東京講學四年後才辭去。惠洪二十多歲便已獲得極高的聲名，不僅「有聲講肆」，〔註67〕其在《石門文字禪》卷十云：「元祐五年秋，嘗宿獨木，為詩以自遣」。「以詩鳴京華縉紳間」，〔註68〕可見惠洪詩文方面都已經達到很高的成就，並且與當時的士大夫往來密切。二十二歲離開宣秘禪師，南歸廬山歸宗寺，依雲庵克文禪師習法。

　　惠洪在東京數年主要以戒學與義學探討為主，而跟隨克文禪師主要是學習禪法與心法的體悟。克文禪師「患其深聞之弊，每舉玄沙未徹之語發其疑，凡有所對，文呵曰：『你又說道理耶？』」，直到某日惠洪「頓破疑團」，作了一偈：

　　　　靈雲一見不再見，紅白枝枝不著華，巨耐釣魚船上客，卻來平

建隆三年）詔僧門童行，每歲經本州考試，入京師，執政重監試所業，其《妙法蓮華經》七卷通者，奏名下祠部給牒披剃。」（《大正新脩大藏經》第四十九冊，頁859b）我們知道當時的僧侶要出家，一定要在本州通過考試，之後才能到京城參加複試，通過者才准予剃度，頒發度牒。由於宋代度牒已開始收費，且費用高昂，惠洪是否因為沒有足夠積蓄，所以冒用他人度牒參加考試，今日我們只能猜測，並無直接證據得知。

〔註65〕詳見忽滑谷快天《中國禪學思想史》第二十二章〈五祖法演與石門慧洪〉（上海：上海古籍，2002年），頁501～512。

〔註66〕《宋史》〈志〉第六十二云：「熙寧二年，命攝太常卿張揆奉真宗章惠皇后楊氏神主瘞陵園。」不知惠洪之名稱由來是否與惠太后有關？有待了解。

〔註67〕詳見《石門文字禪》卷二十四〈寂音自序〉。

〔註68〕詳見《僧寶正續傳》卷二〈明白洪禪師〉，頁291。

地摭魚蝦。

克文禪師看到惠洪的詩偈後，才開心的任命惠洪爲掌記室。〔註 69〕惠洪入盧山後，有助於其境界的突破。

哲宗紹聖三年（1096），惠洪二十六歲，張商英訪雲庵克文於洪州淨名庵，惠洪因而與張商英結識。二十七歲張商英迎克文入石門，惠洪跟隨師入盧山西南淰潭之石門山習法。二十八歲時，讀契嵩著作《輔教編》、《傳法正宗記》、《傳法正宗定祖國》等書，慕其護法之誠。〔註 70〕二十九歲離開雲庵克文，游於東吳、臨川承天寺等地。曾至南山清隱寺拜訪潛庵禪師，〔註 71〕住臨川禪院，因曾住金陵清涼寺，故亦有清涼惠洪之號。

此外，黃啓江〈僧史家惠洪與其「禪教合一」觀〉中提到：

> 惠洪因有詩名，又善與文人學士結交，動見瞻觀，不免遭忌。
> 東吳附近向有啞禪、魔禪、闇濫證禪等僞禪僧，惠洪對此輩僧侶不假辭色，又主禪教合一，即文字而說禪，對僞冒浮濫之禪徒，無異是當頭棒喝。東吳「狂僧起而誣告惠洪，未嘗不是惠洪樹大招風，矜才遭忌之故。〔註 72〕

惠洪於金陵寺時，因與當時文人結交，對於東吳附近禪僧不假辭色，且個性上粗率直爽、常不加考證輕於立論，三十一歲時，遭東吳狂僧誣告，因而入獄一年。此乃惠洪第一次入獄，他對於這樣的遭遇不以爲意，「群囚手加額，雀息瞻梵儀，吾亦失沉痾，一笑歡解頤」，〔註 73〕甚至淡然處之。崇寧二年（1103）惠洪三十三歲，自湘中歸拜師眞淨克文塔。〔註 74〕後接受顯謨朱彥世英之請，住臨川北景德禪寺擔任住持。〔註 75〕當時寺廟有羅漢古畫十六軸，

〔註 69〕 詳參《嘉泰普燈錄》、《五燈會元》及忽滑谷快天《中國禪學思想史》第二十二章〈五祖法演與石門慧洪〉，頁 505。

〔註 70〕 詳見《石門文字禪》卷二十三〈嘉祐序〉。

〔註 71〕 詳見《石門文字禪》卷十八〈清涼大法眼禪師眞贊併序〉、卷二十三〈潛庵禪師序〉云：「元符二年秋，余與弟希祖自南昌舟而東下訪之。晨香夕燈，升堂說法，如臨千眾，而叢林所服玩者莫不具，時時鏟地處置爲余言。」

〔註 72〕 據黃啓江〈僧史家惠洪與其「禪教合一」觀〉一文所考，惠洪一生多牢獄之災，主要因爲個性較狂妄、不假修辭所導致。《大陸雜誌》1991 年 4 月出版，頁 146～147。

〔註 73〕 詳見《石門文字禪》卷四〈超然攜泉侍者來建康獄慰余甚喜作此〉。

〔註 74〕 詳見《石門文字禪》卷二十四〈寂音自序〉云：「又三年，而眞淨終於庵。自湘中歸拜塔，將終藏於黃龍，而顯謨朱彥世英請住臨川北禪。」

〔註 75〕 詳見《石門文字禪》卷十一〈朱世英守臨川，新開軒，而軒有槐，高數尺，

其中一軸亡佚，惠洪因而作詩嘲弄。不久，夢到羅漢顯示其藏匿的住處，希望可以回歸寺廟，遺失的羅漢畫終於重回寺廟。當時的人以爲惠洪舌鋒十分銳利。〔註76〕三十五歲時春至洪州百丈山瞻仰大智禪師遺像。遊金陵時，應運使吳正重之請住清涼寺。入寺爲狂僧誣，因僞造度牒再度入獄一年。〔註77〕三十六歲，惠洪有感自己「世緣深重，夙習羈縻，好論古今治亂、是非、成敗」，於大觀元年（1107），結庵於臨川，名爲明白庵，「欲痛自治」，並撰庵銘，致力著述，完成《林間錄》。〔註78〕

3. 弘法嬰難、流放海南

三十九歲因弘法嬰難而入獄一年，〔註79〕後因丞相張商英與太尉郭天信特奏，再次得度爲僧。准更德洪之名，並賜紫衣與寶覺圓明的稱號。〔註80〕

因名之作此〉。

〔註76〕詳見《冷齋夜話》卷一「羅漢第五尊失隊」條，惠洪自謂「予方少年時，羅漢且畏予嘲，及其老也，如梵吉者亦見悔，可怪也。」《石門文字禪》卷十五〈撫州北景德寺不見古畫第五尊羅漢〉云：「十八聲聞解倒根，少叢林漢亂山門。知他何處羅齋去？不見堂中第五尊。」

〔註77〕詳見《石門文字禪》〈寂音自序〉云：「又三年，而真淨終於庵。自湘中歸拜塔，將終藏於黃龍，而顯謨朱彥世英請住臨川北禪。二年退而遊金陵，久之，運使學士吳正重請住清涼，入寺爲狂僧誣以爲僞度牒；且旁連前狂僧法和等議訕事，入制獄一年。」

〔註78〕《石門文字禪》卷二十〈明白庵銘〉云：「余世緣深重，夙習羈縻，好論古今治亂、是非、成敗、交游多譏訶之。獨陳瑩中曰：『於道初不相妨，譬如山川之有飛雲，草木之有華滋。所謂秀媚精進，余心知其戲然，爲之不已』。大觀元年春，結庵於臨川，名曰：『明白』。欲痛自治也。瑩中聞之，以偈見寄，曰：「庵中不著毗耶坐，亦許靈山問法人。便謂世間憎愛盡，攢眉出社有誰瞋？」於是堤岸輒決，又復滾滾多言。然竟坐此得罪出，九死而僅生。恨識不知微，道不勝習，乃收招魂魄，料理初心，爲之銘曰：雷霆發聲，萬國春曉。聞者不言，心得意了。木落霜清，水歸沙在。忽然震驚，聞者駭怪。合妙日用，如春雷霆。背覺合塵，如冬震驚。萬機俱罷，隨緣放曠。尚無了知，安有倒想。永惟此恩，研味其旨。一庵收身，以時臥起。語默不昧，絲毫弗差。蒙雜而著，隨乎于嘉。」

〔註79〕《石門文字禪》卷二十三〈昭默禪師序〉云：「大觀三年秋，余以弘法嬰難。」「越明年春，病臥獄中，公之子德逢上人，以書抵余曰：昭默病，遂有書付禪師，使人不能候而去。余矍然而起坐，念公平生奇德美行，恐即死，後世莫得以聞，故爲疏其略，以授逢使往謁道鄉居士，求文刻石於山中，以傳信後世云。大觀四年正月二十五日，石門某序。」大觀三年正值1109年，惠洪年三十九，其言秋天因弘法而嬰難，何以弘法遭致災難，林伯謙〈惠洪其人其事〉一文推測可能因爲惠洪當時尚未回復僧人身分導致。由此也可得知惠洪爲文字而說禪，以文字爲筆硯的決心。

〔註80〕惠洪在前次入獄已被褫奪僧籍，因此才因弘法而嬰難再度入獄。《石門文字禪》

四十一歲因元祐黨人與蔡京黨爭，元祐黨人皆連坐，四月，張商英罷相，惠洪因與陳瓘、張商英、郭天信等人結交，因而遭牽連入獄，十二月，胡強仲自開封獄與惠洪相隨三千餘里而至邵陽。二月十五日配到瓊州。五月七日甚至被貶至崖州（今海南島），僧籍二度被取消。

由於蘇軾曾被貶官至海南島，因而惠洪流放海南期間，仍然能以平常心看待，並有不少詩作。如《石門文字禪》卷十七〈政和二年，余謫海外，館瓊州開元寺儼師院，遇其遊行市井，宴坐靜室，作務時，恐緣差失念，作日用偈八首〉，內容描述「我自調心，非干汝事。」其調整內心，欲藉此來修道，磨練自己的心性，並欲效法百丈禪師「一日不作，一日不食」。惠洪藉此溯跡蘇軾當年行走之處。如《石門文字禪》卷二十三〈李仲元送寄超然序〉提到自己在海南的情景：

> 余至海南留瓊山，太守張公憐之，使就雙井養病，在郡城之東北隅。東坡北渡，嘗遊愛泉，相去咫尺而異味，為名其亭曰：「炯酌」，且賦詩而去。其旁有堂名曰：「疏快」，渠渠高深，吞風吐月。堂之後，有軒名曰：「俱清」，倚欄東望，山海之勝，一覽而盡得之。太守又構庵于後，其名「至遠」，余既居之，乞橄欖于旁舍，判荔樹於沙岸，作詩，其略曰：「整藍乞橄欖，斷樹判荔枝。」日作東坡羹。有佳客至，饌山谷豆腐以餉之。

由此可見惠洪在海南島追溯蘇軾的行跡，並融入當地居民的生活，與當地的人相往來交遊，且賦詩記錄在海南島的生活點滴。又云：

> 崇寧寺有經可借，郡有書萬卷。太守使監中之，余時乞食于市，作息之餘，發首楞嚴之義以為書。他日以寄吾弟祖超然，使知余雖困窮於萬里，不能忘道也。仲元將渡海，不欲更作書，如到京，為我一至天寧見因覺先，為余錄之，以寄超然，且發萬里一笑。

惠洪在海南島著述《楞嚴經合論》，內心非常高興，希望超然能夠知道，即使他被流放至海南島，內心仍然不忘道。另外《石門文字禪》卷五〈次韻蘇東坡〉亦有惠洪觀察蘇軾在海南島的記錄，如下：

> 先生謫儋耳，一葉航渺茫。褊心臨世議，怒罵成文章。昆蟲伏孔垤，仰看青鸞翔。世欲羈縻之，凡慮不自量。瓊山遠珠淵，寶光

〈寂音自序〉云：「坐冒惠洪名，著縫掖入京師，大丞相張商英特奏，再得度，節使郭天信奏師名。」《僧寶正續傳》、《佛祖歷代通載》從〈寂音自序〉說法。

> 夜煌煌。我曾至其舍，月出波心房。追惟對遺編，燈火夜初涼。麗
> 詞有逸韻，文君方小妝。便覺胸次閒，八窗玲瓏光。似聞青冥上，
> 幢節鳴珮璫。先生應過我，衣袖識天香。

描寫出惠洪對於蘇軾在海南諸事蹟的了解與踏查，並且用文字記錄其所見所聞，期勉自己能效法蘇軾用平常心看待被流放的不如意。此外，卷二十六〈題所錄詩〉云：

> 海南道人惠英，字穎孺，生十有二日而失母，年七齡而為沙門。
> 二十歲從予游，予所作語言，遍叢林未嘗收錄，而英編兩巨帙為示，
> 既有媿於九祖，欲焚去之，又念英之好學，為一笑而置之。然流俗
> 寡聞見少年嗜筆硯者，不背數必腹非之，以謂禪者不當以翰墨為急，
> 寧知龍勝詩流震旦，好學者，首論其動以億萬篇，多為言哉，英勉
> 之。老子言：為學日益，為道日損。使其未嘗學也，何所損哉！如
> 川之增者，學也。水落石出者，損也。然未易與粥飯僧論此也。

文中描述海南有位僧人名叫惠英，十二日就失去母親，七歲時出家。惠洪流放至海南期間，他跟隨著惠洪，並且記錄惠洪的文字，惠洪因此表示欲以翰墨作佛事，並強調文字喻禪的重要。

　　惠洪在海南島待了將近三年，一直到四十三歲才被釋放，五月二十五日，蒙恩釋放回江西。十一月十七日渡海北還。﹝註81﹞惠洪自謂：「朱崖軍而生還，遭黃茆瘴而復活。陷於采石而不死，囚於并門而自脫。」﹝註82﹞流放的過程，惠洪並不因此為苦，反而能夠時時弄筆硯，閱讀各類經典書籍。﹝註83﹞由此可見，後人以為惠洪乃因好名，而與權貴交的性格並不符合。

　　回程經過衡嶽，進謁方廣譽禪師，﹝註84﹞館於靈源閣下，而名其居曰：「甘露滅」。此其甘露滅名號的由來。惠洪在《石門文字禪》提到甘露滅有三十一次之多，《石門文字禪》卷十七〈余自渡海即號甘露滅，所至問者尤

﹝註81﹞詳見《石門文字禪》卷二十四〈寂音自序〉云：「坐交張、郭厚善，以政和元年十月二十六日，配海外。以二年二月二十五日，到瓊州。五月七日，到崖州。三年五月二十五日，蒙恩釋放。」、卷二十三〈夢徐生序〉云：「余竄朱崖三年，既蒙恩澤釋放。政和三年十一月十九日，自瓊州登邁北渡」。

﹝註82﹞詳見《石門文字禪》卷十九〈寂音自贊四首〉。

﹝註83﹞詳見《石門文字禪》卷二十三〈夢徐生序〉云：「余時時弄筆硯，又臥看左傳。」

﹝註84﹞詳見《石門文字禪》卷二十三〈夢徐生序〉云：「道人脫死地，萬里獨行，庸詎知無意外憂乎？願護送歸筠。即為買馬顧力，步隨余，走七十驛，而至南嶽方廣寺。」

多，時作偈答，益不解，乃告之曰：《涅槃經》云：甘露之性，食之令人不死；若合異物，亦能不死。《維摩經》亦曰：得甘露滅覺道成，又爲之偈〉可見惠洪對於自己的期許，認爲自己經過磨練後覺道成。其內容說明自號甘露滅的原因「萬象獨露身，三世一切說。解聞寂靜音，方見甘露滅。從來幾生死，何處今堆疊？不受夢幻纏，紅鑪存片雪。」甘露爲不死之藥；滅，則爲寂滅。甘露滅用來說明世尊用大方便曉諭眾生，使其知道根本，而妙意不可以言盡。惠洪自經歷海南島流放的劫難，以此自號，認爲自己就像寂滅之體而不死者。〔註85〕

同年四月，到筠州，館於荷塘寺，又築室石門寺。四十八歲又被狂道士誣告，以爲張懷素黨人，四度入獄百餘日。〔註86〕五十二歲，完成《禪林僧寶傳》，五十三歲，撰〈寂音自序〉，自號寂音尊者。惠洪經歷許多是是非非，並且遭人誤會，甚至下獄多次，然而他仍然認爲「霜鬚瘴面老垂垂，瘦搭詩肩古佛衣。滅跡尚嫌身是累，此生永與世相違。殘經倦讀閑凭几，幽鳥獨聞常掩扉。寢處法華安樂行，蕩除五十二年非」。〔註87〕後欽宗詔贈張商英等人，表彰其氣節。惠洪五十六歲時，因而至刑部上書陳詞，請求歸還僧籍。〔註88〕

〔註85〕《石門文字禪》卷二十〈甘露滅齋銘并序〉亦有說明惠洪爲何自號甘露滅的原因，可作爲對照。云：「吾聞甘露，食之長生。而寂滅法，乃有此名。寂滅而生，谷神不死。唯佛老君，其意如此。我本超放，憂患纏之。今知脫矣，鬑髮伽梨。安適嵩少，璨逃潛霍。是故覺範，老于衡嶽。山失孤峻，玉忘無瑕。當令舌本，吐青蓮華。」

〔註86〕詳見《石門文字禪》卷二十四〈寂音自序〉云：「十一月十七日，北渡海。以明年四月，到筠館於荷塘寺。十月，又證獄并門。五年夏，於新昌之度門往來九峰洞山者。四年，將自西安入湘上依法眷。以老，館雲巖又爲狂道士誣，以爲張懷素黨人。官吏皆知其誤認張丞相爲懷素，然事須根治，坐南昌獄。百餘日，會兩赦得釋，遂歸湘上南臺。」及卷二十三〈潛庵禪師序〉云：「冬十月，證獄太原，拴縛在旅邸，人諱見之，而潛庵禪師冒雨步至，撫慰爲死訣。」

〔註87〕詳見《石門文字禪》卷十二〈偶書寂音堂壁三首〉。

〔註88〕根據曉瑩《感山雲臥紀談》卷上「寂音獲譴」條，言惠洪於靖康初，趁黨禁大除，上書欲援道潛、永道二僧之例，請求回復僧籍。惠洪自云「放停僧惠洪，見年五十六。本貫筠州人，元係右街香積院僧籍。先因崇寧初諫官陳瓘論列蔡京事，忤旨編管連州。惠洪爲見陳瓘當關盡節，投竄嶺海，一身萬里，恐致疏虞，調護前去，往來海上，前後四年，因與陳瓘厚善。又緣得度爲僧，元係故宰相張商英奏名。政和元年，張商英奏取陳瓘《尊堯集》，是時內官成與蔡交結，見宰相薦引蔡京仇人陳瓘，百計擠陷，旬月之間，果遭斥逐。猜疑是惠洪與陳瓘爲地，發怒諷諭開封尹李孝壽勾惠洪下獄，非理考鞫，特配吉陽軍。後來因京、梁師成嶺外，正其罪惡。顯見惠洪前頃所坐情節，委實冤枉。……」（高雄：佛光，1994 年），頁 263。以及黃啓江〈僧史

五十七歲始回復僧籍。〔註89〕宋高宗建炎二年（1128），惠洪於同安圓寂，享年五十八歲，好友韓駒爲其作塔銘〈覺範墓誌〉。〔註90〕

　　觀惠洪一生，坎坷不平，飽受牢獄之災，聲名遭受污辱，蓋因其性格狂放不羈所導致。「余性喜笑傲，不了人之愛憎」〔註91〕可說明惠洪何以得罪僧俗權貴等人。然而惠洪其詩風文士化，舉凡文士詩體出現的題材，均能著筆。《宋詩鈔》〈石門詩鈔小序〉稱其爲「宋僧之冠」，清代賀裳《載酒園詩話》以爲「僧詩之妙，無如洪覺範者，此故一名家，不當以僧論也。」由此，筆者認爲北宋詩僧中，惠洪可蔚爲大家之一。

（二）師承與交遊

　　惠洪於北宋文士中特尊蘇軾、黃庭堅、歐陽修；詩僧特尊雲庵克文、懷璉、道潛清順、龍禪師等人。梁道禮〈惠洪詩話序〉云：「惠洪與蘇軾、黃庭堅爲方外交，登高臨遠，喜爲綺美不忘情之語，其詩學以蘇軾、黃庭堅爲旨歸，開口論詩，多非黃即蘇。」〔註92〕舉凡引蘇軾、黃庭堅詩、詩論、論述蘇黃事蹟等文字屢見於惠洪著作中，足見蘇、黃二人對於惠洪的影響之深遠。〔註93〕

　　惠洪於少年時代便與當時的士大夫往來密切，甚至與許多文人間也有詩文往來的互酬。其在《冷齋夜話》與《石門文字禪》中，便常提到許多時常相互往來的文人與僧人，士大夫有張商英、陳瓘、謝無逸、黃庭堅、韓駒、彭淵材、李德修等人，而僧人則有善權、靈源、超然、宗杲等人。藉由探討惠洪在當時與哪些人交遊的情況，除了可更清楚地勾勒惠洪的形象，並察覺其在詩學與禪學上受哪些文人的影響。

家惠洪與其「禪教合一」觀〉一文中指出惠洪最後抱憾示寂於同安。

〔註89〕有關惠洪最後是否有回復僧籍，亦有不同說法，根據南宋・祖琇《僧寶正續傳》卷二〈明白洪禪師〉謂惠洪於靖康元年（1126），蒙賜再度剃髮，恢復舊名。且《石門文字禪》卷三十〈祭鹿門燈禪師文〉云：「維皇宋建炎元年，歲次丁未，五月庚寅朔；二十日，特敕復僧某，謹以茗果之奠，敢昭告于燈公禪師之靈。」

〔註90〕據黃啓江〈僧史家惠洪與其「禪教合一」觀〉一文所考。

〔註91〕《石門文字禪》卷二十〈宜獨嚴鐘銘并序〉。

〔註92〕此見吳文治主編《宋詩話全編》（南京：江蘇古籍出版）1998年，其中〈惠洪詩話〉由梁道禮編纂。

〔註93〕有關蘇軾對惠洪的影響詳見蕭麗華、吳靜宜〈蘇軾詩論對惠洪文字禪的影響〉（玄奘大學宗教與文學研討會，2003年4月）。

1. 惠洪師承——真淨克文

克文，號眞淨，俗姓鄭，陝西閬鄉人。生於宋仁宗天聖三年（1025），卒
於宋徽宗崇寧元年（1102）。〔註94〕因居所名雲庵，故又號雲庵，世稱雲庵克
文。克文年輕時對於法相、華嚴二宗頗有研究，「後棄教習禪，遍參名宿，慕
慧南之名，經造其廬而參之，終得其法」成爲黃龍慧南之法嗣，慧南是臨濟
宗汾陽善昭高足石霜楚圓的弟子，以此推知惠洪的師承關係，自六祖以來如
下：

六祖慧能——南嶽懷讓——馬祖道一——百丈懷海——黃檗希
運——臨濟義玄——興化存獎玄——南院慧顒——風穴延沼——首
山省念——汾陽善昭——石霜楚圓——黃龍慧南——眞淨克文——
清涼惠洪〔註95〕

有關黃龍慧南的法系如下：

兜率從悅

黃龍慧南 —— 眞淨克文—— 泐潭文準

清涼惠洪

克文幼年即熱愛讀書，二十多歲出家求道，後來得法於黃龍南公，使歸於黃
龍門下。於熙寧五年（1072）至筠州，說法於高安諸山，後移居至洞山，由
於精通佛法，辯博無礙，因而僧眾甚多。〔註96〕惠洪於行狀中指出，雲庵克
文主持叢林法度甚嚴，待人不分貴賤，禮敬如一，並且善於說法。〔註97〕受
當代士大夫的欣賞，如王安石、張商英、蘇東坡、蘇轍〔註98〕、黃庭堅〔註99〕
等。元豐七年（1084），克文游於東吳，王安石奏施金陵舊宅爲報寧寺，請雲

〔註94〕詳見《中國佛教思想資料選編》第三卷第一冊，頁342～368。（北京：中華書
局，1991年）。以及《釋氏疑年錄》卷七云：「雲庵眞淨克文陝府閬鄉鄭氏。
宋崇寧元年卒，年七十八（1025～1102）。語錄附德洪撰行狀，並見《石門文
字禪》卷三十。」
〔註95〕根據林伯謙於〈惠洪其人其書簡論〉中所考證的資料。
〔註96〕詳見蘇轍〈洞山文長老語錄敘〉《欒城集》卷二十五，頁262。
〔註97〕詳見《中國佛教思想資料選編》第三卷第一冊。
〔註98〕詳見《冷齋夜話》卷七「夢迎五祖戒禪師」條云：「蘇子由初謫高安時，雲庵
居洞山，時時相遇。」「後東坡以書抵雲庵，其略曰：『戒和尚不識人嫌，強
顏復出，眞可笑矣。既是法契，可痛加磨礪，使還舊觀，不勝幸甚』，自是常
衣衲衣。」
〔註99〕詳見《石門文字禪》卷二十七〈山谷雲庵贊〉云：「雲庵住廬山時，山谷過焉，
相與游鸞溪，坐大石上，孼窠留題其法喜之游。」

庵克文禪師擔任住持。並奏請皇帝賜紫衣方袍與「眞淨」大師封號。哲宗紹聖三年（1096），張商英出鎭洪州，於淨名庵訪克文，隔年迎克文入洪州北部泐潭之石門山。

惠洪於《石門文字禪》中言其九歲時（元豐二年，1079），便知道克文。〔註100〕至十六歲時，入洞山跟隨克文習法。〔註101〕整部《石門文字禪》中惠洪提到雲庵克文者達五十多處，例如「曾學雲庵逸格禪，別來江柳幾春煙」、「次韻雲庵老人題妙用軒」、「讀雲庵老人戲墨爲詩」、「懷我雲庵，黃龍的嗣。說法如雲，縱橫放肆」。雲庵克文飽讀詩書，其「賢首慈恩性相二宗，凡大經論咸造其微」，〔註102〕與王安石討論佛經，能取維摩「亦不滅受而取證」，以證明「一切眾生皆證圓覺」而非「具圓覺」，爲典型禪教合一的禪師。〔註103〕其影響惠洪博通禪教，致力於禪教合一的文字禪觀。

惠洪受雲庵克文啓發禪教合一的思想，其引《金剛經》、《首楞嚴經》、《維摩經》，以闡明「三玄三要」之旨，又著《智證傳》「離合宗教，引事比類，折衷五家宗旨」，都是爲了強調「宗門旨要，雖即文字語言不可見，離文字語言亦安能見哉」的觀點。

雲庵圓寂後，惠洪時常追念恩師，幾乎每年生辰寫偈頌紀念，如卷一〈上巳日有懷昔從雲庵老人此日山行〉云：「不見庵中人，……，衰涕落春衫」，想念雲庵師的形貌。「政和八年四十八，一念了知一切法。顚倒妄想垢消滅，平等性智光通達。常令現前絕功勳，不欲染污差毫髮。雲庵夢中提誨我，不然何以同登塔。」（卷十七〈戊戌歲元日夢雲庵攜登塔問答甚多覺而忘之作此〉），惠洪當時已自海南島流放回來幾年，然而因遭狂道士誣告，以爲他是張懷素的黨人，被關在南昌獄中百餘日。他感念老師的提拔，得以領悟佛法的眞諦。因此，雖然經歷許多風浪，卻不以爲意，藉此領略禪悟的境地。

2. 禪門宗友──誵禪師、善權、靈源、超然、宗杲

惠洪十四歲依三峰誵禪師爲童子，《石門文字禪》卷二十五〈題香山誵禪

〔註100〕詳見《石門文字禪》卷三十〈祭雲庵和尚文〉云：「我生九歲，則知有師，寤寐悅慕，想見形儀，識師新豐，等父母慈，欣然摩頂，使執軍持。」雖然九歲時惠洪便知道克文，然而到十六七歲才開悟得法。

〔註101〕詳見《石門文字禪》卷二十六云：「年十六、七，從洞山雲庵學出世法，忽自信而不疑，誦生書七千，下筆千言，跬步可待也。」

〔註102〕見《石門文字禪》卷三十〈雲庵眞淨和尚行狀〉。

〔註103〕詳見黃啓江前揭書《北宋佛教史論稿》〈僧史家惠洪與其「禪教合一」觀〉，頁36。

師語〉云：

> 禪師父事雲庵、於予爲法兄。然予少寘師事之，初，聞其誦迦
> 葉波偈，曰：諸法從緣生，諸法從緣滅。我師大沙門，常作如是說。
> 乃曰：子悟此，即是出家。予時年十六，曉夕以思，茫然莫識其旨。
> 頃在海外閑居，味維摩詰言善來、文殊師利，不來相而來，不見相，
> 而見，文殊師利言，如是居士，若來，已更不來：若去，已更不去。
> 所以者何，來無所從去、無所至；所可見者，更不可見。乃追繹香
> 山之語，遂深入緣起無生之境，將以見之，報其發藥之恩，則化去。
> 已逾年矣，其門人文謙，以其提誨之語爲示，并書子，願見不果。

說明顒禪師爲惠洪法兄，同樣師事雲庵，惠洪時常追繹顒禪師之語。《冷齋夜
話》多處提到顒禪師，卷六「顒禪師爲流所溺詩」條云：「顒禪師，有道老宿
也，初主筠之三峰。嘗赴供民家渡溪溪漲，顒重遲，爲溪流所陷。童子掖之
至岸，坐砂石間，垂頭如雨中鶴。童子意必怒且遭詬，遂不敢仰視，顒忽指
溪作詩曰：『春天一夜雨滂沱，添得溪流意氣多。剛把山僧推倒卻，不知到海
後如何。』顒後住汝州香山，無疾而化。」〔註104〕惠洪用事例，生動描寫顒
禪師的形象，道出顒禪師能夠不執著於外在事物，雖身處逆境，仍能吟詩唱
和幽默觀世間事。另外，「顒禪師勸人」條云：「三峰顒禪師，初住寶雲。邑
有巨商，尚氣不受僧化，曰：『施由我耳，豈容人勸。』顒宣言：『唯吾獨能
化之。』其人聞顒至，果不出。顒見題其壁而去，曰：『去年巢穴畫梁邊，春
暖雙雙遶檻前。莫訝主人簾不捲，恐銜泥土污花磚。』其人喜不怒，特自傷
追還，厚施之。顒笑謂人曰：『吾果能化之。』」由此可以顒禪師能夠巧妙的
運用詩歌意韻，度化巨富。筆者認爲惠洪對於顒禪師的作爲，應非常欣賞，
其條錄之，也有效法之意，希望能夠以文字度人度己。

善權，字巽中，江西靖安人，世稱巽中。〔註105〕惠洪曾爲善權之母寫墓
誌銘，《石門文字禪》卷二十九〈馮氏墓銘并序〉云：「沙門善權以政和五年
十月某日，葬其母馮氏於幽谷」及「幼子善權俊發，夫人曰：此兒非仕林可
致也，施以從石門道人應乾，游以文學之美，致高名於世。」由此可知惠洪
與善權熟識的程度，而且說明善權善用文字表達的能力。又卷二十六〈題權

〔註104〕見張伯偉《稀見本宋人詩話四種》，頁55～56。
〔註105〕周裕鍇考訂以爲所指乃江西詩派詩僧善權，字巽中，江西靖安人，世稱「瘦
　　　　權」或「權巽中」。

巽中詩〉云：「巽中下筆豪特之氣，凌跨前輩，有坡谷之淵源。予見之，未視名字輒能辯，大率句法如徐季海之字，字外出骨，骨中藏稜，讀者當置軸紬繹，想見瘦行清坐時也。使巽中聞此語，當以予爲知言。」惠洪於《石門文字禪》一書中提到江西詩派詩僧善權共十三處，如卷二〈贈巽中〉云：「我初未識已嗟駭，誇聲萬口鋒刃攢。故人坐上適相值，妙語生我世間歡。新詩脫口劃如霓，奮毫狂赴龍蛇鑽。翩翩奕奕出意外，慓然茅屋翻狂瀾。切疑湯休蹲舌底，又疑醉素戲筆端。作詩問君覓奇字，留待老年偎日看」詩中以湯惠休與善權相較，可見惠洪極欣賞其文筆與妙語。〈寄巽中〉云：「熏風度南枝，餘芳委紅綠。微雲生晚陰，梅雨淨林麓。穿花鵬語遲，翻泥燕飛速。遐想幽人居，夢過俫溪曲。清聲入絕耳，斯懷抱煩燠。仰道思彌高，哦詩出凡俗。脫屨滿戶外，輪蹄日相逐。吾徒不得人，大法世陵叔。智刃剪蒿蓬，利鋒揮樸樕。念往造前席，初筮不我卜。別來空相思，徒倚蒼山木。懸知清興多，銀鉤墮盈軸。願得三百篇，遺我藏諸櫝。如彼知音知，價不低金玉」，〈次韻權巽中送太上人謁道鄉居士〉云：「我讀瘦權詩，起舞忘華顛。疑與雪溪畫，句法爭後先。」卷五〈仙盧同巽中阿祐忠禪山行〉云：「好山不知源，勝處藏疊嶂。興來理清游，意適爭勇往。事異傾同識，顧語山苔響。野泉行淺沙，脫履屢植杖。相羊木陰下，喘坐清相向。阿祐華林風，媚秀得妍狀。忠禪等鵠清，精神照冰段。佳山異比丘，韻山羲皇上。風度太清癯，吐語極豪放。」由此可知惠洪心目中善權不僅禪法、文筆極高妙，且能吟詩作畫，因而惠洪與善權兩人常以文字互酬，相互鼓舞。

　　靈源，名惟清，字覺天，號靈源叟，又稱昭默禪師，受賜號佛壽，南州武寧陳氏。〔註106〕師從黃龍寶覺禪師，與黃庭堅爲朋友，受其師寶覺欣賞喜愛。〔註107〕《石門文字禪》卷十五〈次韻魯直寄靈源三首〉一詩可知靈源與黃庭堅師友的關係，黃庭堅是否藉由靈源而與惠洪結識，雖一手證據可以推知，然靈源與惠洪兩人關係密切，又由《石門文字禪》出現五十多次可知。卷十〈別靈源禪師〉惠洪稱讚靈源「平生風骨秀琳琅，水鏡胸懷未易量。聲利光中忙趣少，煙霞影裡淡心長。」卷十二〈謁靈源塔〉、卷一〈送英老兼簡

〔註106〕見《石門文字禪》卷二十三〈昭默禪師序〉云：「公名惟清，自號靈源叟。世爲洪州武寧陳氏子，童子時誦書，日數千言，伊吾上口，有異比丘過書肆見之，引其手，熟視大驚，勸其父母使出家，公即忻然往依。」
〔註107〕見惠洪《禪林僧寶傳》卷三十〈黃龍佛壽清禪師〉，頁502。

鈍夫〉云：「靈源道價壓四海，骨相正似陳睦州。去年龍山同坐夏，時君亦來從我游。鬧傳詩膽抵身大，時吐佳句凌湯休。」卷十四〈贈誠上人四首〉云：「凍耳欣聞軟語，冷齋忽變春溫。衝雪來尋覺範，思時山說靈源。……覓句初聞試手，吐詞果復驚人。夜覺千巖晝永，曉看萬瓦生春。」都可以知道惠洪對靈源有極高的評價。

此外，靈源惟清聽說惠洪獲罪，忍不住嘆云：「蘭植中途，必無經時之翠，桂生幽壑，終抱彌年之。古人謂聰明深察而近於死者，好議人者也，在覺範有之矣。」〔註108〕忽滑谷快天指出惠洪只是因為說話較直率，因而得罪人，導致獲罪，並非真的有什麼嚴重的過失。〔註109〕由此也可客觀了解惠洪並非真有值得讓人非議之處，只不過其直言導致敗名。

惠洪與超然兩人同嗣真淨克文，因而兩人往來相當頻繁，惠洪於《石門文字禪》提及超然，約有五十多處。超然即希祖，〔註110〕《石門文字禪》卷一〈洞山祖超然生辰〉云：「希郎真吾道門友，初見忘年今耐久。天機深穩道骨清，詩句誰令愕人口。可憐佳處未全知，但見茲篇氣渾厚。我生癡魯人所棄，洞視胸中了無有。但忻所至有青山，依倚叢林遮百醜。君才一籌勝卻我，胡為包腰反隨後。人生嗜好調自殊，海上舊聞人逐臭。江南長憶好雲泉，今日雲泉長入手。萬頃蒼然几桉間，作詩舉以為君壽。」可見惠洪對於超然的推崇欣賞，不僅認為其詩文氣渾厚，並且更稱讚超然的才氣更勝於自己。他認為超然能夠領略空無的禪觀，其詩歌作品勝於叢林其他人的作品。惠洪與超然兩人常相互交遊，〔註111〕《石門文字禪》卷四〈超然攜泉侍者來建康獄慰余甚喜做此〉一詩內容說明自己能坦然面對這樣的遭遇，而超然能夠到獄中探望惠洪，若非至親好友，怎可能有如此作為？

影響南宋看話禪的宗杲（1089～1163）曾於政和五年集湛堂文準平日說法語要謁見惠洪，惠洪《石門文字禪》卷二十五〈題準禪師語錄〉內容云：

> 石門雲庵示眾之語，多脫略窠臼。于時衲子視之，如春在花木而不知其所從來。予每以謂：「此老人可以起臨濟之仆！」哲人逝矣！

〔註108〕見《禪林寶訓》卷二，《大正藏》第四十八冊，頁1023c。
〔註109〕參考《佛祖統紀》，頁227。
〔註110〕據《續傳燈錄》卷十四，睦州廣靈佛印希祖禪師，處州周氏子。
〔註111〕見《石門文字禪》卷一〈次韻超然游南塔〉、卷三〈次韻超然送照上人歸東吳〉、卷三〈珪粹中與超然游舊超然數言其俊雅除夕見於西興喜而贈之〉等皆可看出惠洪與超然兩人互動。

切嗟悼之，以爲世莫有嗣之者。湛堂於予爲弟昆，自其開法，未嘗
聞其舉揚。歿後百餘日，得此錄於杲上人處。讀之喟曰：「雲庵之餘
波，乃能發生此老種性耶？」政和五年十月七日題。

惠洪稱湛堂爲其弟昆，自然將宗杲視爲宗姪。周裕鍇認爲湛堂平日說法語
要，不許人抄錄，而宗杲憑記憶誦出，並將其語錄集成，可見宗杲並不贊成
口耳授受。〔註112〕惠洪閱讀宗杲所記錄的湛堂語錄，忍不住讚嘆，認爲湛
堂能得雲庵旨意，自開其法，可爲臨濟雲庵的傳人。藉由湛堂的語錄，不禁
想到當時雲庵傳法的形貌。

　　崇寧五年，惠洪住清涼寺大慧宗杲禪師處，政和七年，宗杲持大寬和尙
語錄請求惠洪作序，惠洪云：

　　……余猶及見前輩能言老黃龍，同時所游從，有若楊岐會、翠
巖眞、大寧寬皆一時號明眼，而會與眞所得法子，照映江左，語言
布寰宇。獨寬公少見機緣，有石門宗杲上人，抗志慕古，俊辯不群，
遍遊諸方，得此錄。讀之而喜曰：雖無老成，尙有典刑。此語老宿
典刑也。其可使後學不聞乎？即唱衣缽，從余求序，其所以命工刻
之。嗚呼！杲之嗜好，可謂與世背馳。彼方尊事大名譽者，傳授其
語，而杲獨取百年物故老僧之語，欲以誇學者，不亦迂乎？雖然，
會有賞音者耳。〔註113〕

　　此外，由《大慧普覺禪師年譜》見宣和元年（1119），宗杲三至黃龍見靈
源惟清，而此時惠洪寓居雲巖，兩人交游密切，志趣相投。周裕鍇也認爲由
宗杲屢次求惠洪作文來看，應接受惠洪文字禪觀念。筆者認爲宗杲得惠洪文
字禪意境眞髓，其提出看話禪乃殷鑑當時參禪不注重實修，只知背誦語句，
實非其悟，因而爲匡正禪林，火焚《碧巖錄》，受惠洪文字禪觀影響。宗杲看
話禪與惠洪提出文字禪用意相似，惠洪認爲當時不重經典文字，只重浮談，
未能眞正體悟禪道。而宗杲以爲「禪無文字，須是悟始得」，兩人討論的文字
觀看似對立，然而都是要求體悟眞理的意境。

　　宗杲雖然並非惠洪的嫡傳弟子，但卻能依著文字禪的脈絡，承繼雲庵文
字觀，繼以受惠洪影響，並融合自己的看法，因應當時的現象，建立自己的
禪法——看話禪，在圓悟克勤之後，成爲一代宗師。惠洪對其影響深遠，筆

〔註112〕見前揭書周裕鍇《文字禪與宋代詩學》，頁67。
〔註113〕見《石門文字禪》卷二十三〈洪州大寧寬和尙語錄序〉。

者留待第六章惠洪文字禪詩觀對後代的影響中再討論。

謝無逸爲惠洪《林間錄》作序的內容所提：惠洪爲臨濟宗黃龍派寶峰克文的法嗣，與江西派詩人如黃庭堅、洪炎、謝無逸、韓駒、李彭、善權、徐俯、汪革、夏倪、林敏功都有唱和的詩，其中與李彭、韓駒、謝無逸關係最爲密切，不僅如此，惠洪與政治官員亦有友好關係，如張商英、陳瓘等人。以下就針對惠洪與文士張商英等人互酬情形加以介紹。

3. 張商英

惠洪在《石門文字禪》中常提到的無盡居士，其實就是張商英。根據《宋史》卷三五一〈列傳第一百一十〉云：「張商英，字天覺，蜀州新津人」，號無盡居士。生於慶曆三年（1043），卒於宣和三年（1121），長惠洪二十八歲。歷仕宋神宗、哲宗、及徽宗。徽宗大觀四年（1110）時，繼蔡京之後，擔任宰相，以主持短期的政治改革而名重一時。「調通川主簿。渝州蠻叛，說降其酋」，張商英曾降服渝州蠻族之亂，受王安石召，擔任檢正中書禮擢監察御史。一生用文字、語言、行動來護衛佛法。〔註114〕「有郭天信者，以方技隸太史，徽宗潛邸時，嘗言當履天位，自是稍眷寵之。商英因僧德洪、客彭幾與語言往來，事覺，鞫於開封府。御史中丞張克公疏擊之，以觀文殿大學士知河南府，旋貶崇信軍節度副使，衡州安置。天信亦斥死。京遂復用。」〔註115〕記錄張商英與惠洪之間有言語之間的往來，且曾爲惠洪上言。〔註116〕

據黃啓江〈張商英護法的歷史意義〉一文所考，張商英一生交遊僧侶甚多，約略有常總、從悅、惠照、道平、克勤、德淳、克文、惠洪、惟清、宗杲等。惠洪與張商英兩人的關係，始於哲宗紹聖三年（1096），當時惠洪二十六歲，張商英訪雲庵克文於洪州淨名庵，兩人因而結識。隔年張商英迎克文入石門，惠洪亦跟隨師入廬山西南泐潭之石門山習法。〔註117〕大觀三年秋，惠洪因弘法嬰難，幸虧有張商英特奏，得以再度得度爲僧。

惠洪於《石門文字禪》中多達二十多處提到與張商英交遊的內容。張商

〔註114〕詳見黃啓江《北宋佛教史論稿》〈張商英護法的歷史意義〉（台北：商務）文中對於張商英護法的意義提出深刻的見解。

〔註115〕詳見《宋史》卷三五一〈列傳第一百一十〉。

〔註116〕此外，黃啓江《北宋佛教史論稿》〈張商英護法的歷史意義〉中言：張商英與惠洪爲禪喜之游，常有詩書往還唱和，甚爲相得，譽之爲「天下之英物，聖宋之異人」，每邀他出住大刹，還屢助他解除牢獄之災，使他得以發揮其長，寫出許多傳世之作。

〔註117〕詳見黃啓江《北宋佛教史論稿》〈張商英護法的歷史意義〉。

－48－

英曾經邀請惠洪入天寧寺，惠洪作詩表明心意，見卷十五〈無盡居士以峽州天寧見邀，作此辭免，六首〉及卷二十九〈荅張天覺退傳慶書〉。卷二十七〈跋無盡居士帖〉云：

> 無盡登庸，百僚畏讋，坐政事堂，德長於兩府，諸公自劉中書吳門下皆昆弟畜之，觀其退歸山林，與衲子游，書詞諄諄，不翅如骨肉然，賢者莫不怪之。安知此老人以法爲親乎，龍安照公，倚公之風，遂托名不朽，其亦老贊公盧玉川、希上人之流亞也耶。

惠洪祝賀張商英成爲宰相，並且稱許他與僧人皆有良好關係，書詞諄諄。另外卷十五〈余嘗問無盡居士曰：「往問悅公參素侍者，有何言句？」無盡居士曰：「見悅說昔素問無爲如何說？悅擬開口，素大笑，悅當有省，宣師爲侍者。」余於叢林，三見之矣！政和元年，又會于顯忠寺，且欲歸江南，作三偈送之。〉及卷十七〈送逸禪者歸荊南見無盡居士〉兩篇詩作皆記錄與張商英交游而作。此外，惠洪於卷二十四〈送鑑老歸慈雲寺〉云：「崇寧二年張商英罷相」，但在惠洪心目中他是一個用文章功業來彰顯佛法的人。卷二十四〈送一上人序〉時，張商英已經過世，惠洪仍寫出兩人交遊以及內心憶及當年情景的思念之情。〔註118〕

4. 黃山谷

《冷齋夜話》書末經後人記載惠洪「以詩名聞海內，與蘇、黃爲方外交。是書古今傳記與夫騷人墨客多所取用」。〔註119〕《四庫全書提要》評《冷齋夜話》云：「是書雜記見聞，而論詩者居十之八；論詩之中，稱引元祐諸人者，又十之八；而黃庭堅語尤多，蓋惠洪猶及識庭堅，故引以爲重。」由此，

〔註118〕見《石門文字禪》卷二十四〈送一上人序〉云：「無盡居士，崇寧二年自政府謫亳、蘄兩州，以宮祠罷，歸舟而南，時龍安照禪師，自西安往迎之，至夏口，遂與無盡俱載，登赤壁。余聞之，作詩寄之曰：「無盡、龍安兩勍敵，大梅龐老是同參。近聞赤壁同登賞，想見清風助笑談。已作泛舟遊夏口，又成橫錫過江南。歸來萬壑松聲在，依舊閒雲沒草庵。」明年夏，無盡來，招住峽州天寧，辭之，已而問來僧：「嘗記覺範言句乎？」僧誦前詩，無盡忻然。和之曰：「心月澄澄映碧潭，曾參錯認作曹參。若非臨濟具隻眼，爭得維摩相對談。萬象森羅皆拱北，百城迢遞謾遊南。直須取惜眉毛落，燒卻山頭洛浦庵。」宣和四年十二月十四日，龍安之門弟子義一，持無盡所作照公塔銘語句來時，無盡亦歿逾年矣。余遊二老蓋三十年，今俱成千古。獨余身在，然亦折困於夢幻數矣。是夜義一先寢於坐，念舊游如前身事，錄兩詩以授之。使歸舉似山中之耆年，庶其哀余之志也。」

〔註119〕見張伯偉《稀見本宋人詩話四種》，頁98。

我們應該可以推知惠洪與黃庭堅亦有所往來。崇寧三年，黃庭堅將貶至宜州時，過洞庭，經潭、衡等州，曾贈詩予惠洪，〔註120〕雖然蔡卞夫人曾批評惠洪爲「浪子和尚」及後人胡仔、紀昀也承此說繼續批評，〔註121〕但此詩亦見於《黃山谷詩集》卷二十〈贈惠洪〉，且惠洪詩文中，時常提及黃庭堅，且多引用。〔註122〕再則由吳曾《能改齋漫錄》記載江西詩派鼻祖黃庭堅曾讀到惠洪《石門文字禪》卷十〈崇勝寺後竹千餘竿，獨一根秀出，呼爲竹尊者〉一詩。〔註123〕由此可見吳曾亦認爲惠洪與黃庭堅兩人應互有往來。

惠洪於《冷齋夜話》、《石門文字禪》述及黃庭堅有四十多處，《石門文字禪》卷二十七〈跋山谷雲庵贊〉云：「雲庵住廬山時，山谷過焉，相與游鸞溪，坐大石上，擘窠留題其法喜之游，如黃檗裴公，乃作此贊。後二十餘年，得於衡陽毛氏之家，持以還長沙，開法長老覺慈寔其的孫，時年二十三歲，即以付之臨濟正脉，使流通不斷，乃無所媿，此贊其敬之哉！宣和五年中秋前一日題。」惠洪寫此贊已五十三歲，此時，山谷已經過世將近二十年，惠洪回憶山谷與其師雲庵相遊情形，一方面追憶山谷，同時也追思其師雲庵。

惠洪於《石門文字禪》中述及山谷詩文與事蹟，並有多首悼山谷詩。從惠洪的著作中所提及的黃山谷，可知在惠洪心目中是非常景仰欣賞山谷的。例如「東坡句法補造化，山谷筆力江倒流。」〔註124〕、「人以山谷之言爲確論，確論獲我心，此際況味俗人不能知。」〔註125〕、「山谷醉眼蓋九州，而神於草聖。」〔註126〕、「山谷初謫，人以死弔笑曰：四海皆昆弟，凡有日月星宿處，

〔註120〕有關黃庭堅是否曾經贈詩於惠洪一事，有人懷疑此乃惠洪自己虛構之史實。

〔註121〕關於蔡卞夫人批評惠洪爲浪子和尚，而使其著作可信度受到質疑，林伯謙於〈惠洪非「浪子和尚」辨〉（《東吳中文學報》第六期，2000年5月）一文中已爲惠洪提出辯解，認爲惠洪非一般世俗所認爲的「浪子和尚」。

〔註122〕由惠洪《石門文字禪》卷三〈黃魯直南遷，艤舟碧湘門外半月，未遊湘西，作此招之〉，黃庭堅《黃山谷詩集》卷二十〈贈惠洪〉語多稱讚，可見惠洪與黃庭堅兩人應有往來唱酬。

〔註123〕《石門文字禪》卷十〈崇勝寺後竹千餘竿，獨一根秀出，呼爲竹尊者〉云：「高節長身老不枯，平生風骨自清臞。愛君脩竹爲尊者，卻笑寒松作大夫。不見同行木上座，空餘聽法石爲徒。戲將秋色供齋缽，抹月披雲得飽無？」惠洪以竹尊者象徵德智兼備的僧人，描寫出竹尊者的形象特徵「高節長身」、「風骨清臞」，竹尊者的品行「愛君脩竹爲尊者，卻笑寒松作大夫」吳曾以爲黃庭堅讀後，「見之喜，因手書此詩，故名以顯。」

〔註124〕見《石門文字禪》卷七〈鄭南壽攜詩見過次韻謝之〉。

〔註125〕見《石門文字禪》卷三〈荊公鍾山東坡餘杭詩〉。

〔註126〕見《石門文字禪》卷二十七〈跋行草墨梅〉。

無不可寄此一夢者。此帖蓋其喜得黔戎有過從之詞，其喜氣可搏掬。山谷得瘴鄉有遊從其情如此，使其坐政事堂，食箸下萬錢，以天下之重，則未必有此喜也。」

　　據《僧寶正續傳》卷二〈明白洪禪師〉云：「與語終日，不容去」，知惠洪與山谷曾於湘西見面。此外關於惠洪與山谷之間的交遊，見「予問山谷：『今之詩人，誰爲冠？』曰：『無出陳師道無己！』問其佳句如何，曰：「吾見其作溫公挽詞一聯，便知其才不可敵。曰：『政雖隨日化，身已要人扶。』」〔註127〕「山谷爲予言：自出峽見少年時書，便自厭。此帖在龍舒時作，自然有一種勝氣，未易與俗人言也，當有賞音耳。」及「山谷初自鄂渚舟至長沙時，秦處度范元寔皆在。予自三井往從之，道人儒士數輩日相隨。穿聚落、游叢林，路人聚觀以爲異人。」〔註128〕、「魯直謂予曰：『觀君詩說煙波縹緲處，如陸忠州論國政，字字坦夷。前身非篙師沙戶種類耶？』」〔註129〕雖然後人多以爲山谷與惠洪交遊，應爲惠洪僞造，〔註130〕但考山谷與雲庵相識，〔註131〕且兩人同爲江西人，又交遊文士中有所重疊，且山谷似乎讀過惠洪的作品，故筆者認爲山谷與惠洪不但彼此相識，且能給予惠洪評論，並有互動。〔註132〕而從山谷逝世，惠洪著〈悼山谷五首〉〔註133〕的內容，也可知惠洪對於山谷深厚的情誼與認識。

5. 韓子蒼

　　韓駒（約1075～1135），字子蒼，號牟陽。北宋末至南宋初詩人。學者稱爲陵陽先生。蜀陵陽仙井監人。徽宗政和初，因獻頌得官。召試舍人院，賜

〔註127〕詳見《冷齋夜話》卷二「陳無已挽詩」條。

〔註128〕見《石門文字禪》卷二十七〈跋山谷筆蹟〉。

〔註129〕詳見《冷齋夜話》卷三「詩說煙波縹緲處」條云：有詩，其略曰：「吾年六十子方半，槁項螺顋忘歲年。脫卻衲衣著簑笠，來佐涪翁刺釣船。」予嘗對淵才誦之。淵才曰：「此退之贈澄觀：『我欲收斂加冠巾』，換骨句也。」

〔註130〕詳見《四庫全書》集部卷一五四中〈石門文字禪・提要〉云：「平心而論，惠洪之失在於求名過急，所作《冷齋夜話》，至於假託黃庭堅詩以高自標榜，故頗爲當代所譏。又身本緇徒而好爲綺語，《能改齋漫錄》記其〈上元宿岳麓寺〉詩，至有浪子和尚之目。」頁1331。

〔註131〕見《石門文字禪》卷二十七〈跋山谷雲庵贊〉云：「雲庵住廬山時，山谷過焉，相與游鸞溪，坐大石上，擘窠留題其法喜之游，如黃檗裴公，乃作此贊。」

〔註132〕惠洪與黃庭堅（1045～1105）二人往還，鄭永曉《黃庭堅年譜新編》繫於徽宗崇寧三年（1104）。

〔註133〕見《石門文字禪》卷十四〈悼山谷五首〉。

進士出身。〔註134〕年輕時，名聞詩壇。為蘇東坡、黃山谷所稱讚，江西詩人中，僅次於黃山谷與陳師道。蘇轍題其詩卷云：「唐朝文士例能詩，李、杜高深到者悕。我讀君詩笑無語，恍然再見儲光羲。」周益公題山谷與韓駒帖曾曰：「士大夫少負軼才，其詩章固已超絕，然須經前輩題品，乃自信不疑，如參禪雖有所得，猶藉宗師之印可耳。子蒼嘗言我自學古人，庶乎於山谷近之矣。」可見韓駒作詩於當時受歡迎程度，不下於山谷與元祐等詩人。〔註135〕

　　韓駒為江西詩派重要作家，頗有禪學修養，與禪僧往來密切。於詩論、活法等有許多的創見。劉克莊《江西詩派小序》云：「子蒼蜀人。學出蘇氏，與豫章不相接。呂公強之入派，子蒼殊不樂。其詩有磨淬翦截之功，終身改竄不已，有已寫寄人數年，而追取更易一兩字者，故所作少而善。」可知韓駒對於自己被列為江西詩人，並不是很滿意。韓駒身為惠洪的好友，於惠洪卒時，曾為其做墓誌銘。而惠洪於《冷齋夜話》中也提到與韓駒事蹟，以及《石門文字禪》卷一〈送雷從龍見宣守并序〉云：「子蒼布衣昨日脫，今日便校秘閣書」，卷二〈稚子〉提及惠洪與子蒼討論杜詩的交遊的情形，卷十五〈與韓子蒼六首〉提及惠洪作六首詩送給子蒼，卷二十七提及韓駒作詩多學自於蘇軾。且惠洪死後，韓駒為其作墓誌銘，均可見兩人的情誼深厚。〔註136〕

　　曉瑩《感山雲臥紀談》卷上〈大慧寓韓駒齋〉云：「韓駒和大慧宗杲熟識，且大慧宗杲到閩南時，曾經取道館於韓駒書齋半年。韓駒自己言主要從蘇轍之門問作文之法，並且熟讀《楞嚴》、《圓覺》等經。」〔註137〕由此，筆者推測因韓駒之活法，與惠洪「活句」可能皆受蘇門的啟發。

6. 陳瑩中

　　根據《宋史》卷三四五〈陳瓘傳〉云：「陳瓘，字瑩中，南劍州沙縣人。」嘉祐五年生（1060），政和六年（1124）卒，年六十五，長惠洪十一歲。徽宗時，曾擔任書記、判官、左司諫等官位，為當時非常有學問、敢直言的儒者。自號華嚴居士，晚年專念佛三昧，著有《寶城易記錄》。陳瑩中與惠洪兩人情誼深厚，互酬之詩作相當多。

〔註134〕韓駒生平參考《宋史》〈文苑傳〉。
〔註135〕參考自張泰來述《江西詩社宗派圖錄》〔清〕鮑廷博校《知不足齋叢書》冊
　　　　22，（臺北：藝文，1966 年）（《百部叢書集成》冊 471，國立臺灣大學裝訂本）。
〔註136〕據黃啟江〈僧史家惠洪與其「禪教合一」觀〉一文所考。
〔註137〕見《感山雲臥紀談》卷上《佛光大藏經·禪藏》（高雄：佛光，1994 年），頁
　　　　223。

　　陳瑩中因爲抨擊王安石，遭王安石餘黨蔡京忌妒，後陳瑩中遭整肅時，惠洪並以「坐交陳瓘」，曾經幫助陳瑩中筆削《尊堯集》，而一同獲罪，被流放至海南島。[註138]「余學出世間法者也，辭親出家，則知捨愛。遊方學道，則能捨法。臨生死禍福之際，則當捨情。頃因乞食，來遊人間，與王公大人遊，意適忘返坐不遵佛語，得罪至此，重賴天子聖慈，不忍置之死，篆面鞭背，投之海南」，[註139]惠洪表明自己並未因此而責怪陳瓘，反而反省自我，認爲自己「多言乃致禍，器滿苦不密」。惠洪於《石門文字禪》卷二十云：

　　　　余世緣深重，夙習羈縻，好論古今治亂、是非、成敗、交游多譏訶之。獨陳瑩中曰：「於道初不相妨，譬如山川之有飛雲，草木之有華滋。所謂秀媚精進，余心知其戲然，爲之不已」。大觀元年春，結庵於臨川，名曰：「明白」。欲痛自治也。瑩中聞之，以偈見寄，曰：「庵中不著毗耶坐，亦許靈山問法人。便謂世間憎愛盡，攢眉出社有誰瞋」？於是堤岸輒決，又復滾滾多言。然竟坐此得罪出，九死而僅生。恨識不知微，道不勝習，乃收招魂魄，料理初心，爲之銘曰：

　　　　雷霆發聲，萬國春曉。聞者不言，心得意了。木落霜清，水歸沙在。忽然震驚，聞者駭怪。合妙日用，如春雷霆。背覺合塵，如冬震驚。萬機俱罷，隨緣放曠。尚無了知，安有倒想。永惟此恩，研味其旨。一庵收身，以時臥起。語默不昧，絲毫弗差。蒙雜而著，隨孚于嘉。

此可見惠洪與陳瑩中兩人深厚的情誼，惠洪雖然心裡叫屈，但兩人仍時常保持詩文互酬的良好互動關係。惠洪與陳瑩中往來密切，於《冷齋夜話》《石門文字禪》中多處可見兩人交遊與詩文互答。

[註138] 見《宋史》〈陳瓘傳〉云：「瓘嘗著《尊堯集》，謂紹聖史官專據王安石《日錄》改修《神宗史》，變亂是非，不可傳信；深明誣妄，以正君臣之義。張商英爲相，取其書，既上，而商英罷，瓘又徙台州。宰相遍令所過州出兵甲護送；至台，每十日一徙告；且命凶人石悈知州事，執至庭，大陳獄具，將脅以死。瓘揣知其意，大呼曰：『今日之事，豈被制旨邪！』悈失措，始告之曰：『朝廷令取《尊堯集》爾。』瓘曰：『然則何用許。使君知"尊堯"所以立名乎？蓋以神考爲堯，主上爲舜，助舜尊堯，何得爲罪？時相學術淺短，爲人所愚。君所得幾何，乃亦不畏公議，干犯名分乎？』悈慚，揖使退。所以窘辱之百端，終不能害。宰相猶以悈爲怯而罷之。」
[註139] 見《石門文字禪》卷二十三〈邵陽別胡強仲序〉。

《冷齋夜話》卷六「陳瑩中罪洪不當稱甘露滅」條論有關惠洪甘露滅名稱的由來，上節已討論。此處惠洪指出陳瑩中認為惠洪不應該自謂甘露滅，「陳子翁罪予不當稱甘露滅」惠洪回答「公今閑放，且不肯以甘露滅名我。脫為宰相，寧能飾予美官乎？」陳瓘不得不一笑回應「瑩中愕然，思所以為折難予，不可得，乃笑而已。」說明兩人往來的密切與直無不言的深厚情誼。《冷齋夜話》卷八〈陳瑩中贈跛子長短句〉記錄張商英召自荊湖，有位傳奇人物，腿跛，相當有名，陳瓘也很喜歡，因而贈送長短句。顯現出惠洪與陳瓘兩人，私下交情密切。此外，《冷齋夜話》卷十「陳瑩中此集食豬肉鱒魚」條中提到當時惠洪被流放至海南島，陳瑩中被貶官通州。當陳瑩中讀到《洛浦錄》心中有所感悟時，忍不住嘆息而曰：「此句唯覺範可解，然渠在海外，吾無定光佛手，何能招之。」及《石門文字禪》卷十一〈陳瑩中左司自丹丘欲家豫章，至湓浦而止。余自九峯，往見之，二首〉、卷十四〈陳瑩中居合浦，余在湘山，三首寄之〉、卷三〈陳瑩中由左司諫謫廉相見於興化同渡湘江宿道林寺夜論華嚴宗〉、卷三〈和靈源寄瑩中〉、卷三〈陳瑩中自合浦遷郴州時余同粹中寓百丈粹中請迓之以病不果粹中獨行作此送之〉、卷八〈六月十五日夜大雨，夢瑩中〉、卷十四〈粹中自郴江，瑩中與南歸時，余在龍山容泯齋，為誦唐詩「入郭隨緣住，思山破夏歸」之句，為韻十首〉、卷十五〈瑩中南歸至衡陽作六首寄之〉、卷十七〈嶺外大雪故人多在南中元日作三偈奉寄瑩中〉皆說明兩人往來密切與深刻的情誼。

惠洪與陳瑩中兩人的情誼，並非如外人所述，刻意逢迎巴結，而是因詩文而互相欣賞。雖然惠洪曾因陳瑩中而獲罪被流放，但惠洪心裡不但不以為意，反而繼續與陳瑩中保持連絡，兩人之間時互相欣賞詩文，時互相打氣，惠洪一有新作品也不忘與陳瑩中分享，這些史實都可感受到惠洪真性情，並善與人結交為友的一面。

7. 謝無逸

謝逸字無逸，江西臨川人。好讀書，工詩能文，詩詞文皆擅，雖未達高官，但名重於縉紳之間。〔註140〕與僧人往來密切，尤與惠洪更為知心好友。曾作蝴蝶詩三百多首，人稱為謝蝴蝶。門人將其著作，編為《溪堂集》。〔註141〕

〔註140〕見《石門文字禪》卷二十七〈謝無逸詩〉云：「臨川謝無逸，布衣而名重搢紳，於書無所不讀，於文無所不能，而尤工於詩。」
〔註141〕詳見張泰來《江西詩社宗派圖錄》云：「無逸。臨川人。布衣而名重搢紳。於

　　惠洪在《冷齋夜話》中記載相當多有關無逸的事蹟。例如卷十記載：曾有一名書生到臨川拜見謝無逸，因為沒有聽過歐陽修，向謝無逸請教。此舉不但引起謝無逸的驚訝。其七歲的兒子，甚至不免偷笑。卷四中，記載無逸與潘大臨對答。並得知「滿城風雨」一詞的由來。由於惠洪《冷齋夜話》的記載，使得謝無逸，一時聲名大噪。

　　惠洪《林間錄》請謝無逸撰序文，其讚美惠洪兼有文才與妙思，〔註142〕《冷齋夜話》卷七「謝無逸佳句」條中記載黃庭堅讀到謝無逸的詩，讚美的說「晁、張流也。恨未識之耳。」可見謝無逸的詩作，在當時受重視的程度。無逸與惠洪有相當深厚的感情。於《石門文字禪》卷十一〈次韻信民教授謝無逸游南湖〉述其與無逸兩人交遊的情景。而卷二十七〈跋謝無逸詩〉便是惠洪悼念無逸的作品。惠洪提到當年他被流放至海南島時，無逸得知，於廬山對超然傷感的說今生希望能夠再見到覺範惠洪。然而惠洪至海南島回來時，無逸卻突然過世，令惠洪不禁感嘆，傷心不已。〔註143〕可知惠洪與文士

書無所不讀，於文無所不能，有韻之言，尤超軼絕塵。秉性峻潔，生平不喜對書生，山巔水湄，多從衲子遊。朱世英守撫日，以德行薦於朝，意不欲行，不得已詣之，信宿而返。從弟薖，字幼槃。食貧嗜古，樂志不仕，自號竹友，以詩文媲美其兄，時稱二謝。居仁云：『謝康樂詩規模宏大，為一世冠；玄暉詩清新獨出，又自有過人者。無逸似康樂，幼槃似玄暉，真足追配古人。』山谷讀其詩與老仲元詩，大驚曰：『使在館閣，晁、張流也，恨未識之耳。』一日，惠洪過溪堂，見無逸所居一室，生涯如龐蘊。少君方炊，稚子宗野汲水，無逸誦書掃除，見師放帚大笑曰：『聊復爾耳。』相與飯菽作偈而還。朱世英聞而和之。東鄰有宵生者，年二十餘，以鏤刻佛像為業，俄遊京師，因其役得將仕郎歸家，日華裾細馬，閭里聚觀。門弟子不懌者累月。豈非傷無逸負出世之才，年未五十，一命不沾而殞，曾宵工之不若乎？噫唏！不識天下之為宵工者比比也！崇、觀閒欲求如二謝之高風勁節，當世有幾人哉？《溪堂》、《竹友》二集，係門人所編，長短句尤天然工妙，今詩餘所載，僅劍首一吷耳。」

〔註142〕見《林間錄》序。

〔註143〕《石門文字禪》卷二十七〈跋謝無逸詩〉云：「臨川謝無逸，布衣而名重搢紳，於書無所不讀，於文無所不能，而尤工於詩。黃魯直閱其與老仲元詩曰：老鳳垂頭噤不語，枯木查牙噪春鳥。大驚曰：張晁流也。陳瑩中閱其贈普安禪師詩曰：老師登堂撾大鼓，是中那容會夫喋。歎息曰：計其魁傑不減張晁也。二詩於無逸集中未為絕唱，而陳黃已絕倒無餘，惜其未多見之耳。然無逸又喜論列而氣長，詩尚造語而工，置於文潛補之集中，東坡不能辯。文章如良金美玉，自有定價，殆非虛語也。予方以罪謫海外，無逸適過廬山，見吾弟超然，熟視久之，意折曰：吾此生復能見覺範乎？語不成聲，乃背去。後三年，予幸蒙恩北還，而無逸乃棄予而先焉，因與超然對榻，夜語及之，不自覺淚殷枕也。嗚呼！無逸東鄰有宵生者，二十餘以鏤刻為菩薩像，每過，無逸恬退趨去。俄游京師以其役得將仕郎而還，

間的交遊，非泛泛之交，文人與惠洪除詩文互答，更能互相談心。

8、許　顗

許顗字彥周，彥忠居士。〔註144〕襄邑人，生卒年不詳，大約宣和年間人。〔註145〕建炎年間完成《彥周詩話》，詩論觀點與江西詩派接近。許顗與惠洪感情極好，《石門文字禪》中有十三處，提到惠洪與許顗間討論詩文，如卷六〈大雪寄許彥周宣教法弟〉、〈臥病次彥周韻〉、〈彥周見和復荅〉、〈彥周以詩見寄次韻〉、〈送彥周〉、〈贈許彥周宣教游嶽彥周參機道者〉與卷十二〈次韻彥周見寄二首〉、〈彥周借書〉、〈彥周法地弟作出家庵又自爲銘作此寄之〉及卷十九〈許彥周所作墨戲爲之贊〉，可見兩人交遊密切。許顗更於《彥周詩話》云：

> 洪覺範在潭州水西小南臺寺。覺範作《冷齋夜話》，有曰：「詩至李義山，爲文章一厄」僕至此蹙頟無語，渠再三窮詰，僕不得以曰：「夕陽無限好，只是近黃昏。」覺範曰：「我解子意矣。」即時刪去。今印本猶存之，蓋以前傳出者。〔註146〕

可見惠洪與許顗兩人常互相討論詩歌作法，且對於彼此的意見皆能互相尊重、欣賞。許顗並且爲惠洪《智證傳》撰序，其於《智證傳》後序中云：「昔人有言『切忌說破』，而此書挑刮示人，無復遺意。吁！可怪也。罷參禪伯，以此書爲文字教禪而見詆；新學後進，以此書漏泄己解而見憎。」明白道出惠洪當時企圖以「文字教禪」的做法不見容於當時，「頃辛丑歲，余在長沙，與覺範相從彌年。其人品問學，道業知識，皆超妙卓絕，過人遠甚。喜與賢士大夫文人游，橫口所言，橫心所念，風馳雲騰，泉涌河決，不足喻其快也。以此屢縈禍譴，略不介意，視一死不足以驚懼之者，守此以歿，不稍變

華裾細馬，閭里聚觀，無逸出門值之爲避路門，弟子爲不憚累月。嗚呼！無逸有出世之才，年未五十一命不沾，殞傾大命，曾東鄰甯木工之不若，嗟乎惜哉！」

〔註144〕見《續傳燈錄》卷二十一目錄。

〔註145〕《四庫全書・彥周提要》云：「彥周詩話卷，宋許顗撰。顗，襄邑人。彥周，其字也。生平始末無可考見。觀其與惠洪面論冷齋夜話、評李商隱之誤，蓋宣和間人。猶及見元祐諸老宿，故議論多有根柢。所盛稱者，蘇軾、黃庭堅、陳師道數人，其宗旨可想見也。」

〔註146〕《四庫全書》《集部》四八卷一九五〈詩文評類一〉，頁1782云：「觀書中載與惠洪面論《冷齋夜話》評李商隱之誤，惠洪即改正；又極推其題李愬畫像詩，稱在長沙相從彌年。惠洪《冷齋夜話》亦紀顗述李元膺悼亡長短句，蓋亦宗元祐之學者。」

節，……，奉戒清淨，世無知者。」〔註147〕稱讚惠洪人品學問皆高人一等，並非如當世因不見容，遭所批評之由。說明惠洪終此一生皆能堅持他的想法與做法，值得後人效法。

此外，《詞綜》卷二十四云：「許彥周詩話云：上人善作小詞，情思婉約似秦少游。仲殊、參寥皆不能及。」其中上人所指即惠洪，可知許顗對惠洪的欣賞，對惠洪的了解更超過一般人。而《彥周詩話》中記載許顗更稱讚惠洪詩歌當與黔安並驅也。〔註148〕

另外，《冷齋夜話》中還有提到士大夫如與游公義、蔡子因、景福老衲、周貫、朱世英等來往來事蹟。〔註149〕觀察惠洪往來人士，彼此間亦都有深厚的情誼，可能成為彼此間的重要關係人，如與韓駒往來，而這些文士亦為元祐詩人；此外，惠洪與靈源為好朋友，而黃庭堅亦多次拜訪靈源，兩人皆有共同的友人，談論中，可能認識對方。而由惠洪與這麼多人互動的情形觀察，筆者客觀觀察，認為惠洪應為一位坦誠直率，任真自得之人，因而才能與這麼多人同時建立良好的友誼關係。

二、惠洪的著作

惠洪一生雖顛沛流離，但能潛心著述，《僧寶正續傳》卷二列惠洪撰述，於第一章已經有詳細論述。綜觀惠洪一生的創作，可見其不僅於詩學、禪學甚至史學方面都有相當的著述成績，在北宋可謂相當有才情的詩僧與禪史作家。

其中《冷齋夜話》、《天廚禁臠》為詩論代表作，《石門文字禪》則為其以詩文為佛事之作，而《禪林僧寶傳》、《林間錄》、《僧史》、《志林》主要為僧

〔註147〕見《智證傳》收入於《嘉興藏》冊20，頁560。

〔註148〕見何文煥編《歷代詩話》收入《彥周詩話》中「詩當與黔安並驅也」（台北：漢京文化，1983年），頁381。

〔註149〕有關惠洪往來之其他士大夫於《冷齋夜話》所見，分別是李德修、游公義見卷二「留食戲語大笑噴飯」條、蔡子因見卷五「上元詩」條、景福老衲見卷六「僧景淳詩多深意」條、周貫見卷八「周貫吟詩作偈」條、朱世英見卷一「羅漢第五尊失隊」條、卷七「洪覺範朱世英二偈」條、卷十「問歐陽公為人及文章」條、「三代聖人多生儒咳兩漢以下多生佛中」條。本文惠洪生平處曾介紹惠洪接受朱彥世英之請，擔任臨川禪寺住持，「洪覺範朱世英二偈」條則記錄兩人以詩文偈語互答的情形。與惠洪交遊甚密的文士、僧人，尚有不少。關於本文惠洪友人的介紹，筆者主要觀察當時較有名之文士與僧人，以求更客觀認識惠洪的個性與文字禪觀。

史與叢林筆記，《智證傳》、《法華合論》、《楞嚴尊頂義》、《圓覺皆證義》、《金剛法源論》、《起信論解義》主要為解析經論與祖師機鋒語句疏證佛教經義，《臨濟宗旨》則論臨濟宗之要義。以下將惠洪著述的作品大致分為四類來分析探討。

（一）詩禪交涉的文學作品

1、《冷齋夜話》（依據張伯偉《稀見本宋人詩話四種》五山版〈冷齋夜話〉）

　　《冷齋夜話》為一部詩話。此書中主要用主題式探討、條列式的方法評論書寫。全書共有十卷，分為一百六十條詩話，旨在輯錄前人的詩法與惠洪獨特的見解，並可見惠洪與當代僧人、文士交遊的情形。詩話中大量引用蘇軾、黃庭堅等人的詩作，並記載當時的文人事蹟與故事，有助於後人考證當時詩歌律法與形式。筆者認為，雖然後人對於惠洪多所批評，甚至懷疑其作品的真實性，但這部《冷齋夜話》內容包含廣闊，對於宋代詩論發展應有不小的影響。

　　依據《文史通義》對於詩話內容的劃分來看，《冷齋夜話》同時具備「論詩及事」與「論詩及辭」的特質。〔註 150〕內容不僅討論詩歌本事，並對於典故語文等等，也常加以說明。而詩歌評論方面更是以探究詩歌理論為主，兼論詩歌創作法則，同時考證詩歌作品及說明其間得失。而結構上，《冷齋夜話》與書寫系統化的《滄浪詩話》不同，採用隨興撰筆「漫錄式」的方式撰寫。

　　歸納《冷齋夜話》的內容，除了探討宋代詩人的詩法，及前代詩人的詩法外，也引用當代文人僧人詩作及其自己的創作。對於當時的文人軼事著墨頗多，可見惠洪對於詩人創作詩作的緣由及文人掌故多所考證，此外惠洪與文人間，直接間接的交游情形，亦散見於詩話中。因此，雖然胡仔《苕溪漁隱叢話》中認為惠洪評詩常有穿鑿之弊，且認為其評詩常不加考證而有附會之說，〔註 151〕但大抵而言，《冷齋夜話》仍是宋代相當重要詩話作品。

2、《石門文字禪》（依據新文豐《石門文字禪》）

　　《石門文字禪》共三十卷。又有《筠溪集》之稱。內容輯錄惠洪詩、文、詞、疏、記、銘等不同文字，是佛教文學史與宋代佛教研究的重要著作。《四

〔註 150〕見劉德重、張寅彭《詩話概說》（北京：中華書局，1990 年），頁 38。
〔註 151〕詳見胡仔《苕溪漁隱叢話前集》卷五十六（台北：長安出版社，1978 年），頁 384～388。

庫全書》云：「《石門文字禪》，多宣佛理，兼抒文談，其文輕而秀。」〔註152〕
有關「筠溪」「石門」名稱的由來，是因爲惠洪曾於江西筠溪石門寺之故。
〔註153〕

　　其中各卷內容爲：卷一至卷八收入古詩四百餘首；卷九收入排律、五律
等作品；卷十至卷十三收入七律四百餘首；卷十四至卷十六收入五言、六言
及七言絕句；卷十七收入偈頌之作；卷十八至卷二十，輯錄贊、銘、詞、賦
等作品；卷二十一至卷二十四收入記、序、記語等；卷二十五至卷二十八，
分別輯錄題、跋、疏；卷二十九編錄書信、塔銘；卷三十收入雲庵眞淨、泐
潭準、花藥英禪師等人行狀，及十世觀音應身僧寬公、鍾山道林直覺大師傳，
另收祭文二十四篇。

　　惠洪生前對於《石門文字禪》已有心纂輯，其於卷十五〈與法護禪者〉
云：「手抄《禪林僧寶傳》，暗誦《石門文字禪》。」便指出當時正在進行的
兩本著作，分別是《禪林僧寶傳》及《石門文字禪》，等待惠洪圓寂，門人
覺慈將本書編錄出版，並於卷首標明「宋江西筠溪石門寺沙門釋德洪覺範
著，……門人覺慈編錄」。

　　透過《石門文字禪》，我們可以認識惠洪的詩文、宗教觀、人生觀，並且
可以了解北宋末期禪宗發展的面貌。

　　3、《天廚禁臠》（依據張伯偉《稀見本宋人詩話四種》〈日本寬文版天廚
　　　禁臠〉）

　　《天廚禁臠》題名由來，原指天子的御廚，以美味的佳肴借指作詩三昧
之所在。〔註154〕本書共分三卷，分別爲上、中、下，內容專論諸家詩格。
探討唐代詩歌的詩格、句法奇趣、風格等。其中引用詩歌作品，有些引用錯
誤，也因此遭到後人批評，胡仔《苕溪漁隱叢話》云：「論詩若此，非知詩
者」；嚴羽《滄浪詩話》云：「《天廚禁臠》最害事。」郭紹虞《宋詩話考》
則謂：「則宋人固已病之。以其體例不同詩話，故不述。」〔註155〕

　　天廚禁臠卷上「予以謂子美豈可人人求之，亦必兼諸家之所長。故唐人
工詩者多專門，以是皆名世，專門句法，隨人所去取。然學者不可不知，凡

〔註152〕詳見《四庫全書》集部卷一六四，頁1405。
〔註153〕據林伯謙〈惠洪其人其書〉一文考訂所謂「石門」「筠溪」，乃因作者曾卓錫
　　　　於江西筠溪石門寺之故。
〔註154〕《晉書》七十九〈謝琨尚公主〉晉元帝「禁臠」。
〔註155〕詳見郭紹虞《宋詩話考》（北京：中華書局，1983年），頁14～15。

諸格法，畢錄於此。」由此我們知道此書內容不僅討論詩歌史，更討論各家寫作詩歌不同的風格、唐人的詩歌作品的句法、詩法，以及當時人的詩作如何講求等等。大抵而言，後人可以藉由此書，了解宋人對於唐代詩歌詩格的重視與討論風氣之盛。

有關《冷齋夜話》、《石門文字禪》、《天廚禁臠》等書中對於詩法、詩格、以禪喻詩、以詩證禪等論述，將於下一章節討論分析。

（二）儒禪交涉的經論作品

1、《法華經合論》（根據《卍續藏》47 冊）

本書共分七卷。內容主要爲姚秦三藏法師鳩摩羅什譯、惠洪造論、張商英撰附論，共有二十八品。有《妙法蓮華經合論》之稱。惠洪曾針對《法華》經句加以闡釋，而有「論曰」；張商英多半於卷末補述，題曰「無盡居士論曰」；偶亦作「無盡居士張商英論曰」。

2、《大佛頂如來密因修證了義諸菩薩萬行首楞嚴經合論》（根據《卍續藏》18 冊）

本書共分爲十卷。惠洪造論、正受會合，釐論入經，並作刪補。簡稱《楞嚴經合論》。正受有序云：「或謂論非見諦菩薩莫能爲之，是安知寂音果非見諦者耶？」可見對惠洪的推崇。〔註156〕

（三）僧史與叢林筆記

1、《林間錄》（根據《卍續藏》148 冊）

本書共分爲二卷。又名《石門洪覺範林間錄》。由本明上人編錄，分爲上下帙，名爲《林間錄》。書首有臨川謝逸於大觀元年（1107）十一月所作序文，卷末附《後錄》一卷及萬曆十二年（1573）馮夢禎之重刊跋，全書共計 195 則。

另有《林間錄後集》，全書共一卷。又名《新編林間後錄》，內容收贊、銘、偈、頌并序等，皆《石門文字禪》卷十七至二十之內容。另外八首〈漁父〉詞，與《石門文字禪》卷十七〈述古德遺事作漁父詞八首〉重複。

本書用筆記體的方式書寫，內容記述惠洪與「林間勝士抵掌清談，莫非尊宿之高行、叢林之遺訓、諸佛菩薩之微旨、賢士大夫之餘論。每得一事，

〔註156〕參考林伯謙〈惠洪其人其書〉一文。

隨即錄之，垂十年間，得三百餘事。」〔註157〕林間士人與僧人清談所得之尊宿高行、叢林遺訓、諸佛菩薩意旨、及士大夫隨感等三百多則餘事。內容上雖然可歸爲叢林筆記，但在敘事上不如禪宗史傳那麼有系統，算是惠洪比較早期的著作，《禪林僧寶傳》的前身。其保存佛教傳記、行狀、文集、語錄、燈錄等，具有重要的參考價值。

2、《禪林僧寶傳》（根據《卍續藏》137 冊《佛光大藏經‧禪藏》）

全書共分爲三十卷，爲紀傳體之著作。不同以往一般僧傳統括十科，而詳細記錄禪者與其言語行事。惠洪採用文人名家所撰之塔銘、碑記入傳。本書又名《僧寶傳》。

惠洪認爲歷來僧史著作常省略僧人之始終行事事蹟，因此，希望能爲僧人作傳，言事相兼，既載其言，其入道之緣與臨終之效。「遂盡掇遺編別記，補葺諸方宿衲之傳；又自嘉祐至政和，取雲門、臨濟兩家之裔嶄然絕出者。」內容自唐懿宗咸通年間以至徽宗政和年間，舉凡青原法系共十一人，曹洞宗共十人，臨濟宗共十七人，雲門、黃龍宗各十五人，法眼宗五人，楊歧派四人，潙仰宗一人，法系不明者有三人，合計共八十一人。分別爲其作傳且繫之以贊。

《石門文字禪》卷二六〈題隆道人僧寶傳〉中，謂《禪林僧寶傳》寫成，隆道人口誦而筆錄之，於宣和二年秋來見惠洪。另外於〈題淳上人僧寶傳〉、〈題其上人僧寶傳〉、〈題英大師僧寶傳〉等文中，則敘述其作於宣和四年。卷二十三〈僧寶傳序〉謂「書成於湘西之南臺」，宣和五年正月八日惠洪繕寫呈獻判府賀壽；又今本《禪林僧寶傳》有惠洪好友侯延慶於宣和六年（1124）三月所作〈禪林僧寶傳引〉。〔註158〕

《佛祖歷代通載》卷十九〈徽宗甲辰〉（宣和六年）條下有云：「《禪林僧寶傳》成」。故《僧寶傳》應於宣和初完成，當時四方已爭相傳寫，至宣和六年才正式刊行。

此外，《僧史》共分爲十二卷、《志林》共分爲十卷，由於兩書於今暫不可考，今僅參考惠洪於《石門文字禪》所提及後人著作，考證得此資料。惠洪說明《僧史》乃根據舊僧史修成，其門徒建議他應該「依倣史、傳，立以

〔註157〕詳見《林間錄》謝逸所撰〈洪覺範林間錄序〉。
〔註158〕侯延慶，字季長。惠洪於《石門文字禪》中屢次提到與季長一同出遊與詩文互酬情形。

贊詞，使學者臨傳致贊語，見古人妙處，不亦佳乎？」仿史傳之例立贊詞，於是惠洪便著作《僧史》一書。〔註159〕

（四）禪門宗旨與機鋒語句

1、《智證傳》（根據《卍續藏》111 冊與林伯謙於東吳大學網站上所提供標點版《智證傳》）

本書分爲十卷。又名《寂音尊者智證傳》。「智證」名稱典出於《華嚴經》：「暫聞言音，便隨智證；纔生淨信，永斷煩惱。」（此見《華嚴經·十地品》別譯本《佛說十地經》卷一）；「傳」乃是惠洪模仿儒家有經有傳的體例，將佛菩薩垂示，與歷代祖師法語，視爲千古永恆的經典，並且在每一條開頭加以引用，然後略低一格，由他作「傳曰」疏解開通，或闡明奧義；或旁引經史公案、禪師語錄，令學人易得門徑，方便悟入。

2、《臨濟宗旨》（根據《卍續藏》111 冊與《禪學典籍叢刊》第五卷〈臨濟宗旨〉）

本書共一卷。明白庵居沙門慧洪撰，附於《智證傳》之後，援引古德、尊宿之提唱，闡論三玄三要、十智同眞、四賓主等法要，導引學人悟得臨濟宗旨。內容與《智證傳》文字有重複。

三、惠洪的禪學思想

（一）禪學思想

禪宗發展至惠洪生存的時期時，形成了五家七宗的局面。而惠洪本身雖屬於臨濟黃龍派的法脈，然而其與其他宗派的僧人、文士皆有往來互動。惠洪《石門文字禪》卷二十三〈定照禪師序〉，指出北宋禪宗五家以雲門和臨濟

〔註159〕見《石門文字禪》卷二十五〈題修僧史〉云：「予除刑部囚籍之明年，盧於九峰之下。有苾芻三、四輩來相從，皆齒少志大。予曉之曰：『予少時好博觀之艱難，所得者既不與世合，又銷鑠於憂患。今返視缺然，望之則竭，不必叩也。若前輩必欲大蓄其德，要多識前言往行。僧史具矣！可取而觀。』語未卒，有獻言者曰：『僧史自惠皎、道宣、贊寧而下，皆略觀矣。然其書與史記、兩漢、南北史、唐傳大異。其文雜煩重如戶婚鬥訟按檢。昔魯直嘗憎之，欲整齊未遑暇，竟以謫死。公蒙聖恩脫死所，又從魯直之舊游，能黧加刪補，使成一體之文，依倣史、傳，立以贊詞，使學者臨傳致贊語，見古人妙處，不亦佳乎？』予欣然許之。於是仍其所科，文其詞，促十四卷爲十二卷，以授之。」

宗最興盛。雲門宗至雪竇重顯中興後，宗風大振，其弟子宗本與法秀分別奉詔住持慧林寺與法雲寺。而智門光祚師兄弟法嗣圓通居訥曾與歐陽修、蘇軾等交善，雲門宗風因而盛行於當時。至於契嵩更受到宋仁宗賞識，賜紫衣方袍，並號爲「明教大師」。而佛印了元〔註160〕、懷璉大覺更是與文士交游密不可分。當時禪宗內部出現討論言句的熱潮，「死句」、「活句」、「三玄三要」等等，〔註161〕皆是禪師們爭相討論的焦點，而惠洪《林間錄》、《禪林僧寶傳》、《臨濟宗旨》禪籍中亦可見此類討論。

惠洪熟悉《法華經》，因其應試的經典爲《法華經》，且撰有《法華經合論》。

惠洪特重臨濟義玄「三玄三要」之說，《僧寶正續傳》卷二〈明白洪禪師〉「一日閱汾陽語，重有發藥，於是胸次洗然，辯博無礙」。惠洪說明他因爲閱讀《汾陽語錄》因而開悟。其主張禪教合一，著作《臨濟宗旨》皆闡述善昭「三玄三要」。臨濟宗黃龍派以「黃龍三關」爲特點，其弟子靈源惟清曾傳臨濟心印於日本僧人明庵榮西（1141～1215）。

惠洪對於《楞嚴經》、《法華經》、《圓覺經》、《金剛經》、《起信論》等經典皆有闡釋註疏之作，其於《石門文字禪》中，皆有引用或述及，提到「楞嚴」、「法華」皆各有十七處，「金剛」十四處，「圓覺」、「起信」各四次與二次。由此可知惠洪對於禪宗各家經典的熟悉，且欲融通各家。

（二）文字禪思想

北宋初期由於語錄、燈錄、頌古、評唱等禪文學相繼的出現，可知禪宗已由唐五代時「不立文字」觀，轉變爲「不離文字」觀的發展。而惠洪吸收延壽禪教合一的思想後，更提出「文字禪」的主張。

惠洪著《智證傳》，其實是刻意要融通禪教，希望能以禪語證佛經。《智證傳》卷一云：「夫言似，則非宗門旨要，雖即文字語言不可見，離文字語言亦安能見哉！」可知惠洪支持以文字證禪、解禪、說禪。《石門文字禪》卷二十五〈題百丈常禪師所編大智廣錄〉云：「佛語心宗，法門旨趣，至江西爲大番。大智精妙穎悟之力，能到其所安。此中雖無地可以棲言語，然要不可以終去言語也。」卷二十五〈題宗鏡錄〉云：「吾徒灰冷世故，安樂雲山明窗淨几之

〔註160〕惠洪《禪林僧寶傳》卷二十九〈雲居佛印元禪師〉云：「縉紳之賢者多與之遊。」
〔註161〕詳見周裕鍇《文字禪與宋代詩學》，頁25。

間，橫篆煙而熟讀之，則當見不可傳之妙，而省文字之中，蓋亦無非教外別傳之意也。」皆表現出「禪教合一」與「文字說禪」的思想，《石門文字禪》卷二六〈題隆道人僧寶傳〉云：「禪宗學者自元豐以來，師法大壞，諸方以撥去文字爲禪，以口耳受授爲妙。」可知惠洪反對不立文字，僅以口耳相傳的說法方式傳法，他認爲研讀佛經的重要性。周裕鍇先生也認爲在禪宗的傳統術語中，文字是指佛經文字，所謂諸方以拔去文字爲禪，即指完全拋開佛經而習禪。因此，作爲以拔去文字爲禪的對立面，文字禪首先就應指三藏精入，該綜諸宗，研讀經教。可此正是惠洪何以要提出文字禪的原因。〔註162〕惠洪於《石門文字禪》卷二十三〈洪州大寧寬和尚語錄序〉、〈臨平妙湛慧禪師語錄序〉及卷二十六〈題才上人所藏昭默帖〉三次提出「雖無老成，尚有典刑」，可見惠洪認爲後代禪師唯有透過語言文字記錄，才能了解禪師的精神，而此也是惠洪何以努力著述，並以文字說禪的精義所在。

　　所謂的文字禪是指通過學習和研究禪宗的新經典，把握禪理的表達形式，並且以文字傳法、說法。《石門文字禪》卷二十三〈臨平妙湛慧禪師語錄序〉云：「近世禪學者之弊，如碔砆之亂玉，枝詞蔓說似辯博，鉤章棘句似迅機。苟認意識似至要，懶惰自放似了達，始於二浙，熾於江淮，而餘波未流，滔滔汨汨於京洛荊楚之間，風俗爲之一變，識者憂之。」惠洪親自以著作文字欲證明文字禪的可行性，同時更在其作品中，一再透露以文字記錄禪法的必然性，同時說明不立文字僅以口耳相傳的禪法，已經造成空疏流弊。也因爲這樣，惠洪撰《禪林僧寶傳》，開創了禪師寫僧史的先例，希望將「祖師之微言，宗師之規範」〔註163〕透過史傳記載，轉化爲一種文字上的典型。由《石門文字禪》卷十五〈與護法禪者〉云：「手抄《禪林僧寶傳》，暗誦《石門文字禪》」及《禪林僧寶傳》卷首附戴良《重刊禪林僧寶傳序》言「佛氏之學者，故非即言語文字以爲道，而亦非離言語文字以入道。」〔註164〕可知惠洪心中認爲撰寫「僧寶傳」也是一種「文字禪」的體現。

　　由此，我們知道惠洪提出「文字禪」是作爲口耳受授之禪的對立面出現的。周裕鍇先生認爲惠洪「文字禪」不僅是以文字爲對象的參禪方法，將禪理蘊含於詩歌文字中，同時表現惠洪企圖調和詩禪衝突的苦心，如同「畫中可以有風煙句一樣，詩中也可以有文字禪，詩畫交融的思潮啓發了詩禪相容

〔註162〕見周裕鍇《文字禪與宋代詩學》，頁33。
〔註163〕見《石門文字禪》卷二十六〈題佛鑒僧寶傳〉。
〔註164〕見《禪林僧寶傳》《佛光大藏經・禪藏》，頁147。

的思路。」〔註165〕因而文字禪不僅是文字也是詩歌、也是畫，更是詩畫交融的文字。而這也是惠洪在禪學、僧史之外的文字禪觀。本文第三章將有詳細的析論。

〔註165〕詳見周裕鍇《文字禪與宋代詩學》，頁26。

第三章　文字禪的演進

　　為了深入明瞭惠洪文字禪的內含，本章節主要從文字禪的演進探究起，以觀察「文字禪」在詩學歷史的演進中如何逐漸醞釀成形與如何交融互涉。透過中國文學史中文士與僧人交遊的脈絡，筆者試圖讓文學作品說話，探討僧人與文士間如何交會光芒，照亮詩學與文字禪的花園。

第一節　文字禪的義涵

一、文字禪的定義

　　有關禪宗文字禪的起源，最早可追溯到唐代。關於文字禪的定義，魏道儒認為凡通過學習和研究禪宗經典，把握禪理的禪學形式，便是文字禪。〔註1〕劉正忠透過惠洪詩文集探究「文字禪」一詞的用法，發現文字禪可謂「詩的別稱」。〔註2〕而周裕鍇認為文字禪的含意可從三個角度考察。一、證據的發掘；二、用例的分析；三、理論的總結。因此文字禪包含四大意涵：一為讀誦與註疏佛經、二為編纂燈錄語錄、三為制作頌古拈古、四為吟誦世俗詩文。〔註3〕李淼則以為文字禪主要指用文字語言去解說古德、公案的，即所謂頌古

〔註1〕詳參魏道儒〈關於宋代文字禪的幾個問題〉(《中國禪學》卷一，2002 年 6 月)，頁 22。
〔註2〕詳參劉正忠〈惠洪「文字禪」初探〉(《宋代文學研究叢刊》第二期，1996 年 9 月)，頁 275～276。
〔註3〕詳參周裕鍇《文字禪與宋代詩學》〈文字禪發微：用例、定義與範疇〉(北京：高等教育出版，1998 年)，頁 25～43。

拈古的方式。〔註4〕大抵而言，文字禪的觀念意涵在宋代詩人、文人作品中使用得相當普遍。故筆者認爲文字禪的觀念不可能僅由惠洪一己之力所獨創。

劉正忠認爲文字禪一詞，應該首見於惠洪的《石門文字禪》。〔註5〕然而根據蕭麗華先生考證，認爲惠洪的文字禪應承繼蘇軾、黃庭堅而來。〔註6〕先有蘇軾「台閣山林本無異，故應文字不離禪」，〔註7〕後有黃庭堅「遠公香火社，遺民文字禪」。〔註8〕惠洪留心蘇軾與黃庭堅之詩法、詩論，立志效法「東坡居士，游戲翰墨，作大佛事。如春形容，藻飾萬像，又爲無聲之語」。〔註9〕認爲「予幻夢人間，游戲筆硯，登高臨遠，時時爲未忘情之語，……，其語言文字妙能錄藏，以增益其智識，又可知矣」。〔註10〕惠洪一生企圖效法東坡「以筆硯作佛事」「以詩頌爲禪悅之樂」，以爲「以臨高眺遠，未忘情之語，爲文字禪」、〔註11〕「懶修枯骨觀，愛學文字禪。江山助佳興，時有題葉篇」，〔註12〕體現出北宋初期「詩禪合流」的時代風尚。

綜上所述，本論文「文字禪」的定義採用周裕鍇與李淼的說法，認爲任何借用文字、書畫以抒發、解說、吟誦禪理的方式都可謂文字禪，因而惠洪《冷齋夜話》、《石門文字禪》中大量解說禪理的詩歌都可謂文字禪。

二、文字禪的詩歌義涵

前述《蘇軾文集》卷六十八〈書辯才次韻參寥詩〉云：「台閣山林本無異，故應文字不離禪。」已指出參禪和作詩無異。蘇軾又有「暫借好詩消永夜，每逢佳處輒參禪」等詩禪合一之論，他以筆硯作佛事，認爲不僅禪僧之詩可稱爲文字禪，士大夫之作也有同樣的效果。而惠洪《禪林僧寶傳》卷十二〈薦福古禪師傳〉云：「語中有語，名爲死句，語中無語，名爲活句。」可見惠洪

〔註4〕 詳參李淼《禪宗與中國古代詩歌藝術》，頁53～54。

〔註5〕 詳參劉正忠〈惠洪「文字禪」初探〉，頁275。

〔註6〕 詳參蕭麗華、吳靜宜〈蘇軾詩禪合一論對惠洪「文字禪」的影響〉玄奘大學舉辦宗教與文學研討會議論文，2003年4月20日。

〔註7〕 詳參《蘇軾文集》卷六八〈書辯才次韻參寥詩〉。

〔註8〕 詳參黃庭堅〈題伯時畫松下淵明〉，據任淵該詩的注解遺民是指東晉潯陽三隱之一的劉程之，常與高僧慧遠游山，曾爲慧遠西方齋社作淨土誓文；又與鳩摩羅什、僧肇二師高談佛經義理

〔註9〕 詳參《石門文字禪》〈東坡畫應身彌勒贊并序〉。

〔註10〕 詳參《石門文字禪》卷二十六〈題言上人所蓄詩〉。

〔註11〕 詳參《石門文字禪》卷二十〈懶庵銘并序〉。

〔註12〕 詳參《石門文字禪》卷九〈賢上人覓偈〉。

《石門文字禪》主要取義於此，認爲詩歌爲禪的一種表現。然而惠洪內心仍會感受衝突與外界壓力，因而對未忘情之語尤感慚愧。《石門文字禪》卷二十六〈題弼上人所蓄詩〉、〈題言上人所蓄詩〉、〈題自詩〉、〈題自詩與隆上人〉中認爲詩歌與禪僧追求入定的境界乃互相矛盾。〔註13〕

　　惠洪的詩歌於北宋當時受到叢林的歡迎，他認爲創作詩歌是有益於參禪，因而大量創作。《石門文字禪》卷二十六〈題珠上人所蓄詩卷〉云：「予於文字未學有意，遇事而作，多適然耳。譬如枯珠無故蒸出菌芝，兒稚喜爭攫取之，而枯珠無所損益。」表現出惠洪調和詩與禪內心的矛盾。《石門文字禪》卷二十〈懶庵銘序〉云：「以臨高眺遠未忘情之語爲文字禪」眞實概括宋代詩僧參與世俗詩詞吟詠的原因。因此，周裕鍇認爲狹義文字禪乃指一切禪僧所作忘情或未忘情的詩歌，以及士大夫所作帶佛理禪機的詩歌。〔註14〕

　　惠洪詩文集中既有談禪說佛的詩偈，也有綺美多情的歌辭，此皆概稱爲文字禪，因此筆者認爲文字禪可作爲詩的別稱。與其說文字禪是表現了作詩者融合詩禪的意圖，不如說此乃取決於讀者的接受度，試圖把詩當作禪的文本來閱讀。周裕鍇將文字禪定義分廣狹，是爲了符合宋人的闡釋與禪宗的實際情況，而同時也正符合惠洪文字禪的基本用法和對文字與禪關係的基本看法。

　　觀察《石門文字禪》一書，可考索出許多佛經文字、公案語錄、僧史燈錄、詩文偈頌等一切文字形式辯護的言論，可見即使是惠洪的文字禪，也有廣狹之分。而這正代表宋人文字禪蘊含的普遍精神。周裕鍇認爲禪宗從不立文字到不離文字的形式化、學術化、文學化的過程中，文學素養高的士大夫發揮了不可忽視的作用。而宋代詩歌在近似闡釋學語境中，也正好完成了以文字爲詩的過程。其形式化、學術化與文字禪之發展可謂同步演進。

第二節　文字禪形成的遠因

　　禪宗初期藉教悟宗，依傍經教。然自達摩祖師以後，禪宗以心傳心、不立文字的「教外別傳」成爲簡易法門，涅槃妙心、實相無相，轉爲不依傍文字的方式來傳達。禪宗發展到北宋中葉，進入一個全新的時代，即所謂「文

〔註13〕詳參周裕鍇《文字禪與宋代詩學》周氏認爲惠洪在詩歌中偶表達詩歌與入定的境界互相矛盾。
〔註14〕詳見周裕鍇《文字禪與宋代詩學》，頁41。

字禪」的時代,不僅由不立文字再轉回倚重經典的方式,同時更擴大了「文字」的內涵。因此此時期佛經律論的疏解、語錄燈錄的編纂、頌古拈古的製作、禪詩禪詞的賦誦,一時空前繁榮。

　　禪宗由「不立文字」,一變而爲「不離文字」的「文字禪」,其過程歷唐五代詩僧的努力,屆此才有了進一步的成果。分析文字禪形成的背景可分爲三階段:一、詩禪分殊,禪宗不立文字時期。二、詩禪相妨,詩僧輩出時期。三、詩禪合轍,學詩如參禪時期。〔註15〕詩禪分殊,僧人多半不涉詩文,即使有作品,也爲傳道而作。到盛唐以後,詩僧輩出,開始有詩禪相妨,詩爲魔事的矛盾,以皎然爲例,其寫作詩歌,但內涵卻透露「文字會侷限萬象,只在文字上作虛功,無益於道。」的否定性。然而詩僧作品中又受詩禪並舉,依違於「在坐禪與作詩、禪玄與詩妙、禪心與詩情、禪空與詩寂之間的對比。」歸仁〈自遣〉、〈酬沈先輩卷〉,齊己〈酬微上人〉、〈荊渚逢禪友〉等都表達詩僧在詩禪之中的矛盾。〈從不立文字到不離文字——唐代僧詩中的文字觀〉一文指出:

　　　　從經典離實相言說的角度來看,詩是外事;從禪宗「借教悟宗」
　　到「教禪分立」的角度而言,詩禪並舉可能是詩僧心中極大的矛盾;
　　然而從大乘方便法與般若不二法的體現來說,詩禪合一眞是詩僧們
　　智慧的展現。所謂詩禪合一,指詩可以證道,道可以藉由詩來顯體。
　　文字與道是一而二,二而一,互相一體的。唐代詩僧多數已有這方
　　面的體認。

故詩禪合轍,乃詩禪融合發展必經之路,唐代詩僧寒山、貫休、齊己等人,均能體會到詩歌並不會妨害禪修,到了南宗禪,更是逐漸形成只有詩才能傳達禪難言之境的認同,尤其北宋臨濟宗與雲門宗人,大量用詩歌偈頌來示道,文字頌古終於與傳統詩歌匯流,形成詩禪合轍此一詩歌史與禪宗史上的大事。〔註16〕

　　蕭麗華《唐代詩歌與禪學》一書中,認爲東晉末年以慧遠爲中心的詩禪交流的情形已有詩禪交流的活動,詩禪之間由於有許多相似的特質,因而能

〔註15〕有關「不立文字禪」觀至「不離文字禪」觀到「文字禪」觀的轉變,於第一
　　　　章緒論已有詳細說明,而文字禪形成背景分爲三個階段,詳見蕭麗華《北宋
　　　　詩學與文字禪》2002 年國科會計畫

〔註16〕以上引文見蕭麗華、吳靜宜〈從不立文字到不離文字——唐代僧詩中的文字
　　　　觀〉一文,《中國禪學》第二卷,2003 年 6 月出版。

夠互相融通。〔註17〕袁行霈〈詩與禪〉一文指出「詩和禪的溝通，表面上看來似乎是雙向的，其實主要是禪對詩的單向滲透，詩賦予禪的不過是一種形式而已。」「詩和禪都需敏銳的內心體驗，都重視啟示和象喻，都追求言外之意，這使它們有互相溝通的可能。」，〔註18〕因此禪宗中後期自然借用詩的形式，以詩寓禪。觀察禪宗如何由「不立文字」轉變為「不離文字」的言意觀，得知文字禪的形成，應有其歷史歷程，可以稱作文字禪形成的遠因。其原因歸納起來可能有三方面：一、詩僧的文士化。二、經典的入世化。三、文士的禪林化。

詩僧透過詩歌創作，一方面顯現禪理，一方面藉詩歌頌揚佛理。唐代以來僧人與文人往來密切並且創作詩作，如寒山、拾得、靈一、皎然、歸仁、修雅、貫休、齊己、尚顏等僧人創作大量的詩作，僧人因為創作詩歌而逐漸文士化。佛經自從東漢傳入中國之後，經過不斷融合發酵，逐漸成為中國式的佛教，而文字觀，也由原本不立文字轉變為不離文字，〔註19〕這是經典入世化的過程。再如，盛、中唐時期著名的詩人，如王維、杜甫、李白、白居易、賈島等多與禪僧有交往，因而文士禪林化是自然的現象。〔註20〕他們雖然是文人，但對於禪林文化皆有深刻的體悟。此三點正是文字禪產生的遠因，以下將分三小目加以探討。

一、詩僧的文士化

根據《楞伽師資記》卷一云：「學人依文字語言為道者，如風中燈，不能破暗，焰焰謝滅。」《祖堂集》卷二云：「達摩曰：『我法以心傳心，不立文字。』」這是唐五代仍存在的文字禪觀。然而從拾得詩云：「詩偈總一般」〔註21〕開始，一股以詩說禪的風潮已悄然開端。這是文字禪的前趨。〔註22〕

〔註17〕見蕭麗華《唐代詩歌與禪學》第一章〈論詩禪交涉〉（台北：東大，1997年），頁6。
〔註18〕詳見袁行霈〈詩與禪〉，《文史知識》，第十期，1986年。
〔註19〕詳參蕭麗華、吳靜宜〈從不立文字到不離文字——唐代僧詩中的文字觀〉，《中國禪學》第二卷，2003年6月出版。
〔註20〕詳見周裕鍇《中國禪宗與詩歌》（上海：商務印書館，2000年1月）其中第三章〈習禪的詩人〉，內容討論盛唐時期詩人多有習禪的經歷，或與僧人接觸頻繁，由詩人詩歌創作的詩題觀察交遊情形，發現詩人禪林化的現象非常明顯，頁61。
〔註21〕見《全唐詩》卷807。
〔註22〕參考蕭麗華《北宋文字禪與詩學的關係》2002年國科會計畫。

周裕鍇認爲詩與偈可代表漸悟與頓悟兩種不同詩歌的境界，所以性質完全不同。〔註23〕何以拾得認爲詩與偈總一般呢？因爲體悟到詩禪之間的共同性與互通性，僧人於是大量創作詩歌。

（一）六朝僧人文士化

東晉時期談玄尙理之風盛行於當時，清談玄學言論融合儒、道、佛，促使僧侶與文士間交往頻繁，因而六朝僧人吟詩作詩的現象相當普遍。晉朝時期的詩僧如：康僧淵，西域人，生於長安。與殷浩暢談佛理，能用俗書以說解經義，以性情附會佛理。〔註24〕著有〈代答張君祖詩〉云：「蟬蛻豁朗明，逍遙眾妙津。」「豈與菩薩幷，摩詰風微指。」〔註25〕融合玄學與禪觀，結合詩偈禪理與詩味文字，屬於玄言詩與山水詩的綜合體；又有佛圖澄，西域人，晉永嘉期間至洛陽傳法，著有〈吟〉一詩也是僧人能詩的前導。

六朝最著名的詩僧應屬支遁，支遁（314～366），字道林。晉哀宗即位，遣使徵請出郡，至東安寺講道。《高僧傳》言支遁與當時文士殷浩、孫綽、許詢、王敬仁、王文度等均往來交遊，孫綽於〈道賢論〉中將支遁比擬爲向子期。以爲「支遁、向秀，雅當莊、老二子異時，風好玄同。」王濛則將其比擬爲王弼，可見其對於玄學造詣之深。〔註26〕支遁頗有詩文之才，〈四月八日讚佛詩〉云：「心與太虛冥，六度啓窮俗，八解濯世纓，慧澤融無外，空同忘化情。」內容描述塵世與解脫之道，差別在於忘化情。其餘尙有〈詠八日詩三首〉、〈五月長齋詩〉、〈八觀齋詩三首〉都是與禪齋有關的詩作，而〈詠懷詩〉五首、〈述懷詩〉二首風格清新，借山水寄託志意，具有莊風禪趣的境界。覃召文以爲支遁不僅開啓山水詩風，其行爲也標舉了山水精神，成爲中國詩史上由玄言詩通向山水詩的重要過度人物。〔註27〕

此外尙有鳩羅摩什，天竺人，著〈十喻詩〉。釋道安，著〈答習鑿齒嘲〉；史宗，世號麻衣道人，著有〈詠懷詩〉；帛道猷，著〈陵峰採藥觸興爲詩〉；

〔註23〕見前揭書周裕鍇《中國禪宗與詩歌》。
〔註24〕參考《高僧傳》（上海市：上海古籍，2002年）。
〔註25〕《先秦漢魏晉南北朝詩》（台北：木鐸出版，1983年），頁1075～1090。
〔註26〕見孫昌武《佛教與中國文學》第二章〈佛教與中國文人〉（上海：上海人民出版社，1988年），頁65。
〔註27〕支遁的作品尙有〈詠大德詩〉、〈詠禪思道人詩〉、〈詠利城山居〉等，這些作品不少可謂偈頌的的變相。覃召文《禪月詩魂》一書中，認爲支遁藉山水詩寄託玄言。（北京：中華文庫，1995年），頁39。

竺僧度，東莞人，著〈答苔華詩〉；楊苔華，著〈贈竺度詩〉；釋道寶，晉丞相王導之弟，著〈詠詩〉等等。

影響東晉詩禪融合的另一位重要人物是慧遠和尚。釋慧遠，年二十一遇釋道安，以爲師。移居廬山東林寺。著有〈廬山東林雜詩〉內容描寫廬山諸道人，〈遊石門詩〉內容寫廬山諸沙彌，及〈觀化決疑詩〉等。慧遠不僅精研佛理，也通悉詩道。《高僧傳》內容指出慧遠所著論、序、銘、贊、詩、書、集爲十卷，五十餘篇，見重於當世，可以想見其詩文不下文士。《念佛三昧詩集》慧遠序云：

> 夫指三昧者何？專思寂想之謂也。專思，則志一不分。想寂，則氣虛神朗。氣虛，則智恬其照。神朗，則無幽不徹。斯二者，是自然之玄符，合一而致用也。

又云：

> 交映而萬象生焉，非耳目之所暨而聞見行焉。於是睹夫淵凝虛鏡之體，則悟靈相湛一，清明自然，察夫玄音之叩心所，則塵累每消，滯情融朗。非天下之至妙，孰能於此哉？

這些論見，覃召文以爲是中國最早「以禪喻詩」的思想。覃召文指出慧遠認爲唯有專思寂想方能氣虛神朗，並洞幽入微，獨照萬象，以把握天下之至妙。他將詩禪融合討論，奠定中國詩禪文化的美學基礎，因爲詩與禪都需要專思寂想。〔註28〕慧遠在〈晉襄陽丈六金像頌并序〉更將文學與偈頌貫穿起來。他承繼康僧淵、支遁，開啓謝靈運。可見當時禪林文士化與文士禪林化的現象已交融密切。慧遠雖然身爲僧人，但卻博覽《六經》，對於老莊更是有精闢的見解。〔註29〕當時僧人因爲擁有深厚的玄學修養，因此能與士大夫進行思想精神上的論辯，藉此得以「薰染文士趨向佛教」。〔註30〕此外，魏晉時期的僧侶尚有竺法崇，著〈詠詩〉；竺曇林，著〈爲桓玄作民謠詩二首〉，宋書日：「司馬元顯時民謠詩，此詩云襄陽道人竺曇林所作，多所道行於世。」

南朝宋詩僧湯惠休也是僧人文士化的典型，字茂遠。出入沙門，孝武帝命使還俗，位至揚州刺史。著有〈怨詩行〉〈江南思〉〈楊花曲三首〉〈秋思引〉〈楚明妃曲〉〈贈鮑侍郎詩〉。〔註31〕又釋寶月，齊武帝布衣時文友，武

〔註28〕見覃召文《禪月詩魂》，頁41。
〔註29〕詳見《高僧傳》卷六〈慧遠傳〉（《大正藏》第五十冊），頁358。
〔註30〕此處資料引用自前揭書陳引馳《隋唐佛學與中國文學》頁6。
〔註31〕惠休詩見前揭書《先秦漢魏晉南北朝詩》，頁1243。

帝嘗遊樊鄧，登祚之後，追憶往事，作〈估客樂〉，使寶月奏之管絃。寶月又上二曲，凡四章。〔註32〕此外，南朝梁及北周尚有許多僧人，都能書寫詩歌議論佛經原理或抒發生活感想。〔註33〕陳釋惠標，涉獵有才思，陳寶應反，以預謀坐誅，有〈詠山詩三首〉〈詠水詩三首〉〈詠孤石〉〈贈陳寶應〉等詩。〔註34〕陳曇瑗，金陵人，陳宣帝以為僧正，著有〈遊故苑詩〉。《續高僧傳》記載瑗每上鍾阜諸寺，修造道賢，觸興賦詩，覽物懷古。又釋洪偃，俗姓謝氏。在梁為梁武帝禮遇。陳武受禪，乃復出郡，著有〈遊故苑詩〉〈登吳昇平亭〉〈遊鍾山之開善定林息心宴坐引筆賦詩〉等詩。釋智愷，著有〈臨終詩〉。隋僧法宣，居常州弘業寺，後入唐，著有〈愛妾換馬〉〈和趙郡王觀妓應教詩〉等詩。釋慧淨，著名於開皇、大業之際，後入唐，著有〈和琳法師初春法集之作詩〉〈和盧贊府遊紀國道場詩〉〈於冬日普光寺臥疾值雪簡諸舊遊詩〉〈英才言聚賦得昇天行詩〉〈雜言詩〉。釋智炫，遊於周齊之間。周武帝接遇甚厚。及隋文帝作相，大弘佛法，兩都人士歸趨依止惟他一人而已。後還蜀，隱於三學山，著有〈遊三學山詩〉。釋玄逵，見《禪藻集》，著有〈言離廣府還望桂林去留愴然自述贈懷詩〉〈戲擬四愁聊題兩絕詩〉。釋靈裕，甚為齊宣、隋文帝所尊禮，著有〈臨終詩二首〉〈哀速終〉〈悲永殞〉。釋智命，初仕隋為羽騎尉，楊素薦之。遷為中舍人。越王即位，歷官御史大夫，著有〈臨終詩〉。

　　六朝僧人能詩的情況已概述如上。周裕鍇以為僧人開始寫詩，始於東晉。僧人通過內心的體驗，沈思闡悟佛理。南朝的僧人湯惠休、寶月等人亦留下一些描寫世俗感情的作品，例如〈怨詩行〉、〈估客樂〉。〔註35〕東晉初竺法深與士人往來頻繁，《世說新語》〈言語〉云：「道人何以遊朱門？他回答君自見其朱門，貧道如遊蓬戶。」當時清談領袖王導、庾亮與他均有交往。

〔註32〕寶月詩見前揭書《先秦漢魏晉南北朝詩》，頁1479。
〔註33〕南朝梁釋寶誌，梁武帝敬事之，著有〈讖詩〉。釋智藏，梁武授戒，時時諧棐，著有〈奉和武帝三教詩〉。釋惠令，著有〈和受戒詩〉，庾肩吾有和太子重雲殿受戒詩。北周釋亡名，俗姓宋。名闍。事梁元帝。深見禮待。梁亡，遠客岷蜀。著有五苦詩〈生苦〉〈老苦〉〈病苦〉〈死苦〉〈愛離〉〈五盛陰詩〉等，以上資料參考前揭書頁《先秦漢魏晉南北朝詩》，頁2188、2433～2434。
〔註34〕見前揭書頁《先秦漢魏晉南北朝詩》，頁2621、頁2623、頁2771、頁2774、2775。
〔註35〕詳見陸永峰〈佛教與豔詩〉《中華佛學研究》第六期（台灣：台北，2002年3月），頁420。寶月〈估客樂〉，道出小兒女的款款深情。

僧人與士人來往除可增加聲名外，也有利於佛法之傳布。〔註36〕康僧淵與當時士人殷浩也因談佛理而知名。《高僧傳》卷四〈康僧淵傳〉云：「康僧淵初過江，未有知者。恒周旋市肆，乞索以自管。忽往淵源許，值盛有宴客。殷使坐，粗與寒溫，遂及義理，語言辭色，曾無愧色，領略粗舉，一往參詣。由是知之。」而《世說新語》〈排調〉亦可見康僧淵與王導間的趣味對答。湯用彤《漢魏兩晉南北朝佛教史》云：「東晉名士崇奉林公（支遁）可謂空前。此故不在當時佛法興隆，實則當代名僧，既理趣符老莊，風神類談客，……，故名士樂與交還也。」〔註37〕由此可知，東晉名僧爲了能與名士交遊，多能夠熟稔儒道，可見僧人文士化的現象，自魏晉時期，已相當風行。

（二）唐代僧人文士化

　　唐代詩僧初期承繼佛經中「般若離文字相，文字爲魔事」〔註38〕的文字觀，認爲文字無益於道。從達摩至六祖時期，僧人認爲如果過分追求文字，很容易陷入文辭綺飾的迷障。因而對於多元化的文字樣態表現，都認爲非道的實相，以爲諸佛菩薩乃不由文字以現道。達摩以爲「言說者，生滅動搖，展轉因緣起」，〔註39〕惠可以爲「學人依文字語言爲道者，如風中燈，不能破暗，燄燄謝滅」。〔註40〕僧璨則謂「言語道斷，非去來今」。〔註41〕又道信亦言「復內外相稱，理行不相違，決須斷絕文字語言」，〔註42〕此皆是禪宗僧人認爲文字不足以顯示道，不藉文字以說法的展現。

　　然而寒山、皎然、貫休，他們同爲唐代僧人中的龍象，其修行境界能出塵象外，因此能以爲詩兼爲文字外事。其詩作中有許多詩禪並舉，文字與般若間融合的痕跡。詩禪並舉是指僧人將坐禪與作詩、禪玄與詩妙、禪心與詩情、禪空與詩寂之間對比。也就是僧人利用作詩以參禪，將詩作爲禪心的體現，呈現出禪境寂靜的境界。大抵而言，唐代詩僧對於文字禪的態度大致可

〔註36〕詳參陳引馳《隋唐佛學與中國文學》（江西：百花州文藝出版社，2002 年），頁 4～5。

〔註37〕此處資料引用自湯用彤《漢魏兩晉南北朝佛教史》第七章（北京：中華書局，1983 年），頁 128。

〔註38〕詳見蕭麗華、吳靜宜〈從不立文字到不離文字——唐代僧詩中的文字觀〉，《中國禪學》第二卷，2003 年 6 月出版。

〔註39〕詳參《大正藏》卷十六，490c。

〔註40〕詳參《大正藏》卷八十五，1286c。

〔註41〕詳參《大正藏》卷五十一，457b。

〔註42〕詳參《大正藏》卷八十五，1287c。

分爲：詩爲外事、詩禪並舉、詩禪合一等三類。〔註43〕

　　唐代詩僧常用詩禪並舉的形式來讚美文士，例如：皎然〈答俞校書冬夜〉詩云：

　　　　夜閒禪用精，空界亦清迴。子眞仙曹吏，好我如宗炳。一宿觀
　　　　幽勝，形清煩慮屏。新聲殊激楚，麗句同歌郢。遺此感予懷，沈吟
　　　　忘夕永。月彩散瑤碧，示君禪中境。眞思在杳冥，浮念寄形影。遙
　　　　得答四明，何須蹈岑嶺。詩情聊作用，空性惟寂靜。若許林下期，
　　　　看君辭簿領。〔註44〕

內容讚美俞校書禪法精深，其詩中顯露禪境，然卻以「空性惟寂靜」欲與俞
校書於林下相期。此詩透露出皎然內心認爲詩歌可以顯現禪的境界，可見唐
代僧人皎然已能將詩當作禪心的顯現。

　　此外，僧人更進一步將詩歌與禪境擴展至詩禪合一的境地。藉由詩歌來
證道悟道，顯現文字與道互爲一體的樣貌。從寒山、拾得、皎然、貫休、齊
己等幾位重要的詩僧作品，均可觀出其詩歌由不立文字的文字觀到詩禪合一
的現象。例如：

　　　　我詩也是詩，有人喚作偈。詩偈總一般，讀時須子細。緩緩細
　　　　披尋，不得生容易。依此學修行，大有可笑事。（拾得〈詩，其3〉）

拾得以爲詩歌與詩偈兩者相似，然而卻仍有不同。文字中透露對於不離文字
的觀點仍有矛盾，以爲創作詩偈與修行是兩回事，不可併爲一談。又如：

　　　　下愚讀我詩，不解卻嗤誚。中庸讀我詩，思量云甚要。上賢讀
　　　　我詩，把著滿面笑。楊修見幼婦，一覽便知妙。（寒山〈詩三百三首，
　　　　其141〉）

　　　　有人笑我詩，我詩合典雅。不煩鄭氏箋，豈用毛公解。不恨會
　　　　人稀，只爲知音寡。若遣趁宮商，余病莫能罷。忽遇明眼人，即自
　　　　流天下。（寒山〈詩三百三首，其302〉）

寒山詩表示需要上賢之智才能體會詩歌的妙處，並點出只有明眼人才能體會
詩歌的意境。

　　而皎然在破除小乘律儀的束縛後，更進一步說出詩與禪不相妨害的種種

〔註43〕引自蕭麗華、吳靜宜〈從不立文字到不離文字——唐代僧詩中的文字觀〉一
　　　　文，有關詩禪並舉的主張，詳細內容可參閱頁349。
〔註44〕詳參《全唐詩》卷八一五，皎然〈答俞校書冬夜〉，頁9173。

看法。《全唐詩》中現存皎然詩歌共有首，例如：

> 儒服何妨道，禪心不廢詩。與君爲此說，長破小乘疑。（皎然
> 〈酬崔侍御見贈〉）

> 誰知臥病不妨禪，跡寄詩流性似偏。（皎然〈酬秦山人贈別二首
> 之二〉）

> 愛君詩思動禪心，使我休吟待鶴吟。（皎然〈酬張明府〉）

> 山陰詩友喧四座，佳句縱橫不廢禪。（皎然〈支公詩〉）

> 樂禪心似蕩，吾道不相妨。獨悟歌還笑，誰言老更狂。（皎然〈偶
> 然〉）

皎然思想於當代可謂有突破的見解，以爲詩與禪可相互印證，充分完成詩禪
合一的理路。

至於貫休，雖然曾爲「詩魔」所苦，〔註45〕但最終以詩歌能示禪法，對
詩禪合一仍頗爲肯定。貫休曾「十載獨扃扉，唯爲二雅詩。道孤終不雜，頭
白更何疑」，〔註46〕十年岩扉，卻不廢二雅詩，每得佳句先呈佛知，與禪詩道
友，常詩偈酬作。他認爲詩可以傳大道，「詩琢冰成句，多將大道論」，〔註47〕
一句之中有不言的禪寂深境。

齊己也有詩魔的掙扎，但最終肯定詩禪的一致性。他認爲「詩心何以傳，
所證自同禪」，〔註48〕創作詩歌可印證禪心。齊己體會到「禪言難後到詩言，
坐石心同立月魂」，〔註49〕性靈與詩思無形無象的一致性，認爲創作詩歌「灰
心冥目外無妨」，〔註50〕關於灰心冥目的禪修，正是南宗禪的本色，齊己藉由
詩的語言，傳達禪難言的境界。

由此我們可看見僧人因爲從事詩歌的創作，逐漸文士化。由明顯爲「詩

〔註45〕詳見貫休〈讀顧況歌行〉云：「始覺詩魔羣負我」（《全唐詩》卷 827）；〈寄
　　　赤松舒道士二首〉云：「詩魔不敢魔」（《全唐詩》卷 830）；〈秋晚野居〉云：
　　　「詩魔象外無」（《全唐詩》卷 832）所謂「詩魔」指詩文爲魔事，佛教將人
　　　們的欲求視爲魔（梵語 mara），詩魔指詩文足以擾亂身心，障礙善法者。有
　　　關「詩魔」的考察，詳見彭雅玲《唐代詩僧的創作論研究》，政大中研所，
　　　1994 年博士論文，頁 140。
〔註46〕詳見貫休〈偶作〉（《全唐詩》卷 829）。
〔註47〕詳見貫休〈桐江閑居作〉（《全唐詩》卷 830）。
〔註48〕詳見齊己〈寄鄭谷郎中〉（《全唐詩》卷 840）。
〔註49〕詳見齊己〈酬光上人〉（《全唐詩》卷 847）。
〔註50〕詳見〈答獻上人卷〉（《全唐詩》卷 846）。

魔」所惱，到克服障礙逐漸走向「詩爲儒者禪」的道路，〔註51〕詩禪合轍至晚唐尚顏已有明顯的認同。尚顏認爲「諸機忘盡未忘詩，似向詩中有所依。」（〈自紀〉《全唐詩》卷846）此亦爲詩禪融合重要的想法，唐代詩僧至此已充分文士化。

二、經典的入世化

從東漢以來佛教自印度傳入中國，佛教經典經過中國化的發酵和融合，成爲中國式的佛教，佛經無相實相的根本思想，由原本的不立文字到不離文字已有所轉變。深入大小乘經典中，我們可以發現，大乘佛教某些經典的文字觀由早期的不立文字，逐漸走向文字與道不二的文字觀。〔註52〕

（一）經典的不立文字觀

古印度傳統佛典如：《雜阿含經》、《百喻經》、《仁王護國般若波羅蜜多》、《大般若波羅蜜多經》均認爲追求文字容易陷入語言的迷障，因而主張離文字相才能得般若智。

《雜阿含經》卷四十七云：「而於世間眾雜異論、文辭綺飾、世俗雜句，專心頂受，聞彼說者歡喜崇習，不得出離饒益。」〔註53〕這段文字表現文辭乃華麗的裝飾，不如專心體會佛法。《百喻經》卷四認爲文字「如似苦毒藥，和合於石蜜，藥爲破壞病，此論亦如是。」〔註54〕因此應該棄絕文字，才能追求佛法眞義。《仁王護國般若波羅蜜多》卷上云：「文字者，謂契經、應頌、記別、諷誦、自說、緣起、譬喻、本事、本生、方廣、希有、論議，所有宣說、音聲、語言、文字、章句，一切皆如，無非實相。若取文字者，即非實相。」〔註55〕更說明文字的多種面貌都非實相，雖然諸佛使用各種文字以傳道，但並不用文字來體現道。《大般若波羅蜜多經》卷 509 更提醒「於此般若波羅蜜多甚深經中，一切般若乃至布施波羅蜜多皆無文字，色乃至識亦無文字，廣說乃至一切相智亦無文字，是故不應執有文字能書般若波羅蜜多。」

〔註51〕 詳見尚顏〈讀齊己上人集〉（《全唐詩》卷848）。
〔註52〕 詳參見前揭文蕭麗華、吳靜宜〈從不立文字到不離文字——唐代僧詩中的文字觀〉。
〔註53〕 詳見《雜阿含經》卷四十七（《大正新脩大藏經》第二冊，頁345b）。
〔註54〕 詳見《百喻經》卷四（《大正新脩大藏經》第四冊，頁557c）。
〔註55〕 詳見《仁王護國般若波羅蜜多》（《大正新脩大藏經》第三十三冊，頁432c）。

〔註56〕可見諸經一直勸導世人不應執著文字，過分執著文字對般若智的體悟會造成障礙。

　　楊惠南先生認爲般若觀是禪宗之基礎，〔註57〕傳統佛教經典內容多認爲般若波羅蜜多是不可單靠文字體現實相，並且強調從文字追求，反而離開道的本質，因此若執著於文字，則是魔事。〔註58〕初期不管是古印度傳統佛法典籍或達摩到六祖間的禪宗文獻，均認爲文字、語言是體現道的障礙。《大般若波羅蜜多經》卷五○九認爲執文字宣說書寫是爲「魔事」云：「彼依文字執著般若波羅蜜多，當知是爲菩薩魔事。」又《佛母出生三法藏般若波羅蜜多經》卷十二云：「我書文字即是書寫般若波羅蜜多。須菩提，此因緣者，應當覺知是爲魔事。」〔註59〕禪宗典籍中也多表現破名相執著，離文字相的觀念，禪宗從達摩祖師至六祖都贊同般若應離文字相。《楞伽經》卷二說：「言說者，生滅動搖，展轉因緣起。」〔註60〕二祖惠可云：「學人依文字語言爲道者，如風中燈，不能破暗，燄燄謝滅。」〔註61〕三祖僧璨《信心銘》云：「言語道斷，非去來今。」〔註62〕四祖道信云：「理行不相違，決須斷絕文字語言。」〔註63〕慧能《六祖大師法寶壇經》云：「余曰：此經非文字也，達磨單傳直指之指也。」〔註64〕

　　達摩渡南海至中國傳教，後人將其禪法稱爲壁觀禪，他提出「理入」、「行入」的修行方法。因爲坐禪與莊子「心齋」、「坐忘」相似，因而使禪宗很快爲中國士大夫所接受。本文將於下節討論士大夫禪林化的現象，與禪宗在中國的發展有密不可分的關係。吳立民認爲禪宗所修的禪是祖師禪，在一切經教以外，別樹一幟，更是不藉文字以顯說一切教法，與其他各宗教法迥

〔註56〕詳見《大般若波羅蜜多經》（《大正新脩大藏經》第七冊，頁597c）。

〔註57〕詳見楊惠南〈禪宗的兩大思想傳承——般若與佛性〉，《禪史與禪思》（台北：東大圖書公司，1995年），頁1～25。

〔註58〕關於「魔事」，詳見蕭麗華、吳靜宜〈從不立文字到不離文字——唐代僧詩中的文字觀〉一文中，〈佛經中的文字觀〉一節所考，《中國禪學》第二卷，2003年6月出版。又見汪娟〈傳統佛教文學觀〉，《佛學與文學》（台北：法鼓山文化事業，1998年），頁59～87。

〔註59〕見《大正新脩大藏經》卷七，頁597c、卷八，頁626a。

〔註60〕見《楞伽經》（《大正新脩大藏經》第十六冊，頁490c）。

〔註61〕見《楞伽師資記》卷一（《大正新脩大藏經》第八十五冊，頁1285下）。

〔註62〕見僧璨《信心銘》（《景德傳燈錄》卷三十），頁377a。

〔註63〕見《楞伽師資記》卷一（《大正新脩大藏經》第八十五冊，頁1287c）。

〔註64〕見《六祖大師法寶壇經》（《大正新脩大藏經》第四十八冊，頁364c）。

然不同，因此獨稱「宗下」。〔註65〕然而從達摩到慧能也一直未曾離開經典文字，主要因為經典是佛與祖師「自性動用，共人言語」者。〔註66〕

《華嚴經》認為法不離語言文字，雖然「一切音聲所不能及一切言語所不能說。但隨所應方便開示。」〔註67〕文字雖然不能盡傳佛法真諦，但「佛子，如來法輪。悉入一切語言文字，而無所住。」佛祖為了方便開示世人，仍借用語言文字音聲以傳達詮釋佛法，此亦即方便法門。《金剛經纂要刊定記》卷一云：「般若即慧也。為顯此法故遣言成教。教即文字。般若即觀照實相二般若也。」〔註68〕佛陀藉由文字留下般若智，藉由文字表達佛之遺教即般若智。《究竟大悲經》卷三云：「一切言教心相是本。一切文字身相是體」〔註69〕認為文字與道一樣，文字也是實體，藉由文字仍可以道體道。

除了經典本有的主張外，自從《維摩詰所說經》在中土廣受知識份子喜愛後，一股文字與道「不二」的風潮已悄然在文人間開展。《維摩詰經・觀眾生品》說：「文字性離，無有文字，是則解脫。」又說：「言說文字皆解脫相。所以者何？解脫者不內、不外、不在兩間，文字亦不內、不外、不在兩間，是故舍利弗，無離文字說解脫也。所以者何？一切諸法是解脫相。」《維摩詰經》認為解脫者無所言說，強調能夠破除執著是無離文字。由此我們可知《維摩詰經》的文字觀已轉變為文字與道不二。

禪宗宗門到六祖慧能已逐漸重視文字顯道的功能。〔註70〕慧能指示入語言不著語言相，入空不著空的言說方式，「對法」乃不可說的接引妙法。慧能之後，一花五葉，南嶽系強調「說是一物即不中」，但其宗門惟寬禪師以為「無上菩提者，被於身為律，說於口為法，行於心為禪；應用有三，其實一也。」，〔註71〕傳至青原行思之後，對文字的態度更為寬鬆，石頭希遷著

〔註65〕吳立民〈論祖師禪〉，《中國禪學》第 1 卷，2002 年 6 月，頁 4。

〔註66〕見蕭麗華、吳靜宜〈從不立文字到不離文字──唐代僧詩中的文字觀〉。

〔註67〕詳見《大方廣佛華嚴經》卷五二（《大正新脩大藏經》，第九冊，頁 278）。

〔註68〕詳見《金剛經纂要刊定記》（大正新脩大藏經，第三十三冊，頁 175b）。

〔註69〕詳見《究竟大悲經》（大正新脩大藏經，第八十五冊，頁 1374c）。

〔註70〕從慧能已開出三十六對法，《六祖壇經・付囑品第十》說：師言：「此三十六對法，若解用，即通貫一切經法，出入即離兩邊。自性動用，共人言語，外於相離相，內於空離空。若全著相，即長邪見；若全執空，即長無明。執空之人，有謗經，直言『不用文字』。」見唐一玄：改正版《六祖壇經》，（高雄：淨心弘法會，1993 年），頁 355。

〔註71〕白居易〈西京興善寺傳法堂碑銘并序〉，見朱全成《白居易集箋校》（上海：上海古籍出版社，1988 年），頁 2690。

五言偈頌《參同契》、洞山良价留有《玄中銘》、雲門文偃有「三句語」都可見不離文字相的說法。

　　《宗鏡錄》開頭便說佛語心為宗、無門為法門。然而重點在「亡即離斷常」。由達摩祖師以心傳心，不立文字來體道的方式，最後終於逐漸轉為語言文字雖不等於般若，但沒有文字亦無法傳達佛法，因而只要能夠不落於言詮、不迷於文字，便可藉由文字而得道。宋代永明延壽禪師（904～975）云：「言為入道之階梯，教是辯證之繩墨」〔註72〕

　　《碧巖錄》更代表宋代禪宗的新發展方向，已經由初期不立文字，演變為文字禪。〔註73〕惠洪的《石門文字禪》更是反對把文字與禪割裂開來，〔註74〕他的《臨濟宗旨》說：「言通大道」，《冷齋夜話》因而成為詩禪一體的標幟。《冷齋夜話》卷六云：「唐僧多佳句，其琢磨句法，比物以意，而不指言一物，謂之象外句。」由此，可見惠洪「文字禪」的觀念，乃得自於唐宋禪宗典籍對文字的重視。

（二）經典普傳的現象

　　文士接受佛教大多藉由閱讀經典，因而透過經典普傳的情形，可以了解文士對於佛典的接受度。經典的普傳可歸功於兩方面，分別是翻譯經典的開始，與印刷技術的進步。

1、東漢魏晉

　　東漢明帝遣使至西域求法。迎迦葉摩騰、竺法蘭二尊者，譯《四十二章經》，是中國史上最早的佛經。當時支婁迦讖、安世高譯大小乘經百餘部。道安統一釋姓，制定僧團儀軌，注釋經論編纂經典目錄。鳩羅摩什譯有《金剛經》、《妙法蓮華經》、《維摩詰所說經》、《阿彌陀經》、《大品般若經》、《小品般若經》、《坐禪三昧經》、《大智度論》、《中論》、《百論》、《十二門論》及小乘的《成實論》等經典。故這些經典都在中國流傳非常長遠的時間。北魏時

〔註72〕詳見《萬善同歸集》卷三（大正新脩大藏經第四十八冊，頁974c）。

〔註73〕任澤鋒釋譯：宋代圓悟克勤著《碧巖錄》，題解中認為《碧巖錄》的學術價值除了自身的思想內容外，更重要的是它代表宋代禪宗逐漸向「大立文字的文字禪」演變。（台北：佛光文化事業，1997年），頁5。

〔註74〕惠洪《石門文字禪》卷二十五〈題讓和尚傳〉云：「心之妙不可以言語傳，而可以言語見。」卷二十五〈題雲居弘覺禪師語錄〉云：「借言以顯無言，然言中無言之趣，妙至幽玄。」其序云：「喜禪如春也，文字則花也……禪與文字有二乎？」

期達摩即以《楞伽經》傳法。據《隋書》〈經籍志〉及《歷代三寶記》所載，梁武帝蕭衍曾總集釋氏經典，共 1433 部，3741 卷。得知唐以前，文士已能透過翻譯的經典了解佛教的教義。

中國南北朝時期，也同時是印度大乘佛教成熟期。多數的大乘經典在此時完成。透過翻譯陸續傳到中國。由於許多僧人來中國，如鳩羅摩什，再加上中國派遣不少僧侶前往取經，自南北朝至唐代，佛教譯經當以梁僧祐編纂的《出三藏記集》，隋費長房編纂的《歷代三寶記》與唐智昇編纂的《開元釋教錄》及《略出》，為整理的經典，智昇的《略出》，可視為一部目錄，將收羅不同類型的翻譯佛經設計出檢索系統。

2、隋唐時期

隋唐時期大乘八宗已集大成，分別指禪（慧能）、淨（善導）、律（道宣）、密（不空）、天臺（智者）、華嚴（澄觀）、唯識（玄奘）、三論（吉藏）。六祖慧能大師，曹溪普傳，使禪宗在中國大為興盛。善導著《觀經疏》，日本淨土宗奉為高祖。道宣確定《四分律》在律學上之地位，為後世中國僧尼的受戒規範。宗密為中國密宗之集大成者。天台宗智者大師著《法華玄義》《法華文句》《摩訶止觀》合稱「法華三部」，奠定天台宗思想理論基礎。澄觀著《華嚴經疏》，而唯識宗玄奘譯有《大品般若經》《瑜伽師地論》等。吉藏為三論宗：龍樹之中論、十二門論及提婆之百論之集大成者。奠定三論宗在隋唐佛教中之地位。翻譯佛經上，唐代就有三百七十二部、二千一百五十九卷，數量驚人。

唐代講經的作品主要為《華嚴經》、《法華經》、《維摩詰經》、《涅槃經》等。因此唐代文士禪林化的現象，主要乃因閱讀佛經與僧人唱酬而成。如李白、杜甫、王維、白居易、劉禹錫、孟郊、元稹、李商隱等著名的詩人。他們都是透過閱讀經典與僧人往來而達到禪林化。其中如《維摩詰經》自魏晉時期即在中國大受歡迎，同時也是唐人必習的經典。李白、杜甫、王維都曾用《維摩詰經》入詩，白居易、李商隱更以維摩自居，凡此皆可見《維摩詰經》對唐代文士的影響。〔註75〕此外，《六祖壇經》、《大般若經》、《法華經》、《涅槃經》、《華嚴經》、《楞嚴經》也是唐代文士於詩文中屢屢涉及的。

隋唐時期經典已有印刷作品，據印刷史家考證，目前最早的佛經印刷為1966 年在韓國發現武則天時期的雕版印刷經卷《無垢淨光大陀羅尼經》，印製

〔註75〕據蕭麗華《唐代詩歌與禪學》一書所考，頁 42～44。

年代約爲西元 704～751 年之間。由中唐之後，佛教經典廣泛的受到文士的重視與閱讀，可見當時印刷的開始，也間接促進經典的普傳。

3、北宋初年

宋太宗開寶四年（971）至太平興國八年（983）間，完成了《開寶藏》，可謂第一部大藏經印刷，除了官印佛經，民間已有不少印刷經典的作品，而這都是造成經典大量普傳的原因。此外太平興國初太宗設立譯經院至太平興國七年（982）至天聖五年（1027），共翻譯五百多卷。當時完成的經典有《傳燈錄》、《高僧傳》、《佛組統紀》等。禪宗理論多以《華嚴經》、《楞嚴經》、《圓覺經》、《起信論》等經典爲主。而宋代文士對於《華嚴經》、《金剛經》、《維摩詰經》、《圓覺經》、《楞伽經》及禪師語錄皆有涉入。

宋代僧人著述佛教類經典、史籍頗多，如宋太祖時吳越延壽禪師《宗鏡錄》一百卷，宋太宗時李昉《太平廣記》，錄佛法計三十卷、贊寧《宋高僧傳》三十卷、《僧史略》三卷，宋眞宗道原《景德傳燈錄》三十卷、譯經潤文官趙安仁修《藏經錄》二十一卷，賜名《大中祥符法寶錄》、道誠《釋氏要覽》三卷，仁宗時惟淨譯《天聖譯教錄》、李遵勗《天聖廣燈錄》三十卷、契嵩《輔教編定祖圖正宗記》、《傳法正宗記》十卷，徽宗時惟白《建中靖國續燈錄》三十卷、惠洪《禪林僧寶傳》三十卷、《林間錄》二卷、後錄一卷等等。〔註76〕

自從佛教傳入中國，不同文化的交流，促使中國詩歌文學產生不同的變化。例如以佛家名相入文學作品，如劉勰《文心雕龍》中，可見「六觀」、「四對」等佛學名相之詞，融鑄到文章中，另外還有譬喻的句法，也廣泛的運用在詩歌中，最著名的大乘十喻「如幻、如陽焰、如水月、如響、如空花、如像、如光影、如變化事、如尋香城」。〔註77〕套用英美新批評理論家維姆薩特（William K. Wimsatt）的理論，他認爲隱喻存在的基礎在喻旨與喻體之間的相異性，兩者相差越多，則越有力量。因此佛經中普遍譬喻句法的使用，也影響了中國詩歌中譬喻的使用，使中國詩歌的隱喻更豐富多元。此外，經典偈頌使用四言、五言、六言、七言等不同的方式表達，而這些創作亦可常在惠洪創作的詩歌中見到，詩偈的結合，禪宗語言巧妙的化爲中國詩歌的一

〔註76〕有關宋代僧侶著書，詳見方豪〈宋代佛教對史學之貢獻〉《中國佛教史學史論集》（台北：大乘，1978 年），頁 210～212。

〔註77〕見龍樹《大智度論》卷十一，本文間接引用孫昌武《佛教與中國文學》（上海：上海人民出版社，1988 年）一書所考。

部份，因心造境、借境說理成為文士藉詩歌表達禪悟最直接的方式。英美批評家布魯克斯（Brooks）認為悖論為詩歌不可避免的語言，詩人常用悖論以表達真理。而禪宗語法本來就充滿悖論語言，因而影響中國詩歌有明顯的象徵與反常合道等詩論產生。

三、文士的禪林化

周裕鍇先生認為禪宗與詩歌發展的軌跡幾乎是同步的，禪宗源於南朝梁陳之際，唐詩也是從永明體蛻變而來。而禪宗與詩歌都於盛唐時大盛，晚唐五代禪宗發展出各家宗派，詩歌也有各種詩法格式，由此推測禪宗對詩歌應有重要的影響。〔註78〕我們從魏晉到唐宋之間，文士禪林化的現象也可間接證明這種詩禪融合的可能。

（一）六朝文士與僧人的往來

東晉南朝佛教宗派林立，士大夫與僧人交涉盛行於當時，當時崇佛的名士有孫綽、王羲之、謝靈運、沈約、劉勰等人。其中謝靈運有許多山水詩的創作，皆透露與佛理相涉的痕跡。宋文帝云：「范泰、謝靈運常言：六經典文本在濟俗為治耳，必求性靈真奧，豈得不以佛經為指南耶？」，〔註79〕因此，我們明白謝靈運喜好將佛理引入詩篇，藉由遊歷山水，將名山勝水之趣與佛理妙悟之法互相融合。〔註80〕《晉書》〈王羲之傳〉中記載孫綽、李充、許詢、支遁皆以文義冠世，並築室東土，與羲之同好。另外《世說新語》〈文學〉云：「王逸少作會稽，初至，支道林在焉。……」可知王羲之與支遁交遊密切。殷浩與康僧淵往來密切，曾從白日談至黑夜，殷浩因而信服康僧淵。

此外，齊梁時期的皇帝普遍崇佛，如齊高帝曾多次訪僧遠（《高僧傳》卷八），而竟陵八友中沈約、謝朓等人更好與名僧僧旻為友。據普慧《南朝佛教與文學》所考梁武帝蕭衍、其子蕭統、蕭綱、蕭繹等與名僧僧旻、法雲、智藏等交往殷勤。由於帝王對於僧人皆殷勤虔敬，導致文士與僧人交遊成為當時的社會風氣。因此當時文人多創作崇佛之詩歌，並經常引用佛語，例如：

〔註78〕 詳參前揭周裕鍇《中國禪宗與詩歌》〈習禪的詩人〉，頁60。內容對於禪宗與詩歌間同步發展的軌跡有清楚的描述，作者認為禪宗對於詩歌發展有重要的影響，因而自從禪宗於南朝產生後，詩歌的演變與禪宗在中國的不同演進，皆有連帶的關係。

〔註79〕 《高僧傳》卷七，《大正藏》第五十冊，頁367。

〔註80〕 依空法師〈謝靈運山水詩的佛學思想〉《普門學報》第二期，2001年。

江淹〈吳中禮石佛詩〉、蕭統〈講席將華賦三十韻詩依次用〉、蕭綱〈往虎窟山寺詩〉、沈約〈遊鍾山詩應西陽王教五章〉之四、蕭衍〈遊鍾山大愛敬寺詩〉、〈十喻詩〉、王融〈法樂辭〉之七……等等，由此可知文士禪林化的現象於魏晉六朝已經相當明顯，文士不僅好與僧人往來，更受禪僧影響，以禪理作詩。

（二）隋唐文士與禪林的互動

六祖慧能之後，唐代社會上十分流行參禪與習禪，禪宗成了士大夫階層普遍嚮往追求的境界。〔註81〕明代王士禎評唐詩云：「唐人五言絕句，往往入禪，有得意忘言之妙，與淨名默然，達摩得髓，同一關捩。王、裴《輞川絕句》字字入禪，妙諦微言與世尊拈花，伽葉微笑，等無差別。」〔註82〕

盛唐時的詩仙李白與詩聖杜甫都與禪僧往來密切，李白雖然傾向道教，然而其「宴坐寂不動，大千入毫髮〔註83〕」的詩歌禪境也顯現出文士禪林化的現象。此外，杜甫詩風雖以沈鬱頓挫為主，卻也經歷禪宗五祖弘忍傳法之地，並說：「身許雙峰寺，門求七祖禪」。〔註84〕另外盛唐時，王維與孟浩然、錢起、裴迪等人創作與佛寺禪僧有關的詩篇，皆有二十多首，中唐時期的韋應物則有六十多首，劉長卿有五十多首。可見得盛中唐時期文人禪林化的現象相當普遍，且詩歌創作與禪宗有關的題材佔相當大的比例。〔註85〕

王維有詩佛之稱，其自稱維摩詰，維摩詰乃梵文音譯，意旨淨名。為釋迦摩尼時期毘耶离城中的大乘居士，扮演亦僧亦俗不出家的奉佛人形象。王維對禪宗南北宗均有深入的研究。明人胡應麟於《詩藪》云：「右丞卻入禪宗」〔註86〕指出王維詩歌表現禪宗坐禪與禪寂的境界。白居易〈閒吟〉詩云：「自從苦學空門法，銷盡平生種種心。唯有詩魔降未得，每逢風月一閒吟」（《全唐詩》439卷）。齊己〈愛吟〉詩云：「正堪凝思掩禪扃，又被詩魔惱竺卿。」（《全唐詩》844卷）可知，白居易與詩僧齊己都為文字與禪的問題所困擾。

〔註81〕見蕭麗華《唐代詩歌與禪學》〈論詩禪交涉〉一文所考，指出中晚唐，元、白、韓、柳、劉禹錫、姚合、李商隱、溫庭筠，沒有不涉及禪學的，頁13。

〔註82〕〔明〕王士禎《帶經堂詩話》卷三，（上海市：上海古籍，2002年）。

〔註83〕李白〈廬山東林寺夜懷〉（《全唐詩》卷182）。

〔註84〕杜甫〈秋日夔府詠懷奉寄鄭監審李賓客之芳一百韻〉（《全唐詩》230卷）

〔註85〕詳參前揭周裕鍇《中國禪宗與詩歌》〈習禪的詩人〉，頁61。周裕鍇考證王維有二十六首、孟浩然有二十八首、韋應物有六十七首、劉長卿有五十五首、錢起有二十五首、裴迪有二十九首都是有關於僧、寺、禪境的詩歌題材。

〔註86〕詳見胡應麟《詩藪》內編卷六。

據蕭麗華〈白居易詩中莊禪合論之底蘊〉所考，白居易往來僧徒極多，有智常、惟寬、神湊、寂然、宗密、神照、如滿等，且其與禪宗的關係高過其他諸宗。〔註87〕

晚唐詩人李商隱喪妻之後，「三年以來，喪失家道。平居忽忽不樂，始刻意事佛」，〔註88〕與佛教有更深的因緣。「於長平山慧義精舍經藏院，創石壁五間，金字勒《妙法蓮華經》七卷。」李商隱〈奉寄安國大師兼簡子蒙〉詩云：「憶奉蓮花座，兼聞貝葉經。」（《全唐詩》540 卷），透露其對於佛教與佛經的接觸，而「捨生求道有前蹤，乞腦剜身結願重。大去便應欺粟顆，小來兼可隱針鋒。……若信貝多真實語，三生同聽一樓鐘。」（《全唐詩》〈題僧壁〉539 卷），藉此李商隱表示他對於佛教虔誠的嚮往與追求，以及感受小大相即，破除大小有別的分別，從而獲得精神的解脫。吳言生認為李商隱的詩歌能體悟佛教三法印「諸行無常」、「諸法無我」、「一切皆苦」的境界，藉由詩歌，詩人對生命無常的迷惘、困惑而得到情感的抒發。〔註89〕再者，從吳榮富對李商隱詩歌使用佛教經典的考訂，可知李商隱以深邃的感情體驗，體悟有求皆苦、無常幻滅的佛教真諦。〔註90〕他與許多禪宗僧侶交遊，因此學會如何利用禪宗的自我觀照，超越一切差別境界。

由於禪宗參禪的方式轉化成為士大夫普遍能接受的面貌，至宋代經過儒佛的融會，造成歐陽修、蘇軾、黃庭堅、王安石等當代有名的詩人文士均對佛法有深入的了解，其中歐陽修創作《六一詩話》，間接促成詩話題材的產生與興盛。而蘇軾更提出「以筆硯為佛事」，〔註91〕黃庭堅提出「遺民文字禪」，

〔註87〕 詳見蕭麗華《唐代詩歌與禪學》〈白居易詩中莊禪合論之底蘊〉一文所考，頁143～171。

〔註88〕 詳見李商隱《樊南乙集序》，龔鵬程於《佛教與佛學》〈李商隱與佛教〉（台北：新文豐，1996 年），頁 6～10 中論述《樊南乙集》自序寫於大中七年，自云方願打鐘掃地，為清涼山行者。清涼山，即五臺山。他以為李商隱可能奉佛是因為與妻子共同的願望，並且早年李商隱除了學道外，應與僧人早有來往。

〔註89〕 有關李商隱奉佛以及對詩歌的體悟，詳見吳言生《禪宗詩歌境界》〈李商隱詩歌中的佛學意趣〉一文所考，（北京：中華書局，2002 年），頁 310。然此處吳言生所云三法印，與一般原始佛教之三法印略有出入。原始佛教三法印為「諸行無常」、「諸法無我」、「涅槃寂靜」。

〔註90〕 據吳榮富《李商隱詩用典析疑》（成功大學中文研究所博士論文，2002 年 7 月），頁 331 中指出李商隱使用佛教經典的詩歌有七十次，其中《法華經》、《法苑珠林》有九次，《維摩經》有八次，《楞伽經》、《涅槃經》、《楞嚴經》四次，而使用佛教經典共二十七種，可見李商隱對於佛教經典有深刻的體悟。

〔註91〕 詳見《東坡志林》卷二〈付僧惠誠游吳中代書十二〉。

〔註92〕錢穆以爲王安石博學旁及佛老，爲北宋中晚期之「押陣大將」，並認爲王安石融合儒、釋「乃思想史上的一種更深更進之結合。」〔註93〕至此，文士禪林化已完全成熟，禪宗思想成爲與士大夫生活密不可分的一部份。

第三節　文字禪形成的近因

　　禪宗講求「不立文字」是因強調頓悟且領會以心傳法之妙，道之不可說是因爲說不得。而唐代以來禪宗思想深入士大夫階層，禪宗用語成爲時代風尚，詩人、文人莫不尋求文字來描繪不可言語之妙，如王維、白居易等人，皆有想說卻說不得的痛苦，最後尋求解脫之道，因而不離文字。自此禪宗由原本的「不立文字」逐漸轉爲「不離文字」。

　　洪修平《禪宗思想的形成與發展》指出南宗禪至宋代，進入一個新的發展階段。入宋以後禪宗成爲當時最流行的佛教宗派，其中臨濟宗分化的黃龍、楊歧兩系盛極一時。當時禪宗發展的規模及社會影響在宋代形成獨特的時代特色，禪宗與儒道合流，並強調禪教合一。加上大量公案、語錄出現，使禪宗逐漸從不立文字走上文字化的道路。〔註94〕筆者認爲文字禪產生的原因，一方面由於唐代詩僧的努力，宋代僧俗融合也是促使文字禪發展的主要原因。因此本文主要以宋代禪宗環境爲觀察對象，欲探討北宋文字禪形成的可能原因。關於文字禪的由來，有一說認爲乃源自北宋惠洪《石門文字禪》，因而本文將討論惠洪文字禪之承襲與緣由，試圖更深入了解北宋文字禪形成的原因。

一、北宋排佛風潮與儒釋調和

（一）排佛風潮

　　楊惠南先生認爲排佛風潮發端於東漢末年，成熟於魏晉南北朝時代，成於宋明理學時期。而排佛主要的原因大致爲：1. 佛教倫理不合中國倫理、2. 沙門不敬王者、3. 批評佛教是夷狄宗教、4. 批評佛教僧人不事生產。南北朝時代佛教興盛，因出家僧人眾多，造成了許多的社會問題，如寺廟侵占民地、

〔註92〕黃庭堅《山谷詩集注》卷九〈題伯時畫松下淵明〉詩云：「遠公香火社，遺民文字禪。」頁 219。
〔註93〕詳見錢穆《中國學術思想史論叢》（五），（臺北：東大，1978 年），頁 10～12。
〔註94〕見洪修平《禪宗思想的形成與發展》（南京：江蘇古籍，2000 年），頁 357。

僧人逃避租稅、兵役等，使得許多人對於佛教僧尼產生負面的看法。〔註95〕

宋初排佛說主要承繼韓愈排佛而來，宋祁針對國家財源拮据，提出去除道場齋醮法事支出，免除寺觀的各種費用開銷。而除非已正式受戒者，其他悉令還俗以增加耕織人力。宋祁雖然公開反對佛教，但其本身對於佛法皆有深入的了解，從《宋景文公筆記》中，可見宋祁儒道融合的思想。石介、孫復兩人基於強烈中國主義與民族本位思想，提出排佛的想法。石介著〈怪說〉一文，攻擊佛老，爲宋代主張排佛最有力的儒者。至於李覯也是排佛的健將，其對佛教的不滿，主要表現在〈潛書〉〈廣潛書〉及〈富國策〉，內容皆表現批佛言論，然而未能深入義理，整體而言，反而促成契嵩的反響，儒釋思想的調整。〔註96〕

歐陽修因爲對韓愈極度崇仰，因而在〈本論〉中對於詆佛之說，主要闡述「修其本以勝之」，歐陽修基於儒家立場，認爲恢復三代禮義教化，就不需要外慕佛教。然而《佛祖統紀》中記載歐陽修與佛教關係密切，與僧人往來應酬，可見歐陽修內心的對於儒釋之間的掙扎。

（二）儒釋調和

契嵩爲北宋禪宗雲門支派傑出的僧人，黃啓江以爲契嵩與歐陽修地位可相比擬。〔註97〕其在〈廣原教敘〉中指出爲化解當世儒者對佛教排詆言論，因而撰寫《輔教篇》，企圖針對排佛言論予以駁斥，並闡述佛法有益之處。其極力提倡儒釋一貫之道，說明儒釋相通之理。契嵩對於當時排佛說一一提出回應，並針對韓愈的排佛說，提出〈非韓子〉三十篇，除從義理方面作更深入的分析，並針對韓愈的缺失部分，予以修正。

契嵩主要的經學思想有：1. 論五經之根本。2. 論五經之致用與廢失。3. 評諸儒說經之得失。4. 附論《易》與《春秋》。由於宋初治經趨勢對於《易》、《春秋》二經有特別重視的取向，主要原因是《易》爲六經之原，內容深入人生哲理。因而宋初主張排佛之說的儒士，多以《易》與之相較抗衡。

〔註95〕見楊惠南《佛教思想發展史論》（台北市：東大，1993年）。

〔註96〕參考張清泉《北宋契嵩的儒釋融會思想》〈宋初儒士的反佛思潮〉一文（台北：文津，1998年），76～107。

〔註97〕契嵩博覽群經，並好六祖禪法精髓，二十六、七歲開始寫作，以佛教五戒十善會通儒家之五常。其與士大夫交遊賦詩，論辯儒釋之道，以護法聞名。見前揭書氏著《北宋佛教史論稿》〈論北宋明教契嵩的《夾註輔教編要義》〉，頁153。

契嵩個人則認為五經同等重要，不可偏廢，他特別提出以皇極之教統攝儒家政治學說、以中庸之道貫串心性思想與禮樂教化。契嵩善用歷史典故，品評人事，剖析事理能層層深入，因而宋初儒釋的融合，契嵩扮演極重要的角色。

契嵩將其著作《輔教編》呈給當時的丞相韓琦、曾公亮、參政歐陽修等人，獲得韓、歐的支持，並獻給仁宗。在契嵩的努力下，佛教成為社會上各階層公開認可的宗教。其闡明儒經與佛經類似之處，提倡會通。並以《中庸》為例，說明佛經性相之說，足以闡明「自誠明謂之性，自明誠謂之教」。並且用佛家「萬物同一眞性」說明《中庸》「盡人之性以盡萬物之性」，闡明《中庸》「至誠」與佛家法界不二。其兩度上書皇帝，爭取統治者對佛教的認可，並且要求官方接受南禪宗為禪宗各派的正宗，使其在北宋時期禪宗的發展扮演重要的角色。〔註98〕

另外，大覺懷璉也和契嵩一樣，藉和會三教的方式來實踐其扶宗護法的目標。事實上北宋調和儒釋之說除了僧人之外，尚有文士與帝王的參與。從東漢到宋初，三教融合的理論多為片段，契嵩算是第一個在儒釋融會的思想下奠定佛學的理論基礎。使得北宋之後，佛學廣泛的深入儒士，而有儒士禪宗化、僧人文人化的趨勢，文字禪的風潮自此蔚然勃興。

二、北宋禪宗的文字禪走向

（一）禪宗思想

唐代宗密《中華傳心地禪門師資承襲圖》云：「達磨西來，唯傳心法，故自云：我法以心傳心，不立文字。此心是一切眾生清淨本覺，亦名佛性，或云靈覺。……欲求佛道，須悟此心，故歷代祖宗唯傳此也。」〔註99〕宗密首先提出禪教不相離的觀念，認為「經是佛語，禪是佛意，諸佛心口必不相違。諸祖相承，根本是佛親付；菩薩造論，始末唯弘佛經」，且「顯宗破執，故有斯言，非離文字說解脫也」〔註100〕因此，不管是禪機或經典都是為了體現佛意，僅形式不同，故不應執著不立文字之說，而要「破言說相」，不被文字所限制。宗密提出「三教三宗」，以和會禪教。

〔註98〕詳參前揭書《北宋佛教史論稿》〈論北宋明教契嵩的《夾註輔教編要義》〉，頁158～159。
〔註99〕參見《卍續藏》第 110 冊，頁 870a。
〔註100〕見《禪源諸詮集都序》（《大正藏》四十八冊）卷上，頁 400。

由於禪宗圍繞著「心」而建立起來，因而學說也以心性為主。早期禪宗農禪並作，六祖慧能認為當下頓悟，以為禪法須與現實生活相結合。之後禪宗發展，不管是荷澤系的重「寂知之性」、南嶽系的重「全體之用」以及青原系講求「心與物、理與事的統一」，雖然皆有些微不同，但都不離禪宗的直指心性之說。〔註101〕

法眼宗創始人法眼文益作《宗門十規論》，認為當時叢林「不通教典，亂有引證」，因而他主張研讀經教典籍，以避免修行走入異端而不自知。因此他用「禪教兼習」的方式教導弟子。其再傳弟子永明延壽（904～975），承襲法眼文益，更進一步認為參禪與研習經典是同等重要的。〔註102〕著有《宗鏡錄》一書，提倡禪教合一，用調和的方式闡述各宗思想，「禪尊達摩，教尊賢首」，並歸結於「舉一心為宗，照萬法如鏡」。延壽《宗鏡錄》一書，對惠洪有深遠影響，他不僅「嘗深觀之」，〔註103〕並極度宣揚。

宋代禪師長於著述，僧人藉著書立說宣揚佛法，提倡佛教信仰。除語錄外，尚有燈錄、世譜、文集、偈頌、論辯、清規等。北宋各禪宗宗派最不離文字的僧侶以雲門僧侶居多。〔註104〕契嵩著《鐔津集》卷十一〈武陵集敘〉，其內容談慧遠之佛法卻引老、莊等思想，欲和會儒、佛、道三家之說，以達到弘揚佛法的目標。〔註105〕此外真、仁宗之際的雪竇重顯，其著作廣博，與士大夫交遊唱和，往來頻繁。其弟子將其與士大夫唱和的詩文編成《祖英集》、《頌古集》、《拈古集》與《雪竇錄》等書。重顯頌古之作於北宋末經臨濟宗圜悟克勤評唱、宣揚，成了《碧巖集》一書，對北宋禪宗文字禪的發展有重大的影響。

至於契嵩與惠洪，黃啟江先生以為他們兩位可謂北宋衲子中之文壇雙璧。〔註106〕可見北宋禪宗文字禪的走向，至此已徹底轉向為以文字來說禪的局面。大抵而言，宋代僧侶多以著書立說的方式弘揚佛法，並且精通儒門典

〔註101〕有關禪宗思想的特色，參考洪修平〈禪宗思想的形成與發展〉（《中國佛教學術論典》第二集）。

〔註102〕永明延壽為清涼文益的再傳弟子，吳越王賜諡號智覺禪師，宋太宗賜塔額「壽寧禪院」。

〔註103〕見《石門文字禪》卷二十五〈題宗鏡錄〉云：「右宗鏡錄一百卷，智覺禪師所譔。切嘗深觀之，其出入馳騖於方等契經者，六十本。」

〔註104〕詳參黃啟江《北宋佛教史論稿》〈雲門宗與北宋叢林之發展〉，頁255。

〔註105〕詳參契嵩《鐔津集》卷十一〈武陵集敘〉，頁5。

〔註106〕詳見黃啟江《北宋佛教史論稿》〈雲門宗與北宋叢林之發展〉，頁257。

籍，並善於以詩偈酬唱應對，或以文章論辯佛法。相較於唐代，文字禪的興盛不但帶動禪宗快速的發展，並深入士大夫的心靈。然而北宋初期禪僧們內心時常產生矛盾，猶豫於「不立文字」與「不離文字」之間。例如佛印，對於文字涉入禪，則云：「汝口不用，返記吾語，異時裨飯我去！」〔註107〕他認爲江浙叢林「尚以文字爲禪，謂之請益」乃回歸經教義學，墮入文字障中。佛印提出這樣的看法，其實代表的便是當時禪宗叢林的矛盾。認爲語錄的形式顯然不符於禪宗初創「不立文字」的精神。

契嵩身爲僧門的領袖之一，他大膽提出反對離文字說禪的看法，主張僧人應該讀經，並努力和會禪、教。永明延壽亦以《宗鏡錄》作爲會通儒禪之法門。臨濟宗晦堂祖心見《宗鏡錄》，以爲「平生所未見之文，公力所不及之義，備聚其中」，並編《冥樞會要》，成爲支持文字禪與和會儒釋的代表。〔註108〕惠洪有感「後世無是二大老，叢林無所宗尚。舊學者，日以慵墮、絕口不言；晚至者，日以窒塞、游談無根而已，何從知其書、講味其義哉？」，大力提倡用文字以說禪，以爲由禪僧大老的著書立說中「當見不可傳之妙，而省文字之中，蓋亦無非教外別傳之意也」。〔註109〕

宋代禪宗對於詩歌產生重要的影響，士大夫以爲平常心、平常物皆具佛性，皆在一念之悟。因而宋代詩歌內容較唐人更爲擴大，日常生活的點滴皆可入詩歌體裁。所謂：青青翠竹，總是法身，鬱鬱黃花，無非般若。〔註110〕禪與詩都是含蓄蘊藉、活潑跳躍的藝術，加上宋代文士禪林化、僧人文士化

〔註107〕詳見惠洪《禪林僧寶傳》卷二十九（台北：新文豐，1994年），頁559。

〔註108〕見《石門文字禪》卷二十五〈題宗鏡錄〉云：「元祐間，寶覺禪師宴坐龍山，雖德臘俱高，猶手不釋卷。曰：「吾恨見此書之晚也！」平生所未見之文、公力所不及之義，備聚其中，因撮其要，處爲三卷，謂之冥樞會要，世盛傳焉。」

〔註109〕見《石門文字禪》卷二十五〈題宗鏡錄〉云：「後世無是二大老，叢林無所宗尚。舊學者，日以慵墮、絕口不言；晚至者，日以窒塞、游談無根而已，何從知其書、講味其義哉？脫有知之者，亦不以爲意。不過以謂祖師，教外別傳，不立文字之法，豈當復剌首文字中耶？彼獨不思達磨已前，馬鳴、龍樹亦祖師也。而造論則兼百本契經之義、泛觀則傳讀龍宮之書，後達磨而興者，觀音、大寂、百丈、斷際，亦祖師也。然皆三藏精入、該練諸宗，今其語具在，可取而觀之，何獨達磨之言乎？聖世逾遠，眾生相劣，趣應褊短，道學苟簡。其所從事欲安坐而成，譬如農夫隋於穮耘，垂涎仰食，爲可笑也。吾聞江發岷山，其盈濫觴，及其至楚，則萬物並流。非夫有本益之者，眾耳有志於道者，常有取於此。吾徒灰冷世故，安樂雲山明窗淨几之間，橫篆煙而熟讀之，則當見不可傳之妙，而省文字之中，蓋亦無非教外別傳之意也。」

〔註110〕見《景德傳燈錄》卷六〈慧海禪師〉（《大正藏》五十一冊）。

的普遍現象，因而發展出「以禪喻詩」、「以詩論禪」特殊的詩歌形態。

（二）禪宗流派

禪宗從南朝初萌芽，歷經初祖達摩、二祖慧可、三祖僧璨、四祖道信、五祖弘忍的開創，五祖之後，禪宗演變成南北兩宗，南慧能北神秀。盛唐時期武后迎請神秀入京，奉爲國師，玄宗更爲《金剛經》作注。北宗神秀傳了數代，最後由南宗成爲禪宗的主流。南宗禪自慧能弟子以下分南岳懷讓和青原行思兩個法系，唐末五代時期，南岳分爲潙仰、臨濟，青原系分爲曹洞、雲門、法眼三家，共可分成五個各具特色的派系，分別爲「臨濟、潙仰、曹洞、雲門、法眼」五家，其中臨濟宗至北宋中又分出楊岐、黃龍二個支派，「五家七宗」至此形成。南宗禪至馬祖而大盛，強調「平常心是道」，認爲道在一切行住坐臥，應機接物中證悟，因而開啓後世機鋒棒喝之風。後傳給百丈禪師，立下《百丈清規》，訂定一套完整而嚴格的制度和規範，至此中國禪宗的基本制度正式形成。〔註111〕

北宋時期禪宗發展以雲門、臨濟宗爲主。雲門宗強調即事而眞，應物而不累於物，在北宋盛極一時，雲門宗開山宗師文偃，以「一字關」接引參禪者，透過答非所問的方式，使參禪者離開原來的思路，「截斷眾流」，直接了悟。另外德山「雲門三句」則主張禪僧要參活句，莫參死句，至南宋大慧宗杲看話禪中得到詳盡的闡發，雲門歷經雪竇及契嵩等人的中興，曾盛極一時，然而至南宋已逐漸沒落。法眼宗具有禪教兼融的特色，主張理事圓融，以提倡華嚴禪著稱，然此派進入北宋後，即不傳。懷海弟子潙山靈佑及仰山慧寂創潙仰宗。懷海另一個弟子希運，其得法弟子臨濟義玄創臨濟宗。臨濟宗強調無法可求，一切平常。在五家中最爲興盛，流傳廣泛又最長久，其門下在宋代分化成黃龍、楊岐兩派。臨濟僧人汾陽善昭開創以「頌古」爲主要內容的禪學新形式，「文字禪」遂成風氣。之後楊岐派僧人圓悟克勤評唱雲門雪竇重顯的〈頌古百則〉，後人編爲《碧巖錄》，至此文字禪可爲發展到顛峰。

（三）禪宗文字化

宋代爲禪宗語錄與燈錄編撰的黃金時代，此於本文第二章中已有討論。

〔註111〕有關五家七宗的由來及禪宗遞衍參考宋仁珪《宋詩縱橫》（北京：中華書局，1994 年）。另外，張清泉《北宋契嵩的儒釋融會思想》（台北：文津，1998 年），頁 18 中亦有論及。

正因為宋代語錄與燈錄體裁的大量產生，加速文字禪的發展。

　　北宋禪僧語錄有《圜悟佛果禪師語錄》、《大慧普覺禪師語錄》、《宏智正覺禪師廣錄》、《黃龍慧南禪師語錄》、《楊岐方會和尚語錄》等。其中圜悟佛果禪師為文字禪的代表人物，大慧普覺禪師與宏智正覺禪師分別提倡看話禪與默照禪。黃龍慧南與楊岐方會則是臨濟宗在兩宋復興的關鍵人物，分別創立臨濟宗的黃龍派與楊岐派。宋代的燈錄有《景德傳燈錄》、《天聖廣燈錄》、《建中靖國續燈錄》、《聯燈會要》及《嘉泰普燈錄》。普濟將這五部燈錄，編成《五燈會元》一書。內容反映禪宗思想發展的脈絡，可作為禪宗思想史之參考。

　　另外，除了語錄、燈錄，尚有僧史的大量編撰。宋仁宗請贊寧編撰《宋高僧傳》，內容記錄禪僧生平事蹟。還有契嵩《傳法正宗記》及惠洪《禪林僧寶傳》、《林間錄》，以傳記體的形式敘述自釋迦至唐以來所傳二十八祖、東土六祖的事蹟。還有公案，成為宋代文字禪的四個基本方面：拈古、頌古、評唱、代別。拈古意旨為拈出古則，以散文化的形式加以批評或解釋。頌古指對於所拈出的古則加以評頌，本著不點破的原則以韻文來解釋公案，即所謂繞路說禪。評唱為以含蓄語言說禪，避免道破語中真意，讓讀者自己體悟玄外之旨。代別是指代語與別語，對公案做出某種新的解釋或評論。至於代語可由老師代學生回答或代古人回答。別語則為禪師另補一句答語，稱為別語。

　　自汾陽善昭倡導公案代別和頌古，將禪化為文字玄談，並將玄言演變為詞藻之學後，禪師便習慣以語文文字示禪。因此，頌古類文字乃宋代特有的體裁，惠洪承繼這樣的文字禪觀，將文字表現的方式以更多元的方式呈現。

第四節　惠洪文字禪的形成

　　「文字禪」一詞，一般學者以為首見於惠洪《石門文字禪》。〔註112〕然而考證「文字禪」一詞的由來，發現遠自唐代白居易〈贈草堂宗密上人〉云：「盡離文字非中道，長住虛空是小乘。」，〔註113〕宋代蘇軾〈書辯才次韻參寥詩〉亦有「台閣山林本無異，故應文字不離禪。」而後黃庭堅〈題伯時畫松下淵

〔註112〕參見劉正忠〈惠洪「文字禪」初探〉，頁274。
〔註113〕見白居易〈贈草堂宗密上人〉（《全唐詩》454卷）。

明〉亦云：「遠公香火社，遺民文字禪。」〔註114〕由此得知惠洪承繼前人「文字觀」思想轉變爲「以臨高眺遠未忘情之詩爲文字禪」，著作《石門文字禪》一書。推測惠洪文字禪產生的近因，因受蘇軾與黃庭堅「詩禪合一」、「詩禪交涉」、「以禪入詩」等詩禪觀影響。

惠洪以爲「禪宗學者，自元豐以來，師法大壞。諸方以撥去文字爲禪，以口耳受授爲妙。……以謂列祖綱宗至於陵夷者，非學者之罪，乃師之罪也。」（《石門文字禪》卷二十六〈題隆道人僧寶傳〉）可見北宋初期，由於禪師們拘泥於「不立文字」的觀點，提倡「口耳傳授」，因而絕棄經教文字，「飽食熟睡，遊談無根爲事」。〔註115〕惠洪面對當時的景況，深惡痛絕，於是提出「文字禪」，立志以文字說禪，著書立傳，彰顯佛道。惠洪以「文字禪」爲書名，一方面彰顯文字禪的意義，二方面表明著書立傳的源由，此乃爲挽救師法宗道而因應出來的方便法門。

藉由「文字禪」，惠洪與當時士大夫、權貴等得以用詩文交流禪法，卻因權貴黨禍等因素遭受牽累，導致不被見容於當世。然而其「文字禪」的作用與意義，卻在當時與後代產生深遠的影響，不但使得士大夫禪成爲當時的時尚，更推動禪宗各派禪法的推廣與發展。明代僧人紫柏眞可更以爲惠洪「文字禪」乃「文字悟」，〔註116〕而重新翻刻惠洪的著作，並且大力提倡惠洪的著作，張揚其文字禪的意義。紫柏爲惠洪《石門文字禪》撰序云：

> 蓋禪如春也，文字則花也，春在於花全花是春，花在於春，全春是花，而日禪與文字有二乎哉。故德山臨濟棒喝交馳未嘗非文字也，清涼天台疏經造論未嘗非禪也。而日禪與文字有二乎哉。逮於晚近，更相聯而更相非，嚴於水火矣。宋寂音尊者憂之，因名其所著曰《文字禪》。……橫心所見，橫口所言，鬥千紅萬紫於三寸枯管之下於此把住水泄不通，即於此放行，波瀾浩渺……夫何所謂禪與文字者，夫是之謂文字禪。而禪與文字有二乎哉？噫！此一枝花自瞿曇拈後，數千餘年擲在糞掃堆頭，而寂音再一拈似，即今流布，

〔註114〕見《蘇軾文集》卷六八〈書辯才次韻參寥詩〉。

〔註115〕見《石門文字禪》卷二十五〈題華嚴綱要〉云：「方天下禪學之弊極矣！以飽食熟睡，遊談無根爲事。」

〔註116〕見賀炌〈紫柏大師集跋〉云：「初祖不立文字，直指人心；大師不離文字亦直指人心，其揆一也。……噫！有文字，有未始有，文字學者繇文字悟。」，《嘉興藏》冊22，頁374。

疏影撩人，暗香浮鼻，其誰爲破顏者？〔註117〕

文中凸顯文字與禪不二，並且說明當代禪門文字觀混亂的現象。紫柏指出惠洪提出「文字禪」初始用意乃「以詩喻禪」，故文字與禪是不可分割檢視。紫柏不僅提倡惠洪「文字禪」的觀點，並且親身實踐，以詩文著作與當時世人唱和，並用書信的方式交流禪法，〔註118〕充分實踐惠洪「文字禪」的理想。而惠洪「文字禪」之成形，主要根據臨濟宗風及宋代重要文士，如蘇黃之作風與影響，以下將分別討論之。

一、臨濟宗的影響

臨濟宗主張人人皆有佛性，肯定佛性，強調識取佛心進而見性成佛，完全以樂觀的基礎建構上達的進路。《古尊宿語錄》卷四載臨濟所云：「無形無相、無根無本、無住處。活潑潑地，應是萬種施設，用處祇是無處。所以覓著轉遠；求之轉乖，號之爲秘密。」〔註119〕《臨濟錄》以爲「煩惱由心故有，無心煩惱何拘？不勞分別取相，自然得道須臾」。因此「佛性起般若觀照，見緣起空性，了無執著，故能隨用而解脫」。

因爲「法性皆空、法離文字」因而破除語言文字的執著，是臨濟所關注的課題。他並且認爲「但有聲名文句，皆是夢幻」、「莫向文字中求，心動疲勞，吸冷氣無益。不如一念緣起無生，超出三權學菩薩」、「解脫之道在於直契法性，徹見緣起」。「於一切法，無言無說，無示無識，離諸問答，是爲入不二法門。善哉善哉乃至無有文字語言，是眞入不二法門」，而這些觀點與惠洪的文字觀並不相妨，正因爲臨濟宗旨認爲透悟法才是眞正的目的，故而文字是手段，藉由文字可以了解佛理，然而若背離文字或執著文字，反而難以尋求解脫之道，體悟佛法的眞諦。因此惠洪格外注重文字如何說禪以及文字的功能，試圖用文字彰顯佛法，使之廣怖與流傳後世。

臨濟義玄「雖承黃蘗，常贊大愚，至於化門，多行喝棒」，可見棒喝爲臨濟宗教禪學禪、接引學人時最常用的方便法門。臨濟強調喝祖罵佛，其目的在於擺脫束縛，剿滅情識。其提出一套完整的臨濟法要：三玄三要、四料簡、

〔註117〕此序內容根據《石門文字禪》（台北：新文豐，1973年）版本。

〔註118〕董其昌曾接獲紫柏書信的開示，勉勵「極當發憤，此生決了，不得自留疑情，遺誤來生」。詳見《紫柏老人集》卷十二〈復董元宰〉，《嘉興藏》冊22，頁333下。

〔註119〕見《古尊宿語錄》卷四〈鎮州臨濟慧照禪師語錄〉。

四照用、四賓主。

《石門文字禪》卷十八〈臨濟和尚贊〉云：「一句中具三玄，一玄中具三要。」三玄三要指臨濟宗教人講話含蓄，話中有話，給人回味無窮的感受。一句話中若有玄有要，便是活句，是活人眼目處。根據惠洪《禪林僧寶傳》認為三玄是指體中玄、句中玄、玄中玄。《五家宗旨纂要》云：「此乃是最初一句，發於真體，此一句便具體中玄」，由此我們可知「體中玄」就是指發自人的真實心體，以言說顯示一切皆空。「句中玄」，《五家宗旨纂要》云：「如張公喫酒李公醉。前三三，後三三。六六三十六，其中無意路。雖是體上發，此一句不拘於體故。」乃讓參禪的人知道能運用巧妙言語，以顯示其中微妙旨趣，而不拘泥於言語本身。「玄中玄」，《五家宗旨纂要》云：「如趙州答庭柏話。此語於體上又不住於體，於句中又不善於句。妙玄無盡，事不投機。如雁過長空，影沉寒水。」指人們對語言文字的理解不能拘泥於語言文字的表現現象，而要去體味言外之意。總結得知，三玄三要目的在於指導參禪者不要執著、拘泥於言語，要能隨機應變，用妙言巧說表達真如佛性。〔註 120〕四料簡「有時奪人不奪境，有時奪境不奪人，有時人境具奪，有時人境具不奪。」奪人指破除我執，奪境指破除法執。四照用「我有時先照後用，有時先用後照，有時照用同時，有時照用不同時。」〔註 121〕四賓主，通過賓主之間的應對，考察雙方學識真偽深淺，測試其對於禪學的見解，衡量雙方的得失成敗，可分為賓看主，主看賓，主看主，賓看賓。唯有破除對境的執著才可以稱為主。

臨濟三句說明佛就是人自身本有的清淨之心，因為諸法自性清淨，心觸法時，心原來也是自性清淨的，這便是真佛。心的作用在於顯現萬物「心法無形，貫通十方，在眼曰見，在耳曰聞，在鼻曰香，在口談論，在手執捉，在足運奔。本是一精明，分為六和合。一心既無，隨處解脫。」〔註 122〕因為當參悟得禪的玄旨，超脫四聖六凡的階位，自然能夠「無所執著，任運自然，不受物拘，來去自由。」

臨濟禪宗宗旨「隨處作主，立處皆真」。呂澂以為臨濟於返照工夫處指示學者，要從「解得說聽，歷歷孤明」的地方返躬把握，因為如果求之於外，

〔註 120〕詳參王志躍《分燈禪》（台北：圓明出版社，1999 年 5 月），頁 85～88。
〔註 121〕見《大慧普覺禪師語錄》卷十三（《大正藏》冊四十七），頁 846b。
〔註 122〕見《鎮州臨濟慧照禪師語錄》卷一（《大正藏》冊四十七），頁 497c。

將愈來愈遠，而成爲枝蔓了。不過，這種返照的契機不是很容易遇到，從前大珠禪師參訪馬祖禪師，馬祖禪師責備他爲何不顧自家寶藏卻抛家散走，他反問什麼是自家寶藏，馬祖禪師說「即今問我者是」，他才言下恍然。由此可見把握契機的難得。後世禪家接引學者每每不能明白指點，而純靠機鋒領會，因而越發不易。正如某僧人問洞山如何是佛，其答道「麻三斤」。用意便是把問者的心思擋回去，試圖引起返照。每個人如果眞能在疑心的源頭得著端倪，便是成佛的本源。百丈禪師也常用「頓悟法門」教人說，先歇諸緣，休息萬事，不被境惑，自是解脫。因爲本心原來沒有諸緣諸念，不涉萬事，所以一歇了念頭，便直下本心顯露，發生見用。由此，見即是性，而成爲見性的狀態，並非另外有見去見性的。〔註123〕

惠洪於《臨濟宗旨》云：「獨汾陽無德禪師能妙達臨濟義玄關於三玄三要的宗旨。」《林間錄》：「汾陽無德禪師，示徒多談洞山五位、臨濟三玄，至作〈廣智歌〉，明十五家宗風。」《臨濟宗旨》記錄張商英對惠洪云：「汾陽，臨濟五世之嫡孫，天下學者宗仰，觀其提綱，渠唯論三玄三要。」由此證明汾陽十分重視臨濟義玄三玄三要。汾陽一方面將禪意化解爲玄談，另一方面寓禪境於文字玄談之中，並以參玄代替參禪，以玄言玄語展示呈現禪意，顯現自己悟解與體驗。

二、當時文人的影響

考查惠洪《冷齋夜話》、《石門文字禪》，發現內容中有不少敍述惠洪與當代文士、僧人交遊的情形，也有談論當時文士、僧人的事蹟。例如蘇軾、黃庭堅、秦少游、謝無逸、陳瑩中、李德修、任淵、參寥、雲庵禪師等人。

前已論及惠洪的文字禪應承繼蘇軾「台閣山林本無異，故應文字不離禪」〔註124〕、黃庭堅「遠公香火社，遺民文字禪」〔註125〕而來。《冷齋夜話》、《石門文字禪》書中，惠洪透露其交游情況，與淵才、張商英、郭天信等元祐詩人往來密切，對於當時聞名天下的蘇軾、黃庭堅等人皆非常仰慕，因而其個

〔註123〕詳見呂澂《呂澂佛學論著選集》卷五〈禪和生活〉（山東：齊魯書社，1996年12月），頁2983。

〔註124〕詳參《蘇軾文集》卷六八〈書辯才次韻參寥詩〉。

〔註125〕詳參黃庭堅〈題伯時畫松下淵明〉，據任淵該詩的注解遺民是指東晉潯陽三隱之一的劉程之，常與高僧慧遠游山，曾爲慧遠西方齋社作淨土誓文；又與鳩摩羅什、僧肇二師高談佛經義理

人對於蘇軾的詩文書畫、詩法、詩論等創作皆細心探索並研究。甚至考查蘇軾所行走過的每一個痕跡，訪問當地耆老，了解蘇軾的詩文與事蹟。而黃庭堅身爲江西詩派的領袖，對於當時以禪喻詩的詩風亦有引領的作用。惠洪著作中，凡重要詩論多引用黃庭堅吟詩、論詩、詩法，更表明自己與黃庭堅的交友關係。因此，北宋詩禪人物中，蘇黃二人對惠洪影響最爲顯著。

（一）蘇　軾

　　一般人以爲惠洪大量引用蘇軾的詩句，推測兩人應互有交游，然而筆者考證《石門文字禪》與《冷齋夜話》並未見兩人直接交游的痕跡。《冷齋夜話》中論及蘇軾生平事蹟、引蘇軾詩、游蘇軾所到處、觀蘇軾墨跡等共有五十五處。《石門文字禪》中記載更多，達八十六處，然惠洪與蘇軾兩人直接交游痕跡，在二書中仍無所見。我們只能在二書中看到惠洪透過師友關係，顯露對蘇軾的崇仰與追思。蓋惠洪與蘇軾相差三十五歲，從兩人生平與遊經歷來看，未見兩人同時出現在同一地。而從年譜中，可考察到惠洪曾溯源蘇軾遺跡，如廬山、海南等地。蘇軾四十五歲謫居黃州，曾到東林寺謁見並且贈詩於常總，而惠洪二十二歲在辭別宣秘深公後，便南歸至廬山歸宗寺依雲庵克文禪師習法。又蘇軾四十七歲秋遊湖北，經過承天寺，寫下膾炙人口的〈記承天寺夜遊〉，惠洪二十九歲，也曾遊於東吳，至臨川承天寺。蘇軾五十九歲因遭指稱毀謗朝廷，一年三謫，最遠被貶到惠洪出身的故鄉筠州。當時的惠洪正值二十四歲，跟隨雲庵克文在泐潭石門山習禪；蘇軾六十二歲被貶謫海南島，古稱儋州。惠洪在四十一歲因結交張商英、郭天信也被流放至海南島。在海南島期間，惠洪曾拜訪蘇軾舊居，及蘇軾所到之處。〔註126〕凡此，都可以看出惠洪溯跡於蘇軾的痕跡。

　　此外，惠洪結識的北宋時人湘山逸人毛文仲之子，可算惠洪與蘇軾間接的朋友。毛文仲爲蘇軾舊識，其子與惠洪熟識。在蘇軾過世十餘年後，文仲之子竟巧夢蘇軾爲其取字號爲「季子」。其樂而忘寢食，並請教惠洪，惠洪以爲因季子仰慕蘇軾，所以以夢見蘇軾爲悅。〔註127〕蘇軾與黃庭堅、陳瓘、張

〔註126〕參考《石門文字禪》卷二十四〈寂音自敍〉、卷二十三〈潛庵禪師序〉、卷二十三〈送寄超然序〉。

〔註127〕見《石門文字禪》卷二十四〈季子夢訓〉云：「湘山逸人毛文仲，蓋東坡蘇公江湖遊舊也。……夢公授以字曰「季子」。季子喜忘寢飯，……以夢東坡爲悅。」

商英等人都是元祐黨人，〔註128〕加上惠洪與陳瓘、張商英常往來，因而有人
將其視爲元祐黨人的一份子。

　　《冷齋夜話》卷七「夢迎五祖戒禪師」條記載惠洪之師雲庵與蘇軾、蘇
轍交遊的關係。詩中記載雲庵禪師與聰禪師兩人，同時夢見與蘇轍共同迎接
五祖戒禪師，而蘇軾八、九歲時，也曾夢見自己前身是僧人，甚至記得那位
僧人的容貌，自此蘇軾除以居士自居，並常著衲衣。〔註129〕由此我們也可以
推斷，惠洪應可間接經由雲庵禪師口中，得知蘇軾生平事蹟。蘇軾往來交游
的相關人事常見載於惠洪詩文中，其與僧人道潛清順、蘇門秦少游及其他交
游來往的情形，甚或蘇軾謫居黃州時，蘇門門下多參於廬山黃龍派東林常總
門下的種種事蹟都見諸惠洪筆下。〔註130〕

　　《冷齋夜話》中除描述蘇軾事蹟外，引用蘇軾詩作達二十五處，如卷七
「東坡廬山偈」條、「般若了無剩語」條等，然而其中亦有錯誤之處，學者張
雙英指出卷一「東坡留題姜唐佐扇楊道士息軒姜秀郎几間」條中引用蘇軾詩
句「滄海何曾斷地脈，朱崖從此破天荒。」一語，惠洪將「朱崖從此」誤引
入詩中，正確詩句應爲「滄海何曾斷地脈，白袍端合破天荒。」惠洪把姜唐
佐誤爲朱崖，諸如此類的錯誤，致使胡仔於《苕溪漁隱叢話》中，對《冷齋
夜話》多所譏評。〔註131〕但附會或有，詳誤難免，整體而言仍可以看得到惠
洪對蘇軾的崇仰。

　　惠洪於《石門文字禪》曾言蘇軾於顯達之時，多少豪傑之士，爭相拜讀
蘇軾的文章；〔註132〕也曾紀錄蘇軾乃五祖戒禪師的後身，贊嘆其文字如行雲
流水般，彷彿自然天成。〔註133〕他認爲蘇軾詩文如果不是得自般若智慧，怎

〔註128〕見畢沅《續資治通鑑》卷八十五（台北：世界書局，1962年），頁2172。
〔註129〕《冷齋夜話》卷七「夢迎五祖戒禪師」條云：「軾年八九歲時，嘗夢其身是僧，
　　　　往來陝右，又先妣方孕時，夢一僧來託宿。記其頎然而眇一目。」
〔註130〕《冷齋夜話》卷四第五四「道潛作詩追法淵明乃十四字師號」條云：「道潛作
　　　　詩，追法淵明，其語逼眞處：「數聲柔櫓蒼茫外，何必江村人夜歸。」又曰：
　　　　「隔林彷彿聞機杼，知有人家住翠微。」時從東坡在黃州，京師士大夫以書
　　　　抵坡曰：「聞公與詩僧相從，眞東山勝遊也。」坡以書示潛，誦前句，笑曰：
　　　　「此吾師十四字詩號耳。」據《玉壺詩話》云：「道潛即參寥清順，爲東坡
　　　　所賞。」由此，我們可知蘇軾與參寥清順兩人往來密切。
〔註131〕見張雙英〈試探胡仔論惠洪評詩之弊的理論基礎〉一文反對惠洪評詩時不加
　　　　考證。《中國文學批評的理論與實踐》（台北：萬卷樓圖書，1993年），頁117。
〔註132〕見惠洪《石門文字禪》卷二十七〈東坡緘啓〉云：「東坡海外之文，中朝士大
　　　　夫編集已盡，雖予之篤好者，亦以爲無餘矣！」
〔註133〕見《石門文字禪》卷二十七〈跋東坡怡池錄〉。

可能到此境界？並認爲自太史公以來，蘇軾可謂成就最高者，也因此，他以畢生的精力追隨蘇軾，欲效法蘇軾「煉形禪悅之道」，然而卻仍無法到達其境界，內心不免感嘆。惠洪一生相當佩服蘇軾，《石門文字禪》相關引述極多，〔註134〕因蘇軾之詩禪視野，惠洪也認爲文人、僧人皆可利用游戲翰墨來傳達悟道的過程，由此可見惠洪論詩、論法、論藝及自身創作詩詞之作受蘇軾影響很深。

蘇軾於建中靖國元年七月二十七日歿於常州，當時惠洪三十一歲，在《石門文字禪》中感傷的撰了三首詩以弔念之，卷十五〈袁州聞東坡歿於毗陵，書精進寺壁三首〉云：「一代風流今已矣！三吳雲水固悠然。」卷二七〈李豸弔東坡文〉，引李豸弔曰：「道大難明，才高眾忌。皇天后土知平生忠義之心，名山大川還千載英靈之氣。士大夫稱其詞該而美，今錄以示常道人，亦可以舉似山中諸道友也。」都可看出惠洪對蘇軾深刻的哀思。諸如此類，惠洪於蘇軾間接相涉的資料不在少數。可知惠洪受蘇軾啓發之深，景仰之重。因而閱讀蘇軾詩文、遊覽蘇軾行跡處、查訪蘇軾生平事蹟，更將其所知所聞，紀錄於《冷齋夜話》與《石門文字禪》中，且模仿蘇軾的口吻，行文作詩。〔註135〕

蘇轍於《墓誌銘》中指出蘇軾思想出入於儒、道、釋三家，因而對於人生許多進退的逆境，能以隨緣自適、以游戲三昧看待人生。蘇軾的人生態度對惠洪也有很深的啓示，從惠洪的詩歌中亦可見融合儒、道、釋三家的痕跡，以及游戲人生的態度。趙仁珪認爲蘇軾在文學理論上最大的貢獻就是突破傳統文道觀的侷限，直接探討美學價值和藝術規律，他強調「出新意於法度之中，寄妙理於豪放之外」（〈書吳道子畫後〉），惠洪於詩歌中也努力地追隨這樣的境界，而這個看法也成爲南宋呂本中「活法」的開端。有關惠洪受蘇軾詩禪影響的具體內容，筆者與蕭麗華老師已有專文討論。〔註136〕

〔註134〕例如《石門文字禪》卷十六〈讀和靖西湖詩戲書卷尾〉云：「長愛東坡眼不枯，解將西子比西湖。先生詩妙眞如畫，爲作春寒出浴圖。」道出蘇軾詩中有畫的妙境；卷十二〈次韻宿東安〉云：「解誦東坡北歸曲，此身安處是吾鄉。」卷二七〈蔡子因詩書三首〉中論蘇軾曾經作詩評論杜甫的書法，以爲「杜陵論書貴瘦硬，此論未工吾不平。豐妍瘦容各有態，飛燕玉環誰敢憎。」卷十九〈東坡畫應身彌勒贊并序〉中談到，蘇軾游戲翰墨乃作大佛事，正與自己的想法相似等等。

〔註135〕如《冷齋夜話》卷二「僧賦蒸豚詩」條即仿《東坡志林》體例之作。

〔註136〕詳參蕭麗華、吳靜宜〈蘇軾詩禪合一論對惠洪「文字禪」的影響〉。

（二）黃庭堅

　　惠洪與黃庭堅兩人交遊的情形，筆者已於本文第二章中討論，故此處不再贅述。另外，惠洪得自於山谷著名的「奪胎句」、「換骨句」，一般認爲乃經由惠洪《冷齋夜話》卷一「換骨奪胎」條之記載，才使後人得以明白。其「奪胎」、「換骨」法亦見於《天廚禁臠》、《石門文字禪》中，從惠洪對奪胎換骨定義的釐清與引詩說明，可見惠洪對於「奪胎換骨」頗有體會。有關惠洪與山谷之「奪胎換骨」、「句中眼」、「游戲三昧」等詩禪相關問題本文將於第四章再詳細討論。

　　《冷齋夜話》卷十「詩忌深刻」條云：「黃魯直使余對句，曰：『呵鏡雲遮月。』對曰：『啼妝露著花。』魯直罪余於詩深刻見骨，不務含蓄。余竟不曉此論，當有知之者耳。」惠洪引山谷和自己的對話，說明詩歌深刻見骨，不務含蓄的缺點。《冷齋夜話》卷二「韓歐范蘇嗜詩」條云：「山谷寄傲士林而意趣不忘江湖」，卷三「荊公鍾山東坡餘杭詩」條「山谷云：『天下清景，初不擇賢愚而與之遇。』然吾特疑端爲我輩設。」可見惠洪論詩多處以山谷爲徵引討論的對象，他有時和山谷論當代詩人之冠，如卷二「陳無己挽詩」條惠洪問山谷「今之詩人，誰爲冠？」曰：「無出陳師道無己！」有時山谷也會評說惠洪的作品高下，如卷三「詩說煙波縹緲處」條「魯直謂予曰：「觀君詩，說煙波縹緲處。如陸忠州論國政，字字坦夷。前身非篙師沙戶種類耶？」惠洪常和山谷討論作詩跟品詩的重心，例如卷五「詩置動靜意」條「荊公曰：「前輩詩云『風定花猶落』，靜中見動意。『鳥鳴山更幽』，動中見靜意。山谷曰：『此老論詩，不失解經旨趣，亦何怪耶。』」言下之意，指詩中動靜的安排，其實跟禪宗的旨趣也有關係。惠洪得自於山谷的詩論之處，有不少是詩禪合一者，本文也將於第四章中詳論。

　　至於句法、詩法方面，《石門文字禪》之中，論山谷詩法，如卷七〈鄭南壽攜詩見過次韻謝之〉詩云：「東坡句法補造化，山谷筆力江倒流。」卷三〈荊公鍾山東坡餘杭詩〉詩云：「人以山谷之言爲確論，確論獲我心，此際況味俗人不能知。」等等，更有大量的影響痕跡，值得仔細探索，這些也將見於本文第四章中。

　　惠洪在《石門文字禪》或題山谷筆力，或形容山谷詩的況味，很多時候討論山谷的字，如〈跋行草墨梅〉〈跋山谷字二首〉〈跋山谷所遺靈源書〉〈跋與法鏡帖〉等。惠洪論山谷時，多次提到偈子，如「禪偈相多如是」、「山谷

獨能偈之」、〈跋山谷筆古德二偈〉，而且也多次提到前代與有宋一代的古德禪僧，在以上所引的資料就出現過晉宋風流的支道林、慧遠法師、唐智閑禪師、寒山子、宋靈源禪師、華光仁老、雲庵克文、雲巖長老等，可見惠洪從山谷身上，吸收到大量詩禪的義涵以及效法山谷「以筆墨作佛事」。因此，在山谷過世之後，惠洪有悼山谷五首，《石門文字禪》卷十四〈悼山谷五首〉云：

> 蘇黃一時頓有，風流千載追還。竟作聯翩仙去，要將休歇人間。
> 人間識與不識，爲君折意消魂。獨入無聲三昧，同聞阿字法門。自顧面無四目，何止心雄萬夫？和得露源雅曲，繡繻更縐流蘇。鬒鬒滄浪夢幻，江湖厭飫平生。一旦便成千古，壞桐絃索縱橫。平昔馭風騎氣，如今夜雨荒丘。欲動西州華屋，空餘南浦漁舟。

這些詩表示山谷繼東坡作古之後，留給惠洪無限哀思。惠洪稱之風流千載，並指二人已入無聲三昧。空流壞桐雅曲，徒令人追思其當年馭風騎氣的萬夫雄心。卷十九〈山谷老人贊〉又云：「蓋九州以醉眼而其氣如神藻萬物，以妙語而應手生春。排黃龍之三關，則凡聖之情不敢呵止；豎寶覺之一拳，則背觸之意不立。鮮陳世波，雖怒而難移砥柱之操；詩名雖富，而不救卓錐之貧。情如維摩詰，而欠散花之天女心；如赤頭璨，而著折角之幅巾。豈平章佛法之宰相？乃檀越叢林之韻人也耶！」此贊中推崇山谷是「平章佛法之宰相，乃檀越叢林之韻人」，是詩禪雙美的評贊。

（三）其 他

宋初禪林因「不立文字」與「不離文字」之說，引起天台義學與禪宗之徒兩者之爭，天台之徒不能接受「教外別傳，不立文字」的說法，禪門之徒對於「不立文字」的看法也有很大的歧異。宋仁宗時，契嵩認爲不應執著於「不立文字」的表象，而應領略「經之外自有旨」，也因此，契嵩呼籲「吾輩比丘，其所修戒、定、慧者，孰不預釋迦文之教耶？其所學經、律、論者，孰不預乎八萬四千之法藏乎？」〔註137〕希望當時流於浮談的禪徒，能夠禪教兼修。

惠洪二十八歲讀契嵩《輔教篇》，受到契嵩思想的影響，也認爲古之學者能「博觀約取，知宗而用妙耳」，唐代僧人道宣「通兼三藏而精於持律」，未曾「單傳心要」。然而自元豐以來，學者執著於「不立文字」的禪宗心法，強

〔註137〕詳見契嵩《傳法正宗論》卷下，頁 780 下。

調「口耳受授爲妙」，導致「佛祖之微言，宗師之規範，掃地而盡」，捨棄經教文字。惠洪對於這樣的現象，相當的痛心，認爲自己有責任撥亂反正，扭轉當時的歪風。〔註138〕

惠洪發現當時的禪林弊病，認爲「近世禪學者之弊，如碔砆之亂玉，枝詞蔓說似辯博，鉤章棘句似迅機。苟認意識似至要，懶惰自放似了達，始於二浙，熾於江淮，而餘波未流，滔滔汨汨於京洛荊楚之間，風俗爲之一變，識者憂之。」〔註139〕他認爲禪師說法要能「指人甚要而語不煩」，〔註140〕方能直指人心。而鉤章棘句雖然迷眩，但終非正法。其於〈五宗綱要旨訣序〉，認爲當時由於學人輕視經典文字，故「至精深宗教者亦已少矣」，而「禪宗學者自元豐以來，師法大壞，諸方以撥去文字爲禪，以口耳受授爲妙。耆年凋葵，晚輩蝟毛，而起服紈綺，飯精妙，施施然以處華屋爲榮，高尻磬折王臣爲能，以狙詐羈縻學者之貌，而腹非之。上下交相欺誑，視其設心雖儈牛履狶之徒所恥爲，而其人以爲得計。於是佛祖之微言，宗師之規範，掃地而盡也。」〔註141〕惠洪有感於當時「學禪者不務精義，學文字者不務了心」，且執著於「不立文字」，認爲「安用多知」，〔註142〕因此棄經教而不讀，僅以口耳受授爲妙。

惠洪自海南島回來，有感於「叢林頓衰」，感嘆叢林原本「通踈粹美者，尚多見，至精深宗教者，亦已少矣」。然而三十年後，「通踈粹美者又少，況精深宗教者乎」，因而編《五宗機緣》，「以授學者，使傳誦焉」。〔註143〕並且希望可以表彰典型，鼓勵有道僧侶挽救宗法，惠洪著作《禪林僧寶傳》、《石門文字禪》，〔註144〕目的在於「編五宗之訓言，諸老之行事，爲之傳。必書其

〔註138〕詳見《石門文字禪》卷二十六〈題隆道人僧寶傳〉云：「古之學者非有大過人者，惟能博觀約取，知宗而用妙耳。唐沙門道宣通兼三藏而精於持律，持律小乘之學也，而宣不許人呼，以爲大乘師棗柏長者，力弘佛乘而未嘗一語及單傳心要。方是時，曹溪之說信於天下，非教乘之論所當雜宣。公甘以小乘自居棗柏，止以教乘自志竟能爲百世師者，知宗用妙而已。禪宗學者自元豐以來，師法大壞，諸方以撥去文字爲禪，以口耳受授爲妙……。」

〔註139〕見《石門文字禪》卷二十三〈臨平妙湛慧禪師語錄序〉。

〔註140〕見《石門文字禪》卷二十三〈洪州大寧寬和尚語錄序〉。

〔註141〕見《石門文字禪》卷二十六〈題隆道人僧寶傳〉。

〔註142〕見《石門文字禪》卷二十六〈題英大師僧寶傳〉。

〔註143〕見《石門文字禪》卷二十三〈五宗綱要旨訣序〉。

〔註144〕見《石門文字禪》卷十五〈與法護禪者〉云：「手抄禪林僧寶傳，暗誦石門文字禪。揀到湘西好三角，春風歸去弄雲泉。」

悟法之由，必載其臨終之異，以譏口耳授受之徒」，表彰僧寶，勸禪僧法先人之行，「出此編爲示予，佳其好學，爲書其本末，以告未知隆者」，嘉勉後代學者效法老成之典型。〔註145〕惠洪提出「文字禪」，希望鼓舞世人能用文字以表達禪思。

由此我們得知，惠洪心中的文字禪義涵便是禪思、禪觀，強調「禪教合一」的精神。惠洪心目中的禪師是能夠著述弘法，實踐禪教合一。其對於永明延壽特別推崇，以爲《宗鏡錄》乃「以心宗旨要折中之」。其於《石門文字禪》卷二十五〈題宗鏡錄〉特別強調其「精妙之至，可以鏡心」，「而造論則兼百本契經之義、泛觀則傳讀龍宮之書，後達磨而興者，觀音、大寂、百丈、斷際，亦祖師也。然皆三藏精入、該練諸宗，今其語具在，可取而觀之」，以爲《宗鏡錄》乃「當見不可傳之妙，而省文字之中，蓋亦無非教外別傳之意也」。故而惠洪亦藉由詩作傳達其人生觀與宗教觀，並且記錄當時的文人軼事，並以詩文互答，弘揚佛法。

惠洪由於跟隨在蘇軾、黃庭堅之後，再加上其本身對於詩文亦有創作，因而企圖效法蘇軾「以筆硯作佛事」，積極從事創作。至此文字禪在北宋正式成形，爾後又發揚光大。

宋代由於文人、僧人努力的推動，以及北宋時期重文輕武，士大夫莫不將心力著重於文學的創作上，因而文風鼎盛。再加上宋太祖派遣大批僧人出外取經，並推動大量譯經的工作，同時大規模刻印藏經，自此佛教思想，尤其是禪宗思想開始深入士大夫各個階層。

而佛門宗派方面，由於中唐韓愈至宋初等人排佛之說，因而促使了佛門大統一，契嵩企圖融合儒釋，使得佛教進入中國後，能結合中國文化，成爲眞正的中國式佛教。禪宗本身不立文字之說，使得廣泛的大眾能夠接受，而不離文字，又滿足了詩人文人的創作慾望，自此詩文結合禪理，成爲獨特的宋詩風格。

北宋文字禪，從唐代詩僧的努力，詩僧們經過詩魔、詩癖的掙扎，進入宋代歷經蘇軾、黃庭堅等人的努力，終於在惠洪時，創立石門文字禪，爲文人以文字說禪，提供合理的解釋，並使文字禪成爲宋代文學的特色。

〔註145〕見《石門文字禪》卷二十六〈題隆道人僧寶傳〉云：「因編五宗之訓言，諸老之行事，爲之傳。必書其悟法之由，必載其臨終之異，以譏口耳授受之徒，謂之禪林僧寶傳。……出此編爲示予，佳其好學，爲書其本末，以告未知隆者。」

第四章　惠洪詩學的內涵

　　惠洪承繼唐五代詩格，著《天廚禁臠》；又以禪論詩，以文字示禪法，著《石門文字禪》；以詩話論詩法、詩格、記載詩文軼事等，著《冷齋夜話》。因而本文主要以此三本著作探討惠洪詩學內涵。本章將針對惠洪追摩前代詩法、詩體、詩格予以討論，了解惠洪承繼前人哪些詩學意涵，如何承繼北宋初期歐陽脩、王安石、蘇軾、黃庭堅等人詩法，以彰顯北宋詩學。並從惠洪作品論詩格、詩法的文字中勾勒惠洪於詩學之承繼與開拓。由於惠洪獨特的詩學意涵在於結合文字禪的詩禪觀，因而筆者也兼重觀察惠洪如何承繼詩僧傳統，如何評論前代詩僧的詩禪特色，如何開展出自己獨特的以禪論詩之詩學內涵。

　　哈洛・卜倫（Harold Bloom）《西方正典》（The Western Canon：The Books and School of the Ages, 1994）一書，列出二十六位正典作者的作品，藉此一探西方文學傳統。並將莎士比亞視為西方正典的核心，認為西方詩歌、戲劇、小說等都與莎士比亞息息相關，因為正典作品源於傳統與原創的巧妙融合，〔註1〕故可知在文學演進的路上，總是不斷地尋著一個典範而前進，並且不停地熔鑄出新的文學典型。我國的文學正典源頭當推「風騷」，惠洪作品中時時可見追摩前代詩歌正典的痕跡，如詩騷精神的回歸、樂府詩歌的復與變、陶詩奇趣與謝詩風韻、六朝其他詩人的精彩、唐代古、律的精華等等，而宋人惠洪承繼王安石、蘇軾、黃庭堅，可見這些都是惠洪心目中的正典，在追尋這些正典的過程中，惠洪逐一清理出中國詩歌的理論，並且能在此詩

〔註1〕見哈洛・卜倫（Harold Bloom）《西方正典》（The Western Canon：The Books and School of the Ages, 1994）〈緒論〉，頁1～18。

學的範疇中，融入禪法與名相於詩歌中。

第一節　追摩前代詩風

一、詩騷精神的回歸

　　惠洪熟諳詩學傳統，論詩與創作均以詩騷為回歸。惠洪於《石門文字禪》卷二〈寄巽中〉一詩云：「願得三百篇，遺我藏諸櫝」，這是惠洪論詩時，首先提到詩經文獻的一條資料。卷五〈復和苕之〉詩云：「相如賦工合騷雅，九重偶有賞音者。」評論相如的賦，也能上追《楚辭》〈離騷〉與《詩經》〈大小雅〉的風範。卷七〈次韻見贈〉詩云：「汗顏縮手置袖間，對公誰敢言騷雅？」則是稱讚某位文士的詩歌極佳，在其面前不敢討論《楚辭》〈離騷〉與《詩經》〈大小雅〉。卷七〈次韻經蔡道夫書堂〉詩云：「萬景每騷縱，此夕偶相借」，卷十〈寄楷禪師〉「須信屈原千載後，空門猶有獨醒人。」惠洪把天地萬景視為屈原〈離騷〉的詩跡，也推想屈原千載之後，有人如屈原一般有獨醒之心，這些都可見惠洪心中對《詩經》、《楚辭》等騷雅之風的推崇。其餘運用《詩經》中「賦、比、興」方法之詩作，〔註2〕屢見惠洪《石門文字禪》中，此則不多贅述。蓋「故設象比興，以達其意」，〔註3〕惠洪運用騷雅賦比興之法，以詩喻禪，表達出達意重於表象的詩歌精神。

　　另外，惠洪詩歌中亦可見四言詩創作，也是詩經精神的回歸。如《石門文字禪》卷十八〈玄沙宗一禪師真贊〉云：「根門有功，則是心外。見法用處，換機則是。問時有苔，問苔交馳。摸索大道，心法對峙。破碎真如，異哉此老。超出兩途，亡僧面前，波全露水，猛虎須畔。光自照珠，衲僧不識，如井覷驢」、〈陳尊宿贊〉云：「雲門臨濟，一龍一夔。嗣存參運，皆公使之。叢林米嶺，眾不滿百。僉一典客，覺有難色。即袖手去，古寺閒房。織履養母，自含其光。欽其遺風，秋滿鬚髮。唯不少貶，是真弘法」。以及〈政和二年，余謫海外，館瓊州開元寺儼師院，遇其遊行市井，宴坐靜室，作務時，

────────────

〔註2〕　見《石門文字禪》卷七〈次韻經蔡道夫書堂〉云：「萬景每騷縱，此夕偶相借。遂令諸人懽，一一如圖畫。」此外，卷二十二〈溈源記〉云：「蓋道不可以言傳，故前聖賤言語、小譬喻，又欲學者自得之。故設象比興，以達其意，韓瑟支羅，不言佛身，不可以色相求也」、「余以翰墨為五色藻辯才而畫圖之」、「他日有尋流而得源，悟意而忘象者，可以拊手一笑」。

〔註3〕　見《石門文字禪》卷二十二〈溈源記〉。

恐緣差失念，作日用偈八首〉等，都是四言詩的表現，可見惠洪極重視詩經精神的淵源與傳統。

二、樂府的復與變

惠洪在作品中，強調樂府詩歌的復古與變化，《天廚禁臠》卷中云：

〈公莫舞歌〉者，詠項伯翼蔽劉沛公也會。中壯士，灼灼於人，故無復書，且南北樂府率有歌引，賀陋諸家，今重作〈公莫舞歌〉云。

蓋唐以前擬樂府之作，便常借用舊題，以發揮己意，而惠洪引李賀〈公莫舞歌〉說明漢代南北樂府中便運用史實題材創作樂府詩歌，李賀以此舊題新作，可謂新樂府詩歌之作。《冷齋夜話》卷二「古樂府前輩多用其句」一條說明後人常「奪胎換骨」於古樂府詩歌作品，如漢代古樂府特殊用語：「窮褲，漢時語也，今褌褲是也」，黃庭堅未見古書，因而不解語詞之古今異義。〔註4〕此外，《天廚禁臠》卷中，惠洪特別討論樂府歌行體，以為「『行』者詞之遺無所留礙，如雲行水流，曲折溶曳，而不為聲律語句所拘。但於古詩句法中得增辭語耳。如李賀〈將進酒〉、〈致酒行〉、〈南山田中行〉，杜甫〈麗人行〉、〈貧交行〉、〈兵車行〉。」惠洪以為杜甫、李賀兩人能守詩歌之法，不失為文之旨；以為歌行體，「哀而不怨」，歌詠「豐功盛德」、「詭異稀奇」之事，且遣詞造語能「舒徐而不迫，峻特而愈工。」故「吟諷之而味有餘」、「追繹之而情不盡」。〔註5〕杜甫〈兵車〉、〈麗人〉等歌行，皆即事名篇，無復依傍，為新樂府之作，可見惠洪關心樂府歌行的復古與創新，留意其不同的變化。此外，《石門文字禪》卷九〈對雪嘗水餅〉云：「雪粲羅敷喜，報春呈舞腰。旋風寒正密，到地暖還消。」卷十五〈與韓子蒼五首〉云：「收得訥庵末後句，羅敷種性覺風流。」皆惠洪運用樂府〈陌上桑〉古辭之「羅敷」，比擬大地回春如同美女羅敷般令人心動。

〔註4〕《冷齋夜話》卷二「古樂府前輩多用其句」條云：「予嘗館州南客邸，見所謂常賣者，破篋中有詩編寫本，字多漫滅，皆晉簡文帝時名公卿，而詩語工，甚有古意。樂府曰：「繡幕圍香風，耳節朱絲桐。不知理何事，淺立經營中。護惜如窮褲，隄防託守宮。今日牛羊上丘壟，當時近前面發紅。」云云，前輩多全用其句。老杜曰：「意匠慘淡經營中」，李長吉曰：「羅緯繡幕圍香風」，山谷曰：「今日牛羊上丘壟，當時近前左右瞋」，予見魯直，未得此書。窮褲，漢時語也，今褌褲是也。」

〔註5〕見張伯偉《稀見本宋人詩話四種》，頁141。

三、陶詩奇趣與謝詩風韻

惠洪在其文字中提到陶詩之處頗多,《石門文字禪》云:「淵明坦率從所好,悶遭五斗相纏縛。」(卷二〈次韻平無等歲暮有懷〉)「淵明但愛談桑麻,湘西有舍如藏蛙。」(卷五〈次韻曾嘉言試茶〉)「雨窗燈火清相對,畫出淵明五字詩。」(卷十一〈至筠二首〉)「只有淵明似我,逢人故面成親。」(卷十四〈余游鍾山宿石佛峰下因上人自歸宗來贈之六首〉)「公詩如淵明,語直氣益遠。此篇猶可人,幽趣更清婉。」(卷十四〈履道見和復荅之十首〉)「風過淵明臥處,林閒子厚來時。睡起一杯春露,壁間數句坡詩。」(卷十四〈書阿慈意消室〉)「淵明作訓子詩,可以想見其愷弟。」(卷二十六〈題自詩寄幻住庵〉)這些句子中,惠洪或論淵明「坦率」,或欣賞淵明「五字詩」如畫,或以淵明風格來評贊別人詩作,甚至對淵明訓子詩的慈愛愷悌,也有所感受。

惠洪欣賞陶淵明的地方主要在其「任真自得」的性情與詩中的「奇趣」。《冷齋夜話》卷一「古人貴識其真」條,引蘇軾之言強調陶詩之「真」。「東坡得陶淵明之遺意」條,又引蘇軾言:「淵明詩初看若散緩,熟看有奇句」,強調陶詩之「奇趣」,而陶淵明這種「真」意與「奇趣」均從肺腑中流出,《冷齋夜話》卷三「諸葛亮劉伶陶李令伯文如肺腑中流出」條云:「沛然如肝肺中流出,殊不見有斧鑿痕」。卷四「詩話妄易句法字」條以為陶詩「渾成風味,句法如生成」,惠洪於《石門文字禪》卷四〈十六夜示超然〉亦評論陶詩風格,認為「此詩若散緩,熟讀有奇趣。便覺陶淵明彷彿見眉宇。」

惠洪對陶淵明的欣賞主要是承蘇軾與黃庭堅詩觀而來,[註6]除了「真」意、「奇趣」之外,還可以擴及陶詩之淺白,以俗為雅的詩法論。惠洪《冷齋夜話》卷一「東坡和陶淵明詩」條云:「東坡在惠州,盡和淵明詩。魯直在黔南聞之,作偈曰:『子瞻謫海南,時宰欲殺之。飽喫惠州飯,細和淵明詩。淵明千載人,子瞻百世士。出處固不同,風味亦相似。』尋又遷儋耳,久之,天下盛傳子瞻已仙去矣。」又「東坡得陶淵明之遺意」條云:「東坡嘗曰:淵明詩,初看若散緩,熟看有奇句,……東坡如:「山中老宿依然在,案上楞嚴

〔註6〕《石門文字禪》卷二十七〈跋東坡與佛印帖〉云:「東坡騎鯨上天去,十九白矣!平生文章流落世間者,所在神物護持,然士大夫罕蓄之,……,想見幅巾杖屨,翛然行儋石水溢間,如淵明在柴桑斜川時。」卷二十七〈又詩〉云:「山谷論詩以寒山為淵明之流亞,世多未以為然,獨雲巖長老元悟以為是。」可以看出惠洪論陶多有蘇黃的痕跡。有關蘇軾對惠洪的影響,筆者曾有專文討論。見蕭麗華、吳靜宜〈蘇軾詩禪合一論對惠洪「文字禪」的影響〉一文。

已不看。」之類，更無齟齬之態，細味對甚的，而字不露，此其得淵明遺意耳！」蘇軾論淵明遺意，旨在「以俗為雅」，〈題柳子厚詩〉云：「詩須要有為而作，用事當以故為新，以俗為雅。……柳子厚晚年詩，極似陶淵明，知詩病者也。」惠洪透過蘇軾視野，稱引淵明，為的是鍛鍊文字，以俗語出奇句。《石門文字禪》卷十四〈書阿慈意消室〉云：「風過淵明臥處，林閒子厚來時。睡起一杯春露，壁間數句坡詩。」就「文字禪」即詩的角度來看，這也是惠洪承蘇軾詩論的一大特點，然就詩禪合一論的角度，留待第五章評述，本文則不在此贅述。

惠洪也效法蘇軾和陶詩，《石門文字禪》中亦有惠洪和陶詩之創作，見《石門文字禪》卷二十〈和陶淵明歸去來詞〉一詩。又卷一〈同彭淵才謁陶淵明祠讀崔鑒碑〉也可以看出惠洪曾親謁陶淵明祠，這些都是惠洪推崇陶淵明的點點滴滴。另外，《天廚禁臠》卷上惠洪曾引江淹詩歌〈效淵明體〉說明詩分三種趣之「奇趣」，有關奇趣的討論，將詳述於本章第三節。

至於惠洪對謝靈運詩風的肯定，主要是從「芙蓉出水」此一風格而來。《天廚禁臠》卷上論「詩體四種勢」，特別提出「讀之自然，令人愛悅不假人言然後為貴也」〔註7〕的詩風，惠洪名之為「芙蓉出水」。可見他非常重視如謝靈運詩一般的清新風格。有關芙蓉出水的詩風，將詳見於本章第三節「建立詩歌理論」中。

《冷齋夜話》卷三「池塘生春草」條，惠洪舉謝靈運「池塘生春草，園柳變鳴禽」，謂皎然以為謝詩如有神助，其妙意不可以言傳，且多加以討論。然而惠洪與李元膺看法相同，認為「蓋古今佳句在此一聯之上者尚多，古之人意有所至，則見於情，詩句蓋其寓也。謝公平生喜見惠連，夢中得之，蓋當論其情意，不當泥其句也。」惠洪對於靈運詩歌能有獨特的鑑賞力，並非完全接受，但也非無理由的討厭，而能針對詩歌的特性加以評論。

惠洪對陶謝詩之間，顯然偏重陶詩，論陶文字在惠洪各書之中，屢屢出現，其中猶有東坡與山谷遺意，而他對謝靈運的重視，或許因為皎然曾說「『池塘生春草，園柳變鳴禽』之句，謂有神助，其妙意不可以言傳。」皎然《詩式》云：「康樂公早歲能文，性穎神徹。及通內典，心地更精。故所作詩，發皆造極，得非空王之道助邪？」〔註8〕顯然皎然對謝靈運能精通內

〔註7〕　見張伯偉《稀見本宋人詩話四種》，頁121～124。
〔註8〕　見張伯偉《全唐五代詩格彙考》，頁229。

典成就詩歌的登峰造極，極為推崇。而惠洪承皎然的視野論謝詩，重心更擺在湯惠休評謝詩如「芙蓉出水」上。

四、六朝其他詩人的精彩

惠洪於《天廚禁臠》卷上開始曾借秦觀之言，提出六朝幾位風格高妙峻逸的詩人。

> 秦少游曰：「蘇武、李陵之詩，長於高妙。曹植、劉公幹之詩，長於豪逸。陶潛、阮籍之詩，長於沖澹。謝靈運、鮑照之詩，長於峻潔。徐陵、庾信之詩，長於藻麗。而杜子美者，窮高妙之格，極毫逸之氣，包沖澹之趣，兼峻潔之姿，備藻麗之態，而諸家之作不能及焉。」〔註9〕

這段話之中，惠洪提到蘇武、李陵、曹植、劉楨、陶潛、阮籍、謝靈運、鮑照、徐陵、庾信等人的詩風，指出所謂專門句法，其實是以六朝名家為專門學習的對象。

> 數君子在後漢之末、兩晉之間，初未嘗以文章名世，而其意超邁如此！吾是以知文章以氣為主，氣以誠為主」。以為不僅文章當以氣為主，詩歌也是如此，「老杜謂之：「詩史者，其大過人在誠實耳！」誠實著見學者多不曉。〔註10〕

惠洪要後人學習六朝時人撰寫文章以氣為主，誠實以感人。其對於漢代特別重視蘇武、李陵的氣節，其於《天廚禁臠》卷上〈江左體〉中探討杜甫與嚴武的作品，認為他們的詩歌引韻便失粘，因為失粘，因而若不拘聲律，然其對偶精到，可謂之「骨含蘇李體」。《天廚禁臠》卷上惠洪引江淹詩歌〈效淵明體〉說明詩分三種趣之「奇趣」，有關奇趣的討論，詳見本章第三節。

六朝詩人中惠洪特重謝安，《冷齋夜話》卷四「詩用方言」條云：「江左風流久已零落，士大夫人品不高，故奇韻滅絕，東晉韻人勝士最多，皆無出謝安石之右」，便是對謝安最高的推崇，強調人品與詩品的關係和影響。《石門文字禪》卷十六〈崇山堂〉云：「襄陽林壑精神處，此地正如眉目間。笑看弓彎弄雲水，風流那減謝東山？」卷四〈同敦素沈宗師登鍾山酌一人泉〉云：

〔註9〕 見張伯偉《稀見本宋人詩話四種》，頁110。及秦觀〈進論〉論韓愈，《淮海集》卷二十二，《四庫叢刊》本。

〔註10〕 見《冷齋夜話》卷三「諸葛亮劉伶陶李令伯文如肺腑中流出」條。

「臨川冰玉清，風流繼東山。」卷五〈謁嵩禪師塔〉云：「堂堂東山公，才大德亦全。齒牙生風雷，筆陣森戈鋋。」卷十九〈李道夫眞贊〉云「眼蓋九州，韻高一世。儼玉山富貴之豪，洗士林寒乞之氣。挫萬化於筆端，置八荒於胸次。往不屑不可犯干，意輕邴吉，情追謝安。」等都是評讚謝安之風流，如冰雪玉清。以爲謝安眼界高如玉山，能「挫萬化於筆端」。卷二〈七月七日晚步至齊雲樓走筆贈吳邦直〉云：「艱苦思索得箇字，謹用持上君牢收，謝安昔與支遁游，及其貴也加綢繆」，言謝安與支遁乃文士與詩僧交流，加強其對於文士與詩僧交遊的肯定與欣賞。卷二十七〈跋山谷帖〉云：「山谷翰墨風流不減謝東山，而書詞鄭重傾倒於華光如此。予疑百世之下，有讀之者知華光後身支道林哉。」更是以山谷與謝安相比，以爲山谷與華光仁老如同謝安與支遁，能以翰墨相和禪。卷十五〈初到善谿慧照庵寄張無盡五首〉云：「我慚雅思非支遁，亦件東山爛熳游。」惠洪寄張商英五首詩中，將自己與張商英的友誼與支遁、謝安相比，慚愧自己並無支遁的雅思，卻能與如同謝安般的張商英爛漫同遊。《冷齋夜話》卷三「池塘生春草」條云：「蓋古今佳句在此一聯之上者尚多，古之人意有所至，則見於情，詩句蓋其寓也。謝公平生喜見惠連，夢中得之，蓋當論其情意，不當泥其句也。如謝東山喜見羊曇；羊叔子喜見鄒湛；王述喜見坦之，皆其情意所至，不可名狀，特無詩句耳」則強調詩歌宜重情意勝於字句。

此外，惠洪也十分推崇鮑謝之風，如卷六〈次韻元不伐知縣見寄〉云：「平生冥搜眼，已照鮑謝上。」卷十三〈次韻王覺之裕之承務二首〉云：「屬秞新詩追鮑謝，抗行醉墨似楊顏。」鮑照與謝朓，兩人詩都屬於清新飄逸之風，惠洪以冥搜萬物之詩眼比擬鮑、謝，並認爲詩歌若能追上鮑、謝，如同書墨能追上楊、顏，可見其對於鮑、謝之風給予很高的評價。惠洪對於徐陵也給予極高的評價。卷三十〈鍾山道林眞覺大師傳〉云：「徐陵兒時其父攜詣公，公拊之曰：天上石麒麟也，陵果名譽顯於世」，載徐陵聲譽如天上麒麟般顯於世。

五、唐代古、律的風範

惠洪心目中詩學典律其實在唐代，古、律正典之餘，惠洪於唐代詩家傳統又特別推崇杜甫。以古律體而言，《天廚禁臠》卷中云：「律詩拘於聲律，古詩拘於句語，以是詞不能達。」則說明古詩與律詩的差別，在於律詩特別

強調聲律，而古詩雖然不特別要求聲律，但亦是侷限於句語，因此，詞不能完全達意，而有一類歌行體，則使得詩人較能遣詞達意。〔註11〕惠洪特別舉杜甫、李賀為例，用來說明「夫謂之歌者，哀而不怨之詞，有豐功盛德則歌之，詭異希奇之事則歌之，其詞與古詩無以異。但無鋪敘之語，奔驟之氣，其遣語也。舒徐而不迫，峻特而愈工，吟諷之而味有餘，追繹之而情不盡。敘端發詞，許為雄夸，跌蕩之語，及其終也。許置諷刺傷悼之意，此大凡如此爾。」惠洪認為古詩的詩歌風格哀而不怨，讀來別有一番風味。所以，「行者，詞之遣無所留礙，如雲行水流，曲折溶曳，而不為聲律語句所拘。但於古詩句法中增辭語耳。」

　　以詩家而言，惠洪《天廚禁臠》論詩引例多以唐代詩家為宗，唐代文士方面，一共徵引到陳子昂、王維、杜甫、李白、顧況、白居易、韓愈、韋應物、柳宗元、李賀、李商隱、司空曙、鄭谷、張喬、杜牧、王操、劉義等詩人，其中以杜詩為論的次數最多。惠洪特別重視杜甫、賈島、鄭谷詩的對仗法；對柳宗元則推崇其詩風之含蓄；對韋應物、李賀詩則取論其句子之「折腰步句法」；對王維詩則重其遺音含蓄；在復古方面，特別注重陳子昂一變江左體與李白的古意句法；在歌行方面則以杜甫和李賀為最高典型，以上均可以看出惠洪對唐代詩人各取重要典型意義。

　　《天廚禁臠》卷中惠洪指出陳子昂一變江左之體，顯示惠洪注意初唐陳子昂詩體的轉變。而王維有詩佛之稱，其能以畫境入詩，並用詩境入畫，故蘇軾謂王維：「詩中有畫，畫中有詩。」惠洪在《石門文字禪》中亦多次述及王維摩詰，卷二〈至豐家市讀商老詩次韻〉云：「心疑輞川摩詰畫，目誦匡山商老詩」，卷六〈長沙邸舍中，承敏、覺二上人作記年，刻舟之誚，以詩贈〉云：「秀摩雲洞水雪，更將已素稱三絕。不作能癡顧虎頭，定為露頂王摩詰。傳神寫照誰與功？吾聞成在阿堵中。」卷十二〈次韻題高臺〉云：「解執易為摩詰語，經行難續德雲風。」卷十二〈郭伯成榮登〉云：「贈詩誰似王摩詰？翰墨場中獨策名。」卷十三〈次韻王覺之、裕之，承務二首〉云：「解分体飯如摩詰，欲散天花欠阿蠻」卷十九〈山谷老人贊〉云：「情如維摩詰，而欠散花之天女；心如赤頭璨，而著折角之幅巾。」皆讚美王維詩境、畫境之高，

〔註11〕《天廚禁臠》卷中云：「夫謂之行者，達其詞而已，如古文而有韻者耳。自唐陳子昂一變江左之體，而歌行暴於世。作者輩能守其法，不失為文之旨。唯杜子美、李長吉，今專指二人之詞，以為證。……如李賀〈將進酒〉、〈致酒行〉、〈南山田中行〉。杜甫〈麗人行〉、〈貧交行〉、〈兵車行〉。」

更指出王維詩歌有禪境。《冷齋夜話》卷四「五言四句得於天趣」條，惠洪引王維〈山居〉詩說明「天趣」「詩忌」條，更引王維詩妙觀逸想，以爲「詩者，妙觀逸想之所寓也。豈可限以繩墨哉？如王維作畫雪中芭蕉，詩眼見之，知其神情寄寓於物；俗論則譏以爲不知寒暑。」更將王維的詩畫推崇到最高的藝術境界。

此外，盛唐詩人中惠洪特崇李白與杜甫，中唐詩人則以韓愈、柳宗元爲主。惠洪的作品中可見大量襲用以及仿作李白詩歌的痕跡，惠洪相當崇仰詩仙李白，認爲「我讀謫仙詩，句卒意不盡。層峰俯絕壑，可望不可進。忽如登旋雲，便覺星斗近。」〔註12〕可見惠洪對於李白詩歌的欣賞，認爲就像崇山峻嶺般，境界高聳難以輕易達到。而《天廚禁臠》引杜詩「李白一斗詩百篇，長安市上酒家眠，天子呼來不上船，自稱臣是酒中僊」，推崇李白任性、好酒放蕩不羈的個性。卷二〈與故人別因得寄詩三十韻走筆荅之〉云：「嶔崎太白不得儔，倔強退之自莫及。」以爲李白詩歌韓愈亦莫及之。李白有青蓮居士之稱，《石門文字禪》中惠洪論及「青蓮」有十六次，雖未必皆指李白，但透露出惠洪對於李白的重視。惠洪於《天廚禁臠》中說明「古意句法」時舉用李白的詩歌，〔註13〕用來說明「寄情於君臣交友之際，必託二物以比。」

杜甫詩歌受到宋代詩人的重視，宋初爲矯枉西崑詩派的流弊，詩人們多致力追求杜甫、白居易樂府詩歌中，反映社會問題與民生疾苦的內涵。至宋神宗時，江西詩派更將杜甫奉爲「一祖三宗」，成爲詩歌的祖宗，由此可知杜甫於宋朝受重視的程度。惠洪討論前人詩法，當然不可能忽略杜甫，老杜、少陵、子美、杜甫等不同稱呼，皆是惠洪用來稱呼杜甫的代稱。其著作中《天廚禁臠》、《冷齋夜話》討論杜甫各出現十五與十七次，而《石門文字禪》亦

〔註12〕《石門文字禪》卷五〈次韻李太白〉
〔註13〕《天廚禁臠》卷下云：「君爲女蘿草，妾作兔絲花，百丈託遠松，纏綿成一家。誰言會面易，各在青山崖。女蘿發清香，兔絲斷人腸。枝枝相糾結，葉葉竟飄揚。生子不知根，因誰共芬芳。中巢雙翡翠，上宿紫鴛鴦。若識二草心，海潮亦可量。」
「山谷作〈上東坡〉曰：『江梅有佳實，託根桃李場。桃李終不言，朝露借恩光。孤芳忌皎潔，冰雪空自香。古來和鼎實，此物升廟堂。歲月坐成晚，煙雨青已黃。得升桃李盤，以遠初見嘗。終然不可口，擲置官道傍。但使本根在，棄捐果何傷。』又曰『青松出澗壑，十里聞風聲。上有百尺絲，下有千歲苓。自憐得久要，爲人制頹齡。小草有遠志，相依在平生。醫和不並世，深根且固蔕。人言可醫國，何用太早計，小大材則殊，氣味固相似。』」

出現十九次。《天廚禁臠》中，惠洪更明白指出杜甫兼備前代詩歌各家之長，也因此才能有諸家所不能及之大成。

至於《冷齋夜話》中，惠洪多用老杜來稱呼杜甫，全書多處用杜詩以說明方言的使用情形。如「稚子」指竹筍，「黑暗」指犀，後人如果不查，將因此混淆。「古樂府前輩多用其句」，說明杜甫運用漢代古樂府詩歌語創作詩歌，後人不查，將不解其詞語意義。而「詩誤字」、「詩一字未易工」、「洪駒父評詩之誤」，皆說明一字一差，背離詩人原作之意遠矣。此外，惠洪並且比較杜甫、劉禹錫、白居易三位詩人敘述楊貴妃的史實時，分析不同的表現手法，認為劉禹錫、白居易不及杜甫的九牛一毛。《冷齋夜話》卷六「誦智覺禪師詩」條以為杜甫詩歌真實動人，唯有親自體會，才更能領略詩歌境界。惠洪與沈存中、呂惠卿等友人評論韓愈詩歌，則認為韓愈詩歌，「真出自然，其用事深密，高出老杜之上」。〔註14〕可見惠洪對於詩歌的要求在於以真誠感動人心，並不認為刻意追求各種技巧的使用就是好的作品。

張方《中國詩學的基本觀念》一書以為宋人句法之論多見於詩話，因為詩話主要在評論詩。《彥周詩話》云：「詩話者，辨句法，備古今，紀盛德，錄異事，正訛誤也。」其中辨句法所指乃摘句，也就是摘錄扼要的句子。而宋人由摘句的批評方式發展出內容豐富的句法論，此乃歷史演進的結果。〔註15〕觀察惠洪著作使用摘句法，摘錄前人與當代詩人詩句的作品佔絕大部份。朱東潤總結杜甫文學觀，云：「然少陵會心之處，似尤在句法。」〔註16〕惠洪對於杜甫的摘句自然不亞於其他人，觀察惠洪作品中對於句法探究，有關唐代詩人主要有李白、杜甫、王維、柳宗元、韋應物、杜牧、齊己、賈島等，其中對於杜甫句法的研究佔大多數。

惠洪於《冷齋夜話》作品中談論杜甫的句法有八處，分別是：

　　……老杜詩曰：『感時花濺淚，恨別鳥驚心。』良然！真佳句也。

　　親證其事，然後知其義。（卷六「誦智覺禪師詩」條）

惠洪經過自己親身體驗詩句中的情境，不由得稱讚杜詩所描摹的意境是難得

〔註14〕見《冷齋夜話》卷三「館中夜談韓退之詩」條。
〔註15〕詳見前揭書張方《中國詩學的基本觀念》一書，作者認為宋代句法論的產生主要因兩位詩人，一位是杜甫，另一位則是奉杜甫為宗師的黃庭堅。由於宋人崇法杜甫，且提出作詩乃有法度的學習，因此認為詩歌創作是有法可循，因而要師法古人，從而探討其詩法、句法的內涵。
〔註16〕朱東潤《中國文學批評史大綱》（台北：開明，1960年）。

的佳句。

> 詩人多用方言。南人謂象牙爲白暗，犀爲黑暗。故老杜詩曰：「黑
> 暗通蠻貨。」又謂睡美爲黑甜，謂飲酒爲軟飽。（卷一「詩用方言」
> 條）

> 句法欲老健有英氣，當間用方俗言爲妙。如奇男子行人群中，
> 自然有穎脫不可干。是韻老杜〈八仙〉詩序：「李太白曰：『天子呼
> 來不上船』」，船、方俗言也。所謂襟紐是也。「家家養烏鬼，頓頓食
> 黃魚」，川峽路人家，多供事烏蠻鬼，以臨江故，頓頓食黃魚耳，俗
> 人不解便作養畜字讀，遂使沈存中自差烏鬼爲鸕鶿也。「夜闌更秉
> 燭，相對疑夢寐，更互秉燭照之，恐尚是夢也」，作更字讀，則失其
> 意甚矣！山谷每笑之，如所謂「一霎社公雨，數番花信風」之類，
> 是也。（卷四「詩用方言」條）

惠洪於卷一討論杜甫詩歌使用方言的情形，他不但舉例，並且更用東坡、山谷作品，說明杜詩對宋人創作詩歌的影響。惠洪並且稱讚使用方言的妙處，不但可使詩歌有獨特風格，且後人如果不明白詩人所用的詞語是方言，便無法了解詩人所要傳達眞正的用意。

> 司馬溫公詩話曰：「魏野詩：『燒葉爐中無宿火，讀書窗下有殘
> 燈。』而俗人易葉爲藥，不止不佳，亦和下句無氣味。」魯直曰：「老
> 杜詩：『黃獨無苗山雪盛』，黃獨者，芋魁小者耳。江南名曰「士卯」，
> 西川多食之，而俗人易曰「黃精」。子美流離，亦未有道人劍客食黃
> 精也，如淵明曰：「採菊東籬下，悠然見南山」，其渾成風味，句法
> 如生成，而俗人易曰「望」南山，一字之差，遂失古人情狀，學者
> 不可不知也。（卷四「詩句妄易句之病」條）

此處與上文所云方言和評詩之人，常因自己的常識判斷，而任意修改原創作者的辭句是一樣的。惠洪認爲杜詩「其渾成風味，句法如生成」，杜甫並非刻意依某句法後創作，而是自然而然，形成一種值得後人品味的句法。正因爲詩人們常常使用方言於詩句中，因而後人不可不察。詩人的用字往往比較細膩，一字之差，與原意已背離十萬八千里，而失去原味。因此，後人評詩人不可不愼。

> 詩有句含蓄者，如老杜曰：「勳業頻看鏡，行藏獨倚樓。」鄭雲
> 叟曰：「相看臨遠水，獨自上孤舟。」是也。有意含蓄者，如〈宮詞〉

曰：「銀色秋光冷畫屏，輕羅小扇撲流螢。天街夜色涼於水，臥看牽
牛織女星。」……有句意俱含蓄者，如〈九日〉詩……。（卷四「詩
句含蓄」條）

惠洪因為引用他人作品偶爾未能註明出處或者引用偶有錯誤，因而遭到後人
胡仔嚴厲的批評。〔註17〕例如上引文中宮詞即晚唐詩人杜牧的〈秋夕〉，然而
惠洪不但未註明作者，且題目亦不相同，難怪遭致批評。此處惠洪舉此例說
明含蓄的句法，細膩的將含蓄分為刻意含蓄與句意句含蓄兩種，並舉例分別
說明。可見惠洪觀察詩歌詩法時，能從不同角度分析。

王仲正言：「老杜詩：『江蓮搖白羽，天棘蔓青絲』，天棘非煙非
雨，自是一種物。曾見於一小說，今忘之。」高秀實曰：「天棘，天
門冬也，一名顛棘，非天棘也。王元之詩曰：『水芝臥玉腕，天棘
舞金絲。則天棘、蓋柳也。』」（卷四「天棘蔓青絲」條）

此處惠洪舉此例，主要用以說明杜詩中使用的詞語，後人如果不了解，可能
根本完全誤解詩人的原意。就像「天棘」這個語詞，王仲正以為是一種不知
名的植物，高秀實則認為是天門冬的別稱，而王元之更以為天棘是柳樹。「天
棘」真正的名稱只可能有一種，然而後人不同的解釋，可能早就偏離作者的
原意而不自知。

除了摘句以傳杜詩句法及方言使用的妙處之外，惠洪說明「錯綜句法」
也用杜甫〈秋興〉云：「紅稻啄殘鸚鵡顆，碧梧棲老鳳凰枝」、「以事不錯綜，
則不成文章。」〔註18〕因而詩人會恰當運用錯綜句法，強化詩歌的張力。而
「賦題法」則舉杜甫〈題雨〉云：「紫崖奔處黑，白鳥去邊明」，說明「此皆
能曲盡萬物之情狀。若雨、若音聲，其不可把玩如石火電光，非人之才力能
攬取之。然此但得其情狀，非能寫其不傳之妙哉」。「比興法」乃用事比興法，
惠洪舉杜甫〈野外〉云：「老妻畫紙為碁局，稚子敲鍼作釣鈎」、〈送路六侍御
入朝〉云：「不分桃花紅勝錦，生憎柳絮白於綿」、〈絕句〉云：「不如醉裡風
吹盡，可忍醒時雨打稀」，說明「妻比臣，夫比君，碁局直道也。鍼全直而敲
曲之，言老臣以直道成帝業，而幼君壞其法，稚子比幼君也。錦、綿，色紅
白而適用，朝廷用真材，天下福也。而真材者忠正，小人諂諛似忠，詐奸似

〔註17〕詳見張雙英〈試探胡仔論惠洪評詩之弊的理論基礎——作家兼批評家時角色
　　　　的糾葛〉《中國文學批評的理論與實際》（台北：萬卷樓圖書公司），1993 年
　　　　10月，頁95～127。探討惠洪「偽造」、「剽竊」之習慣的由來與缺失。
〔註18〕見張伯偉《稀見本宋人詩話四種》，頁128。

正，故爲子美所不分而憎之也。小人之愚弄朝廷，賢人君子不見其成敗，則已如眼見其敗，亦不能不爲之歎息耳。故曰：可忍醒時雨打稀」。凡此，可見惠洪對杜詩詩法的取法與觀摩。

李杜之外，惠洪也重視韓、柳、李賀等詩人。《石門文字禪》卷三〈游南嶽福嚴寺〉云：「退之南遷曾過此，好語誇詞雜嘲謔。」卷七〈次韻游南臺寺〉云：「永懷倔強韓退之，南遷正坐譏訶佛。」卷七〈次韻游南嶽〉云：「退之倔強遷揭陽，道經衡山愛青蒼。逸羣駿氣不可禦，頓塵初控青絲韁」，由於韓愈曾經上〈諫迎佛骨表〉，希望君王不要因迎佛骨而忘了國家大事，惠洪游南嶽之福嚴、南臺等佛寺，想到韓愈倔強的個性，曾經譏訶佛祖，然其詩歌「逸羣駿氣不可禦」。卷七〈和曾倅喜雨之句〉云：「玉川作詩壽曾救月，退之抵掌誇奇絕。公今又賦喜雨詩，詩成肯寄甘露滅」，此處甘露滅，乃惠洪稱號。以爲曾倅喜雨詩可與韓愈詩歌媲美，並對於曾倅願意贈詩相當的高興。中唐詩人惠洪還喜好柳宗元的詩，其卷四〈余所居寺前有南澗澗下淺池，每至其上，未嘗不誦柳子厚「南澗詩」，又恨東坡不和，乃和示超然〉詩題，即表明自己好誦柳宗元的詩歌，卷七〈臘月十六夜讀閣資欽提舉詩一巨軸〉云：「沉湎山水柳子厚，撥置形骸龐德公」、卷七〈次韻題子厚祠堂〉云：「元和八司馬，子厚獨奇偉！謫官無以敵，妙語凌山翠……經遊香火罷，感歎追前事。才高山不容，起坐終夜喟。」惠洪更親臨柳宗元的祠堂，以爲柳詩妙語可「凌山翠」。卷十四〈書阿慈意消室〉云：「風過淵明臥處，林閒子厚來時。睡起一杯春露，壁間數句坡詩。」品茗與吟和陶、柳及東坡詩乃惠洪的最愛。卷二十七〈跋高臺仁禪師所蓄子宣詩〉云：「曆公以功業著，詩律傳者少，自廢放山林間，與衲子遊，其語便爾清熟，此柳子厚所謂詩人以窮乃工，殆非虛語。」卷二十七〈跋邴根矩傳〉云：「韓退之誌柳子厚，愛其請代劉夢得播州曰：嗚呼！士窮乃見節義」惠洪以柳宗元云詩人窮後乃工詩，言高臺仁禪師功業高，但少詩歌傳世，更舉韓愈、柳宗元、劉禹錫三人的友誼，說明願意代替劉禹錫分至播州的情誼，以爲士窮更能表現出節義。

另外，《石門文字禪》卷一〈贈蔡儒效〉云：「仙郎開卷面發光，誇我雄詞驚李賀」則稱讚蔡儒效如李賀詩詞之精彩。卷二〈送慶長兼簡仲宣〉云：「君詩秀氣終不沒，長吉精神義山骨」，李賀字長吉，其詩歌注重遣詞用字，有獨特風格，惠洪於此取李賀的精神，李商隱的用字，顯現惠洪極讚賞簡仲宣詩詞。卷二〈次韻君武中秋月下〉云：「風鑒從來別俗氛，吐詞句句含煙雲。坐

令一日傳萬口，不減長吉題高軒。」卷十二〈次韻張司錄見寄〉云：「句精不減李長吉，才高大類沈休文」卷九〈次韻周運句見寄〉云：「昔共飲臨汝，今同家汨羅。衡門似長吉，軒蓋幾時過。」言李賀詩歌得力於楚辭，以爲能達到李賀詩歌爲很高的評價，卷四〈余過山谷時方睡覺且以所夢告余命賦詩因擬長吉作春夢謠〉詩題，惠洪擬李賀作春夢謠。卷七〈和杜司錄嶽麓祈雪分韻得嶽字〉云：「長吉有美材，嶄然見頭角」、「和詩無傑句，鈍澀費磨琢。窮略似孟郊，必劣追韓偓」表明李賀的美才展露頭角，及孟郊之詩風不重華麗詞藻，顯得句窮，卷十六〈次韻通明與晚春二十七首〉云：「傑句天資人不及，勿嗔島瘦與郊寒」，則評論賈島與孟郊的詩歌風格之瘦寒。綜合以上來看，惠洪取法唐人古、律詩風之處頗多。

以正典（canon）的思考來看，我國文學正典的核心可上推「風騷」，而唐人的正典則上推六朝，至於宋人的正典乃在「唐詩」。據此來看，筆者觀察惠洪心目中的正典，似乎不是「風騷」，以其觀照詩歌史流變的痕跡來看，似乎以「杜詩」爲正典，而這可能因杜甫在宋代極受到重視，宋神宗時，江西詩派將杜甫奉爲「一祖三宗」，爲詩歌的祖宗。故在惠洪的作品中可見杜甫的各種化名，如杜甫、老杜、少陵、子美等不同稱呼。全部的作品中，共出現將近五十一次。惠洪指出杜甫兼備前代詩歌各家之長，因此才能成就其大。正如卜倫（Harold Bloom）所謂「一部詩的歷史，就是詩人中的強者爲了廓清自己的想像空間，而互相『誤讀』對方的詩的歷史」、「所謂詩人中的強者，就是以堅韌不拔的毅力，向威名顯赫的前代巨擘進行至死不休的挑戰的詩壇主將們。」「天賦較遜者把前人理想化，而具有較豐富想像力者，則取前人之所有以爲己用。」〔註 19〕在惠洪心目中，杜甫正是那位強者，能取法前人爲己用，更能兼法諸家之所長，用以開開專門句法來。〔註 20〕

第二節　彰顯北宋詩法

北宋詩歌最初以復古爲旗幟，宋詩的特徵是以唐詩爲參照，而後剝落客觀物象，重新省思主體心靈，走向主體之「意」的發展。因此北宋詩家論詩均以主「意」爲主，自歐陽脩主持風雅，帶動變革意識，形成宋詩獨特的面

〔註 19〕見卜倫（Harold Bloom）《影響的焦慮》〈緒論〉，頁 3。
〔註 20〕見張伯偉《稀見本宋人詩話四種》，頁 110。惠洪於《天廚禁臠》卷上引秦觀之言評論杜甫。

目。歐陽脩論詩以儒學復興、儒家詩教為重,以騷雅為己任,又繼承韓愈強調以文為詩,成為宋詩的一個重要特徵。但是北宋詩歌真正開始個性化,在詩歌史上具有詩體地位的,應屬王安石為第一人。〔註21〕其後,蘇東坡、黃山谷及蘇門學士、江西詩人,則各自橫放,奠定了宋詩「理趣」與「詩法」,惠洪論詩多受到他們的影響。

以歐陽脩來說,惠洪主要是取其「意氣」,《石門文字禪》中,惠洪提到歐陽脩有「世無歐陽公,意氣相倒傾」(卷一〈秀上人出示器之詩〉)「詩工出奇麗,寫物意在琴。絕如歐陽公,但欠雪滿簪。句法本嚴甚,頗遭韓柳侵」(卷二〈贈閣資欽〉)「讀之置卷欲仙去,風度絕似歐陽公」(卷二〈讀慶長詩軸〉)也可以看出他對歐陽公所建立的意氣風度之推崇。《冷齋夜話》卷二「韓歐范蘇嗜詩」條曾引韓琦〈園中行〉一聯云:「嘗以謂意趣所至,多見於嗜好。歐陽文忠喜士為天下第一!」這條資料記載歐陽脩對韓琦詩的最高評價,其主要著眼點也是「意氣」。但是惠洪對歐陽脩並非全盤接納,因此《石門文字禪》卷十九〈嵩禪師贊〉云:「歐陽之學,師宗於世。其徒喧闐,攻我以喙。」卷二十七〈跋東坡忱池錄〉云:「歐陽文忠公以文章宗一世,讀其書,其病在理不通,以理不通,故心多不能平,以是後世之卓絕穎脫而出者,皆目笑之。」可以看出惠洪對歐陽脩一代文宗雖有肯定,但其排佛與文理不通之病,惠洪仍有所微詞。

一、推崇王安石

至於王安石,惠洪就顯得特別推崇,《冷齋夜話》提到王安石有十五處,卷一「換骨奪胎」條,惠洪引王安石〈菊詩〉詩說明「換骨法」,卷四「五言四句得於天趣」條云:「舒王『百家衣體』曰:『相看不忍發,慘澹暮潮平。欲別更攜手,月明洲渚生。』此皆得於天趣。」引王安石「百家衣體」說明「天趣」。卷五「舒王山谷賦詩」條則認為王安石一夕成絕妙長句,云:「想見其高韻,氣摩雲霄,獨立萬象之表,筆端三昧,遊戲自在。」卷五「王荊公詩用事」條云:「舒王晚年詩曰:『紅梨無葉庇華身,黃菊分香委路塵。歲

〔註21〕 見嚴羽《滄浪詩話》〈詩體〉認為「以人而論」北宋詩體有「王荊公體」。明胡應麟《詩藪》〈外編〉卷五認為歐陽脩「體尚平正,特不甚當行耳……自介甫創撰新奇,唐人格調始一大變」。詳見汪涌豪、駱玉明主編《中國詩學》(上海:東方出版社,1999年),頁256。

晚蒼官才自保，日高青女尙橫陳。』又曰：『水落岡巒因自獻，水歸舟渚得
橫陳。』山谷謂予曰：『自獻橫陳事，見相如賦，荊公不應完用耳。』予曰：
「《首楞嚴經》亦曰：『於橫陳時，味如嚼蠟。』」這條資料對王安石用事的
方法有所補證。卷五「舒王編四家詩」條云：「舒王以李太白、杜少陵、韓
退之、歐永叔詩，編爲《四家詩集》，而以歐公居太白之上，世莫曉其意。
舒王嘗曰：「太白詩語迅快，無疏脫處；然其識污下，詩詞十句九句言婦人
酒耳。」這條資料則討論到王安石編四家詩的次第。卷四「西崑體」條云：
「詩到李義山，謂之文章一厄，以其用事僻，時稱西崑體。然荊公晚年亦或
喜之，而字字有根蔕。……其用事琢句，前輩無相犯者。」惠洪對西崑體用
事的體會也受到王荊公的影響。此外，卷四「詩忌」條主要論作詩的避忌、
卷四「詩曰其用不言其名」條論用事琢句、卷五「荊公梅詩」條論王安石的
詠梅詩、卷五「詩置動靜意」條論王安石解詩深得經旨、卷五「荊公東坡句
中眼」條論句中眼等等，惠洪不管在句法、用事與風格論等各方面，都可以
看出他有取王荊公之處。

　　《石門文字禪》提到王荊公之處也頗多，但主要是推崇王安石的道德、
書帖與禪學，例如卷三〈贈王聖侔教授〉詩云：「荊公道德輩孔孟，致君勳業
伊周同。」卷二十七〈跋東坡與荊公帖〉詩云：「予嘗見東坡與荊公帖，謂少
游曰：願公稱揚之，使增重於世」卷二十七〈跋石臺肱禪師所蓄草聖〉詩云：
「少游此詩荊公自書於紈扇，蓋其勝妙之極」卷十九〈潘延之贊〉云：「舒王
強之而不可神考，致之而不起。」卷二十二〈忠孝松記〉討論到枯木大士成
公學禪自王安石來。卷二十七〈跋北里誌〉云：「舒王曰：司馬君實平生大過
人者，臨事不苟於達道亦云。」卷二十七〈跋呂鎮公詩〉云：「太尉吉甫以道
德爲神考所敬，與舒王上下議論」等等。

二、承繼蘇東坡

　　在北宋詩人中，惠洪承東坡詩論最多，《冷齋夜話》中論及蘇軾生平事蹟、
引蘇軾詩、遊蘇軾所到處、觀蘇軾墨跡等共有五十五處。《石門文字禪》中記
載更多，達八十六處。《冷齋夜話》中除描述蘇軾事蹟外，引用蘇軾詩作達二
十五處，著名的句子，如卷七「東坡廬山偈」、「般若了無剩語」等。《天廚禁
臠》也多處提東坡詩，從這些文字來看，惠洪得自蘇軾啓發最多。

　　惠洪對於蘇軾所遺留的墨寶亦多感興趣，《冷齋夜話》卷七「張文定公前

生爲僧」條云：「公暮年出此經示東坡居士，居士爲重寫，題公之名於其右，刻於浮玉山龍游寺。」內容說張文定偶至藏院，見《楞伽經》有餘半未寫，於是續寫，與前筆跡竟無異，推測張文定生前可能是僧侶。張公晚年將這部《楞伽經》出示給蘇軾觀看，蘇軾因此重刻於浮玉山龍游寺，並且將張文定之名題於右側。而卷四「詩忌」條云：「東坡醉墨浩琳琅，千首空餘萬丈光。雪裡芭蕉失寒暑，眼中騏驥略玄黃。」即描寫他看見蘇軾的墨寶，內心的喜悅與稱讚。

　　惠洪一生相當佩服蘇軾，《石門文字禪》相關引述極多，例如「此詩聞東坡，請君書座右。」（〈次韻龔德顏柳帖〉卷一）「江左相傳紙價增，東坡一讀不復和。」（〈贈蔡儒效〉卷一）「東坡戲作有聲畫，竹外一枝斜更好。」（〈華光仁老作墨梅甚妙爲賦此〉卷一），都可以看出惠洪對東坡論詩、論畫的倚重，彷彿只要東坡肯定過的詩話，就能夠成爲當代藝術的最高俊品。在詩禪方面，惠洪也受東坡影響，例如《石門文字禪》卷十六〈讀和靖西湖詩戲書卷尾〉云：「長愛東坡眼不枯，解將西子比西湖。先生詩妙眞如畫，爲作春寒出浴圖。」道出蘇軾詩中有畫的妙境；卷十二〈次韻宿東安〉云：「解誦東坡北歸曲，此身安處是吾鄉。」；卷二七〈蔡子因詩書三首〉中論蘇軾曾經作詩評論杜甫的書法，以爲「杜陵論書貴瘦硬，此論未工吾不平。豐妍瘦容各有態，飛燕玉環誰敢憎。」；卷十九〈東坡畫應身彌勒贊并序〉中談到，蘇軾游戲翰墨乃作大佛事，正與自己的想法相似等等。因蘇軾之詩禪視野，惠洪也認爲文人、僧人皆可利用游戲翰墨來傳達悟道的過程，〔註22〕因此惠洪一生著力著作，不論論詩、論法、論藝及自身創作詩詞之作均極豐富。

　　諸如此類，惠洪於蘇軾間接相涉的資料不在少數。我們可知惠洪與蘇軾，僅止於惠洪個人對於蘇軾的景仰。他藉由閱讀蘇軾的詩文、遊覽蘇軾所行走過的地方、探訪蘇軾的生平事蹟，將其所知所聞，紀錄於《冷齋夜話》與《石門文字禪》中，例如「東坡唾笑成文章，山川勝處多奇作。莫年亦爲儋耳游，不一過山山愧怍。爲君試將說禪口，掉頭長吟擁山衲。」（卷三〈游南嶽福嚴寺〉）惠洪以爲蘇軾言談之間，就能將山川壯麗以文字描述，且能詩禪合一。

〔註22〕有關惠洪詩禪得自於蘇東坡者有「妙觀逸想，自然成文」、「游戲三昧，夢中爲詩」、「詩禪合一，以偈爲詩」、「評贊僧詩，以禪論詩」、「忘情綺語，詩爲文字禪」，詳見蕭麗華、吳靜宜〈蘇軾詩禪合一論對惠洪「文字禪」的影響〉一文。

　　惠洪對東坡的學習是多方面的，有時精熟東坡詩，甚至化用在自己的詩句中，例如「勿輕一脈微，去漲萬頃澤」（卷一〈同超然無塵飯柏林寺分題得柏字〉）惠洪化用蘇軾〈東坡居士過龍光求大竹作肩輿得兩竿〉云：「竹中一滴曹溪水，漲起西江十八灘。」（《蘇軾詩集》卷四十五）詩之意，以水喻禪。「欲收有聲畫，絕景爲摹刻。興來勿復緩，轉顧成陳迹」（卷一〈同超然無塵飯柏林寺分題得柏字〉）惠洪化用蘇軾〈臘日遊孤山訪惠勤惠思二僧〉云：「作詩火急追亡逋，清景一失後難摹」（《蘇軾詩集》卷七）詩意。「吾行無疾徐」（卷一〈同超然無塵飯柏林寺分題得柏字〉）借用東坡〈出都來陳所乘船上有題小詩八首不知何人有感到于餘心聊爲和之〉云：「我行無疾徐」又卷二十三〈峽山寺〉云：「我行無遲速」此借用其語意。（《東坡詩集注》卷二十九）「氣勢必東下。萬山勒囘之，到此竟傾瀉」（卷一〈謁狄梁公廟〉）化用蘇軾〈遊徑山〉一詩：「衆峰來自天目山，勢若駿馬奔平川。中途勒破千里足，金鞭玉鐙相廻旋」詩意。「神思義表文融明，清絕如珠不受涴」（卷一〈贈蔡儒效〉）「融明」指融通明徹，化用蘇軾《初別子由》詩：「我少知子由，天資和而清。好學老益堅，表裏漸融明。」〔註23〕這些都可以看出惠洪點化東坡詩句形成自己詩中的語彙與用詞。

三、得力黃山谷

　　東坡之外惠洪得於山谷的地方最多，《冷齋夜話》、《石門文字禪》多處有山谷的痕跡，《冷齋夜話》卷二「韓歐范蘇嗜詩」條云：「山谷寄傲士林而意趣不忘江湖」，卷二「古樂府前輩多用其句」條云：「山谷曰：『今日牛羊上丘壟，當時近前左右瞋』，予見魯直，未得此書。窮褲，漢時語也，今襠褲是也。」卷三「荊公鍾山東坡餘杭詩」條云：「山谷云：『天下清景，初不擇賢愚而與之遇。』然吾特疑端爲我輩設。」可見惠洪論詩隨處多以山谷爲徵引討論的對象，他有時和山谷論當代詩人之冠，如卷二「陳無己挽詩」條惠洪問山谷「今之詩人，誰爲冠？」曰：「無出陳師道無己！」有時山谷也會評說惠洪的作品高下，如卷三「詩說煙波縹緲處」條云：「魯直謂予曰：『觀君詩，說煙波縹緲處。如陸忠州論國政，字字坦夷。前身非篙師沙戶種類耶？』」惠洪常和山谷討論作詩跟品詩的重心，例如卷五「詩置動靜意」

〔註23〕周裕鍇先生曾針對惠洪《石門文字禪》初步做了八首詩的體製、解題、註釋、翻譯、賞析等詳細的評註工作，以上所引，均爲筆者從周先生得到的手札。

條云：荊公曰：「前輩詩云『風定花猶落』，靜中見動意。『鳥鳴山更幽』，動中見靜意。山谷曰：『此老論詩，不失解經旨趣，亦何怪耶。』」言下之意，指詩中動靜的安排，其實跟禪宗的旨趣也有關係。

惠洪得自於山谷的詩論之處，有不少是詩禪合一，以禪論詩者，如卷五「舒王山谷賦詩」條云：「山谷在星渚，賦道士快軒詩，點筆立成，其略曰：『吟詩作賦北窗裡，萬言不及一杯水，願得青天化爲一張紙。』想見其高韻，氣摩雲霄，獨立萬象之表，筆端三昧，遊戲自在。」這條資料正顯出惠洪觀察出山谷作詩的高韻，正因爲游戲三昧的修養下，山谷展現了氣摩雲霄，獨立萬象之表的筆力。卷五「王荊公詩用事」條云：山谷謂予曰：「自獻橫陳事，見相如賦，荊公不應完用耳。」予曰：「《首楞嚴經》亦曰：『於橫陳時，味如嚼蠟。』」在這條資料中，可以看出惠洪與山谷論用事出於《首楞嚴經》。卷五「荊公東坡句中眼」條云：「造語之工，至於荊公、東坡、山谷，盡古今之變。……山谷曰：『此皆謂之句中眼，學者不知此妙語，韻終不勝。』」這是惠洪論句中眼的發端。卷三「山谷集句貴拙速不貴巧遲」條云：「集句詩，山谷謂之：「百家衣體，其法貴拙速，而不貴巧遲。如前輩曰：『晴湖勝鏡碧，衰柳似金黃』，又曰：『事治閑景象，摩挲白髭鬚』，又曰：『古瓦磨爲硯，閑砧坐當床』，人以爲巧，然皆疲費精力，積日月而後成，不足貴也。」」這條資料是山谷論百家衣體，山谷應是受到佛家百衲衣一詞的影響，而有此體之名。惠洪承山谷之說，在《冷齋夜話》中，兩次論到這種特殊的詩體，凡此都是惠洪在詩禪合一論上，受山谷影響的痕跡。有關惠洪受山谷「句中眼」之啓發，本文將在第五章中再細論。

另外，惠洪得自於山谷的地方還有有名的奪胎換骨法，《冷齋夜話》卷一「換骨奪胎法」條引山谷之言：「詩意無窮，而人之才有限，以有限之才，追無窮之意，雖淵明、少陵不得工也。然不易其意而造其語，謂之『換骨法』。規摹其意，形容之，謂之『奪胎法』。」……山谷作〈登達觀臺〉詩曰：「瘦藤拄到風煙上，乞與遊人眼界開。不知眼界闊多少，白鳥去盡青天回。」以爲凡此之類，皆可謂換骨法也，從惠洪對奪胎換骨定義的釐清與引詩說明，可見惠洪對於奪胎換骨頗有體會。有關「奪胎換骨」本文將於本章第三節再討論。

《石門文字禪》之中，提到山谷之處更是不可勝數。卷七〈鄭南壽攜詩見過次韻謝之〉云：「東坡句法補造化，山谷筆力江倒流。」卷三〈荊公鍾

山東坡餘杭詩）云：「人以山谷之言爲確論，確論獲我心，此際況味俗人不能知。」卷二十七〈跋行草墨梅〉云：「山谷醉眼蓋九州，而神於草聖。」卷二十七〈跋山谷字二首〉云：「山谷初謫，人以死弔笑曰：四海皆昆弟，凡有日月星宿處，無不可寄此一夢者。」卷二十七〈跋山谷筆蹟〉云：「山谷爲予言：自出峽見少年時書，便自厭。此帖在龍舒時作，自然有一種勝氣，未易與俗人言也，當有賞音耳。」、卷十九〈死心禪師舍利贊并序〉云：「余不識禪師靈源，以爲法門畏友。山谷以爲禪林奇秀。以靈源、山谷之慎，許可而詩詞。禪偈相多如是，則叢林未識、未見者，何敢疑哉？」卷二十六〈題靈源門榜〉云：「山谷爲擘窠大書」卷二十七〈跋東坡山谷帖二首〉云：「東坡、山谷之名非雷非霆，而天下震驚者，以忠義之効與天地相始終耳，……前代尊宿火浴無燒香，偈子山谷獨能偈之」卷二十七〈跋東坡老木〉云：「東坡婆娑林丘如此老木，而山谷以筆端之口爲形容之。」卷二十七〈跋山谷所遺靈源書〉云：「黃魯直氣摩雲霄，與蘇東坡並馳而爭先，二公皆名震天下，聖世第一等人也。而詩詞所寓翰墨之妙，拳拳服膺於靈源大士，如此則知彼上人者，必有大過人者耳，」卷二十七〈跋山谷峰悅老語錄序〉云：「山谷筆回三峽，不露一言，雲峰舌覆，大千更無剩法。」卷二十七〈跋山谷筆蹟〉云：「山谷爲予言：自出峽見少年時書，便自厭。此帖在龍舒時作，自然有一種勝氣，未易與俗人言也，當有賞音耳。」卷二十七〈跋山谷帖〉云：「山谷翰墨風流不減謝東山，而書詞鄭重傾倒於華光如此。」卷二十七〈跋橘洲圖山谷題詩〉云：「讀山谷語如幅巾相從道林路時。」卷二十七〈跋山谷五觀〉云：「山谷冠冕，道德偉俊，聳于縉紳，宜其倚花叫飲，高追晉宋風流之游，方其窮約，乃知踟趺而食，又作觀法非直已好之，且欲移於天下，其信道爲法之勤，可謂透脫情境者耳。」卷二十七〈跋與法鏡帖〉云：「山谷作黃龍書時，與予同在長沙碧湘門外舟中。今餘年，佛鑑出此以示予，曡諦見前身麈尾，山谷醉中仙去，此帖墮空之垢被也。」卷二十七〈跋山谷筆古德二偈〉云：「覺思示山谷在華光時筆，此翁以筆墨爲佛事，處處稱贊般若」卷二十七〈跋山谷字〉云：「山谷翰墨妙天下」卷二十七〈又跋山谷詩〉云：「山谷論詩以寒山爲淵明之流亞」，惠洪在《石門文字禪》或題山谷筆力，或形容山谷詩的況味，很多時候討論山谷的字，如〈跋行草墨梅〉、〈跋山谷字二首〉、〈跋山谷所遺靈源書〉、〈跋與法鏡帖〉等。惠洪論山谷時，多次提到偈子，如「禪偈相多如是」、「山谷獨能偈之」、〈跋山谷筆古德二偈〉，而

且也多次提到前代與有宋一代的古德禪僧，在以上所引的資料就出現過晉宋風流的支道林、慧遠法師、唐智閑禪師、寒山子、宋靈源禪師、華光仁老、雲庵克文、雲巖長老等，可見惠洪從山谷身上，吸收到大量詩禪的意涵。

在宋初的詩家之中，惠洪取法蘇軾、黃庭堅的地方最多，除以上所論之外，在《天廚禁臠》中也可以看出這種樣態。《天廚禁臠》中提到蘇軾凡十二次、黃庭堅九次、王安石六次、秦觀五次、歐陽脩三次、蘇轍一次。這裡更可歸納出惠洪在詩歌句法、用韻、用事，乃至於風格論方面得力於宋初這些詩家的地方。在句法方面，《天廚禁臠》提到黃庭堅用「偷春格」、「破題法」入詞，蘇軾用「折腰步句法」，蘇轍論「不帶聲色」的比物句法，蘇軾、王安石用「奪胎句法」、黃庭堅、秦觀用「換骨句法」等等。在用韻方面，《天廚禁臠》提出「換韻殺斷法」、「平頭換韻法」、「促句換韻法」，均以蘇軾詩歌為例。在用事方面，惠洪推崇蘇軾、黃庭堅用事補綴之生動，蘇軾之「分布用事法」。在風格論方面，惠洪提到蘇軾、黃庭堅、秦觀的「賢鄙同笑」格，並且註名是秦觀命名之。又提出自然詩風之「芙蓉出水」格，以王安石為例，提出「寒松病枝」詩風，以蘇軾為例，提出歐陽脩命名的「轉石千仞」詩風等等。

不僅在詩歌理論上，惠洪受宋初詩人的影響，在藝術修養上，惠洪也有大量學習東坡、山谷文士生活的習慣。東坡與山谷都是擅長琴棋書畫的全方位文士，而惠洪亦是如此，其詩歌「和詩如奕棋，時時作頭撞。知誰徑尋我？東墻屐齒響。」（卷一〈予在龍安木蛇庵，除夕，微雪，及辰未消，作詩記之二首〉）正是描寫寫詩如同下棋一般都需要用心創作。而「正當穩靠蒲，移几就紙帳。宿硯已生冰，呵筆藉和暖。一片忽飛來，墮我詩卷上。為置石鼎烹，茗飲聊同賞。」（同上）更生動寫出其品茗、書法與寫詩的悠閒文士僧人生活情況。「日斜興未闌，山窮春不盡。更為明日游，踏遍鍾山頂。旋汲一人泉，峰頭煮春茗。」（卷二〈同慶長游草堂〉）寫出文士品茗注重泉水清澈，因而為了尋找清澈的泉水，上山下海，只為了能煮出一壺茗茶。由此觀之，惠洪亦擅長詩畫琴棋茶藝，可見其已完全文士化。

以上可以看出宋代文士詩作風格、詩論等創作，均給予惠洪「一個典範、一種影響與一份焦慮」，〔註24〕「典範」所指乃惠洪借鑑於宋代文士的詩作與

〔註24〕詳見徐文博譯，卜倫著《影響的焦慮》〈緒論〉提到「前驅的詩方向端正不偏不倚地到達了某一點，但到了這一點之後本應『偏移』，且應沿著新詩作運行

詩論於詩歌創作中；「影響及焦慮」乃因為惠洪若僅承繼蘇軾、黃庭堅、王安石、秦觀等人詩歌理論，模仿其風格與體裁，則便失去其獨特的存在價值。因而惠洪不僅公開讚揚，分析其詩法，取法並加以開發，更有意從中建立其自我的詩歌理論，這些都是惠洪不能被忽視的重要貢獻。雖然後代學人郭紹虞認為惠洪的作品多模仿之作，甚無學術價值，然此說乃受王安石之女蔡夫人、胡仔等人的批評所導致的觀感，若能深入惠洪詩歌理論之建構，將可觀察到惠洪之獨特的詩學貢獻。

第三節　漸成詩法體系

　　惠洪於《天廚禁臠》、《冷齋夜話》與《石門文字禪》中，針對詩的鍊字、用韻、造句、對偶、句法、詩法之含蓄、奇趣以及用事等等，其實已經有一個理論體系呈現。

一、鍊字與用韻

　　在鍊字方面，《石門文字禪》中反覆提到「斯文如貫珠，字字光照夜。」（卷一〈謁狄梁公廟〉）「五色毫端欲飛動，萬卷胸中正撐突。」（卷一〈贈汪十四〉）「新詞鏹金粉滿眼，妙語屑玉霏無窮。」（卷二〈讀慶長詩軸〉）「識君筆力回春工，妙語天成絕雕鐫。」（卷三〈王敦素李道夫遊兩翁軒次敦素韻〉）「詩成字字如貫珠，乞與人閒不知價。」（卷五〈次韻雪中過武岡〉）均可見惠洪對於詩歌鍊字技巧講究「妙語天成」、「新詞鏗鏘」、「語如貫珠」。

　　用韻方面，目前學界已有杜愛英〈北宋詩僧德洪用韻考〉一文，文中對惠洪詩歌用韻有詳細的討論。〔註25〕本文專從惠洪《天廚禁臠》、《冷齋夜話》與《石門文字禪》歸納惠洪論詩歌之用韻法。《石門文字禪》卷五〈次韻思禹思晦見寄二首〉云：「此詩未暇數奇趣，談笑先看押難韻。」、卷五〈季長

　　　的方向偏移。」正可用來解釋何以惠洪並不滿足於一家學習與模仿，而能縱貫
　　　詩歌史全貌，強調融合與開展均同等的重要。（台北：久大，1990年），頁13。
〔註25〕見杜愛英〈北宋詩僧德洪用韻考〉（《山東師大學報》社會科學版，1998年第
　　　一期）本文主要考惠洪詩歌韻腳與擬聲詞的使用現象。蓋《石門文字禪》中
　　　詩歌共有一千五百三十五首，其中古體詩五言古詩二百四十二首，佔百分之
　　　十六；七言古詩二百零七首，佔百分之十三；五言排律五首，五言律詩九十
　　　五首，七言律詩三百九十七首，佔百分之二十六，為大多數；另有五言絕句
　　　九十二首，六言絕句九十首，及七言絕句四百零七首，佔百分之二十七。

見和甚工復韻苔之〉云：「此詩押韻如射鵰，應弦而落人驚絕。詞惟達意非有作，公雖不怪傍人愕嗟。」、卷六〈陪張廓然教授游山分題得山字〉、卷七〈和茶陵夢覺索燭見懷〉云：「今非茶陵夢，猶欲更秉燭。愛公押難韻，敏若方破竹。」均可以看出惠洪對押韻的重視。《天廚禁臠》卷下〈古詩押韻法〉云：

> 古詩以意爲主，以氣爲客。故意欲完，氣欲長，唯意之往而氣追隨之。故於韻無所拘，但行於其所當行，止於其不可止。蓋得其韻寬，則波瀾泛入傍韻。乍還乍離，出入回合，殆不可拘以常格。如韓退之〈此日足可惜〉之類是也。得韻窄，則不復傍出，而因難見巧，愈險愈奇。如韓退之〈病中贈張十八〉之類是也。歐陽文忠公曰：「予嘗與聖俞論此，以謂譬如善馭良馬者，通衢廣陌縱橫馳逐，惟意所之至。於水曲螳封，疾徐中節而不蹉跌，迺天下之至工也。
> 聖俞戲曰：『前史言退之爲人木強，若寬韻可自足，而輒傍出；窄韻難獨用而反不出，豈非其拗強而然歟。』坐客皆大笑之也。

惠洪在用韻法方面，重視以氣行之，「行於其所當行，止於其不可止」。如果用寬韻，隨氣勢波瀾可以出入傍韻，成爲變格。如果用窄韻，反而不要旁出，更見艱難奇險。惠洪承歐陽脩、梅聖俞「若寬韻可自足，而輒傍出。窄韻難獨用，而反不出」的看法，而提出這種古詩用韻法。此外《天廚禁臠》卷下又提出「換韻殺斷法」、「平頭換韻法」、「促句換韻法」、「四平頭韻法」四種用韻方式。所謂「換韻殺斷法」即「前換三韻，皆四句兼平仄韻相間。及將斷，即折四句爲兩韻」；所謂「平頭換韻法」即「一韻七句，方換頭韻，又是平聲」；所謂「促句換韻法」即「促兩疊可謂促句法，以兩疊則俱用平聲，或用側聲」；而「四平頭韻法」惠洪舉杜甫〈八仙歌〉云：「凡擇兩『天』字，兩『眠』字，兩『船』字，三『前』字，唯平頭韻可重押。若或側韻，則不可押。」〔註26〕此詩亦見《冷齋夜話》卷四「詩用方言」條惠洪引李白評杜甫〈八仙詩〉云：「『天子呼來不上船』，船、方俗言也。所謂襟紐是也。」可見惠洪在用韻法上有很細密的考究。

二、對偶論

對偶論方面，惠洪提出很多豐富的對偶觀察，《天廚禁臠》卷上引杜甫

〔註26〕見張伯偉《稀見本宋人詩話四種》，頁 156、157、158、162。

〈寒食月〉詩云：

> 此杜子美詩也。其法頜聯雖不拘對偶，疑非聲律。然破題、引韻已的對矣，謂之偷春格。言如梅花偷春色而先開也。

《天廚禁臠》卷上引賈島〈下第〉詩云：

> 此賈島詩也。頜聯亦無對偶，然是十字敘一事，而意貫上二句及頸聯，方對偶分明，謂之蜂腰格。言若已斷而復續也。

《天廚禁臠》卷上引鄭谷〈弔僧〉詩云：

> 此鄭谷詩也。頜聯與破題便作隔句對，若施之於賦，則曰幾思靜話對夜雨之禪床，未得重逢照秋燈之影堂也。〔註27〕

《天廚禁臠》卷上引〈月中桂〉、〈贈隱者〉、〈山行〉、〈游山寺〉、〈宿柏岩〉、〈移居〉詩云：

> 近體詩以聲律爲標準，每錙銖而較之，蓋其法嚴甚。然妙意欲達而爲詩語所礙，則奈何？曰有假借之法。

《天廚禁臠》卷上引賈島〈贈僧〉與司空曙詩云：

> 前賈島詩，後司空曙所作。往往不可對微，去字不可對人字，乃是就一句以作對。以語對默，以雨對松，以水邊對林下，以薄官對虛名也。

《天廚禁臠》卷上引齊己〈梅〉、鄭谷〈別所知〉詩云：

> 前對齊己作，後對鄭谷作，皆十字敘一事，而對偶分明。

《天廚禁臠》卷上引李白、司空曙詩云：

> 前對李太白詩，後對司空曙詩。既以言十字對句矣，此又言十字句，何以異哉？曰青草裡不可對白頭翁，夜來不可對信步，以其是一意完全渾成，故謂之十字句。其法但可於頜聯用之，如於頸聯用，則當曰：「可憐蒼耳子，解伴白頭翁。」爲工也。

《天廚禁臠》卷上引王操、清塞詩云：

> 前對王操詩，後對清塞詩。皆翛然有出塵之姿，無險阻之態。以十四字敘一事，如人信手斫木，方圓一一中規矩，其法亦宜頜聯用之也。

《天廚禁臠》卷上引杜甫、王安石、鄭谷詩云：

> 前子美作，次舒王作，次鄭谷作。然是三種錯綜。以事不錯綜，

〔註27〕見張伯偉《稀見本宋人詩話四種》，頁111、112。

則不成文章。若平直敘之則曰：「鸚鵡啄。殘紅稻粒，鳳凰棲老碧梧枝。」而以紅稻於上，以鳳凰於下者，錯綜之也。言繰成則知白雪為絲，言割盡則知黃雲為麥也。秦少游得其意，時發奇語，睡足軒則曰：「長年憂患百端慵，開付僧坊頗有功。地撤蔽虧僧界靜，人除荒穢玉奩空。青天併入揮毫裡，白鳥時來隱几中。最是人間佳絕處，夢殘風鐵響丁東。」〔註28〕

這些引論中，惠洪提出「偷春格」、「蜂腰格」、「隔句對」、「假借對」、「當句對」、「十字對」、「十四字對」、「錯綜對」等對仗的不同格式。所謂「偷春格」指的是首聯對仗，惠洪稱它如梅花偷春色一般，能夠造成詩歌破題、引韻的效用。據筆者的觀察「偷春格」也是惠洪同時期才有的名詞，由於惠洪有大量以「春」喻詩禪的評詩、論詩之象徵，因此開創了此一鑑賞的格法。〔註29〕對偶方法的演進，在唐五代的詩格中，從最早的上官儀《筆札華梁》中提出九種屬對之法〔註30〕、空海《文鏡祕府論》的二十九種對〔註31〕、元兢《詩髓腦》的八對、王昌齡《詩格》的五對、皎然《詩議》的八種對〔註32〕等，遍考整個唐五代的對偶論都不曾有人提出「偷春格」之說。在宋初也未曾出現「偷春格」之論，直到沈存中《夢溪筆談》中才有此紀錄，之後惠洪在《天廚禁臠》詳加討論並舉詩例說明，〔註33〕其後魏慶之《詩人玉屑》〔註34〕可說是延續惠洪此說的詩歌對偶論。從惠洪文字禪與詩禪之「春」意象來看，這未嘗不是惠洪在論詩上的一大創見。

「蜂腰格」指的是只有頸聯對仗，而意貫頷聯，在語文上形成若斷若續的美感。以惠洪所引賈島〈下第〉詩來看：

〔註28〕見張伯偉《稀見本宋人詩話四種》，頁 112、113、119、120、121、128。
〔註29〕有關惠洪用「春」意象論詩禪的研究，見蕭麗華‧吳靜宜〈惠洪詩禪的「春」意象——兼為「浪子和尚」辯誣〉一文（《台大佛學中心學報》，第九期）。惠洪常形容友人詩作如春風、秀色摩春、筆力如春水高漲、詩韻如春水含風、詩筆如回春妙語等等。有時惠洪形容好詞如春照眼，好詩如筆下春，了解文字之道就如同了解關春一樣。因此，惠洪也常以春天來形容作詩的方法。他形容作詩是讓枯木瀝汁，與陽春相和。凡此論述，均詳見上文。
〔註30〕見張伯偉《全唐五代詩格彙考》（南京：江蘇古籍出版社，2002 年），頁 58。
〔註31〕見空海《文鏡祕府論》（台北：河洛出版社，1976 年），頁 113。
〔註32〕見前揭書張伯偉《全唐五代詩格彙考》，頁 116、185、211。
〔註33〕沈存中曰：此詩次聯不拘對偶，疑非律詩，然起二句明系對舉，謂之偷春格，如梅花偷春色而先開也。
〔註34〕宋魏慶餘《詩人玉屑》卷二云：「言如梅花偷春色而先開也。」

　　　　下第唯空囊，如何住帝鄉；杏園啼百舌，誰醉在花旁；淚落故
　　　山遠，病來春草長；知音逢豈易，孤棹負三湘。

此詩首聯、頷聯均未對仗，頸聯以「淚落故山遠」對「病來春草長」，在意義
上憑頸聯的聯意即可上承頷聯，讓頷聯十字所敘一事得以斷而復續。這就是
惠洪所謂的蜂腰格。

　　「隔句對」今稱爲「扇對」或「扇面對」指的是第一句與第三句對，第
二句與第四句對。早在上官儀《筆札華梁》的「八對」說中已有提到。後人
唐佚名《詩格》提出七種對，其中也有「隔句對」，舊題白居易《金鍼詩格》
提到「扇對格」，另外僧景淳《詩評》中提到「隔句對格」。〔註35〕這都是在
惠洪之前已經發展的對仗格式，惠洪在前人的基礎下，以杜詩爲例，更強調
其斷而復續之美。

　　「假借對」又稱爲「假對」，指的是一聯之中以聲音爲假借或以意義爲
假借的對仗格式。從惠洪所引的〈月中桂〉云：「根非生下土，葉不墜秋風」
一聯用的是聲音假借，出句的「下土」對入句「秋風」，「下」與「夏」同音
假借；〈贈隱者〉云：「不下，萬木幾經秋」，出句的「下」對入句「秋」，也
是相同的情形；〈山行〉云：「因尋樵子徑，偶到葛洪家」，出句的「樵子」
對入句「葛洪」，其實是以「子」諧「紫」，以「洪」諧「紅」；〈遊山寺〉云：
「殘春紅葉在，終日子規啼」，出句的「紅葉」對入句「子規」，用「子」諧
「紫」；〈宿柏巖〉云：「閑聽一夜雨，更對柏巖僧」一聯，在正名對的要求
下，「一」的數目字必須對以一個相同的數目字，因此「柏巖」的「柏」以
聲音假借爲「百」；〈移居〉云：「住山今十載，明日又遷居」，出句的「十載」
對入句「遷居」，其實是以「十」對「千」，也是屬於同音假借之對。惠洪之
前，皎然《詩議》已有「假對」之說，而僧景淳《詩評》有「假色對格」，
其引詩爲盧綸〈過樓觀李尊師〉詩云：「因遊樵子徑，得到葛洪家」，用的是
假聲音作爲顏色對，與惠洪所引〈山行〉詩句類似。〔註36〕從唐五代到惠洪
所論之假借對，均爲聲音假借，但實際上，假借仍然有以意義爲用的情況，
例如以「桂楫」對「荷戈」時，其中的負荷之「荷」，其實是借草木之「荷」
與「桂」相對。又如杜甫〈曲江〉云：「酒債尋常行處有，人生七十古來稀」，

〔註35〕見張伯偉《全唐五代詩格彙考》，頁 58、356、505。
〔註36〕見張伯偉《全唐五代詩格彙考》，頁 505。據張伯偉所考盧綸此詩見《全唐詩》
　　　　卷二百七十九。惠洪〈山行〉二句與盧綸此聯只有一、二字之差，筆者遍考
　　　　《全唐詩》並無此〈山行〉詩，疑惠洪引詩或有誤記。

一聯之中,出句的「尋常」對入句的「七十」,此時「尋」字取八尺為尋,「常」字取兩尋為常之意。這些都是惠洪所論之外,另外以意義為假借的對仗方式。

「當句對」指的是本句字對,以惠洪所引賈島〈贈僧〉詩云:「往往語復默,微微雨洒松」一聯來看,出句之中「語」對「默」,而入句的「雨」又對「松」,純粹以一句作對。司空曙之詩作「水邊林下何時去,薄宦虛名欺得人」一聯則以「水邊」對「林下」,「薄宦」對「虛名」,各自在當句中已經完成對仗。這種對法在皎然《詩議》、僧景淳《詩評》中也有提到。〔註37〕

「十字對」與「十四字對」其實是後人所謂「流水對」,用於五言律詩則一聯十字成對,用於七言律詩,則一聯十四字成對。「流水對」是指律詩表面不見對仗之跡,但上下句詞意吻合,乃對意不對字。惠洪云:「十字敘一事」、「十四字敘一事」,指的就是這種「言其如水之順流而下也」、「以虛對實」,〔註38〕一意承貫,上句是因,下句是果,兩句詩意如行雲流水般的對仗法。

「錯綜對」又稱「交股對」、「犄角對」、「蹉對」、「交絡對」。意思是指一聯之中兩組詞語交叉相對,皎然《詩議》舉鮑照〈蕪城賦〉云:「出入三代,五百餘載」為例云:「交絡對」,〔註39〕此聯中「出入」對「餘載」,「三代」對「五百」,形成犄角錯綜的交叉對仗樣態。但是惠洪所引杜甫〈秋興〉云:「紅稻啄殘鸚鵡顆,碧梧棲老鳳凰枝。」實際上是「鸚鵡啄殘紅稻粒,鳳凰棲老碧梧枝」的倒裝,這種語文倒裝成對的方式,惠洪認為也是一種錯綜。顯然惠洪所謂錯綜,其實是涵蓋著倒裝對。胡仔《漁隱叢話》云:

> 《藝苑雌黃》云:僧惠洪《冷齋夜話》載介甫詩云:「春殘葉密花枝少,睡起茶多盞疏。」「多」字,當作「親」。世俗傳寫之誤。洪之意,蓋欲以「少」對「密」;以「疏」對「親」。予作荊南教官與江朝宗匯者,同僚偶論及此。江云:「惠洪多妄誕,殊不曉古人詩格。此一聯以『密』字對『疏』字;以『多』對『少』字,正交股用之,所謂蹉對法也。」〔註40〕

胡仔所謂「蹉對法」應指惠洪所謂「錯綜對」,筆者考《冷齋夜話》卷一「洪

〔註37〕見張伯偉《全唐五代詩格彙考》,頁211、505。
〔註38〕見張思緒《詩法概述》所引黃白山《杜詩詳說》、沈德潛《說詩晬語》之言。(上海古籍出版社,1988年),頁106～107。
〔註39〕見張伯偉《全唐五代詩格彙考》,頁211～212。
〔註40〕見《漁隱叢話》後集卷二十五。

駒父評詩之誤」條，惠洪並沒有引此詩欲論「錯綜對」，只是以爲「睡起茶『多』酒盞疏」，應爲「睡起茶『親』酒盞疏」。若依胡仔的看法，則惠洪所謂「錯綜對」應爲「當句對」，然而惠洪「錯綜對」實包含「倒裝對」，從惠洪所引詩例，惠洪可能眞的不知道「蹉對」的詩格，因此胡仔道惠洪因不懂「蹉對法」而導致評詩錯誤，亦可成立。

三、句法論

在句法方面，惠洪從山谷吸收到集句法。《冷齋夜話》卷三「山谷集句貴拙速不貴巧遲」條云：「集句詩，山谷謂之：『百家衣體，其法貴拙速，而不貴巧遲。』如前輩曰：『晴湖勝鏡碧，衰柳似金黃』，又曰：『事治閑景象，摩捋白髭鬚』，又曰：『古瓦磨爲硯，閑砧坐當床』，人以爲巧，然皆疲費精力，積日月而後成，不足貴也。」言百家衣體乃集句詩。百家衣體疑出自佛家語百衲衣。極言其補綴之多也。《大智度論》曰：「比丘曰：佛當著何等衣？佛言：應著衲衣。」故惠洪言山谷以爲集句宜速不宜遲。惠洪又從東坡、山谷學到出奇制勝的句法效果，卷四「滿城風雨近重陽」條「黃州潘大臣工詩，多佳句，然甚貧。東坡、山谷尤喜之，臨川謝無逸以書問有新作否？潘答書曰：『秋來景物，件件是佳句。恨爲俗氣所蔽翳，昨日清臥聞攪林風雨聲，欣然起題其壁曰：「滿城風雨近重陽」，忽催租人至，遂敗意止。此一句奉寄。』聞者笑其迂闊。」惠洪記載此條資料後成爲「滿城風雨」成語的由來。而《石門文字禪》卷三〈金華超不羣用前韻作詩見贈亦和三首超不羣竆參黃蘗〉云：「卻於翛然索寞中，詩句時時出奇古。」得知惠洪特別強調詩句要能出奇制勝，較古人有創新之意。

至於句法的變格，惠洪以「意」爲主，即使律中失粘，只要詩意承貫，仍不失爲好詩。或者一首之中，詩語斷絕而意思仍存在，也是句法上別樹一格的美感。因此惠洪《天廚禁臠》卷上引韋應物〈宿山中〉、李長吉〈南園〉、蘇軾〈送蜀僧〉等詩云：「雖中失粘，而意不斷也」稱之爲「折腰步句法」。引僧謙〈寄遠〉、賈島〈送道士〉詩云！「其詩語似斷絕，而意存，如絃絕而意終在。」稱之爲「絕絃句法」。有關「折腰句法」是宋人習見之語，惠洪之後的《詩人玉屑》、《滄浪詩話》、《圍爐詩話》都有所引。郭紹虞認爲「折腰」之說有句法、章法之分，馮班《鈍吟雜錄》所指爲「句法折腰」，何焯〈嚴氏

糾謬評〉所指是「章法折腰」。〔註41〕

　　惠洪重視句法在寫物上的含蓄與不盡之意，他又提出所謂「影略句法」與「比物句法」。《天廚禁臠》卷上引劉義〈落葉〉、鄭谷〈柳〉詩云：「賦落葉而未嘗及凋零飄墜之意，賦柳而未嘗及裊裊弄日垂風之意，然自然知是落葉知是柳也。」可見影略句法強調的詩含蓄不露。惠洪在《冷齋夜話》卷三「賈島詩」條中引賈島〈渡桑乾〉詩亦云：「賈島詩有影略句，韓退之喜之。」《天廚禁臠》卷中引王維〈書事〉和王安石作品云：「兩詩皆含其不盡之意，子由謂之不帶聲色。」可見「比物句法」也是重視含蓄不盡，以不帶聲色的方式，摹寫自然，句中反而能傳達無窮的自然物色。《冷齋夜話》卷六「比物以意而不指言某物謂之象外句」條，以為「比物句法」又可謂「象外句」，惠洪引唐僧無可〈宿西林寺〉詩「聽雨寒更盡，開門落葉深。」、「微陽下喬木，遠燒入秋山」說明其以「落葉」比「雨聲」，以「微陽」比「遠燒」。惠洪同時亦引無可此詩於《天廚禁臠》中探討奇趣，可見比物句法有助於創造詩歌之奇趣。

　　為了達成詩意的無窮餘味，惠洪又提出「造語法」與「賦題法」，《天廚禁臠》卷中強調王安石與黃庭堅在詩歌語句上筆力高妙，自然天成，即所謂的「造語法」，惠洪云：「山谷則造而為語曰：『語言少味無阿堵，冰雪相看有此君。』其語便韻。」指的就是句法上造語的豐富意韻。《冷齋夜話》卷五「荊公東坡句中眼」條更強調王安石、蘇軾、黃庭堅具「造語之工」、「盡古今之變」，乃造語之不同，使宋詩有別於唐詩。〔註42〕所謂「賦題法」，指的是寫意略形的寫物方式，惠洪云：「『若不得流水，還應過別山』者，題野燒也；『嚴霜百草白，深院一株青』者，題小松也；前人以為工。但是題其意爾，非能狀其體態也。……，此皆能曲盡萬物之情狀。」可見惠洪在造句方面，特別強調句意的含蓄性。

　　在各種句法之中，惠洪提出一種整體的觀察，強調通首詩必須照顧到頓挫掩抑的聲音節奏，《天廚禁臠》卷下，惠洪引東坡〈蘆雁〉詩云：「欲敘雁閒暇之態，故筆力頓挫如此。」對於秦少游「松江浩無旁」一詩，則認為只是排比好句，沒有照顧到頓挫的效用。

〔註41〕見郭紹虞《滄浪詩話校注》（台北：東昇，1980 年），頁 91～92。
〔註42〕見張伯偉《稀見本宋人詩話四種》，頁 49。

四、詩法論

在詩法方面，惠洪強調含蓄法，《天廚禁臠》卷上引柳宗元〈登峴山〉、及賈島〈渡桑乾〉、〈山驛有作〉三詩，認爲「前輩多誦此詩，少游嘗自題桑乾詩於扇上，此所謂含蓄法」。惠洪《冷齋夜話》卷四又將含蓄分爲三種，〔註 43〕他認爲詩「有句含蓄」、「有意含蓄」、「有句意俱含蓄」者，句法的含蓄已如上云。詩意之含蓄則如杜牧〈宮詞〉：「銀色秋光冷畫屛，輕羅小扇撲流螢。天街夜色涼於水，臥看牽牛織女星。」《冷齋夜話》卷十〈詩忌深刻〉一條中，惠洪曾指出黃庭堅對他「呵鏡雲遮月。」對句爲：「啼妝露著花」的批評，云：「魯直罪余於詩深刻見骨，不務含蓄。余竟不曉此論，當有知之者耳。」看來惠洪在詩法上的含蓄論，也頗受黃庭堅的影響。爲了詩法之含蓄，惠洪也強調詩之比興，《天廚禁臠》卷中，惠洪引杜甫〈野外〉、〈送路六侍御入朝〉、〈絕句〉三詩，特別標舉出所謂「比興法」。另外《天廚禁臠》卷中云：「此所謂讀之令人一唱而三嘆，譬如朱絃疏越有遺音者也。」「又不直言其住山之久，而意中見其久。」「又不直言其閑逸，而意中見其閑逸。」「又不直言其寂默，而意中見其寂默。」「又不直言其高遠，而意中見其高遠。」惠洪認爲詩歌要能一唱三嘆，不直言其意，就能餘音裊裊。此之謂「遺音句法」，也是屬於詩法含蓄的一種方式。

另外惠洪也強調詩法的譬喻效果，《冷齋夜話》卷四「詩比美女美丈夫」條云：「前輩作花詩，多用美女比其狀，如曰：『若教解語應傾國，任是無情也動人。』陳俗哉！山谷作〈酴醾〉詩曰：『露濕何郎試湯餅，日烘荀令炷爐香。』乃用美丈夫比之，特若出類。而吾叔淵才作〈海棠〉又不然，曰：『雨過溫泉浴妃子，露濃湯餅試何郎。』意尤工也。」惠洪指出山谷特別以美丈夫比擬一般詩歌中常使用的美女，此乃特殊的用法。

惠洪的詩法論最大的重心，集中在對「換骨奪胎」的詮釋。有關「換骨奪胎」法，黃景進先生以爲首見於《冷齋夜話》。〔註44〕惠洪《天廚禁臠》卷中談「換骨」之意，引秦少游〈春日〉、黃庭堅詩，云：「夫言花與酒者，自古至今不可勝數，然皆一律。若兩傑則以妙意取其骨而換之。」〔註45〕《冷

〔註43〕 見張伯偉《稀見本宋人詩話四種》，頁 40。
〔註44〕 見黃景進〈論黃山谷所謂「無一字無來處」——兼論「點鐵成金」與「奪胎換骨」〉（《中華學苑》第三十八期，1989 年 4 月），頁 155。
〔註45〕 見張伯偉《稀見本宋人詩話四種》，頁 136。

齋夜話》卷一「換骨奪胎」條云：

> 山谷云：「詩意無窮，而人之才有限，以有限之才追無窮之意，
> 雖淵明、少陵不得工也。然不易其意而造其語，謂之『換骨法』。

惠洪引鄭谷〈十日菊〉詩，云：「此意甚佳，而病在氣不長。」引曾鞏曰：「詩當使人一覽語盡而意有餘，乃古人用心處。」解釋王安石〈菊詩〉云：「千花百卉彫零後，始見閑人把一枝。」東坡取其意而另造語為「萬事到頭終是夢，休休休！明日黃花蝶也愁。」二詩同樣都是說人事如自然景物之凋零。引李翰林詩：「鳥飛不盡暮天碧。」、「青天盡處沒孤鴻」，以為此詩之造意極佳，然而氣不長，因而黃庭堅取其意而作〈登達觀臺詩〉云：「瘦藤拄到風煙上，乞與遊人眼界開。不知眼界闊多少，白鳥去盡青天回」。《石門文字禪》卷十六詩題〈古詩云：「蘆花白間蓼花紅，一日秋江慘憺中。兩箇鷺鷥相對立，幾人喚作水屏風？」然其理可取，而其詞鄙野，余為改之曰：換骨法〉云：

> 蘆花蓼花能白紅，數曲秋江慘憺中。好是飛來雙白鷺，為誰粧
> 點水屏風？〔註46〕

惠洪此詩作與古詩意境、詩意相同，然而造語、用詞皆有不同變化。惠洪自己認為其取法古詩並轉化為自己的語言，可謂「換骨法」。另外，《冷齋夜話》卷三「詩說煙波縹緲處」條云：

> ……又嘗暮寒歸見白鳥，作詩曰：「剩水殘山慘淡間，白鷗無事
> 釣舟閑。箇中著我添圖畫，便似華亭落照灣。」魯直謂予曰：「觀君
> 詩，說煙波縹緲處。如陸忠州論國政，字字坦夷。前身非篤師沙戶
> 種類耶？」有詩，其略曰：「吾年六十子方半，槁項頂螺忘歲年。脫
> 卻衲衣著蓑笠，來佐涪翁剝釣船。」予嘗對淵才誦之。淵才曰：「此
> 退之贈澄觀：『我欲收斂加冠巾』，換骨句也。」〔註47〕

惠洪對於黃庭堅非常的景仰，特別將黃庭堅對他的讚揚，紀錄在詩話中，並且與好友淵才討論，淵才以換骨句來稱山谷詩。表示黃庭堅贈與惠洪的那首詩作能夠轉換前人的詩句，重新鎔鑄成自己的作品，如同韓愈贈澄觀的詩句「我欲收斂加冠巾」，也是換骨句。由以上種種因此得知，凡取法前人詩歌之詩意、意境，以不同詞語創作，即惠洪所謂換骨法。

〔註46〕見《石門文字禪》卷十六，頁24。
〔註47〕見張伯偉《稀見本宋人詩話四種》，頁30。

至於奪胎法，《冷齋夜話》卷一「換骨奪胎」條引山谷云：「規模其意，形容之，謂之『奪胎法』。」又《天廚禁臠》卷中惠洪引僧惠崇詩：「河分崗勢斷，春入燒痕青。」並說明「河分崗勢」不可對「春入燒痕」，東坡用之「似聞決決流水缺，盡放青青入燒痕」，以冰缺對燒痕，可謂盡妙矣，這就是東坡奪胎的做法。這條資料說明蘇軾運用惠崇的詩句，開創不同語境，即「奪胎法」。這條資料之中惠洪又說王安石〈與故人詩〉云：「一日君家把酒盃，六年波浪與塵埃，不知烏石岡邊路，到老相尋得幾回。」乃是奪胎自顧況「一別二十年，人堪幾回別」一詩。惠洪認為顧況詩歌「簡緩而立意精確」，〔註48〕王安石因而運用相同的手法另造一首詩。還有東坡〈南中作〉詩曰：「兒童誤喜朱顏在，一笑那知是醉紅。」也是奪胎自白居易詩「臨風杪秋樹，對酒長年身。醉貌如霜葉，雖紅不是春。」〔註49〕凡此化用前人詩句，皆可謂奪胎法。近人對「奪胎換骨法」多有討論，例如張健以為「奪胎法」、「規模其意而形容之」，指的是擴充、引申與點化前人的詩句，另成一篇新的創作，且意境超過前人的作品。〔註50〕張高評先生認為「奪胎法」就是以故為新，追求意新，因此必須建立在博學的基礎上。而黃庭堅能獨創風格，其實是因為將禪悟融入詩法創作，其以禪入詩轉化成奪胎換骨，以故為新，也是宋詩後來開展出來「活法」之說的具體呈現。〔註51〕均可看出此法在北宋詩法上的重要性。

對於奪胎換骨法，南宋吳曾似不以為然，其《能改齋漫錄》卷十云：

> 予嘗以覺範不學，故每為妄語，且山谷作詩，所謂一洗萬古凡馬空。其肯教人以蹈襲為事乎？唐僧皎然嘗謂詩有三偷，偷語最是鈍賊，……夫皎然尚知此病，孰謂學如山谷，而反以不易其意與規模其意，而遂犯鈍賊不可原之情耶？

吳曾認為惠洪學習不夠踏實，常妄下斷語。以為學習前人說法之弊病是前代詩僧皎然就明白的，何以詩學深刻的黃庭堅會有「不易其意與規模其意」之說，因此吳曾推測可能是惠洪自己妄下的斷語。然而筆者認為皎然《詩式》中所謂詩有「三偷」的「偷語」、「偷意」，其實是用來襯托詩人以「偷勢」作

〔註48〕見《冷齋夜話》卷一「換骨奪胎法」亦出現與《天廚禁臠》卷中一樣的引詩，見張伯偉《稀見本宋人詩話四種》，頁17。

〔註49〕見張伯偉《稀見本宋人詩話四種》，頁18。

〔註50〕見張健「韻語陽秋」研究〉《漢學研究》，第17卷2期，頁249～276。

〔註51〕參考張高評《宋詩之傳承與開拓》（台北：文史哲出版，1990年3月）。

爲擬古之創新。〔註 52〕雖然皎然提出「偷勢」法與黃庭堅所謂的奪胎換骨法並不相同，其境界也不一樣，但法古人以鑄新詞，是古今詩人均須通過的自我訓練，惠洪承山谷此論，反而是彰顯此一詩法的重要性，何「妄語」之有？

又「奪胎換骨」究竟是惠洪承山谷之說或是惠洪自創詩法，近人也有所論述。黃景進與郭玉雯均認爲「奪胎換骨」之說首見於惠洪《冷齋夜話》。〔註 53〕周裕鍇從惠洪的著作爲內證，宋人文獻爲外證，證明「換骨法」、「奪胎法」爲兩種作詩的方法，且均爲惠洪個人的創見。〔註 54〕雖然莫礪鋒從宋人文獻的外證入手，證明此說在惠洪之前已有人記錄此說，認爲「奪胎換骨」是黃庭堅首創，惠洪較早引述。〔註 55〕然而筆者遍考黃庭堅作品不見任何關於「奪胎換骨」的字眼，且後人得知此「奪胎」、「換骨」詩法，乃從惠洪作品中記載而知，因而周氏之推論不無可能。後人從江西詩派的理論綱領追溯出黃庭堅詩論以「奪胎換骨」、「點鐵成金」爲主，〔註 56〕然而黃庭堅著作之中，畢竟僅提出「以故爲新」和「點鐵成金」，黃庭堅〈再次韻楊明叔引〉云：

> 試舉一綱而張萬目，蓋以俗爲雅，以故爲新。

黃庭堅所追求的「新」，正好是要通過對「古」的模擬與創造，才能體現。「以故爲新」關鍵在融受古人詩語、詩意，陶鑄出一個新的語境與內涵，這與黃庭堅所謂的「點鐵成金」類似。黃庭堅〈答洪駒父書〉云：

> 自作語最難。老杜作詩，退之作文，無一字無來處；蓋後人讀
> 書少，胡謂韓杜自作此語耳。古之能爲文章者，真能陶冶萬物，雖

〔註 52〕皎然《詩式》中云：「其次偷勢，才巧意精，若無朕跡。蓋詩人閫域之中偷狐白裘之手，吾亦賞俊，從其漏網。」皎然認爲「偷語最爲鈍賊」，「其次偷意，事雖可原，情不可原」，至於「偷勢」，皎然則認爲才意精巧，值得俊賞。見張伯偉《全唐五代詩格彙考》，頁 238～239。

〔註 53〕見黃景進〈論黃山谷所謂「無一字無來處」──兼論「點鐵成金」與「奪胎換骨」〉、郭玉雯〈有關奪胎換骨法若干問題的探討〉（台北：學生，1989 年）。郭氏以爲「奪胎換骨」是一種創作方法，首見於《冷齋夜話》，然而「奪胎換骨」與「以故爲新」、「點鐵成金」理論相近，因此以爲山谷提出的可能性相當大。可見郭氏亦不敢十分篤定，此乃山谷所提出之詩歌創作法。

〔註 54〕見周裕鍇〈惠洪與換骨奪胎法──一樁文學批評史公案的重判〉（《文學遺產》，2003 年第六期），頁 81。

〔註 55〕見莫礪鋒〈再論「奪胎換骨」說得首創者──與周裕鍇兄商榷〉（《文學遺產》，2003 年第六期），頁 99。

〔註 56〕見莫礪鋒《江西詩派研究》（山東：齊魯書社，1986 年），頁 285。

取古人之陳言入於翰墨，如靈丹一粒，「點鐵成金」也。〔註57〕

蓋黃庭堅認爲詩文如老杜、退之尙且無一字無來處，後人才學不如二賢，最好取法古人，靈丹一粒，「點鐵成金」。這種「以故爲新」、「點鐵成金」是取法古人陳言，轉化熔鑄爲自己的詩歌，與惠洪「奪胎換骨」法之意相同。因此，筆者認爲若周氏看法成立，則此「奪胎」、「換骨」之名詞，亦可謂惠洪「奪胎換骨」於黃庭堅之「以故爲新」、「點鐵成金」之語。

五、用事論

在用事方面，惠洪也非常講究，他把用事分爲三種，一種是用前代典故來潤飾詩的意境，《天廚禁臠》卷上引僧惠律〈雙竹〉、黃庭堅〈酴醾花〉二詩，強調惠律用伯夷、叔齊代娥皇女英比竹之淸癯有淚，山谷用何郎試湯餅比醾花美而有韻，是以二美丈夫之典故爲用，反而比用女子故實，更顯得工巧。第二種是用前人詩語，再加點染，來美化自己詩歌的詞采。《天廚禁臠》卷中引蘇軾〈南華會蘇伯固〉、黃庭堅〈猩猩筆〉云：「漢書武帝射雁，得蘇武書無鴻字。東坡添鴻字，故改春草池塘爲芳草池塘也。阮孚言人生能著幾量屐，魯直以下句非全句，故改人生爲平生也。」惠洪稱此爲「用事補綴法」。第三種則以才學略提典故，不聲明其所以然，使典故藏在其中。《天廚禁臠》卷下用杜甫〈曲江三章章五句〉：「看射猛虎終殘年」而云：「此略提其事之因，不聲其所以然。若此者多如排布用事，非高才博學者莫能也。」惠洪稱此爲「窠因用事法」。後人稱「用事」爲「用典」，指運用掌故、故實或前代典籍的語文與事件，來增加詩旨的豐富性、藻飾性與深曲含蓄性。可以稱之爲「事典」與「語典」，惠洪顯然都已經照顧到這兩方面的用典意涵，而且更顯出其三個層次的豐富性。《冷齋夜話》卷四「詩言其用不言其名」條云：「用事琢句，妙在言其用，不言其名耳，此法唯荊公、東坡、山谷三老知之。」惠洪引王安石、蘇軾、黃庭堅等人詩歌，以爲他們皆能運用「用事而不言其名」之「用事法」。《冷齋夜話》卷三「館中夜談韓退之詩」條記載惠洪與沈存中、呂吉甫、王正仲、李公澤等人談論韓愈詩歌，眾人對於韓愈詩歌有兩派看法，惠洪認爲韓愈的詩歌，「眞出自然，其用事深密，高出老杜之上。」另外，《冷齋夜話》卷五「荊公詩用事」條云：

〔註57〕見黃庭堅《豫章黃先生文集》卷一九〈答洪駒父書〉。

舒王晚年詩曰：「紅梨無葉庇華身，黃菊分香委路塵。歲晚蒼官才自保，日高青女尚橫陳。」又曰：「水落岡巒因自獻，水歸舟渚得橫陳。」山谷謂予曰：「自獻橫陳事，見相如賦，荊公不應完用耳。」予曰：「《首楞嚴經》亦曰：『於橫陳時，味如嚼蠟。』」〔註58〕

惠洪論王安石之用事，舉黃庭堅之語後，云王安石詩歌所用「橫陳」之典，乃出自《首楞嚴經》。〔註59〕《冷齋夜話》卷四「西崑體」條云：

詩到李義山，謂之文章一厄，以其用事僻，時稱西崑體。然荊公晚年亦或喜之，而字字有根蒂，如作〈雪〉詩曰：「借問火城將策探，何如雲屋聽窗知？」又曰：「未愛京師傅谷口，但知鄉里勝壺頭。」其用事琢句，前輩無相犯者。昔李師中作〈送唐介謫官〉詩曰：「去國一身輕似葉，高名千古重於山。並游英俊顏何厚，已死姦諛骨尚寒」云云，已而聞介赴月首上官，乃大悔，以書索其詩，唐公笑曰：「吾正不用此無對屬落韻詩，遂以還之。」李大驚，久之，乃悟。一身千古非狹對，與荊公措意異矣！〔註60〕

《天廚禁臠》中，惠洪還提出一種「分布用事」法，指的是「凡二事比類於前，而後發其宏妙也。」〔註61〕用事的比類分布，也是惠洪所考究。

六、風格論

風格論方面，惠洪以杜甫為最高的標準。《天廚禁臠》卷上云：

秦少游曰：「蘇武、李陵之詩，長於高妙。曹植、劉公幹之詩，長於豪逸。陶潛、阮籍之詩，長於沖澹。謝靈運、鮑照之詩，長於峻潔。徐陵、庾信之詩，長於藻麗。而杜子美者，窮高妙之格，極毫逸之氣，包沖澹之趣，兼峻潔之姿，備藻麗之態，而諸家之作不能及焉。」予以謂子美豈可人人求之，亦必兼法諸家之所長。故唐人工詩者，多專門，以是皆名世。專門句法，隨人所去取，然學者不可不知，凡諸格法畢錄於此。〔註62〕

〔註58〕見張伯偉《稀見本宋人詩話四種》，頁48。
〔註59〕《首楞嚴經》卷八曰：「我無欲心，應汝行事，於橫陳時，味如嚼蠟。」（《大正新脩大藏經》第十九冊），頁145。
〔註60〕見張伯偉《稀見本宋人詩話四種》，頁38。
〔註61〕見張伯偉《稀見本宋人詩話四種》，頁164。
〔註62〕見張伯偉《稀見本宋人詩話四種》，頁110。

惠洪藉秦少游之言，認為杜甫擁有「高妙、豪逸、沖澹、峻潔、薄麗」等各色風格，是唐人中最工於詩歌而能名世的詩人。而且從杜詩中可看出各家的專門句法，學者如果從中各取其需，精於一家格法的學習，一定也能名世。

惠洪在《天廚禁臠》卷上集中提出四種風格論「寒松病枝」、「芙蓉出水」「轉石千仞」、「賢鄙同笑」。惠洪名之為「四種勢」，且明白道出詩勢之一「寒松病枝」乃唐代皎然所命名，並舉杜甫〈己公茆齋〉詩云：「江蓮搖白羽，天棘蔓青絲。」、〈山寺〉詩云：「麝香眠石竹，鸚鵡啄金桃。」、〈九日〉詩云：「竹葉與人既無分，菊花從此不須開。」及東坡〈關山道中〉詩云：「野店初嘗竹葉酒，江雲欲落豆楷灰。」用以說明「世所共識，而對以異名，則是句法之病，雖是病，然施之於寒松格，則不害為好。豆楷灰比雪也，此所謂寒松病枝，唐晝公名之。」〔註63〕惠洪認為詩歌對仗之中如果以「異名」為對，譬如東坡的「竹葉酒」對「豆楷灰」，杜甫的「江蓮」對「天棘」，是以酒對雪，以人體對柳，形成詩句上辭藻偏枯，門類相異的現象。惠洪認為這種偏枯之美正是皎然所謂的「寒松病枝」。皎然《詩式》「品藻」有「寒松病枝，擺半折」一體，皎然云：「脫若思來景遇，其勢中斷，亦須如寒松病枝，風擺半折。」〔註64〕惠洪在此一詩體風格上，顯然有皎然的遺意。

而詩勢之二「芙蓉出水」指詩風清新自然之意。惠洪舉舒王集句中〈山居〉詩云：「風定花猶落，鳥鳴山更幽」、保暹的〈雨過〉詩云：「涼生初過雨，靜極忽歸僧」、司空曙〈游康王觀〉詩云：「棋聲深院靜，幡影石壇高」等詩句，用以說明這些詩句，自然清新，如同芙蓉出水般讓人喜愛。「芙蓉出水」此語原來是南朝評謝靈運詩常出現的用語，《南史》卷三十四〈顏延之傳〉引鮑照評顏、謝優劣云：「謝五言如初發芙蓉，自然可愛。」《詩品》卷上湯惠休曰：「謝詩如芙蓉出水，顏如錯彩鏤金。」後來到了唐代皎然《詩式》〈文章宗旨〉一條也引惠休詞語。〔註65〕李白更用「清水出芙蓉，天然去雕飾」一語，〔註66〕來表達他的詩歌主張。惠洪承湯惠休與皎然詩論提出這種以謝靈運詩為標竿的風格論，因此，惠洪說「此謂芙蓉出水，晉謝靈運名之」。

〔註63〕見張伯偉《稀見本宋人詩話四種》，頁 121～122。

〔註64〕見張伯偉《全唐五代詩格彙考》，頁 240。

〔註65〕見顧紹柏《謝靈運集校注》（河南：中州古籍出版，1987 年），頁 475、477、480。

〔註66〕見《全唐詩》第五冊，一百七十卷李白〈經亂離後天恩流夜郎憶舊遊書懷贈江夏韋太守良宰〉一詩所云。

詩勢之三「轉石千仞」，則爲歐陽脩命名，取「譬如以石自千仞岡上而下，不到地而不止」之意，惠洪舉杜牧〈華清宮〉詩云：「雷霆施號令，星斗煥文章」、靈澈〈懷古〉詩云：「經來白馬寺，僧到赤烏年」二詩，認爲「言天子之事，以號令比雷霆，必當以文章比星斗，其勢不如此不能止其詞也。」

詩勢之四「賢鄙同笑」，指賢者與愚者都能賞味的詩風，惠洪引李白〈宮怨〉、杜甫〈曲江〉、蘇軾〈與子由別和其詩〉、黃庭堅〈龍山雨中〉等詩，認爲的芙蓉花與斷腸草乃同物異名，賢者取芙蓉之雅，愚者領會斷腸草之好，故稱爲賢鄙同笑。惠洪因而解釋：「謂其賢愚讀之皆意解而愛敬之也。以賢者知其用事所從出，而愚者不知，不知猶爲好也，此秦少游名之」。

此外惠洪在《天廚禁臠》卷上論「江左體」時引杜甫〈題省中院壁〉、〈卜居〉二詩云：

> 於引韻便失粘，既失粘則若不拘聲律。然其對偶時精到，謂之骨含蘇李體。

根據惠洪的意思來看，在律詩之中引韻失黏，不拘聲律，顯然是一種以古詩句法入律詩氣骨之中的鍊句方式。但由於融古入律，因而也造成詩體風格上的變化。惠洪稱這種詩體是以蘇李體入律詩中，形成「江左體」。惠洪於《石門文字禪》詩歌創作中，屢屢提及蘇武、李陵，並傳達對於蘇李精神的追求。卷二十四〈季子夢訓〉云：季生尤愛賈誼、蘇武。然「非直愛其文，如盎盎之春藻飾萬物，與其屹若砥柱蕩磨驚濤也；愛其知爲臣之大體而已。」惠洪以爲季子並非僅喜愛賈誼的賦，重要的是取法其精神，故而詩歌亦需要傳達出詩人的生命力，才能「如盎盎之春藻飾萬物」，豐富詩歌內涵。而賈誼身爲太子的師傅，太子摔下馬而死，竟然憂傷而死，惠洪認爲賈誼守節的眞性情眞摯動人，因而文章內容透露之氣節足以感動後人。此外，蘇武牧羊十九年，「子卿使虜，不肯辱命。」「起止仗漢節李陵，諷使降則請効死于前。子卿寧獨惡其生耶？其心以謂職稱。奉使敢愛死哉？」惠洪嘗以蘇武牧羊自比，認爲自己也像蘇武牧羊一樣，「學道如牧羊，敗羣者則鞭。一切但仍舊，自然常現前」，〔註67〕終身不改對於佛法的追求，雖遭褫奪僧籍，「墮馬哭淮王，牧羊仗漢節。古人守忠義，視死如棄襪。吾是眞比丘，死生見窟宅。一飯不願餘，孤坐閱歲月」，〔註68〕表明自己如同賈誼和蘇武，一生不踰越僧人身分對

〔註67〕《石門文字禪》卷六〈送一上人〉。
〔註68〕《石門文字禪》卷八〈了翁有書與謝無逸云覺範眞是比丘〉。

於志節的要求。惠洪活用前人典故，用以表明己意，均爲詩歌中奪胎換骨的痕跡。

「江左」之風，尚見《石門文字禪》「江左相傳紙價增，東坡一讀不復和」（卷一〈贈蔡儒效〉）「屈宋宗枝君得髓，江左風流復興起。」（卷七〈和曾倅喜雨之句〉）「君家客皆天下士，放意高談飲文字。江左風流掃地空，今日追游可無媿。」（卷二〈次韻君武中秋月下〉）及《冷齋夜話》卷四「詩用方言」條「江左風流久已零落，士大夫人品不高，故奇韻滅絕，東晉韻人勝士最多，皆無出謝安石之右。」惠洪給予「江左體」很高的評價，以爲江左風流早已零落，若能追和江左之風，則可無愧。

爲了講求風格清絕與自然，惠洪特重語句錘鍊所呈現的「奇趣」，《天廚禁臠》卷上引唐僧無可〈宿西林寺〉詩云：「聽雨寒更盡，開門落葉深」、〈登樓晚望〉詩「微陽下喬木，遠燒入秋山」，云：

> 退之所稱島、可，島謂賈島也。此句法最有奇趣，然譬之嚼蟹螯，不能多得。一夜蕭蕭，謂必雨也。及曉乃落葉也，其境清絕可知。方遠望，謂斜陽自喬木而下，乃是遠燒入山，其遠可知矣。

惠洪認爲無可二詩意境清絕，實因句法所鍛鍊出來的奇趣，僧宿聽雨，一夜蕭蕭，到天明開門方覺落葉之深；登樓眺望夕陽，遠山如燒，特別能顯出秋山之遠。可見惠洪所謂奇趣的句法，應指詩境的淬鍊。《冷齋夜話》卷五「柳詩有奇趣」條引柳宗元詩云：「東坡云：『詩以奇趣爲宗，反常合道爲趣，熟味此詩，有奇趣。』」〔註69〕兩者皆將詩歌意境清絕稱之爲「奇趣」。

惠洪在「奇趣」之外，又提出「天趣」與「勝趣」，《天廚禁臠》卷上引〈田家〉、江淹〈效淵明體〉詩，云：「此二詩脫去翰墨痕跡，讀之令人想見其處，此謂之奇趣也。」又引杜牧〈宮詞〉、白居易〈文林寺〉云：「其詞語如水流花開，不假功力，此謂之天趣。天趣者，自然之趣耳。」最後引白居易〈東林寺〉、杜牧〈長安道中〉云：「吐詞氣宛在事物之外，殆所謂勝趣也。」由此可以看出惠洪認爲句法能脫去翰墨痕跡，已經可以達成奇趣。如果此語能如水流花開，就是天趣自然之作，再能詞氣婉轉，超然事物之外，更可上臻於所謂「勝趣」。有關「天趣」，惠洪於《冷齋夜話》卷四「五言四句得於天趣」條中記載惠洪與超然兩然對於天趣的討論，超然舉王維〈山中〉與王安石「百家衣體」云此皆得於天趣，然惠洪卻反問超然何以云此有天趣可言？

〔註69〕見張伯偉《稀見本宋人詩話四種》，頁50。

超然對曰：「能知蕭何所以識韓信，則天趣可言。」〔註70〕可見「天趣」此詞，非惠洪獨創。

七、體製論

在體製方面，惠洪顯然不特別重視。前述惠洪論對偶之「偷春」、「蜂腰」、「隔句」、「假借」、「十字格」等等，及「以古句入律」、「破律琢句法」等，都屬於律詩體製上的講求。但在律體方面，惠洪顯然不太考慮聲律，因此有所謂「破律琢句法」，《天廚禁臠》卷下引詩云：

　　　仰看曉月掛木末，天風吹衣毛骨寒。長江吞空萬山立，白鳥一
　　點微波間。平生擾擾行役苦，譬如磨蠍相循環。

此詩惠洪強調起聯的十四字對，句法雄健，雖然在聲律上出入句連平、連仄，但能夠映照相見，不失妥貼。其他如卷上論江左體，也是強調對偶精到，即使骨含蘇李體，不拘聲律，也不失爲好詩。可見惠洪在律體方面特別強調對偶，反而不重聲律。

在古體方面，惠洪除提出古詩押韻法，還有古意句法、古詩秀潔之句、奇麗之氣、醇釀之氣外，還特別重視歌行體的風格。「要將傑句酬佳景，未怕出容作聾頤。」（卷三〈游南嶽福嚴寺〉）「作詩頗亦敘宗祖，秀氣傑句爭豪雄。」（卷二〈廓然送僧之邵武頗敘宗族以自激勸次韻〉）「我詩贈君無傑句，碧灣明月不可取。」（卷二〈王表臣忘機堂次蔡德符韻〉）「我詩無傑句，愧子才逸羣。此篇頗尚有，句意雅而文。」（卷四〈次韻彥由見贈〉）「詩成急雨來，掃盡層雲障。重慚無傑句，酬君語豪壯。」（卷六〈次韻元不伐知縣見寄〉）「和詩無傑句，鈍澀費磨琢。」（卷七〈和杜司錄嶽麓祈雪分韻得嶽字〉）「傑句天資人不及，勿嗔島瘦與郊寒。」（卷十六〈次韻通明與晚春二十七首〉）此皆表示惠洪重視詩歌的遣詞用語，以求秀傑之句，以爲詩歌若無秀傑之句則如同賈島、孟郊過於瘦寒。

《天廚禁臠》卷中惠洪特別提出古詩、樂府詩中的歌行體及古詩句法，云：

　　　律詩拘於聲律，古詩拘於句語。以是詞不能達。夫謂之行者，
　　達其詞而已，如古文而有韻者耳。自唐陳子昂一變江左之體，而歌
　　行暴於世。作者羣能守其法，不失爲文之旨。唯杜子美、李長吉，

〔註70〕見張伯偉《稀見本宋人詩話四種》，頁36。

今專指二人之詞，以爲證。夫謂之歌者，哀而不怨之詞，有豐功盛德則歌之，詭異希奇之事則歌之，其詞與古詩無以異。但無鋪敍之語，奔驟之氣，其遣語也。舒徐而不迫，峻特而愈工，吟諷之而味有餘，追繹之而情不盡。敍端發詞，許爲雄夸，跌蕩之語，及其終也。許置諷刺傷悼之意，此大凡如此爾。行者，詞之遣無所留礙，如雲行水流，曲折溶曳，而不爲聲律語句所拘。但於古詩句法中增辭語耳。

惠洪認爲歌行體是以詞達爲勝，歌行的詞句要如古文詞句一般，要能鏗鏘有力。其詞與古詩無異，但沒有古詩的鋪敍之語，有時要徐舒不迫，有時要峻建流暢，雄夸跌蕩，尤其是「行」，遣詞更要如行雲流水，不受聲律拘束。也就是惠洪所謂「至節要處，任其詞爲抑揚之語。」惠洪自己在詩歌創作的實踐上，以七言古體居多，可見惠洪個性符合古體詩創作直接抒發性情、豪放不羈的風格。〔註71〕

歌行之外，惠洪在古詩方面特別提到杜甫的兩種特殊詩體「子美五句法」、「杜甫六句法」，指的是杜甫〈曲江三章章五句〉這種以五句成篇的古詩體，和杜甫〈三韻三篇〉這種六句成篇的古詩體，可能是杜甫這兩種詩體不同一般之故。另外，惠洪也提出古意句法，指的是李白〈古意〉「君爲女蘿草」，這種化用古詩十九首逐臣棄妻的手法，寄情於君臣之間的創作模式，這是前人古體創作從陸機〈擬古〉以來，常有的方法。

由此，可知惠洪在詩歌創作論上，不但能夠尋著傳統的詩歌體系前進，更能結合當代的思潮，而有新見，如論對偶方面，有「偷春格」、以「春」意象入詩歌；論句法能有三種「含蓄」法；論詩法有「奪胎」法、「換骨」法；論用事有「分布用事」法；論風格有「四種勢」、「江左體」、「奇趣」、「天趣」、「勝趣」；論體製，惠洪獨創破律法、尤重歌行與古體之別等，可以看出惠洪不斷融合古人，並加以整理，提出新見，而這也是卜倫所謂「取前人之所有爲己用，會引起受人恩惠而產生負債之焦慮。試想，哪一位強者詩人希望意識到：他並沒有創造出屬於自己獨特風格」。〔註72〕惠洪對於前代及當代詩法的熟悉，使他正可以踏著前人基礎上，繼續開拓。

〔註71〕有關詩歌體裁的分類與比重，採用李貴〈試論北宋詩僧惠洪妙觀逸想的詩歌藝術〉（《四川大學學報》〈哲學社會科學版〉，1999年）中整理《石門文字禪》的表格。

〔註72〕詳見卜倫《影響的焦慮》〈緒論〉，頁3。

第四節 重視詩僧傳統

惠洪對於魏晉隋唐時期與文士交遊密切的詩僧之詩歌作品均非常熟悉。從《冷齋夜話》、《天廚禁臠》及《石門文字禪》中，處處可見，由之可以觀察到惠洪極重視詩僧傳統，除熟稔前代詩僧作品之外，更能吸收前代詩僧詩法、詩格的創作，融合成為自己針對詩歌風格、詩法等深刻的評論。

惠洪對於魏晉到唐代、宋初詩僧的作品十分熟悉，其《石門文字禪》、《冷齋夜話》、《天廚禁臠》三部作品中，提到晉宋時期的詩僧，有支遁、鳩羅摩什、道安、慧遠、湯惠休等人；而唐朝則有寒山、拾得、皎然（晝公）、靈澈、道標、賈島、無可、貫休、齊己、藥山惟儼、丹霞天然、船子德誠、香嚴智閑、保暹；宋僧則有清塞、景淳、慧律、惠崇等。

一、取法魏晉隋唐詩僧傳統

根據蕭麗華《唐代詩歌與禪學》的考察，僧人能詩濫觴於東晉，「詩僧」一詞起於中唐。〔註73〕據逯欽立《先秦漢魏晉南北朝詩》輯晉宋僧詩有康僧淵、佛圖澄、支遁、鳩羅摩什、湯惠休等十餘人的作品，〔註74〕其中惠洪最常提到的以支遁、慧遠、湯惠休為重。支遁（314～366），號道林。東晉初年佛教中心人物之一，曾與東晉名流時相往來，《世說新語》記載許多他的清談逸事，近五十多條，為支遁留下後世詩僧的美名。惠洪於作品中多次論述支遁，可見支遁對於惠洪的影響，《石門文字禪》卷二〈次韻余慶長春夢〉云：「從來支遁識神駿，歲月不知君意長」卷三〈次韻葉集之同秀實敦素道夫游北山會周氏書房〉云：「我無支遁才，敢逐王謝為」惠洪以支遁自我譬喻，以王謝擬秀實、敦素、道夫等人，而又自我謙遜，表示自己沒有支遁之才。卷三〈寄蔡子因〉則將支遁與蔡子因的詩歌相比。〔註75〕卷六〈次韻朝陰二首〉

〔註73〕蕭麗華《唐代詩歌與禪學》〈晚唐詩僧齊己的詩禪世界〉一文，根據柳宗元〈送文暢上人登五台遂游河朔序〉、黃宗羲〈平陽鐵夫詩題辭〉、王夫之《薑齋詩話》考「詩僧」一詞的來源，「僧詠」又稱「衲子詩」，「源自東晉來」。頁174。

〔註74〕見前揭書《先秦漢魏晉南北朝詩》，頁1075～1090，1243～1245。

〔註75〕《石門文字禪》卷三〈寄蔡子因〉云：「平生閱詩如閱馬，自憐雙眼如支遁。子因句法馬軼空，爽氣橫秋太神駿！上苑花光纏肺腸，西湖霜曉磨風韻。較君年少翰墨場，賈生仲舒覺寒窘。醉中逃禪亦不惡，況復機鋒類麗蘊。奉身一飯聊自珍，富貴功名苦尋趁。鳳巢定生五色雛，文章從來論種性。嗟余索寞臥空山，多生垢習消磨盡。但餘欲識天下英，蹩蛇脊尾猶一振。歲月去人江浪翻，何時

云：「掲來效支遁，買山老閒寂。君眞許詢輩，詩語時見及。」許詢乃與支遁交遊密切的文人，兩人能共同在佛學上一搭一唱，互相應和。〔註76〕此詩中惠洪有意效支遁買山與文士唱和。卷七〈次韻曾韻句游山〉云：「世間安得支遁眼？畫作嘶風神駿圖。」卷八〈和社撫勾占意六首〉云：「公眼如支遁，神駿蒙擊賞」卷十五〈初到善谿慧照庵寄張無盡五首〉云：「我慚雅思非支遁，亦伴東山爛熳游。」卷二十一〈菖蒲齋記〉云：「支遁蓄驊騮以寄逸想慧理」等等，惠洪不斷提到支公慧眼、雅思、神駿驊騮，彷彿支遁的一言一行，都寓託無限逸想與智慧。《天廚禁臠》卷下〈換韻斷殺法〉引東坡〈贈別雲上人詩〉云：「莫學王郎與支遁，臂鷹走馬誇神駿。還君畫圖君自收，不如木人騎土牛。」再一度提到支遁的神駿，可見惠洪對支遁所留下的流風遺韻無限憧憬。

　　鳩摩羅什爲姚秦苻堅伐龜茲時期的西域高僧，一生譯經無數，精於大小乘經咒，姚興置之逍遙園，請他譯經、演經、頌咒。惠洪《石門文字禪》卷六〈余病脾氣，李宜中教余服仙茅，乃從彥周乞之，彥周祖肩荷臨濟呵，余鈍根敗闕，病輒服藥，是以生死爲二耶，得藥作此謝之〉云：「檢密念慧遠，誦咒憶羅什。」此詩顯然是因咒而憶念到鳩摩羅什，什公因咒語不及生死，成爲惠洪筆下的典故。〔註77〕卷十一〈初至海南呈張子修安撫〉云：「戲下應傳獲羅什，禿頭爭看戴華軒。」惠洪以羅什自比，以爲流放自海南島如同羅什被苻堅所獲。卷十九〈慈明禪師眞贊并序〉云：「逍遙羅什，口析妙義。」卷二十四〈彥舟字序〉云：「鳩摩羅什於眞丹爲四依，如印印泥。」卷二十六〈題眞歸誥銘〉云：「予觀昭默此文奮激頓挫，精到無餘，雖鳩摩羅什、道安輩，平時作爲且不能及，況病與死鄰者能爾乎」這些作品中惠洪不斷提到羅什在逍遙園說法、演經、頌咒，可以看出他對鳩摩羅什的重視，並引入詩典。

　　慧遠爲東晉後期南方佛教界最有影響力的人物，由他所帶領的廬山東林

　　　仰此摩天峻？」
〔註76〕有關許詢與支遁唱和之事，見《世說新語》卷上〈文學〉。
〔註77〕見蕭麗華〈佛經偈頌對東坡詩的影響〉一文，言東坡臨終前有詩〈答徑山琳長老〉云：「與君皆丙子，各已三萬日。一日一千偈，電往那容詰。大患緣有身，無身則無疾。平生笑羅什，神咒眞浪出。」根據查慎行《初白庵蘇詩補注》卷四五引《紀年錄》云：「七月，公疾頗革。徑山老惟琳來說偈，答云：「平生笑摩什，神咒眞浪出。」琳問「神咒」事，索筆書：「昔鳩摩羅什病，亟出西域神咒三番。令弟子誦以免難。不及事而終。」蕭氏所引此段文字見於曾棗莊《蘇詩彙評》頁1930。

寺僧團與北方長安鳩羅摩什的僧團，遙相呼應。《高僧傳》記載慧遠「善屬文，辭氣清雅，……所著論、序、銘、贊、詩、書、集爲十卷，五十餘篇，見重於世焉。」據覃召文《禪月詩魂》所考，以慧遠爲首的盧山僧團曾編有《念佛三昧詩集》，有慧遠序云：

> 夫指三昧者何？專思寂想之謂也。思專，則志一不分。想寂，則氣虛神朗。氣虛，則智恬其照。神朗，則無幽不徹，斯二者，是自然之玄符，合一而致用也。

又云：

> 故令入斯定者，昧然忘知，即所緣以成鑒。鑒明則內照交映而萬象生焉，非耳目之所暨而聞見行焉。於是睹夫淵凝虛鏡之體，則悟靈相湛一，清明自然；察夫玄音之叩心所，則塵累每消，滯情融明。非天下之至妙，孰能於此哉？

覃氏認爲以慧遠這篇序文來看，似乎有以禪佛之理說詩的功能。〔註78〕惠洪對慧遠的推崇，顯然是承此詩禪關係而來。惠洪《石門文字禪》卷十八〈泗州院旃檀白衣觀音贊并序〉云：「昔盧山文殊師利之像，不肯留寒谿，而喜隨遠公歸。」卷二十八〈化供八首〉云：「乃者勝侶遝集至十九輩，殆於遠公之社，盡皆所謂潔齋者也，有能施而供之者乎？恐不翅衒珠之報也。」卷二十九〈代雲蓋賀北禪方老書〉云：「遠公老矣！竟不過於虎谿南陽，翻然乃肯來於鳳闕，觀其以道自重，則或異惟，其以身殉法則皆然。」卷三十〈祭妙高仁禪師文〉云：「忠義激昂，高風逸韻，仁肝義腸，縉紳相志，遠公支郎，此生逆旅，已熟黃糧，夢中吳楚，寧能取將」等等，惠洪對遠公之盧山蓮社、虎溪逸事、高風逸韻等等，屢有追思。有關慧遠逸事，惠洪曾在《石門文字禪》卷二十三〈嘉祐序〉與《冷齋夜話》卷九「惠遠自以宗教爲己任」條兩處，〔註79〕針對契嵩〈題遠公影堂壁〉所述遠公六事，反覆加以討論。所謂

〔註78〕有關慧遠《念佛三昧詩集》今已不傳，此序見於《廣弘明集》卷三十，本文間接引自覃召文《禪月詩魂——中國詩僧縱橫談》（北京：三聯書店，1994年），頁40～41。

〔註79〕《石門文字禪》卷二十三〈嘉祐序〉云：「學者苟合自輕，不貴尚以修德也，乃題遠公影堂記。」《冷齋夜話》卷九「惠遠自以宗教爲己任」條云：「嵩仲靈作遠公影堂記六件事，且罪學者不能深考遠行事，以張大其德，著明於世。子曰：「仲靈寧嘗自考其事乎？謝靈運欲入社，遠拒之，曰：是子思亂，將不令終。盧循反，而遠與之執手言笑。謂遠知人，則何暗於循；謂不知人，則何獨明於靈運。遠自以宗教爲己任，而授《詩》《禮》於宗、雷輩，與道安諫

遠公六事指的是「送陸修靜過虎溪」、「邀陶淵明入蓮社」、「請佛陀跋陀羅譯經」、「拒絕謝靈運入蓮社」、「與盧循的交往」、「受到桓玄的致敬」，〔註80〕惠洪以契嵩記錄慧遠的事蹟爲素材，爲謝靈運遭拒，不能入蓮社，有所論辯。可見惠洪不僅熟悉六朝詩僧逸事行跡，並且明顯有強調詩禪的傾向，因而爲謝靈運之事而耿介在心。

湯惠休，字茂遠。南朝宋詩人。初爲僧，孝武帝令還俗。官至揚州刺史。有文集，已佚。今存詩僅十一首，爲〈怨詩行〉〈江南思〉〈楊花曲三首〉〈秋思引〉〈楚明妃曲〉〈贈鮑侍郎詩〉等，〔註81〕與鮑照並稱爲「休鮑」。鍾嶸《詩品》則謂其不能與鮑照相提並論。《宋書》卷七十一〈徐湛之傳〉載徐湛之與湯惠休往來甚厚，休「善屬文，辭采綺豔」，〔註82〕陸永峰〈佛教與豔詩〉一文以爲惠休等僧人作豔詩乃受六朝浮艷詩風影響。〔註83〕惠洪《石門文字禪》卷一〈送英老兼簡鈍夫〉稱讚英老及簡鈍夫的詩歌，以爲「鬧傳詩膽抵身大，時吐佳句凌湯休」，是取法湯休詩句華麗，用來稱嘆當時文士。卷二〈贈異中〉云：「切疑湯休蹲舌底，又疑醉素戲筆端。作詩問君覓奇字，留待老年偎日看。」則以爲善權詩歌得湯惠休遺意，能於筆端覓取奇字。此外，惠洪《天廚禁臠》論詩四種勢之「芙蓉出水」，也是取法《詩品》卷中載湯惠休曰：「謝詩如芙蓉出水」而論。

從以上惠洪有取於支遁才藻雅思之詩，臂鷹走馬之風流，慧眼逸想之禪妙；又取羅什逍遙園演經，西域頌咒；慧遠念佛三昧，以禪喻詩，虎溪遺韻；惠休時吐佳句，作詩覓奇，評謝詩如芙蓉出水等等。可以知道惠洪對六朝僧人能詩的典範多有取法。

唐代僧人中，惠洪主要仍是取法詩禪於詩僧，因此盛唐有名的三位詩僧便成了惠洪筆下重要的稱引對象。據覃召文《禪月詩魂》所考，唐代民間流傳〈三高僧諺〉云：「雪之晝（皎然），能清秀，越之澈（靈澈），洞冰雪，杭之標（道標），摩雲霄。」〔註84〕《石門文字禪》卷二十五〈題徹公石刻〉云：

符堅勿伐洛陽同科。父子於釋氏，其可謂純正而知大體者耶？」
〔註80〕見契嵩《鐔津文集》卷十三〈題遠公影堂壁〉，《大正藏》五十二冊，頁719a-b。
〔註81〕見前揭書《先秦漢魏進晉南北朝詩》，頁1243。
〔註82〕見梁朝沈約撰《宋書》（北京：中華書局，1974年）冊6，頁1847。
〔註83〕見陸永峰〈佛教與豔詩〉《中華佛學研究》第六期（2002年3月），頁419～443。
〔註84〕見覃召文《禪月詩魂——中國詩僧縱橫談》（北京：三聯書店，1994年），頁58。

「徹上人詩，初若散緩，熟味之有奇趣，字雖不工有勝韻。想其風度，清散如北山松下見永道人耳。公雖游戲翰墨，而持律甚嚴，與道標、皎然齊名。」「餘杭標摩雲霄、雪溪畫能清秀、稽山徹洞冰雪，予視三人者，在唐號以詩鳴者，尚多有；而後世敬愛之者，以其知所守而已，文字不足道也。」惠洪在此仍承繼唐諺，將皎然、道標與靈澈合稱，可以看出惠洪對詩僧傳統的重視。皎然乃盛唐時期著名的詩僧，其《詩式》一書，上承初唐論詩歌四聲、對偶，下啓宋代論詩歌之勢與體格等，〔註85〕爲詩歌批評從初唐到晚唐、五代乃至宋代間過渡的橋樑。皎然以後撰寫詩歌批評的書籍以僧人爲多，由於惠洪《天廚禁臠》、《冷齋夜話》、《石門文字禪》中均提到皎然論詩之法，《天廚禁臠》卷上論「詩有四種勢」惠洪引皎然命名之「寒松病枝」，又舉靈澈〈懷古〉云：「經來白馬寺，僧到赤烏年」以證明歐陽脩所謂「轉石千仞」的詩法，可以看出惠洪對皎然詩論與靈澈詩作的倚重。《石門文字禪》卷三〈金華超不羣用前韻作詩見贈亦和三首超不羣翦髮參黃蘗〉又云：「篇篇秀發春欲釀，便疑造化毫端住。不須眾口誇畫公，苕溪君作中興祖。」卷二十二〈布景堂記〉亦云：「而倚娉婷者不見，節絲竹者不聞，畫公曰：月色靜中見泉聲幽處，聞者譏之也。」凡此，處處也可見惠洪以畫公（皎然）爲標的。

唐代詩僧中，另爲惠洪所推崇者，當屬盛唐寒山。《石門文字禪》卷二十七〈又跋山谷詩〉惠洪借用山谷評論寒山詩歌，以爲「山谷論詩以寒山爲淵明之流亞，世多未以爲然，獨雲巖長老元悟以爲是。此道人村氣，而俎豆山谷靈源之間也，已可驚駭，乃又能斷評詩之論，殊出意外。此寒山詩也，以山谷嘗喜書之，故多爲林下人所得」，認爲寒山詩以道人村氣，而爲山谷所賞，傳於林下。

此外，賈島、貫休、齊己、鄭谷、保暹、智閑等唐代詩僧亦是惠洪論評詩法時所關注的人物。《天廚禁臠》卷上〈近體三種頷聯法〉中舉賈島〈下第〉詩，以說明「蜂腰格」的做法；〈就對句法〉中用賈島〈贈僧〉說明詩歌「句中對」的做法；卷中論〈十字對句法〉，運用齊己〈梅〉詩來說明「詩歌中上下兩句共十個字，主要敘事同一件事，可見對偶分明。」卷下〈破律琢句法〉，其舉例賈島、無可的詩作爲說明，認爲琢句法譬如嚼蟹螯，不能多得。而《冷齋夜話》「比物以意而不指言某物謂之象外句」條評論「唐僧多佳句，其琢句法比物以意，而不指言某物，謂之象外句。」而此外，惠洪更於《冷齋夜話》

〔註85〕見張伯偉《全唐五代詩格彙考》（南京：江蘇古籍，2002年），頁14。

與《天廚禁臠》中皆舉無可〈宿西林寺〉云：「聽雨寒更盡，開門落葉深。」以說明一夜蕭蕭，以爲是雨聲，其實乃落葉聲音，此以落葉比雨聲即琢句法中之比物以意。有關賈島詩歌，惠洪於《冷齋夜話》卷四「賈島詩」條中云「賈島詩有影略句，韓退之喜之。」《冷齋夜話》卷一「東坡南遷朝雲隨侍作詩以佳之詩」條中提到貫休、齊己的詩歌。凡此都可以看到惠洪對唐代詩僧或取詩法，或論句法、對法，琢句比物，不一而足。

又，惠洪於《石門文字禪》中對於中晚唐的詩僧詩歌之法亦有分析，卷七〈贈鄒處士〉云：「藏眞草聖夢英篆，齊己詩篇洞青畫。」則是借用齊己的詩篇「洞青畫」，用以稱讚鄒處士，詩中，惠洪並且提到自己，認爲自己因爲個性勇於批判，「剛褊語忤世」，因此受到當時政壇與叢林的打壓與批判。卷二十七〈跋山谷筆古德二偈〉云：「此兩詩唐智閑禪師所作也，世口膾炙之久矣！而莫知主名，豈山谷未敢必誰所作耶？覺思示山谷在華光時筆，此翁以筆墨爲佛事，處處稱贊般若，於教門非無力者也，今成千古，爲之流涕書之。」惠洪推尊香嚴智閑禪師詩作是膾炙人口，山谷傳諸筆墨，可以流傳千古。由此可見惠洪評論詩歌乃上承唐代詩僧之詩格、詩論、詩作的風氣，並且能夠針對前代所撰寫的詩格與詩作，綜合討論，並加以品評。

從惠洪討論唐五代詩僧的資料中，筆者發現惠洪留心於詩格的演進，他不僅能夠取法前人，並且能夠在承繼中有開創。由惠洪在作品中關照僧人詩作與詩格的細密現象，推測惠洪應曾閱讀皎然《詩式》、賈島《二南密旨》、鄭谷《新定詩格》、齊己《風騷旨格》、僧保暹《處囊訣》、桂林僧景淳《詩評》等作品。根據張伯偉《全唐五代詩格彙考》指出晚唐至宋初的詩格，自從皎然撰《詩式》之後，僧人成爲詩格之作的主要創作者，惠洪《天廚禁臠》一書應受此影響。〔註86〕有關這點，筆者將於本文第五章第三節中專節討論。

惠洪重視詩僧傳統，取法詩禪合轍的文字禪精神，承繼以禪論詩的風尚，開創自我的詩格、詩論，同時也蔚爲《石門文字禪》的創作。其中惠洪用詩禪創作來歌頌詩僧傳統，更是整個惠洪承繼詩僧傳統中最突出的一環。《石門文字禪》卷十七〈述古德遺事作漁父詞八首〉便是代表。唐五代禪宗盛行漁父詞，〔註87〕惠洪承繼此「漁父」詞創作之風，以述古德之傳統。此八位古

〔註86〕見張伯偉《全唐五代詩格彙考》（南京：江蘇古籍出版社，2002年4月），頁14。
〔註87〕據蔡榮婷〈唐代華亭德誠禪師「撥棹歌」初探〉《第五屆唐代文化學術研討會

德分別爲萬回、丹霞、寶公、香嚴、藥山、亮山、靈雲、船子，均爲唐代重要禪僧。惠洪在詩中稱船子德誠和尙「萬疊空青春杳杳，一蓑煙雨吳江曉，醉眼忽醒驚白鳥。」並效法船子和尙以「漁父」詞述作，作爲詩禪實踐的表徵。《冷齋夜話》卷七「華亭船子和尙偈」條，載華亭和尙偈所云：「千尺絲綸直下垂，一波纔動萬波隨。夜靜水寒魚不食，滿船空載月明歸。」以爲「叢林盛傳，想見其爲人。」《石門文字禪》卷一〈次韻超然游南塔〉云：「何當效船子，華亭從釣舟。」卷五〈復和荅之〉云：「獨愛華亭百衲師，小艇橫蓑一竿竹。」卷五〈清臣先臣過余於龍安山出　公詩爲示依天覺韻〉云：「已作華亭叟，月明水一篙。」卷十〈次韻無代送僧歸吳〉云：「何當一棹華亭上，閑唱波寒月滿舟。」卷十三〈周庭秀愛湘中山水之勝，定居十餘年。宣和五年夏五月，忽思吳中，別余於湘上，作此送之。〉云：「卻將揮翰風雷手，且釣華亭萬頃秋。」卷十四〈病中寄山中故舊八首〉云：「須學老華亭，用處無滲漏。」卷十六〈舟行書所見〉云：「箇中著我添圖畫，便似華亭落照灣。」《林間錄》卷上云：「好歌〈漁父詞〉，月夜歌之徹旦。」〔註88〕惠洪稱船子禪師爲端師子，凡此，皆惠洪效法船子以舟子渡眾，示現禪機於撥棹歌中的精神。據周裕鍇先生〈宋代禪宗漁父詞研究〉中推論以〈漁家傲〉詞來誦古的傳統，始於黃庭堅，惠洪承繼，其後宗杲啓下。至此以〈漁家傲〉詞調頌古德遺事，成爲宋代臨濟宗最常見的寫作慣例。〔註89〕可見惠洪「漁父」詞正是此詩禪精神的展現，也是詩僧傳統中，在詩格、詩論之外，另一特出的面貌。

二、追隨宋僧大德詩禪傳統

　　唐僧古德之外，惠洪對宋初詩僧的取法也頗多，宋桂林僧景淳著有《詩評》一書，惠洪《冷齋夜話》卷六「僧景淳詩多深意」條云：「桂林僧景淳，工爲五言詩。詩規模清寒，其淵源出於島、可，實有佳句。」其中島、可，分別指唐僧賈島與無可。惠洪認爲景淳詩歌清寒的風格，可能學習賈島的詩風，以爲詩歌做法與風格皆可考其淵源。更以景福順老之言，評景淳詩歌「意

　　　論文集》（高雄：麗文文化，2001 年 9 月）一文所考，禪門漁父詞的創作始於
　　　華亭德誠禪師。
〔註88〕惠洪《林間錄》卷上，《卍續藏》148 冊（台北：新文豐），頁 609。
〔註89〕詳見周裕鍇〈宋代禪宗漁父詞研究〉《中國俗文化研究》第一輯。

苦而深，世不可遽解」，因而惠洪乃云「景淳詩多深意」。〔註 90〕據張伯偉所考，以爲惠洪《冷齋夜話》卷六「比物以意而不指言某物謂之象外句」條之「象外句」，應出於景淳《詩評》之「象外句格」，張氏以爲惠洪不但親見此書，並且有所襲用。並以爲郭紹虞《宋詩話考》言《冷齋夜話》「有剽竊之弊」，可能因未明白指出「象外句」乃出於景淳之故。〔註91〕

然筆者以爲此評論過於嚴苛，因桂林僧景淳之《詩評》一書中的「言」、「意」關係等詩法理論乃受皎然《詩式》影響，考《詩評》論詩，也未交代出處，可見當時襲用前人著作並無加註之習慣。因此，惠洪並未刻意迴避不談。且《冷齋夜話》論「象外句」，不僅引詩，更闡述乃「唐僧多佳句，其琢句法比物以意，而不指言某物，謂之象外句。」引無可上人〈秋寄從兄賈島〉詩印證說明，都可見惠洪《冷齋夜話》之「象外句」乃取法前人，融合自我的詩學觀，所形成的詩論。〔註92〕

此外，宋詩僧保暹，著《處囊訣》一書，論述主要偏詩歌藝術技巧。《天廚禁臠》卷上，惠洪引保暹之〈雨過〉一詩，說明詩有四種勢之「芙蓉出水」。其他宋代南宗禪僧之禪法與詩學，亦影響惠洪文字禪之詩學觀。惠洪雖師承臨濟黃龍，然由其撰《禪林僧寶傳》內容自唐懿宗咸通年間以至徽宗政和年間之僧人，有青原法系、曹洞宗、臨濟宗、雲門、黃龍宗、法眼宗、楊歧派、溈仰宗等，可見惠洪有意融通禪宗各家法系，取法晚唐至宋徽宗年間僧人之「詩禪觀」，化爲「文字禪」，如百丈禪師「我有大機，佛無密語。如獅子王，露地方踞。稱性文字，隨分叢林。如以妙指，發和雅音。」（卷十八〈百丈大智禪師眞贊并序〉）以爲文字可妙指，可發爲雅音。永明延壽智覺禪師「越其宏名，辨才學者，依以揚聲議論，言句浩如山海」、「領略天台賢首而深談唯識，率折三宗之異義而要歸於一源」（卷十八〈永明禪師眞贊二首并序〉）「使天台、賢首、唯識，三宗之旨趣，大乘深經六十卷妙義，西天此土，三百家之法、句，雜傳要說，契心之至，理鏡爲一心，心之所緣，筆之所及，常在現前。」（卷二十五〈題法惠寫宗鏡錄〉），凡此皆表明惠洪效法延壽以文字記

〔註90〕見張伯偉《稀見本宋人詩話四種》，頁 60。
〔註91〕見張伯偉《全唐五代詩格彙考》，頁 499。
〔註92〕筆者觀察景淳論「象外句格」既未交代出處，更沒有說明，與惠洪《冷齋夜話》所載「象外句」相較，惠洪不僅將「象外句」與琢句法之「比物以意，而不指言某物」結合，更指出詩作乃無可所作，惠洪評論更帶出景淳淵源於島、可，凡此均可見惠洪取法並化己意之跡。

錄禪法，並融合各家旨趣，使禪法得以傳世。

　　還有汾陽善昭（947～1024）為文字禪的首倡者，其作《公案代別》用繞著彎的方式解釋公案本意，即「繞路說禪」。〔註93〕體現禪宗不點破的原則，均影響惠洪的文字禪觀。惠洪引臨濟宗「一句中具三玄、一玄中具三要，有玄有要，何以辯明之？」（卷二十五〈題古塔主論三玄三要法門〉）說明一句話包含萬象，人們可通過一句話了解森羅萬象的世界，藉助文字來參禪，使得參禪成了參玄。「三玄三要都揭開，露出法身赤吉力。」（卷十五〈臨濟大師生辰〉）「石頭以三玄旨趣，示於此所明法眼所談，但體中玄而已。故追逐其句辭，而即解之，而不復顧首尾，立言之意也。昔薦福古禪師論三玄旨趣，號為明眼。亦曰體中玄，甚合法眼。宗枝以其言印余之心，合者甚多，但不欲亟言之也」（卷二十四〈記西湖夜語〉）皆顯示惠洪欲將「三玄三要」以文字化為詩歌，以詩文為「文字禪」。

　　《石門文字禪》中，惠洪屢屢稱引汾陽善昭，如「巴音衲子夜椎門，要識汾陽五世孫。」（卷八〈巴川衲子求詩〉）「風埃窮百丈，翰墨老汾陽。」（卷九〈出獄李生來謁出百丈汾陽二像為示因而摹之作此時即欲還谷山〉）「椎開臨濟百年意，推出汾陽六世孫。何用老婆更饒舌？暗中五色自成文。」（卷十三〈送太淳長老住明教〉）「十智同眞面目全，於中一智是根源。如今要見汾陽老，劈破三玄作兩邊。十智同眞選佛科，汾陽佛法本無多。愛心竭處尋眞智，面目分明會也麼？」（卷十五〈汾陽十智同眞二首〉）「維摩杜口，釋迦饒舌。動容顧瞻，非默非說。雖宣一字，不露點墨。稽首汾陽，千聖同轍。」（卷十九〈汾陽昭禪師眞贊〉）「汾陽此祕，寂音揭開。手提大千，毫端往來。」（卷十九〈寂音自贊四首〉）「予觀淳化已後，宗師無出汾陽禪師之右者。」（卷二十五〈題汾州語〉）等等，均可見惠洪欣賞善昭以翰墨為佛事。此外，惠洪《林間錄》卷下更特別稱讚汾陽，以為「獨汾陽無德禪師能妙達其旨。」〔註94〕

　　雪竇重顯（980～1052）繼汾陽善昭以偈頌解釋古人參禪公案，著《頌古百則》，經圓悟克勤垂示、著語、評唱，成為《碧巖集》一書。惠洪以為「雪竇顯公於行間，……，遂為雲門中興」（卷二十一〈重修僧堂記〉），其著《頌

〔註93〕有關「繞路說禪」可參考周裕鍇《文字禪與宋代詩學》，頁181。

〔註94〕見惠洪《林間錄》卷下，《佛光大藏經‧禪藏‧史傳部》（高雄縣：佛光出版社，1994），頁98。

古百則》，惠洪以為「道不可傳，則釋迦不當饒舌。法如可說，則維摩豈得無言。賴離微不犯之鋒機，決祖宗未了底公案，要須圓融之士，密開方便之門。恭惟某人少小偶家溈山，寅緣親承空印。譬如懶融道者，坐致雙峰祖師熏炙，見聞霜露，成熟蘊醉，顯舉足之辯，有白雲越閾之機，領神鼎之名山，適叢林中興之日，行雪竇之正令，酬王臣外護之恩。」（卷二十八〈請湘公住神鼎〉）可見惠洪贊同雪竇言傳以說法，並論禪宗之機鋒、公案皆為後世學禪者開方便之門。

麻天祥認為「真正從禪學實踐上開文字禪先河的，可以說是汾陽善昭和雪竇重顯」，這兩人使「禪風為之一變，由不能言說轉而刻意追求文字雕飾，踏出了文字禪的路子。」「然而真正將這一實踐理性化、系統化的還是惠洪」〔註95〕由此可知惠洪承繼此二人之文字禪風，並加以系統化，弄筆墨詩文，以為文字禪。

此外，雪竇之傳人臨平慧禪師，惠洪以為其「其骨臨濟，其髓雪竇」（卷十九〈臨平慧禪師贊二首〉）「望臨平呼曰：豈雪竇顯公，復為吳人說法乎？何其似之多也！」（卷二十三〈臨平妙湛慧禪師語錄序〉）「瑩中竄海上，而名震天下，不減司馬丞相之在洛中時。平生多與山林之人游，處處見其翰墨，雖戲語亦如雪中春色。予觀堪公所蓄答仰山真慧禪師，簡重而謹嚴，如其為人，味其立朝盡節，無媿宋廣平陸宣公也。」（卷二十七〈跋瑩中帖〉）惠洪以為幸有叢林老成慧禪師，能承雪竇之風，以翰墨作佛事。

宋代僧人中，惠洪非常景仰契嵩，《石門文字禪》卷二十五〈題輔教編〉云：「後之學者，至聞其名，歎不得瞻容為恨。若夫天地之高遠、日月之昭明、江海之浩蕩，想而不可極者。」卷二十三〈嘉祐序〉更記載契嵩的生平及著作，以及契嵩獻書於韓琦、歐陽脩，使君主得以重視佛門教法，惠洪以為契嵩如「一匹夫雲行鳥飛天地之間，視萬乘之尊，其天地之遠也，顧巨公貴人雲泥之異也，而一旦以其所為之書獻，天子為之動容，天下靡然向其風，而卒能酬其志。豈非其所自信修誠之效歟？後之學者，讀其書，必有掩卷而三歎者也！」可見惠洪欲效法契嵩能以文字說禪法，以流傳於世。契嵩「握管驅風，懸河瀉辯，推慈悲於教義、會孔墨以流泄，巍巍乎！晃晃乎！」（卷二十五〈題輔教編〉）乃惠洪所欽慕，並極欲效法。

〔註95〕詳見麻天祥〈宋代禪宗的新視向——惠洪與文字禪〉《中國歷史上的佛教問題》（三重：佛光文化，1998），頁105～106。

此外，與惠洪交遊的僧人中當屬靈源為代表，其影響惠洪最深。《石門文字禪》中，惠洪稱引近五十多處，「靈源道價壓四海，骨相正似陳睦州。……鬧傳詩膽抵身大，時吐佳句凌湯休。」（卷一〈送英老兼簡鈍夫〉）「願求奇嶮句，庶使大法傳。一拳無背觸，何處見靈源？」（卷八〈送賢上人往太平兼簡卓首座〉）「衝雪來尋覺範，思時山說靈源。此夕蔣陵二老，畫出韋郎五言。覓句初聞試手，吐詞果復驚人。」（卷十四〈贈誠上人四首〉）「平生筆語難傳處，獨許靈源大士知。」（卷十五〈次韻魯直寄靈源三首〉）「辯如玄沙有邊幅，韻如睦州出風骨。……衲子無處摸索，畫師筆筆畫著。山僧醉眼難憑，付與眾人彈駁。似則打殺靈源，不似□子燒却。……風度凝遠，杳然靖深。如春在花，如意在琴。」（卷十九〈靈源清禪師贊五首〉）「昭默老人道大德博，為叢林所宗仰，雖其片言隻偈、翰墨游戲，學者爭祕之。」（卷二十六〈題昭默遺墨〉）惠洪認為靈源詩偈佳句可與湯惠休媲美，更肯定靈源翰墨游戲、以詩偈說法的精神，認為自己與靈源兩人皆以詩傳法，以詩會友，其視靈源為文字禪的知音由此可見。惠洪以為文字禪「如春在花，如意在琴」，然而不解的人卻因此而打殺。

「昭默老禪最高遁，孤風聞說不容攀。」（卷十五〈寄道夫三首〉）「傳曰：雖無老成，尚有典刑。然則老成、典刑所不逮也。予還自海外，叢林頓衰，心不為之動者，恃昭默在耳。今又棄我而先，惟之不自知涕零也。宣和元年八月游法輪，見東甌才公道人出此軸，為示知師弟子之間蓋如是。衲子動成阡陌而才獨軫念，默豈妄與人者乎。予既見其筆蹟，又得與才游彌日，茲游也，豈虛行哉。」（卷二十六〈題才上人所藏昭默帖〉）「余還自海南，館于道林，道人朱公破雨自雲蓋來，坐未定，出昭默書一軸。予久去箋誨，初見必輒輟，熟視之，不自覺意消也。秦少游至錢塘見功臣山政禪師書，歎以為非積學所致，其純美之韻如水成文，出於自然。昭默暮年臻妙，其以是哉。顏平原有節於唐，而以書名識者惜之。予以謂斯人德高而名往就之耳，借使此老書不工，尤當寶祕，況工乎，愈可寶也，然與其門人書語多以見。及余衰退流落，又自恨生所知遇，不能不短氣耳。」（卷二十六〈題昭默墨蹟〉）惠洪觀昭默的文字，如見其法，且珍藏昭默墨蹟，以為其文字「如水成文，出於自然」。「昭默自臥疾後，無他嗜，好以翰墨為佛事，如示眾以小參之語，皆肯自筆，此殆清閑有餘又性不違人，豈一代宗師而作許兒戲事，此所謂大慈過人之行，非近世栽培聲名高自標致所能及也。」（卷二十六〈題昭默自筆

小參〉)「而詩詞所寓翰墨之妙,拳拳服膺於靈源大士,如此則知彼上人者,必有大過人者耳」(卷二十七〈跋山谷所遺靈源書〉)惠洪取法靈源「以翰墨為佛事」,企盼自己用文字以說禪。認為靈源得以受東坡、山谷,在於其能寓禪法之妙於詩詞翰墨。

「昭默老人道大德博,為叢林所宗仰,雖其片言隻偈、翰墨游戲,學者爭祕之。非以其書詞之美也,尊其道師之德耳。予游諸方,處處見之開卷輒識其真精到之韻,骨枯老狀蓋其退居時筆也。南嶽見方廣圓首座出此為示,噫圓知敬慕昭默,其亦賢於人遠矣。」(卷二十六〈題昭默遺墨〉)「宗師之於生死之際說法作偈者有之,未有自作銘誥者也。予觀昭默此文奮激頓挫,精到無餘,雖鳩摩羅什、道安輩,平時作為且不能及,況病與死鄰者能爾乎。蓋其道眼高妙,唯道是視,初不知其有死生之烈也,不然,何以卓絕高勝如是之盛哉,拜讀不勝增氣。」(卷二十六〈題真歸誥銘〉)「溈仰機辯,如珠走盤,……,臨濟法道,始於南昌,……。黃龍三關,建無勝幢,……,我初見公,駿氣騰驤,……。人以謗掩,公慰愈光,……,我憂禪學,終背教綱。造論導之,排斥否臧,公聞乃曰:彼自無瘡,以書教誡,欹傾數行,至言吐鳳,自然文章,馬鳴龍勝,論著精詳,文字於道,疑不相妨。」(卷三十〈祭昭默禪師文〉)凡此,惠洪對昭默禪師感念再三,有感昭默的賞識,終能不離不棄,甚至在其受世人所毀損背棄時,尚能客觀的為惠洪辯解,並給予支持。

惠洪與靈源的互動,正如同卜倫所謂:「美學價值就基本定義而言,來自於藝術家之間的互動,彼此影響,也不斷彼此詮釋。」〔註96〕正因為有靈源的賞識,兩人之間皆共同在推動文字禪的路上前進,使得惠洪終身皆「以翰墨為佛事」,效法靈源、蘇軾、黃庭堅等人詩文互答,交流禪法。

文字禪從唐詩僧努力,從「不立文字」變為「不離文字」,再經過北宋初期,雲門與臨濟宗人,多運用詩歌偈頌以示道,其中臨濟宗的汾陽善昭之《頌古代別》,被公認為文字禪風的開創者,〔註97〕雲門宗雪竇言傳以說法,論機鋒、公案,為後世學禪者開方便之門。前人的努力,使得後人能夠不斷超越,如同卜倫所謂「已經死去的詩人為他們的後繼者構成了特定知識的進步,這種知識仍然是後繼者的創造,是活著的人為了活著的人的需要而創造出來

〔註96〕見卜倫《西方正典》〈正典輓歌〉,頁33。
〔註97〕方立天〈文字禪、看話禪、默照禪與念佛禪〉、魏道儒〈關於宋代文字禪的幾個問題〉,二文分見《中國禪學》第1卷,頁13、26。

的。」〔註98〕故「文字禪」經北宋文士與詩僧努力將文字頌古詩偈與中國傳統詩歌匯流合一，才有惠洪《石門文字禪》「借言以顯無言」〔註99〕及詩禪合一之集大成論見的產生。

第五節　提倡以禪論詩

　　劉若愚認爲嚴羽是「一貫以禪論詩的第一個人」，他解釋詩是詩人對這個世界和他自己的心靈默察的具體表現。〔註100〕如果用這個觀點來解釋以禪論詩，那麼惠洪作品中大量可以觀察到以禪論詩的現象，倒並不能讓嚴羽專美。根據蕭麗華〈論詩禪交涉──以唐詩爲考所重心〉一文的考訂，唐人以禪論詩開創了意境論，中唐遍照金剛《文鏡秘府論》就已有用禪宗南北宗來品評詩文流派的說法，中唐賈島《二南密旨》、晚唐詩僧虛中〈流類手鑒〉，也有這種以南北宗比論詩壇的做法。這是嚴羽以禪論詩家「乘有大小，宗有南北」的前身；又說「無論是王昌齡《詩格》、皎然《詩式》、司空圖《二十四詩品》都潛藏了禪宗的影響痕跡。」〔註101〕可見以禪論詩在唐代的詩格、詩話中，已經逐漸在開展。

　　北宋以禪論詩的開端應以東坡爲先，蕭麗華〈東坡詩論中的禪喻〉一文中云：「詩學上論及以禪喻詩，多數直接指向嚴羽《滄浪詩話》，〔註102〕但滄浪之前，唐宋詩家禪喻者已多，非待滄浪才見詩禪的融合。〔註103〕」對於東

〔註98〕見卜倫《影響的焦慮》，頁17。
〔註99〕見《石門文字禪》卷二十五〈題雲居弘覺禪師語錄〉云：「借言以顯無言。」
〔註100〕以上參考劉若愚前揭書《中國詩學》〈妙悟主義者的觀點：作爲默察的詩〉，頁127。
〔註101〕見氏著《唐代詩歌與禪學》（台北：東大，1997年），頁25～27。
〔註102〕例如日・加地哲定《中國佛教文學》指出：「最早把詩禪相關的學說引入中國詩壇的是南宋末期的嚴羽。」（北京：今日中國出版社，1990年，頁222）。又周振甫〈談談以禪喻詩〉一文指出：「到了嚴羽《滄浪詩話・詩辨》裡以禪喻詩，比前人『學詩渾似學參禪』又進了一步。見《佛教與中國文化》（北京：中華書局，1988年，頁193—194）。錢鍾書《談藝錄》引李光昭〈詩禪吟示同學〉七古一首亦云：「喻詩以禪始嚴氏，作詩能令佛天喜。」（北京：中華書局，1983年），頁257。
〔註103〕錢鍾書《談藝錄》云：「『喻詩以禪始嚴氏』云云，亦非探本知源，宋人多好比學詩於學禪。」（前揭書，頁257）。張健《宋金四家文學批評》於「蘇軾」一篇亦云：「宋代文家能不涉禪機者幾希？東坡本人亦不例外。……初不必待嚴滄浪而融禪、詩爲一。」（台北：聯經出版社，1975年），頁30。

坡詩中的禪喻，蕭先生分為「以禪法作詩」、「以夢成詩」、「詩禪辯證」、「以禪論詩」四個層次討論，其中以禪論詩的部份，蕭先生指出「蘇軾喜掉弄禪語，語涉空、靜、妙、偈、凡眼、夢幻等等譬喻。」這裡可看出從唐代詩家到蘇東坡都有以「禪語」論詩，或以「禪法」論詩的現象。以「禪語」論詩指的是用禪學的名相語言來討論詩歌，以「禪法」論詩指的是用禪法來象徵詩法，這兩種現象在宋代大為盛行，正是文字禪興盛的結果。惠洪承蘇東坡、黃山谷以「禪」論詩的作風，在其詩文評著與詩文集中也大量可見。本節將分為以禪學名相論詩及以禪法象徵詩法兩部份來呈現惠洪提倡以禪論詩的文字禪意義。

一、以禪學名相論詩

從唐代詩格中王昌齡《詩格》、皎然《詩議》、空海《文鏡秘府論》、賈島《二南密旨》、齊己《風騷旨格》、僧虛中《流類手鑑》等，就不斷有以禪學名相論詩的現象，例如：「空」、「宗」、「家」、「門」、「勢」、「萬象」、「眼目」等等。〔註104〕惠洪在前人的基礎上，更見大量應用禪學名相的痕跡，如「風雷」、「飽參」、「三昧」、「大千」、「妙語」、「偈」、「詩垢」、「水月」、「夢幻」、「飛電」、「冥搜」、「機鋒」、「寂音」、「甘露」、「芭蕉」、「跌坐」、「宴坐」等等。

（一）空、宗、門

關於「空」、「宗」、「門」之名相，見《宗鏡錄》卷三曰：「達磨大師云：明佛心宗，寸無差誤，行解相應，名之曰祖。」，另外，《佛學大辭典》解釋「空宗」以為：「以空理為旨之宗。小乘之成實宗，大乘之三論宗是也。原人論於大乘中分三教，一為大乘法相教，二為大乘破相教，三為一乘顯性教。」《宗鏡錄》卷三十四云：「講者、禪者，俱迷為同。是一宗一教，皆以破相即為真性，故今廣辯空宗性宗，有其十異：空相唯破相，性宗唯顯性，權實有

〔註104〕王昌齡《詩格》有「十七勢」云：「相分明勢」。皎然《詩議》云：「古詩以諷興為宗」、「律家之流」、「妙用五體，心也」、「其猶空門證性有中道乎」、「此所謂詩家之中道也」、《詩式》云：「空王之道助邪」。賈島《二南密旨》云：「題者，詩家之主也；目者，名目也。如人之眼目，眼目俱明，則全其人中之相，足可坐窺於萬象。」齊己《風騷旨格》有十勢，如：「獅子反擲勢」即三關之第二關境界。僧虛中《流類手鑑》云：「心含造化，言含萬象。」

異，遮表全殊。不可以遮詮遣蕩破執之言，爲表詮直示建立顯宗之教。又不可以逗機誘引一期權漸之說，爲最後全提見性眞實之門。」而「宗門」：「本爲諸宗之通稱，後爲禪宗自讚之稱，因之稱餘宗曰教門。」《楞伽經》云：「佛語心爲宗，無門爲法門。」《祖庭事苑》卷八云：「宗門謂三學者莫不宗此門，故謂之宗門。」《傳法正宗論》云：「吾宗門，乃釋迦文一佛教之大宗正趣矣。」等，皆可見「宗」爲特別之名相的用法。

此外，「宗」可謂一宗之風儀也。禪宗特稱宗師家宗乘舉揚之風儀曰：「宗風」。猶言家風，禪風等。若就宗師家一人之風儀而云，如稱「雲門宗風，德山宗風」等是也。又祖師禪風相承，爲其宗獨特之流儀，亦曰宗風。如「臨濟宗風，曹洞宗風」是也。而惠洪《石門文字禪》則有多處討論「宗風」、「宗門」與「空宗」。

有關詩格中「門」的術語，乃取自佛教典籍之「法門」，徐黃《雅道機要》云：「門者，詩之通也，如入門戶，爲有出入不由者也。」張伯偉以爲「門」成爲晚唐五代詩格中流行用語，可謂詩學受佛學的影響痕跡。其指出「門」乃通入「詩道」、「雅道」必由之路，所以「門」可以是一種寫作範式，以可以是一種藝術手法。〔註105〕

以「空」來代表詩人心靈的境界自王維時已有，據李世傑〈禪的哲學〉點出「禪的形而上學之最顯著的特色是『空』」，「空」可指「無一物性、虛空性、即心性、自己性、自在性、創造性」，〔註106〕惠洪「眼高空叢林，志大骨森聳。」（卷三〈次韻道林會規方外〉），表達出詩禪合一的「空寂」美感。「宗之果瀟灑，壁門應夜直。」（卷一〈贈吳世承〉）惠洪在詩歌中，將「宗」視爲禪風，「作詩頗亦敘宗祖，秀氣傑句爭豪雄。」（卷二〈廓然送僧之邵武頗敘宗族以自激勸次韻〉）此處之「宗」，惠洪用以指家風，至於「門」的運用，惠洪於《天廚禁臠》卷上，即言「專門句法」，可知惠洪視詩歌的句法，爲不同門類。又「游戲翰墨，爛熟教乘，屢讓名山，倦臨清眾而宗門道廣。」（卷二十九〈代法嗣書〉）惠洪視繼承法系的人以文字傳宗門之道。

（二）勢

「勢」乃臨濟四喝之一。《臨濟錄》曰：「有時一喝如踞地金毛獅子。」

〔註105〕見張伯偉《全唐五代詩格彙考》，頁22。
〔註106〕見李世傑〈禪的哲學〉，《禪宗思想與歷史》（台北：大乘文化，1978年），頁1～16。

人天眼目曰：「踞地獅子者，發言吐氣，威勢振立，百獸恐悚，眾魔腦裂。」
「勢」之術語最早用於評論書法，後空海《文鏡秘府論》卷首以「論體勢等」
四字概括此卷內容，王昌齡《詩格》提出「十七勢」，此外，皎然亦十分重視
詩歌中的「勢」，《詩式》云：「詩有四深」「氣象氳氳，由深於體勢」，另外白
居易《文苑詩格》以爲作詩當「先勢，然後解之」，神彧《詩格》亦云：「先
須明其體勢，然後用思取句。」桂林僧景淳《詩評》則以爲「凡爲詩要識體
勢，或狀同山立，或勢如河流。」〔註107〕

　　張伯偉認爲「勢」其實是指詩歌創作中的「句法」問題，此處句法乃指
「由上下兩在內容上或表現手法上的互補、相反或對立所形成的『張力』。這
種『張力』存在於詩句的節奏律動和構句模式之間，因而能形成一種『勢』，
並且由於『張力』的正、反、順、逆的種種不同，遂因之而出現種種名目的
『勢』。」〔註108〕惠洪承繼晚唐、五代以來對於「勢」的看法，發展出論詩四
種勢「寒松病枝」、「芙蓉出水」、「轉石千仞」、「賢鄙同笑」。此乃將「勢」之
用語由書法術語轉化爲「詩」的語言。〔註109〕皆爲談論詩歌句法風格論的問
題，詳細論述已於第三節討論過，故此不再贅述。

（三）飽　參

　　《續傳燈錄》卷二十四云：「萬般施設到平常，此是叢林飽參句」，〔註110〕
此處即以「飽參」作爲禪悟的文字。惠洪《石門文字禪》中述及「飽參」如
卷九〈讀瑜伽論〉云：「細嚼寶公飯，飽參彌勒禪。懶修精進定，愛作吉祥
眠。」卷十〈喜文首座至〉云：「機鋒不減矮師叔，聞說叢林最飽參。無暇
對人收冷涕，卻能爲我出寒巖。」卷十五〈瑩中南歸至衡陽作六首寄之〉云：
「喧熱婆羅大火聚，無厭足王刀鋸場。聞道飽參俱透過，來尋初友見清涼。」
卷十五〈寄嶽麓禪師三首〉云：「飽參衲子一千指，古格叢林二十年。想見
升堂提祖令，道容水雪照人天。」卷十七〈題淡軒〉云：「道人口吻最光滑，
行腳飽參奈粗糲。少年嘗編諸方禪，邇來解黿三隻觿。」卷二十一〈重修龍

〔註107〕見張伯偉《全唐五代詩格彙考》，頁20～22。
〔註108〕見張伯偉《全唐五代詩格彙考》，頁20～22。
〔註109〕見張伯偉《全唐五代詩格彙考》，指出中國文藝批評中最早使用「勢」爲書法
　　　　理論，如崔瑗《草書勢》，而將「勢」轉爲文學批評則可見《文心雕龍》〈定
　　　　勢〉篇，而最早將勢安上各種名目爲齊己，見《風騷旨格》「詩有十勢」。張
　　　　氏以爲這乃受禪宗影響的直接結果，頁23～33。
〔註110〕《續傳燈錄》卷二十四《大正藏》第五十一冊，頁631c。

王寺記〉云：「雲孤硬飽參精嚴臨眾洞山十世之孫，而焦山枯木之嫡嗣也。」
卷二十四〈妙宗字序〉云：「其名妙宗，佳妙年，東吳叢林號飽參者，一杖
翛然，如無心雲，殊可人也。錄其序以遺之。」卷二十五〈題光上人所書華
嚴經〉云：「光少游，方見知識；飽參而還，以親老不忍去其膝，日以研味
此文，其爲知恩，精進不言可知矣。」卷二十八〈山門〉云：「恭惟某人卓
有實行，號稱飽參冰霜，居懷嚴泠照物，平生刻苦於道，諸方信服其誠。」
卷二十九〈嶽麓海禪師塔銘并序〉云：「號飽參於教觀，甚博而知要，不見
十日而以計聞。」卷三十〈雲庵眞淨和尙行狀〉云：「南公曰：渠在黃檗時，
用錢如糞土，今如數世富人，一錢不虛用，自是爲同時飽參者所服。」皆是
以「飽參」言參禪、參教、悟道、行禪、喻禪者等等，「飽參」原爲佛教語，
惠洪將「飽參」運用在詩歌上，即運用佛教名相於文字禪上。

（四）三　昧

　　三昧爲佛家用語，意譯爲等持、定、正定、定意、調直定、正心行處等。
即將心定於一境的一種安定狀態。《阿含經》認爲四禪八定之外，另有空、
無相、無願等之三三昧（三解脫門）與有尋有伺等之三三昧，而大乘則有數
百上千種種三昧之說。此外，大乘經典之名稱，亦有「三昧」爲名者。故「三
昧」可以是一種參禪定淨的心裡狀態，也可以指佛經。

　　惠洪《石門文字禪》卷三十〈雲庵眞淨和尙行狀〉云：「師曰：頓乘所
談直示眾生，日用現前不屬今古，只今老僧與相公同入大光明藏，游戲三昧
互爲賓主，非關時處」惠洪指出游戲三昧乃師承雲庵而來，故三昧可以用戲
作文字以參禪，可以與生活融入，隨意出現，《石門文字禪》中「三昧」共
出現四十多處，其中有指生活禪如卷一〈仁老以墨梅遠景見寄作此謝之二首〉
云：「道人三昧力，幻出隨意現」卷一〈隆上人歸省覲留龍山爲予寫起信論
作此謝之〉云：「自非道人三昧力，此書何以能至此？」指茶禪三昧，如卷
八〈無學點茶乞詩〉云：「盞深扣之看浮乳，點茶三昧須饒汝。」指詩禪、
文字禪如卷八〈晚歸自西崦復得再和二首〉云：「劃席冥搜臥復蹲，筆端三
昧撼乾坤。」卷十二〈次韻法林禪寺〉云：「夜闌更入詩三昧，消盡平生未
死心。」卷十四〈陳瑩中居合浦，余在湘山，三首寄之〉云：「要看筆端三
昧，重談醫國法門。」卷十六〈謝人惠蘆雁圖〉云：「笑裡筆端三昧力，坐
中移我過瀟湘。」指佛教經典，如卷十五〈李光祖自了翁法窟來，訪余於鍾

山，留十日，方知鼻孔大頭向下，既行，作六首送之〉云：「舌本青蓮香不歇，色身三昧現塵塵。」卷十八〈華藏寺慈氏菩薩贊并序〉云：「願入此三昧，識心自然明。於十方國土，而作大佛事。」更有以文字詩歌比擬爲無聲三昧，如卷十四〈悼山谷五首〉云：「獨入無聲三昧，同聞阿字法門。」蓋惠洪的三昧除師承雲庵，尚有受蘇軾、黃庭堅影響，惠洪承繼蘇黃兩人的詩禪三昧，運用於詩歌，化爲文字禪的語言。不但將「三昧」巧妙的化爲詩歌的語言，擴大「三昧」的意涵。

（五）萬　象

「萬象」乃指宇宙間存在之各種現象。《法句經》曰：「森羅及萬象。」一切之所印。陶弘景文曰：「萬象森羅，不離兩儀所育。」惠洪運用「萬象」於詩歌有三十多處，「欲驅清景入秀句，萬象奔趨不敢後。」（卷一〈贈許邦基〉）將自然景物巧妙的以「萬象」化入詩句，其餘尚有卷一〈龍安送宗上人游東吳〉云：「平生千偈風雨快，約束萬象如驅奴」、卷二〈送能上人參源禪師〉云：「萬象爭驚吁，虛空笑啓齒」、卷三〈遇如無象於石霜如與睿廓然相好故贈之〉云：「煩君清哦當少休，萬象乞憐爭叩頭。」卷四〈法雲同王敦素看東坡枯木〉云：「此翁胸次足江山，萬象難逃筆端妙」卷四〈御手委廉訪守貳監勘釗慶裕二十三日復收入禁將入獄憂無人供飯有銀一兩錢六百以付來勝甫勝甫曰此止可辦半月過此如何余默計日有官飼耳〉云：「我說此偈已，萬象俱稱贊」、卷四〈次韻彭子長劉園見花〉云：「歸來僵臥數屋角，萬象困頓天不言」、卷七〈次韻曾英發兼簡若虛〉云：「坐令萬象受控勒。知君有筆眞如椽」、卷七〈次韻曾韻句游山〉云：「詩成萬象在掌握，磨琢無玷如瑾瑜」、卷七〈次韻見贈〉云：「何當看公醉岸幘，約束萬象閑揮洒。」卷七〈宣和七年重陽前四日余自長沙還鹿門過荊渚謁天寧璋禪師留二宿作此〉云：「爲君賦新詩，萬象困朝戲」、卷九〈明軒次朗上人韻〉云：「澄渟動精色，開軒萬象分」、卷九〈次韻雲庵老人題妙用軒〉云：「開軒閒隱几，萬象競趨陪」、卷十〈黃幼安適過予所居題詩草聖甚妙〉云：「筆端五色藻萬象，胸次大千供劇談」、卷十二〈次韻題西林廓然亭〉云：「是身已悟浮漚久，萬象中觀寶鏡圓。寄語橫機莫相試，刻舟甘作小乘禪。」卷十二〈空印見和用韻答之〉云：「圍繞千僧名冠世，指揮萬象語驚群」、卷十七〈雲庵生日空印設供作偈福嚴南臺萬壽三老與爲次韻〉云：「龍山說偈聊戲耳，萬象驚叫天

魔悲」、卷十七〈日用〉云：「是堅密身，獨露萬象」、卷十七〈示禪者〉云：
「意根欲立無存處，萬象同時把手歸。」卷十七〈雲庵生辰十一首後有政和
一一年瓊南時作〉云：「大地無一法可見，雲庵露萬象中身」、卷十七〈余自
渡海，即號甘露滅，所至問者尤多，時作偈荅，益不解，乃告之曰：《涅槃
經》云：甘露之性，食之令人不死，若合異物，亦能不死。《維摩經》亦曰：
得甘露滅，覺道成，又為之偈〉云：「萬象獨露身，三世一切說。解聞寂靜
音，方見甘露滅。」卷十八〈長沙岑大蟲眞贊并序〉譬之曰：「若心是生，
則夢幻空花亦應是生；若身是生，則山河大地森羅萬象亦應是生。」卷十九
〈潛庵源禪師眞贊三首〉云：「一庵深藏霹靂舌，從教萬象自分說」、卷二十
二〈潙源記〉云：「他日有尋流而得源，悟意而忘象者，可以拊手一笑」、卷
二十四〈送一上人序〉云：「萬象森羅皆拱北，百城迢遞謾遊南」凡此，皆
為惠洪運用佛教名相「萬象」之語於詩歌的表現。

（六）大　千

大千乃佛教術語，意指三千大千世界也。《維摩經》〈佛國品〉曰：「三
轉法輪於大千。」《無量壽經》上曰：「斯願若剋果大千應感動。」皆用「大
千」指「大千世界」。惠洪運用「大千」之名相於詩歌中，以為「大千」即
萬有世界，如卷一〈十二月十六日發雙林登塔頭曉至寶峰見重重繪出庵主讀
善財遍參五十三頌作此兼簡堂頭〉云：「無象供談笑，大千為戲具」、卷三〈飛
來峰〉云：「大千等毫末，古今歸俯仰」、卷四〈同敦素沈宗師登鍾山酌一人
泉〉云：「大千寄一瞬，境靜情亦閑」、卷七〈和游福嚴〉云：「忽於一毫端，
集此大千界」、卷八〈三月二十八日棗柏大士生辰二首〉云：「大千微塵偈，
章句妙難求」、卷八〈白日有閒吏青原無惰民為韻奉寄李成德十首〉云：「舉
筆濡大千，揮斤陷八極」、卷十〈黃幼安適過予所居題詩草聖甚妙〉云：「筆
端五色藻萬象，胸次大千供劇談」、卷十一〈送日上人歸石門〉云：「三界無
家誰適從？大千俱集笑談中」、卷十一〈李德茂家有魄石如匡山雙劍峰求詩〉
云：「胸次能藏大千界，掌中笑看小重山」、卷十三〈三月二十八日棗柏大士
生辰六首〉云：「想見手提大千界，翛然身現一毛端」、卷十五〈次韻空印遊
山九首〉云：「個中已有全身見，何用分身遍大千？」卷十六〈妙觀庵〉云：
「閑來禪室倚蒲團，幻影浮花入正觀。江月松風藏不得，大千俱在一毫端。」
卷十七〈三月二十八日棗柏大士生辰用達本情忘知心體合為韻作八偈供之時

在建康獄中〉云：「一句脫思惟，大千掛毫髮」、卷十七〈述古德遺事作漁父詞八首〉云：「休疑慮，大千捏在毫端聚。」、卷十八〈華藏寺慈氏菩薩贊并序〉云：「大千滅壞像」、卷十八〈永嘉眞覺大師眞贊并序〉云：「有時而用，搏取大千」、卷十九〈疏山仁禪師贊〉云：「乃知大千，皆公戲具」、卷十九〈道林枯木成禪師贊〉云：「大千戲以一塵攝，又譬此塵取空劫」、卷十九〈寂音自贊四首〉云：「手提大千，毫端往來」、卷十九〈潘延之贊〉云：「毗盧無生之藏，震旦有道之器。談妙義借身爲舌，擎大千以手爲地。機鋒不減龐蘊而解文字禪，行藏大類孺子而值休明世。舒王強之而不可神考，致之而不起。此天下士大夫所共聞，然公豈止於是而已乎？」卷二十〈圓同庵銘〉云：「聊觀此老，游戲神通。不起于座，瞬兩漆瞳。以大千界，置于鍼鋒」、卷二十〈昭昭堂銘并序〉云：「歛目大千，都寄毫末。乃欲見見，如鹿方渴」、卷二十一〈雙峰正覺禪院涅槃堂記〉云：「昔維摩病臥，毗耶離教誨天魔，使令艷姬，手提大千，戲而擲之，世尊有疾，則異於是，背痛乃臥，須乳作藥而已」、卷二十三〈邵陽別胡強仲序〉云：「吾方以法界海慧，照了諸相，猶如虛空大千，沙界特空華耳」、卷二十七〈跋山谷雲峰悅老語錄序〉云：「山谷筆回三峽，不露一言，雲峰舌覆，大千更無剩法」、卷二十八〈請圓悟住雲居〉云：「覆大千入語言之三昧，身分刹海爲遊戲之神」凡此，可知惠洪將「大千」喻爲萬物，化爲詩歌的語言，正可體現文字禪的意涵。

（七）冥　搜

「冥搜萬物」也是佛教用語，《大方廣佛華嚴經隨疏演義鈔》卷七十六云：「悉是棲神禪寂之士，冥搜造微之儔矣」〔註111〕故「冥搜」有化無知爲有知之意，是入禪寂，轉識成智的歷程。《石門文字禪》卷二〈七月七日晚步至齊雲樓走筆贈吳邦直〉云：「深山野僧拙筆語，作詩欲贈煩冥搜。艱苦思索得箇字，謹用持上君牢收，謝安昔與支遁游，及其貴也加綢繆」、卷六〈次韻元不伐知縣見寄〉云：「平生冥搜眼，已照鮑謝上」、卷八〈晚歸自西崦復得再和二首〉云：「劃席冥搜臥復蹲，筆端三昧撼乾坤」、卷十一〈靈隱山次超然韻時超然歸南嶽住庵勸之〉云：「君亦工詩苦入神，冥搜物象故應貧」、卷十三〈題胥大夫欣欣堂〉云：「摹寫高情無好句，謾橫詩眼付冥搜。」、卷十四〈用高僧詩〉云：「沙泉帶草堂，紙帳卷空床。靜是眞消息，吟非浴

〔註111〕《大正藏》第三十六冊，頁601a。

肺腸。園林坐清影，梅杏嚼紅香。誰住原西寺？鐘聲送夕陽。作八首〉云：
「風月冥搜秀句，詩家肺腑同期」、卷二十二〈舫齋記〉云：「繼晷然膏，冥
搜博求，探賾索隱，與古聖賢相際於百千歲之後」等，可見惠洪努力的「冥
搜」物象以博求秀句，更用詩眼以冥搜文字禪法，求能與古聖賢同傳文字禪
於千百歲之後。

（八）風　雷

　　東坡用「遶紙風雷」喻指寫作時下筆迅捷而有力。蘇軾〈和王斿二首〉
之一：「舌有風雷筆有神。」惠洪亦常用「遶紙風雷」於詩歌創作中，如《石
門文字禪》卷一〈贈汪十四〉云：「昨日賡酬一百篇，遶紙風雷出倉卒。」卷
一〈贈蔡儒效〉云：「風雷遶紙成千篇，棄遺不惜如零唾。」卷一〈次韻寄吳
家兄弟〉云：「戲語嘲之終不慍，筆鋒落處風雷趁。」卷一〈秀上人出示器之
詩〉云：「遙知落筆處，遶紙風雷生。」另外惠洪亦有單獨使用「風雷」，如
卷二〈與故人別因得寄詩三十韻走筆荅之〉云：「於中堆積萬卷餘，筆力至處
風雷集。」卷二〈次韻平無等歲暮有懷〉云：「文章有神驚穎脫，風雷先聽毫
端落。」卷二〈南昌重會汪彥章〉云：「看君落筆挾風雷，渙然成文風行水。」
卷四〈次韻彭子長劉園見花〉云：「情鍾耳熱意一折，賦詩遶紙風雷奔。」卷
五〈謁嵩禪師塔〉云：「齒牙生風雷，筆陣森戈鋋。」卷六〈又得先字〉云：
「分題得難韻，下筆風雷旋。」卷七〈瞻張丞相畫像贈宮使龍圖〉云：「平生
風雷舌，咳唾作霖雨。」卷十一〈寄權巽中〉云：「雪玉在躬秋滿鬢，風雷為
舌語驚人。」卷十一〈與客論東坡作此〉云：「機輪妙轉風雷舌，春色濃纏錦
繡腸。」卷十一〈余居臨汝，與思禹和酬甌字韻數首，後寓居湘山，思禹復
和見寄，又答之〉云：「涔蹄小邑著吞舟，未起風雷更少留。」卷十二〈次韻
渡江有作〉云：「王事幸陪方外樂，為君點筆走風雷。」卷十二〈送珠上人重
修五宗語要〉云：「五宗抄語挾風雷，佛日將傾賴取回。」卷十三〈周庭秀愛
湘中山水之勝，定居十餘年。宣和五年夏五月，忽思吳中，別余於湘上，作
此送之〉云：「卻將揮翰風雷手，且釣華亭萬頃秋。」卷十九〈寂音自贊四首〉
云：「如化鯤鵬，不借風雷。」卷二十〈五老硯銘并序〉云：「疑有神龍，風
雷播掀。」卷二十一〈潭州大溈山中興記〉云：「言卒而風雷挾屋，山嶽憾動。」
卷二十八〈請杲老住天寧〉云：「風雷十年之幽蘭林香，一旦之穎錐囊露。」
卷三〈游南嶽福嚴寺〉云：「心胸便欲捏荒怪，落紙雷搥散風電。」凡此皆為

惠洪以「風雷」指詩歌、文字、文字禪、詩禪於詩歌創作中。

此外尚有「筆夢」、「詩垢」、「妙語」、「偈」、「飛電」、「機鋒」、「寂音」、「甘露」、「芭蕉」、「趺坐」、「宴坐」等皆以指文字說禪，惠洪詩文中化用禪語的情形，其實難以勝舉。如卷二十七〈跋行草墨梅〉云：「山谷醉眼蓋九州，而神於草聖。華光道價重叢林，而以筆墨作佛事。」卷二〈贈李敬修〉云：「文章氣燄長萬丈，那應筆夢生春虹」、卷十四〈寄巽中三首〉云：「自怪頂明玉砵，人疑筆夢春紅」、卷二〈次韻汪履道〉云：「惟詩垢習未全除，賴有汪郎恰同調」、卷一〈贈蔡儒效〉云：「風雷遶紙成千篇，棄遺不惜如零唾。」卷一〈十二月十六日發雙林登塔頭曉至寶峰見重重繪出庵主讀善財遍參五十三頌作此兼簡堂頭〉云：「電眸霹靂舌，咳唾成妙語。筆端撼江海，千偈浩奔注。」卷二〈次韻李商老匡山道中望天池〉云：「往來柴桑間，妙語生雲煙。」卷一〈送元上人還桂陽建轉輪藏〉云：「疾馳並推轂，過目等飛電。」卷五〈器之喜談禪縱橫迅辯嘗摧衲子叢林苦之有詩見贈次其韻〉云：「彭侯慣法戰，機鋒吸西江。」卷五〈次韻許叔溫賦龍學鐵杖歌〉云：「個是雲門眞正脈，不學芭蕉空指月。」卷十七〈三月二十八日棗柏大士生辰用達本情忘知心體合爲韻作八偈供之時在建康獄中〉云：「一室閑趺坐，天魔魂震驚。」卷六〈大雪寄許彥周宣教法弟〉云：「誰持華藏界？墮我宴坐邊。」《冷齋夜話》卷六「陳瑩中罪洪不當稱甘露滅」條云：「世尊以大方便曉諸眾生，令知根本，而妙意不可以言盡，故言甘露滅。滅者，寂滅；甘露，不死之藥，所謂寂滅之體而不死者也。」等都是惠洪巧妙結合佛教名相於詩學的表現。

二、用禪法象徵詩法

由徐寅〈雅道機要〉所云：「詩者，儒中之禪也。一言契道，萬古咸知。」戴叔倫〈送道虔游方〉詩云：「律儀通外學，詩思入禪關。」齊己〈寄鄭谷郎中〉詩云：「詩心何以傳？所證自同禪。」尚顏〈讀齊己上人集〉詩云：「詩爲儒者禪，此格的惟仙。」可知中唐開始，詩學便受禪學影響，而北宋詩話興起之後，禪學對於詩話理論也產生重大的影響。〔註 112〕惠洪恰值北宋中末期，承繼蘇軾、黃庭堅的詩學理論，繼續以禪法象徵詩法。

〔註112〕以上所引資料摘自張伯偉《禪與詩學》，頁 39。

（一）文字如春

　　筆者曾在〈惠洪詩禪的「春」意象——兼爲「浪子和尚」辯誣〉一文引惠洪《石門文字禪》近百筆「春」意象，可知惠洪好以「春」論禪法、禪境與悟境，由之而藉爲評詩之象徵。〔註113〕在詩歌鑑賞論方面，惠洪認爲好詩如春色秀發，如「熟讀寄來詩，秀色摩清春。」（卷二〈次韻見寄二首〉）、「秀如山盆絲，媚若春月柳。」（卷三〈贈癩可〉）、「君看翰墨吐秀句，綠楊春重含朝暾。」（卷四〈次韻彭子長劉園見花〉）等，都是惠洪讚美作品的形容。在創作方法論方面，惠洪提出「筆力回春工」〔註114〕要以妙語回春之筆，拾浩蕩春色入詩，境界才能如春釀凜冽，文字才能如春花開放。這或許是惠洪認爲寫詩最迴出常人的悟入之處。《冷齋夜話》卷十載惠洪與友人論作詩，有所謂「詩當作不經人道語」其中引次仲詩曰：「看來天地不知夜，飛入園林總是春」，〔註115〕在天地不知之夜，春已無所不在了。

　　「春」在佛典中象徵生機盎然，如《大乘本生心地觀經》卷五云：「道芽增長如春苗。」以「春」象徵正道之萌芽；《無量壽經》云：「震法雷，曜法雷。」用春雷來代表法雷等等，皆用佛法如春苗生生不息、如春雷醒萬物來譬喻生機。

　　此外南宗禪更運用「春」與「花」象徵悟道的開端。歷代禪宗祖師以花爲喻的傳法偈：「一花開五葉，結果自然成。」〔註116〕可知禪宗以「春花」象徵道之燈燈相傳，一花五葉，花發、花生、花放、花開都是禪宗悟道與祖師傳法的象徵。禪宗語錄《祖堂集》也有記載不少以「春」示道的公案，最有名的如卷十九〈靈雲和尚章〉記載靈雲和尚開悟乃因目睹春天桃花花開而悟道「偶睹春時花蕊繁花，忽然發悟，喜不自勝，乃作一偈曰：『三十年來尋劍客，幾逢花發幾抽枝。自從一見桃花後，直至如今更不疑。』」〔註117〕

〔註113〕詳見蕭麗華‧吳靜宜〈惠洪詩禪的「春」意象——兼爲「浪子和尚」辯誣〉，《台大佛學研究中心學報》第九期，2004 年 7 月

〔註114〕詳見《石門文字禪》卷三〈王敦素李道夫遊兩翁軒次敦素韻〉及卷五〈予頃還自海外夏均父以襄陽別業見要使居之後六年均公謫祁陽酒官余自長沙往謝之夜語感而作〉。

〔註115〕見《冷齋夜話》卷十「詩當作不經人語」條云：「盛學士次仲、孔舍人平仲同在館中，雪夜論詩。平仲曰：『當作不經人道語。』曰：『斜拖闕角龍千丈，澹抹牆腰月半稜。』坐客皆稱絕。次仲曰：『句甚佳，惜其未大。』乃曰：『看來天地不知夜，飛入園林總是春。』平仲乃服其工。」

〔註116〕見《大正新脩大藏經》第四十八冊（新文豐景印本，1988 年），頁 344a。

〔註117〕見《佛光大藏經‧禪藏》第十七冊，（高雄縣：佛光大藏經編修委員會編，1994，

以為悟道者有如新生命誕生。除《祖堂集》外，《宗鏡錄》、《景德傳燈錄》、《續燈錄》等，亦常見以「春」示道說法的痕跡。

惠洪將「春」意象，應用在四個方向：論畫方面，如《石門文字禪》卷一〈華光仁老作墨梅甚妙為賦此〉云：「慚愧高人筆下春，解使孤芳長不老。」卷十一〈妙高老人臥病遣侍者以墨梅相迓〉云：「多謝高情餞春色，十分渾在一枝梅」等等。評人方面，如卷一〈贈許邦基〉云：「邦基今年方十九，美如濯濯春月柳。」評賞許邦基「美如濯濯春月柳」及卷三〈送朱泮英隨從事公西上〉云：「文如水行川，氣如春在花」評朱泮英「氣如春在花」等等，皆以「春」來鑑賞人物丰采。另外，惠洪也以「春雷」、「春曉」為自身求道、守道、行道之象徵。如卷二十五〈明白庵銘〉云：「雷霆發聲，萬國春曉。聞者不言，心得意了。……合妙日用，如春雷霆。背覺合塵，如冬震驚。」論禪方面，惠洪作品中以「春」論禪者，有三十一處，有用春暖或枯木放花象徵悟道者的境界，如〈送瑤上人往臨平兼戲廓然〉云：「坐令冷齋中，忽然變春溫。」〔註118〕或讀經、頌古或題贊佛像時以「春」為喻，如卷十五〈讀法華五首〉云：「寶書讀罷驚清晝，葉葉花花總是春。」與〈與法護禪者〉云：「手抄禪林僧寶傳，暗誦石門文字禪。揀到湘西好三角，春風歸去弄雲泉。」都是在讀經、撰經傳時，以春之花葉、春風來象徵。此外，惠洪更將「春」視為生命得道圓滿的最佳象徵，如卷二十八〈生辰四首〉云：「大行所熏，如春與物，等慈無礙，似谷應聲。」評詩方面，惠洪常以「春」象徵詩作詩作如春風，形容好友之詩秀色摩春，如卷一〈送元上人還桂陽建轉輪藏〉云：「詩成一大笑，相顧春風軟。」卷二〈次韻見寄二首〉云：「熟讀寄來詩，秀色摩清春。」等等。〔註119〕難怪紫柏真可在《石門文字禪》序云：「蓋禪如春也，文字則花也。春在於花，全花是春，花在於春，全春是花。而曰禪與文字有二乎哉？」蓋因體會惠洪以「春」論畫、評人、論禪、評詩等不同面相，以「春」擬禪，「花」比文字，說明禪與文字，如同春與花之不可分。

唐代詩人以「春」為鑑賞或創作的意境論，除偶見貫休、齊己有一、二

頁 939。

〔註118〕見《石門文字禪》卷六〈送　上人往臨平兼戲廓然〉云：「坐令冷齋中，忽然變春溫。」

〔註119〕詳見蕭麗華・吳靜宜〈惠洪詩禪的「春」意象──兼為「浪子和尚」辯誣〉，《台大佛學中心學報》第九期，2004 年 7 月。

作品詩禪合一之論外，北宋初全以「春」喻禪，未曾見以「春」喻詩，唯獨惠洪能以此說，開展以「春」喻詩，可謂文字禪在詩學意境上重要的開創。〔註120〕因此，筆者推論以「春」論禪、賞詩，為惠洪獨到的見解。

（二）游戲三昧

所謂「三昧」乃佛教用語，意指「定」、「等待」，即制止心的散亂，將心安住於一處不動、專注一境。因精神高度集中，而在此定境中開發智慧。「游戲三昧」本見於《六祖大師法寶壇經》云：「不離自性，即得自在神通，游戲三昧，是名見性。」〔註121〕《宏智禪師廣錄》卷六云：「初不累於見聞也。真自在無礙游戲三昧。」〔註122〕因而可知「游戲三昧」乃指禪悟者若能定靜，則能在世間得自在神通。

惠洪所著《天廚禁臠》之題名，即作詩三昧之意。〔註123〕惠洪自云「三昧」之法，乃習自雲庵，〔註124〕據惠洪《禪林僧寶傳》卷二十三載雲庵云：

只頓乘所演，直示眾生，日用現前，不屬今古。只今老僧與相

公同入大光明藏，游戲三昧，互為賓主，非干時處。〔註125〕

可知雲庵的「游戲三昧」乃指禪法。另外惠洪還承蘇軾、黃庭堅詩歌而來。〔註126〕而惠洪將禪法中「游戲三昧」化為詩歌中「游戲三昧」，如「一念不生，即入無垢三昧。」（卷二十〈座右銘〉）「我此三昧，非識情知。應緣而現，不落思惟。」（卷十八〈第十五祖真贊并序〉）「夜闌更入詩三昧，消盡平生未死心。」（卷十二〈次韻法林禪寺〉）「臨濟正宗有楊歧會，化四十年叢林精彩。唯端精神辯博無礙。克肖其家，潙仰猶在後，出舒勤骨面氣槩。始自太平，遂游智海。如法中龍，游戲三昧。」（卷十九〈佛印璵禪師贊〉）

〔註120〕詳見蕭麗華・吳靜宜〈惠洪詩禪的「春」意象──兼為「浪子和尚」辯誣〉一文對於惠洪「春」意象的探討。
〔註121〕見《大正藏》四十八冊，頁358c。
〔註122〕見《大正藏》四十八冊，頁75a。
〔註123〕詳見張伯偉《稀見本宋人詩話四種》，頁8。
〔註124〕見《石門文字禪》卷十七〈過張家渡遇雲庵生辰〉云：「十月十六誰宗旨？無聲三昧重拈起。」卷十九〈雲庵和尚贊三首并序〉云：「入此三昧，如妙蓮華，出緣生海。祖師活意，如來密機，成就眾生。」
〔註125〕《禪林僧寶傳》卷二十三《佛光大藏經・禪藏》（高雄：佛光，1994年），頁415。
〔註126〕見《石門文字禪》卷十四〈悼山谷五首〉云：「蘇黃一時頓有，風流千載追還。……獨入無聲三昧，同聞阿字法門。」

「覆大千入語言之三昧，身分刹海爲遊戲之神。」（卷二十八〈請圓悟住雲居〉）。

據吳汝鈞〈游戲三昧：禪的美學情調〉一文指出「禪心在現象界或日常生活中起動，產生顯著的效果，宗門中人喜稱之爲游戲三昧」，〔註127〕而若將此精神運用於詩歌創作中，即指在不同情境下，自在地創作詩歌，故惠洪之「三昧」除「游戲三昧」外，尚有「筆端三昧」，〔註128〕都是用來指詩法，將「游戲三昧」禪法與詩歌藝術結合。指詩歌是一種心靈動態的創作，藉由詩歌將心靈領悟禪法的動態歷程，以文字記錄下來，此亦惠洪「文字禪」的內涵。

（三）夢中為詩

觀察蘇軾詩歌多因游戲三昧，而以夢幻詩觀戲作詩文，惠洪不僅注意到蘇軾此夢幻詩觀，自身也有許多夢幻詩作與戲作，與蘇軾相似。如《石門文字禪》卷四〈戒壇院東坡枯木，張嘉夫妙墨，童子告以僧不在不可見，作此示汪履道〉云：「雪裡壁間枯木枝，東坡戲作無聲詩。雪川謫仙亦豪放，酒闌爲吐煙雲詞。」卷三〈再游三峽贈文上人〉云：「肉身大士延平公，眉毛如雪聲如鐘。東坡醉眼亦多耳，信口呼作僧中龍。」卷六〈和景醇從周廷秀乞東坡草蟲〉云：「周髯迂闊亦自笑，安樂飢寒奈嘲誚。東坡墨戲偶得之，保藏更作千金調。」等等，可知惠洪不但揣測蘇軾以夢幻觀，遊戲詩境界，其稱呼自己爲詩也如幻夢人生之戲。如卷四〈石門中秋，同超然鑒忠清三子翫月〉云：「人生一大夢，聚散兩戲劇。」卷四〈敦素坐誦公衰烏臼樹絕句，歎愛不已。其詩云，三年逐客弄湘流，華氣遮欄兩鬢秋。秖有荒寒江上樹，尚成詩句聚眉頭。成此寄之〉云：「我亦不羈人，夢境聊戲劇。」卷六〈長沙邸舍中，承敏覺二上人作記年刻舟之誚，以詩贈〉云：「不畫凌煙大羽箭，來寫山林夢幻身。……擬將萬匹鵝溪絹，爲寫漚中勝義空。」卷四〈謝忠子出山〉云：「嗟余苦遭夢幻纏，龜囚蠶縛何時了」卷五〈復和荅之〉云：「此生夢幻姑置之，半掩殘經香篆滅。」卷五〈次韻思禹思晦見寄二首〉云：「是

〔註127〕詳見吳汝鈞〈游戲三昧：禪的美學情調〉（《國際佛學研究》第二期，1992 年 12 月），頁 208。

〔註128〕見《石門文字禪》卷八〈晚歸自西崦復得再和二首〉云：「劃席冥搜臥復蹲，筆端三昧撼乾坤。」卷十六〈謝人惠蘆雁圖〉云：「笑裡筆端三昧力，坐中移我過瀟湘。」卷十七〈陳處士爲予畫像求頌戲與之〉云：「吳儂戲入筆三昧，老儼分身繒素間。」

身已作夢幻觀，肯復經營此身外？」卷六〈長沙邸舍中承敏覺二上人作記年刻舟之詡以詩贈〉云：「不畫凌煙大羽箭，來寫山林夢幻身。」可見惠洪視死生爲作了大夢，其效法東坡夢中戲作詩文，所作均持取華藏界，爲禪家機鋒，翰墨游戲。

此外，惠洪夢中作詩與蘇軾不同，惠洪夢幻詩禪觀乃人生如夢，未見夜寢入夢成詩者。如卷六〈景醇見和甚妙，時方閱華嚴經，復和戲之〉云：「此詩聊戲公，詩成還自寫。」卷十六〈英上人手錄冷齋爲示，戲書其尾〉云：「五鼎八珍非我事，曲眉清倡乞人爭。一帙冷齋夜深話，青燈相對聽秋聲。」〈陳處士爲予畫像求頌，戲與之〉云：「吳儂戲入筆三昧，老儼分身縑素間。」卷十六〈讀和靖西湖詩，戲書卷尾〉云：「長愛東坡眼不枯，解將西子比西湖。先生詩妙眞如畫，爲作春寒出浴圖。」

惠洪慣此戲夢詩文，因此也常以此稱歎時人之作，如卷三〈王敦素李道夫遊兩翁軒，次敦素韻〉云：「識君筆力回春工，妙語天成絕雕斲。……平生與山實神會，戲語嘲詞雜山綠。」卷十七〈送忠道者乞炭〉云：「焰上說禪炭裡藏，不妨道者閑游戲。」卷四〈次韻彭子長劉園見花〉云：「君看翰墨吐秀句，綠楊春重含朝暾。袖中功名未暇探，且復行樂追幽欣。……公獨寓之一戲耳，寧用解語方佐尊。」卷二十五〈題徹公石刻〉云：「徹上人詩，初若散緩，熟味之有奇趣，字雖不工，有勝韻。公雖游戲翰墨，而持律甚嚴，與道標、皎然齊名。吳人爲之語曰：餘杭標摩雲霄、雲溪畫能清秀、稽山徹洞冰雪，予視三人者，在唐號以詩鳴者，尚多有。」凡此皆爲惠洪《石門文字禪》中以戲夢爲論的詩觀。

（四）妙觀逸想

天台宗以圓教之「圓融三觀」爲妙觀。〔註129〕「妙觀」乃指以佛家的審美範疇，觀照內在的想像活動，主體以智慧之心對世界做神祕的、直覺的、超越常規的觀照。「逸想」則指創作想像過程中自由自在，灑脫飄逸、變化無礙的審美構思。〔註130〕故「妙觀逸想」乃指一種以禪悟觀照內心審美之

〔註129〕《金光明經文句記》卷三上〈祕藏記〉云：即於空、假、中三諦之中，觀空諦即爲三諦，則觀假、中二諦亦各皆爲三諦，稱爲即一而三；反之，觀三諦俱爲空諦，則觀三諦亦皆各爲假、中二諦，稱爲即三而一。如是即一而三，即三而一，圓妙融通而一無隔障，是爲妙觀。

〔註130〕參考皮朝綱〈惠洪審美理論瑣議〉，《宋代文學研究叢刊》第二期（高雄：麗文，1996年9月），頁523～534。

心理活動過程。據周裕鍇先生《文字禪與宋代詩學》指出「妙觀逸想，是藝術家擺脫了一切現實拘絆的自由想像之體現。」他以爲「惠洪多次提到妙觀逸想或逸想概念。」〔註131〕觀察惠洪筆下的「妙觀逸想」，可知其已將禪法轉化爲詩法，如《冷齋夜話》卷四「詩忌」條，惠洪提出「妙觀逸想」詩論乃受蘇軾啓發，卷四「東坡留戒公疏」條云：「東坡妙觀逸想，託之以爲此文，遂與百世俱傳也」，以及《石門文字禪》卷十九〈東坡畫應身彌勒贊〉一詩序云：「東坡居士，游戲翰墨，作大佛事。如春形容，藻飾萬象，又爲無聲之語，……而妙觀逸想，寄寓如此，可以想見其爲人。」皆說明惠洪「妙觀逸想」乃受蘇軾的影響，用以指將禪法寄託於詩歌文字及書畫中。〔註132〕

《冷齋夜話》卷四「詩忌」條云：「詩者，妙觀逸想之所寓也。豈可限以繩墨哉？如王維作畫，雪中芭蕉，詩眼見之。知其神情寄寓於物，俗論則譏以爲不知寒暑。」惠洪認爲妙觀逸想可以寄託於詩歌與繪畫，「雪中芭蕉」爲王維之禪意圖，其中有詩禪意境。惠洪也領悟蘇軾不與世俗論的境界，而作詩云：「雪裡芭蕉失寒暑」，可以看出惠洪在「妙觀逸想」中所展開的藝術寄託。

惠洪以爲妙觀逸想、游戲翰墨以作佛事，更能悟得真法。他同時重視以文字悟入及詩歌可以作爲悟道之資，且可爲悟後之語。故《石門文字禪》卷十八〈華藏寺慈氏菩薩贊〉云：「何人寄逸想，遊戲浮漚間。以如幻之力，刻此旃檀像。」得知惠洪以爲欣賞藝術就像參禪活動一般，重在領會言外之意，體會物中所寓的神情，而不當以世俗眼光觀看。若以法眼觀看，則可穿透事物的表象，參得平凡事物中的真理，此即「妙觀」，如此對作品即有「逸想」，有「如幻之力」。逸想的顯現即成「游戲萬象」之作。〔註133〕

（五）反常合道

「反常合道」是禪宗常見的話頭，據《宋高僧傳》卷九〈唐均州武當山慧忠傳〉云：「論頓也不留朕迹，語漸返（反）常合道。」《古尊宿語錄》卷

〔註131〕詳見周裕鍇《文字禪與宋代詩學》，頁107。
〔註132〕例如李貴曾有〈試論北宋詩僧惠洪妙觀逸想的詩歌藝術〉一文，專以詩歌藝術爲論，發表於四川大學學報。多數討論惠洪「妙觀逸想」多在藝術美學畫論的議題之下，例如：四川大學皮朝綱〈惠洪審美理論瑣議〉（《宋代文學研究叢刊》第二期）、楊乃喬〈後現代性、後殖民性與民族性〉（《東方叢刊》1998年第一期）。
〔註133〕詳見蕭麗華、吳靜宜〈蘇軾詩禪合一論對惠洪「文字禪」的影響〉一文。

二十三云：「如何是語漸返常而合道？」，凡此皆是禪宗對「反常合道」的討論。據周裕鍇先生的分析，蘇軾借此語以說明詩歌創作原則，爲具反邏輯性、超乎常規、常理，且又能深刻體現人存在的眞實性。〔註134〕奇趣的產生，見《冷齋夜話》卷五「柳詩有奇趣」條惠洪引東坡云：「詩以奇趣爲宗，反常合道爲趣。」其特別標舉蘇軾此觀點，以爲通過「妙觀逸想」「反常合道」，詩體機趣橫生。

　　《冷齋夜話》卷一「的對」條云：「東坡曰：『世間之物，未有無對者，皆自然生成之象，雖文字之語，亦然！但學者不思耳。』」惠洪也用東坡的標準，稱讚當時辭采高妙的詩人。如《石門文字禪》卷五〈季長見和甚工復韻荅之〉云：「翰墨場中見奇傑，……渙然成文自湍走，如水與風初邂后。……坡谷淵源有風格，光芒萬丈餘五色。」卷二〈南昌重會汪彦章〉云：「彦章退然才中人，譏訶唾笑皆奇偉，看君落筆挾風雷，渙然成文風行水，坐令前輩作九原，子固精神老坡氣。……懷中卿相且袖手，翰墨風流聊戲耳。」卷七〈次韻漕使陳公題萊公祠堂〉云：「高情弔陳迹，妙語吐新篇，如風行水上，渙然成漣漪。」凡此都是惠洪認爲透過「反常合道」，可以獲得自然成文的眞、趣、奇。

（六）冥搜萬象

　　禪與詩都是心靈活動，紹嵩〈江浙紀行集句詩・自序〉引永上人云：「禪，心慧也；詩，心志也。慧之所知，禪之所形；志之所之，詩之所形。」〔註135〕胡應麟「禪則一悟之後，萬法皆空，棒喝怒罵，無非至理；詩則一悟之後，萬象冥會，呻吟咳唾，動觸天眞。」〔註136〕可知「冥搜萬象」之禪法可以運用入詩歌創作中。蘇軾〈僧清順新作垂雲亭〉詩云：「登臨不得要，萬象各偃蹇。」〈次韻僧潛見贈〉詩云：「道人胸中水鏡清，萬象起滅無

〔註134〕周裕鍇〈宋代詩學術語的禪學語源〉，《文字禪與宋代詩學》，（北京：高等教育出版社，1998年），頁112～113。反常合道是東坡詩學的一大特徵，學者多有矚目者，如楊文雄〈反常合道・詩中有畫・蘇軾詩學〉認爲反常合道的道是詩歌語言的美學規律，反常是手段，是奇而不合道理，也是詩裡的「無理而妙」，因此這種奇的語言，具有變異性、獨創性、模糊性；又是不尋常的承繼、不相干的錯接、不合理的誇張、不平凡的想像（《宋代文學研究叢刊》第二期）。

〔註135〕見釋紹嵩〈江浙紀行集句詩・自序〉引永上人，收錄於宋陳起編《江湖小集》卷三。

〔註136〕見胡應麟《詩藪》內編卷三。

逃形。」〈送參寥師〉詩云：「欲令詩語妙，無厭空且靜。靜故了群動，空故納萬境。閱世走人間，觀身臥雲嶺。鹹酸雜眾好，中有至味永。詩法不相妨，此語當更請。」〔註137〕蘇軾欲從高僧問道覓句，觀萬象，洗綺語，〈送參寥師〉一詩以為詩禪不相妨，空靜可納萬象群動，出以至味。後人查慎行《初白庵詩評》針對蘇軾此詩評云：「（靜故了群動，空故納萬境）禪理也，可悟詩境。」汪師韓《蘇詩選評箋釋》卷二云：「正得詩法三昧者，其後嚴羽遂專以禪喻詩，至為分別宗乘，此篇早已為之點出光明。」〔註138〕可知蘇軾從禪法空靜的境界中悟得詩法三昧，特別是宴坐寂求得來的體會，〈鹽官大悲閣記〉曾形容其旨云：「及吾宴坐，寂然心念凝默，湛然如大明鏡。人鬼鳥獸，雜陳乎吾前；色聲香味，交通乎吾體。心雖不起，而物無不接。」〔註139〕基於這樣超耳目世界的萬象冥通，蘇軾詩遂大有進境。

惠洪也承蘇軾這種詩論，《石門文字禪》卷十六〈妙觀庵〉詩云：「閑來禪室倚蒲團，幻影浮花入正觀。江月松風藏不得，大千俱在一毫端。」惠洪以為詩歌若能得自禪思冥搜之助力，則作品就能充滿機鋒妙語，涵容大千。能「空靜」（蘇軾語）、能「正觀」（惠洪語），故自能呈現道與萬象的存在，詩語自然饒富妙語。惠洪承襲蘇軾「萬象冥通」而來，將此「冥搜萬象」禪法語言轉換為詩家之法，他「冥搜萬象」以博求秀句，更用「詩眼」以「冥搜」文字禪法，欲納禪悟萬象於詩歌之中，「平生千偈風雨快，約束萬象如驅奴。」（卷一〈龍安送宗上人游東吳〉）「深山野僧拙筆語，作詩欲贈煩冥搜。」（卷二〈七月七日晚步至齊雲樓走筆贈吳邦直〉）「平生冥搜眼，已照鮑謝上。」（卷六〈次韻元不伐知縣見寄〉）「劃席冥搜臥復蹲，筆端三昧撼乾坤。」（卷八〈晚歸自西崦復得再和二首〉）等等，惠洪著作《石門文字禪》一書，乃欲「冥搜萬象」，化為「千偈」詩頌，並以此文字禪法傳諸後世。

（七）鼻觀詩論

鼻根為佛教術語，乃指六根之一。《大乘法苑義林章》卷三曰：「鼻者能嗅義，梵云揭羅拏，此云能嗅。」而鼻識為六識之一，了別鼻根所生香境之心識也。因此得知，「鼻觀」為以鼻聞香觀心識之意，亦為佛教術語，出自

〔註137〕以上所引分別見曾棗莊《蘇詩彙評》，頁344、頁677及頁733。
〔註138〕以上二條資料見曾棗莊《蘇詩彙評》頁734。
〔註139〕見曾棗莊《蘇文彙評》，頁236。

於《楞嚴經》。〔註140〕皮朝綱〈惠洪審美理論瑣議〉一文中，指出惠洪提出了獨特嗅覺審美鑑賞的「鼻觀」說。〔註141〕《五燈會元》卷十七〈清涼惠洪禪師〉記載惠洪於示眾時，曾以《首楞嚴》如來與阿難的對話，提出「入此鼻觀，親證無生」的課題。皮氏以為「無生」乃指涅槃的眞理，而「鼻觀」乃用嗅覺進行般若觀照，體認宇宙本無，破除我執，領悟佛法眞諦。《石門文字禪》中，卷二〈藹軒序〉惠洪舉法輪齊禪師弟子之語云：

> 吾師以異方便附物顯理，蓋其葦蕚六出，所以殊眾卉，如心花發明諸地，故其葉之寒茂，所以傲雪霜，如道根深固，抑魔外，故其色至潔，因地法行盛明淨，故其實至黃，慈悲攝物道中利，故余疑其說而造焉。目擊而坐，了無問荅，微風披拂，枝葉參差，異香郁然。純一無雜，鼻觀通妙，聞慧現前。譬如兩鏡相臨於中，無像而燈忽舉，知相攝入，雖接武至者，雲擁而集，當又如百千鏡中，各納燈體，圓備同徹，更為主客，融通自在，成法解脫。昔黃龍三關，神通游戲於語默之外，寶覺之拳，獨體全露於背觸之間。今禪師乃宴坐，不言之中，使來者嗅薝蔔焉，乃翁乃祖，皆以舉手動足為佛事，克家之子，又以清芬轉法輪，非縱非橫，非同非異，如伊之字，摩醯之目，非化變諸幻，而開幻眾者乎？師之所示，如月標指，我作是說，如繪虛空，指非月體，則此軒之所以構也，空無受繪之曲，則言語文字，獨何傷乎？禪師撫掌大笑，因戲錄為序，使登之者，援筆而賦，蓋自石門某始。

以花香喻禪悟，以為「純一無雜，鼻觀通妙，聞慧現前。」，此鼻觀法亦可得「神通游戲於語默之外」。此外惠洪常提到暗香，如「幽尋忽覺暗香吐，竹西知有梅花塢。」（卷三〈喜會李公弼〉）、「春到梅梢雪未知，橫斜初見過牆枝。暗香愁絕無人問，一再風前月上時。」（卷十六〈春詞五首〉）、「暗香錯莫知誰寫？多謝黃昏一陣風。」（卷十六〈次韻張敏叔畫桃梅二首〉）此外，惠洪

〔註140〕唐天竺沙門般剌蜜諦譯《大佛頂如來密因修證了義諸菩薩萬行首楞嚴經》卷第五：「世尊教我及俱絺羅觀鼻端白，我初諦觀經三七日，見鼻中氣出入如煙，身心內明圓洞世界，遍成虛淨猶如瑠璃。煙相漸銷，鼻息成白心開漏盡。諸出入息化為光明，照十方界得阿羅漢，世尊記我當得菩提。佛問圓通，我以銷息息久發明，明圓滅漏斯為第一。」頁126

〔註141〕詳見皮朝綱〈惠洪審美理論瑣議〉（《宋代文學研究叢刊》第二期，1996年9月），頁530～532。

也認爲鼻觀可以得生花妙筆之詩才，也可以觀禪法，如「君才俊卻海東青，鼻笑生華筆有靈。」（卷十六〈次韻巽中見寄四首〉）、「若說有法可傳，但作眼見鼻孔。」（卷十七〈欽禪者乞偈〉）、「不在鼻端空與木，畢竟此香何處藏？」（卷十七〈花藥英禪師生日其子通慧設齋作此〉）、「莫嫌此老無巴鼻，曾見西堂古佛來。」（卷十九〈報慈宣祕禪師贊〉），再者，惠洪更明白說明六根互用，如卷十八〈泗州院旃檀白衣觀音贊〉云：「龍本無耳聞以神，蛇亦無耳聞以眼，牛無耳故聞以鼻，螻蟻無耳聞以聲。六根互用乃如此。」點出「觀音」乃聲音可觀，即說明六根互用之意，因此龍以神、牛以鼻來取代聽覺，破除六根的界限。〔註 142〕另外，卷二十七〈百牛圖〉，惠洪論圖畫云：「予觀此圖，非特入法，凡百尾喜怒俯仰小大伏立趨，並浮鼻荷痒盡其情狀，意非畫師，殆高人韻士，以寓其逸想耳。」也是以鼻聞花香，來指百牛圖栩栩如生，如高人韻士以此寄託「逸想」。

關於「鼻觀」之說，本文於第五章對後代詩學的影響之處補充論述。皮氏認爲「鼻觀」詩論乃惠洪的創舉，而此亦爲惠洪以禪法入詩法的展現。然而周裕鍇先生考察發現蘇軾與黃庭堅早已使用過「鼻觀」的概念，蘇軾〈題楊次公蕙〉：「鼻觀已先通」，黃庭堅〈題海首座壁〉：「香寒明鼻觀」等。〔註 143〕同時，蘇軾更將鼻觀運用在詩歌評論，以「鼻觀」來稱讚黃庭堅的詩，其〈和黃魯直燒香二首〉：「四句燒香偈子，隨香遍滿東南。不是聞思所及，且令鼻觀先參。」說明黃庭堅詩偈之妙，須透夠鼻觀才能夠參悟。而惠洪承繼蘇、黃，更將佛教六根互通的角度自覺地與五官感覺融爲一體，並將此觀照方式用於藝術創作和審美活動之中。周裕鍇先生認爲此乃受到佛教觀照方式的影響和啓發，使得觀看的視角產生了新的發現。〔註 144〕紫柏眞可

〔註 142〕不過「六根互用」並非惠洪的發現，早在隋智者大師《妙法蓮華經玄義》
　　　　　卷六：「今經顯六根互用，將三根足二百向三根而互用耳。自在無礙，能等
　　　　　如正法華說，能縮如身眼鼻之八百，能盈如耳舌意千二百。」除此，智者
　　　　　大師於《四念處》、《摩訶止觀》皆有詳細說明。

〔註 143〕蘇軾詩集中使用鼻觀的例證如《蘇軾詩集》卷二十〈十八大阿羅漢頌〉：「鼻
　　　　　觀寂如，諸根自例」、卷二十八〈和黃魯直燒香二首〉：「且令鼻觀先參」卷三
　　　　　十二〈題楊次公蕙〉：「鼻觀已先通」與黃庭堅《山谷內集詩注》卷十三〈題
　　　　　海首座壁〉：「香寒明鼻觀」等。

〔註 144〕詳見周裕鍇〈從法眼到詩眼：佛禪觀照方式與宋詩人審美眼光之關係〉《聖
　　　　　傳與詩禪國際學術研討會》一文與本文修訂稿〈法眼看世界：佛禪觀照方
　　　　　式對北宋後期藝術觀念的影響〉《文學遺產》（北京，2006 年）第五期，頁

《石門文字禪》序云：「夫何所謂禪與文字者，夫是之謂文字禪，而禪與文字有二乎哉？噫！此一枝花自瞿曇拈後，數千餘年擲在糞掃堆頭，而寂音再一拈，似即今流布疎影，撩人暗香浮鼻，其誰為破顏者。」正可作為惠洪「鼻觀」詩論最好的註解，文字禪如春花，如暗香浮鼻，皆是悟禪之道。

（八）以偈為詩

《禪源諸詮集》〈都序〉卷上云：「教也者，諸佛菩薩所留經論也；禪也者，諸善知識所述句偈也。但佛經開張，羅大千八部之眾；禪偈撮略，就此方一類之機。羅眾則浩蕩難依，就機即指的易用。」由此可知禪門善知識開示坐禪之方法與境界等，多以偈頌形式來表現。《石門文字禪》卷一〈十二月十六日發雙林登塔頭曉至寶峰見重重繪出庵主讀善財遍參五十三頌作此兼簡堂頭〉詩云：「此老無恙時，超放殊媚嫵。無象供談笑，大千為戲具。我曾從之游，絕塵追逸步。誰云今已亡，塔開全體露。永懷憑妙觀，此意竟淒楚。那知深林間，聊與故人遇。電眸霹靂舌，咳唾成妙語。筆端撼江海，千偈浩奔注。」此詩惠洪在寶峰寺追憶其師真淨克文，提出其詩曾以禪觀萬象，作為超放嬉戲的文字遊戲。但是克文已亡生塔中，惠洪永遠懷念這種「妙觀」的作詩方式，而今惠洪遇庵主「電眸霹靂舌，咳唾成妙語。筆端撼江海，千偈浩奔注」，同樣有其師以禪法作詩的妙筆千偈。這首詩中充分交代了惠洪「以禪論詩」、「以禪法作詩」的重要師承淵源及「以偈為詩」的理念。

惠洪也注意到蘇軾以偈為詩的詩法，《冷齋夜話》多次徵引蘇軾詩偈。卷七「哲宗問蘇軾襯章道衣」條、「東坡廬山偈」條、「般若中了無剩語」條、「東坡戲作偈」條等等，可知惠洪對蘇軾般若詩偈，遊戲翰墨的推崇。故他也效法此法，而有偈頌之詩作，如《冷齋夜話》卷七「負《華嚴經》入嶺及大雪二偈」條，惠洪和陳瑩中詩偈云：「因法相逢一笑開，俯看人世過飛埃。湖湘嶺外休分別，圓寂光中共往來。」後聞嶺外大雪，又作二偈云：「傳聞嶺下雲，壓倒千年樹。老兒拊手笑，有眼未曾睹。故應潤物林，一洗瘴江霧。寄語牧牛人，莫教頭角露。」又曰：「遍界不曾藏，處處光皎皎。開眼失卻蹤，都緣大分曉。園林忽生春，萬瓦粲一笑。遙知忍凍人，未悟安心了。」此三偈可謂別開境界之淄門文字。另外，惠洪尚有四言詩偈，如「洪覺範朱世英二偈」條，惠洪見謝無逸誦書掃除，作詩偈云：「老妻營炊，稚子汲水。龐公掃

78～87。

除，丹霞適至。棄帚迎朋，一笑相視。不必靈照，多說道理。」凡此可見惠洪融合禪理「觀照」與「言說」的寓意，以詩喻禪，以詩爲偈，以偈爲詩。

另外，《石門文字禪》中也可見惠洪大量詩偈合一、以偈爲詩的現象，如「平生千偈風雨快，約束萬象如驅奴。」（卷一〈龍安送宗人遊東吳〉）、「圓中規而方中矩，千偈平生如建瓴。」（卷三〈次韻莫翁豐年斷〉）「龍山說偈聊戲耳，萬象驚叫天魔悲。」（卷十七〈雲庵生日空印設供作偈福嚴南臺萬壽三老與焉次韻〉）等等，皆爲惠洪讚嘆禪門宗人能詩者。「我說此偈已，萬象俱稱贊。」（卷四〈御手委廉訪守，貳監勘釗慶裕，二十三日復收入禁，將入獄，憂無人供飯，有銀一兩錢六百，以付來勝甫。勝甫曰，此止可辦半月，過此如何？余默計曰有官飪耳〉）、「營辦勝緣眞戲事，臨平此偈亦逢場。妙無影跡如龍句，應笑癡人戽夜塘。」（卷十五〈次韻廓然送璽上人〉）、「十世爲僧生復死，今朝生死不相干。從來被眼常遮蓋，不信如今借汝看。」（卷十五〈十生觀音生辰燒香偈示智俱〉）凡此，可知惠洪將自己所作的詩歌也稱爲偈。其將平生所作之詩說爲逢場戲事，是無影無跡的龍句，都視爲寄寓禪理的偈頌。《石門文字禪》卷十七，惠洪以「偈頌」命名，內容有四、五、七言等形式，均爲詩偈的形式，主要寄寓禪佛道理。如〈八月十六入南昌右獄作對治偈〉、〈雲庵和尚生日燒香偈〉、〈余日渡海即號甘露滅，所至問者尤多，時作偈荅益不解，乃告之曰，涅槃經云，甘露之性，食之令人不死，若合異物，亦能不死。維摩經亦曰，得甘露滅，覺道成。又爲之偈〉等，詩偈中惠洪用自己的遭遇以言志，又言說禪理，如「業」、「顛倒性」、「清淨心」、「夢幻生死」等，此皆詩之本色語與偈頌的功能。

惠洪充分展現詩即禪偈的意涵，由當時有許多人前來乞求詩偈可知，〔註145〕如澗道人鴻公乞偈爲作、濟上人求偈二首、清侍者自長沙歸雲居來辭，且乞偈、愼姪來侍求偈、變禪者歸蔣山見佛果乞偈、欽禪者乞偈等，惠洪將此偈詩稱爲「文字禪」，如卷九〈賢上人覓偈〉云：「懶修枯骨觀，愛學文字禪。江山助佳興，時有題葉篇。相逢未暇語，輒復一粲然。豈須究所學？覓偈亦自賢。」惠洪將賢上人覓偈題詩稱作「學文字禪」，以相勸勉。卷十

〔註145〕詳見《石門文字禪》卷九〈龍山亦名隱山，余宣和五年十一月中澣日過焉，有澗道人鴻公乞偈爲作〉、卷十五〈濟上人求偈二首〉、卷十六〈清侍者自長沙歸雲居來辭，且乞偈。余欲目，想見清自遙田莊拄策而上，將及到天亭，回視諸峯，如關種所作廬山夕陽圖。〉、卷十七〈愼姪來侍求偈〉、〈變禪者歸蔣山見佛果乞偈〉、〈欽禪者乞偈〉。

—178—

七〈示禪者二首〉詩云：

> 刹說眾生說，三世一切說。廣大古井波，平等紅爐雪。照用本
> 來同，賓主互相攝。如圓伊三點，不同亦不別。高高峰頂立，深深
> 海底行。道人行立處，塵世有誰爭。無間功不立，渠儂尊貴生。強
> 酬顛倒欲，火裡鐵牛耕。

卷十七〈初入制院〉詩云：

> 無所住生心，佛語祖師意。何人賞此音，空絃閑妙指。清歌幾
> 餘年，堅臥荅萬語。了知空花間，無地容生死。

「無所住生心」，明顯可見演義自《金剛經》「應無所住而生其心」。凡此均
可得知惠洪的詩歌與偈頌幾無差別。另外如偈的頌贊，惠洪也視爲「文字
禪」，如卷十八二首、卷十九三首贊等，〔註146〕均學習自蘇軾詩偈贊頌。
〔註147〕惠洪視贊頌爲「文字禪」之主張，如卷十八〈繡釋迦像并十八羅漢
贊并序〉云：「手把寶書，而不展玩。又示解空，文字不斷。」、〈棗柏大士
畫像贊〉云：「以空爲坐禮十身，以願爲舌說千偈。如以花說無邊春，如以
滴說大海味。」、卷十九〈臨川寶應寺塔光贊〉云：「我作贊辭，非止見聞隨
喜，又以爲翰墨之游戲也。」、〈汾陽昭禪師眞贊〉云：「維摩杜口，釋迦饒
舌。動容顧瞻，非默非說。雖宣一字，不露點墨。稽首汾陽，千聖同轍。」
均可見惠洪詩偈合一、詩禪合轍的「文字禪」詩學意涵。

（九）以禪評詩

　　惠洪以詩禪合一論詩，是其《冷齋夜話》、《天廚禁臠》、《石門文字禪》
三書一貫的風格，而其中以禪評僧詩，尤有惠洪「文字禪」的識見與期許。
惠洪《石門文字禪》中常可見對詩僧文士化的要求，如卷一〈次韻道林會規
方外〉云：「袖中出新詩，筆力發豪縱。」卷三〈次韻超然送照上人歸東吳〉
云：「他年法眼照人天，贈詩詩取南州祖。」卷三〈金華超不群用前韻作詩見
贈亦和三首超不羣翦參黃蘗〉云：「興來落筆如崩雲，五字憑凌氣吞楚！……
不須眾口誇書公，茗溪君作中興祖。」卷三〈贈癲可〉云：「可師有奇骨，吐
語愕眾口。」卷三〈西湖寺逢子偉〉云：「袖中出新詩，貫珠穿妙語。麗如花

〔註146〕《石門文字禪》卷十八有〈繡釋迦像并十八羅漢贊并序〉、〈棗柏大士畫像贊〉；
　　　　卷十九有〈臨川寶應寺塔光贊〉、〈東坡畫應身彌勒贊并序〉、〈汾陽昭禪師眞贊〉。
〔註147〕有關蘇軾偈詩，詳見蕭麗華〈佛經偈頌對東坡詩的影響〉一文，中興大學「第
　　　　四屆通俗文學與雅正文學全國學術研討會」論文，2003 年 3 月 15 日。

林風，清甚空堦雨。」卷六〈英大師年二十餘工文作詩勉之〉云：「要求出世法，道眼照人天。」卷六〈瑀上人求詩〉云：「豈止義中龍，當作文中虎。」卷十一〈送楞嚴經珣維那〉云：「細味此詩如實錄，他年僧史定須編。」卷十四〈贈誠上人四首〉云：「對書只圖遮眼，題詩何必須編？且看無情說法，群山雪盡蒼然。」等等。可知惠洪認爲僧人要有豪縱詩筆，結合法眼照人天，才是南州祖師之眞傳，才是茗溪中興祖。故僧詩貴在有奇骨、有妙語、有道眼，不僅是義中龍，還要作文中虎，他日才能是僧史中人。

（十）月映萬川

《金光明經》云：「佛眞法身，猶如虛空。應物現形，如水中月。」《大乘本生心地觀經》卷一云：「智慧如空無有邊，應物現形如水月。」《月燈三昧經》卷二云：「菩薩摩訶薩應當如實觀一切法，猶如幻化、如夢、如野馬、如響、如光影、如水中月、如虛空性。」水月又作水中月，乃大乘般若十喻之一，十緣生句之一。〔註 148〕水中之月乃月之影現，並無月之實體，以此比喻諸法無自性，凡夫妄執心水中所現我我所之相，而著於諸法，實則諸法了無實體。佛門經典中，好用「水月」以喻禪悟。而禪宗〈證道歌〉云：「一性圓通一切性，一法遍合一切法，一月普現一切水，一切水月一月攝。」更說明月映萬川之本質。

「月映萬川」一般以爲是朱熹的「理一分殊」，其實「水月」、「千江月」都是佛教的名相用語。惠洪《石門文字禪》中好以「月映萬川」的禪法，化爲文字禪詩歌語言。惠洪運用「水月」指佛法，如卷十八〈寶公畫像贊〉云：「水月道場嚴淨久，空華人世落殘餘」，又以「千江月」指佛法萬現，如卷二〈次韻見寄二首〉云：「譬如千江月，處處能分身。」卷十八〈毛氏所蓄嚴主贊〉云：「稽首定光，千江月影。」更將自己比擬爲江月的化身，如卷四〈無盡見和復次其韻五首〉云：「公是睡龍今縮首，我如江月且分身。」他認爲禪法藏不得，如卷十六〈妙觀庵〉云：「江月松風藏不得，大千俱在一毫端。」而詩禪的最高境界，莫過於能普現於世，如卷五〈予頃還自海外夏均父以襄陽別業見要使居之後六年均公謫祁陽酒官余自長沙往謝之夜語感而作〉云：「開書有新詩，喜事遽如許。麗如春湖曉，月映薔薇露。筆力回春工，彷彿識風度。」惠洪初自海南島回來，見大地回春，自然景物普現

〔註 148〕見《摩訶般若波羅蜜經》卷一云：「如幻、如焰、如水中月、如虛空、如響、如揵闥婆城、如夢、如影、如鏡中像、如化」，《大正藏》冊八，頁 217a。

禪機，樂而吟詩，以爲禪法、詩禪如月映萬川。惠洪自云以「月映萬川」之意象爲翰墨遊戲，如卷十九〈臨川寶應寺塔光贊〉云：「譬月之在天，影落眾水。水濁則月隱，水澄則月現。月故常明，而以水之濁清，故見不見爾。吾以是知此邦民，信心清淨所以致此奇瑞。我作贊辭，非止見聞隨喜，又以爲翰墨之游戲也。」惠洪以爲自身如明月般清淨圓滿，只有己身才是眞實的實體，其餘照映在千江的只是分身、影子，故外在的一切是是非非，正如同千江之月影，只有眞實的本體才是眞正的實體，惠洪以此水月與千江月爲詩作的題材，如卷八〈信師相別〉云：「處處得逢渠，千江共一月。」卷十五〈立上人北遊五頂南還，畫文殊雲間之相。余政和年秋遊翠巖，立持以展洪崖橋上，時山雲廓清，萬峰劍立，谿轉雷驚，行人悚動。忽瞻瑞相，如見於岱嶽時。余聞文殊爲根本智，智無不立，豈獨現於五頂耶？〉云：「稽首一切智成就，譬如一月落萬水。乃知洪崖橋上看，不離文殊一月體。」卷十八〈印上人持觀音像來乞贊余曰率伯時畫也爲作此贊〉云：「清淨圓滿萬星月，分身如影分千江。佛子心如湾蹏水，隨其清濁現影耳。從來但聞一月眞，是影何從有非是。」卷十八〈衡山南臺寺飛來羅漢贊并序〉云：「即一切法，離一切相。如一月眞，無二無別。於眾水中，同時見月。像非異同，月豈生滅。以應緣故，光影清絕。」凡此，皆可見惠洪以此禪法化爲詩法意象，而開展出詩禪合一的意境。

趙仁珪認爲「以禪論詩」是借用禪理或引申禪理以比喻詩理或論述詩理。其多以詩話的形式出現，可分爲三個層次：直接套用禪語、用禪的思惟方法論詩、最高層次乃借鑑禪宗中最精華的部份禪趣，和詩最相通的部份加以發揮。而惠洪不但巧妙的以禪學名相論詩，更能將禪法轉化爲詩法，使文字禪具體地以詩學的方式存在。龔鵬程則認爲「以禪論詩」或「學詩如參禪」，其根本理論架構，在詩而不在禪。不是禪的義理使詩發展至此，也非詩人以參禪之法用於詩，而是藉仙道禪佛哲理之與詩歌相通者，以點染闡發詩歌中的奧祕。因而筆者觀察惠洪以禪論詩的觀點，並不限於禪宗經典，也不限於禪學的範疇，主要闡述詩歌的境界、禪機、禪思想、禪生活等。

第五章　惠洪詩學在文字禪上的意義

　　惠洪詩學在文字禪上最大的意義，在於詩禪合一理論的承繼與開展。由本文第四章惠洪追溯原典的過程，可知惠洪對於各家詩學的熟稔，同時，更能兼顧禪學與詩學的不同範疇，踏著前人的詩學基礎，於詩學體系中開創出豐富的文字禪詩論與創見。而且惠洪在其詩學方面的三部著作上，也獨立出每一部作品各自擁有的獨特意涵。

第一節　詩禪合一之繼承與開展

　　唐代詩歌已有詩禪合一的表現，據周裕鍇《中國禪宗與詩歌》云：「詩和禪在價值取向、情感特徵、思維方式和語言表現等各方面有著極微妙的聯繫，並表現出驚人的相似性。」此相通性在於「價值取向的非功利性」、「思維方式之非分析性」、「語言表達之非邏輯性」及「情感特徵表現主觀心性」。〔註1〕杜松柏〈詩情與禪趣的融合〉指出詩禪的融合主要因為「詩與禪並盛的時代背景」、「以詩寓禪」、「引禪入詩」、「詩禪融合」。〔註2〕杜氏認為禪宗與詩歌同時進入唐代的黃金時期，兩者在此時代背景下，具有互相融合的時空條件。再者，以詩寓禪能傳達禪理悟境，恰可好作為禪宗「繞路說禪」最好的表達方式。而詩人靈敏的心思，往往能夠領悟禪思，因此以禪入詩成為唐代詩歌中特殊的情趣。然而在中唐時期，詩僧與文士皆為詩禪合一所苦，並將此視

〔註1〕見周裕鍇《中國禪宗與詩歌》（上海：上海人民出版社，2000年），頁297～319。
〔註2〕見杜松柏《知止齋禪學論文集》（台北：文史哲，1994年），頁184～186。

為「詩魔」，如皎然、貫休、齊己、白居易等，直到晚唐尚顏提出「詩為儒者禪」（《全唐詩》卷 848〈讀齊己上人集〉），顯示詩僧與文士逐漸將詩禪合轍視為必然。經此「以詩寓禪」、「以禪入詩」的過程中，詩禪合轍成為必然的趨勢。其造成文士禪林化與僧人文士化的現象，本文已於第三章有詳細論述。

北宋詩歌進入中葉時期後，發展出「以文字為詩」獨特的面貌，而禪宗發展到宋代中期也進入「文字禪」的時代。不管是「文字禪」或「以文字為詩」都為詩禪融合的重要因素。惠洪之前蘇、黃詩禪合一的發展，已開始講究儒釋道三家融合的思想，蘇軾一方面體會儒家「言之無文，行而不遠」，一方面以為《楞嚴經》委曲精盡，勝妙獨出。〔註3〕也同時主張以語言文字作為悟入禪理的法門，而有大量佛經偈頌入詩歌之作，凡此，皆是蘇軾詩禪合一的表現。〔註4〕惠洪受此影響，也以儒家言意觀作為提倡文字禪的重要基礎，以為『『語言』者，蓋德之候也。故曰：『有德者必有言。』」（《冷齋夜話》卷四「詩言其用不言其名」）故效法蘇軾「以筆硯為佛事」（《東坡志林》卷二，〈付僧惠誠游吳中代書十二〉）希望能融通禪教，以禪語證佛經。更強調「非離文字語言，非即文字語言，可以求道也。」（卷二十六〈題圓上人僧寶傳〉）此外，惠洪還承繼黃庭堅「以俗為雅」、「以故為新」、「點鐵成金」、「句中有眼」等句法，而開展出「奪胎換骨」、「詩眼」、「反常合道」、「冥搜萬象」等詩禪合一的詩法。

一、以禪論詩的實踐

郭紹虞提出「以禪喻詩」，皆以為始於嚴羽《滄浪詩話》，然而他認為司空圖《二十四詩品》中即有此義，並且「至東坡詩中則益暢厥旨。」〔註5〕據蕭麗華〈東坡詩論中的禪喻〉一文，發現北宋文字禪的形成，東坡居關鍵地位，並影響黃山谷及江西詩派。〔註6〕惠洪，之所以能成為文字禪正式的揭櫫

〔註 3〕見周裕鍇《文字禪與宋代詩學》，頁 20～21。
〔註 4〕有關蘇軾以佛經偈頌入詩歌可見蕭麗華〈佛經偈頌對東坡詩的影響〉一文，《第四屆通俗文學與雅正文學──文學與宗教全國學術研討會》，2003 年 3 月 14～15 日。
〔註 5〕詳見郭紹虞、羅根澤《中國古典文學理論批評專著選輯》〈詩話叢話〉（北京：人民文學出版，1984 年）。
〔註 6〕見蕭麗華〈東坡詩論中的禪喻〉《台大佛學研究中心學報》第六期，2001 年 6月。

者，正是承繼東坡、山谷而來，而後江西詩學「以禪論詩」的特徵也循此而生。

　　惠洪承繼東坡，其「以禪喻詩」、「以偈爲詩」、「以禪論詩」、「游戲三昧」和「以夢爲詩」。同時由於惠洪熟諳禪宗各法門，故能以不同禪學名相論詩，如「空」、「宗」、「門」、「勢」、「飽參」、「三昧」、「萬象」、「大千」、「冥搜」、「風雷」、「筆夢」、「詩垢」、「妙語」、「偈」、「飛電」、「機鋒」、「寂音」、「甘露」、「芭蕉」、「趺坐」、「宴坐」等等，此皆爲惠洪用來論詩歌、文字、文字禪、詩禪常用的術語。另外，惠洪更以不同禪法入詩，開展出「文字如春」、「夢中爲詩」、「反常合道」、「冥搜萬象」、「鼻觀詩論」、「以禪評詩」、「月映萬川」等詩禪合一的詩法。

　　大抵而言，惠洪善用禪學術語並融入詩學意象，更開展出許多不同的意義，例如「春」在惠洪心目中可以是「文字」、「薪傳」、「生機」、「悟道」、「行道」、「求道」、「鑑賞人物」還可以作爲生命圓滿的象徵。惠洪巧妙的將四季的「春」，融入詩學，成爲不離文字的「道」，成爲禪與文字不可分，最好的比喻之詞。此外「夢中爲詩」雖然承繼蘇軾「夢幻詩觀」，然而惠洪不甘心只效法蘇軾夢中戲作詩文，而以戲夢詩文以感嘆時人之作。而惠洪「反常合道」一詞雖承繼東坡而來，然而惠洪透過此「反常」「合道」的過程中，獨特領略詩文的眞、趣、奇，而有其不同開展。再者，「冥搜萬象」亦爲惠洪承繼蘇軾「冥通萬象」詩論而來，特別以「詩眼」「冥搜」禪法，且納萬象於詩歌中。因此，任何語言文字體裁都可以成爲惠洪的「文字禪」，自然萬物也爲惠洪所取境、觀照。「鼻觀詩論」更是惠洪巧妙的將春花與禪法結合的詩法，表達出詩人獨特的品味，及禪悟者，獨特的鑑賞力。透過以鼻觀心、嗅聞春花的花香，達到詩禪合一的境界。「月映萬川」則是惠洪使用大乘般若十喻「水月」的名相，用以說詩禪的獨到建構，「水月」可以代表詩人的心境與外在的世界間的關係，還可以指悟道者，透過「水月」、「千江月」及「千江月影」，明白大千萬象的禪法無所不在，故自然萬物普現禪機，提供詩僧、文士樂而吟詩，成爲詩法。

　　如前所述，唐人已能開展詩禪合一的高度融合。但依據蕭麗華〈論詩禪交涉──以唐詩爲考索重心〉一文之考察，唐人完成「以禪入詩」、「詩僧以詩示道」的詩歌創作，於詩歌理論之「以禪喻詩」，在唐代仍是萌芽期。〔註7〕

────────────

〔註7〕見蕭麗華《唐代詩歌與禪學》，頁25。

到宋代以禪論詩才大爲開展。蘇黃是宋代爲先導，惠洪則是集大成者。不管惠洪是直接套用禪學名相之語，或是用禪的思惟方式論詩歌，還是借用禪家的禪趣，都可以看出惠洪並不是只限於承繼前人，仍能踏在前人的基礎上，如春花，源源不絕地綻放文字的禪味、花香。而惠洪以下，宋、明、清詩家以禪喻詩仍接繼此軌道而行，本文第六章將加以討論，由此可見惠洪居於承先啓後的意義。

二、詩爲文字禪的主張

有關惠洪「文字禪」的意涵，本文在第三章第一節中已有範疇的界定。這裡主要是針對惠洪文字禪在詩學的意義上，進一步做完整的論述。惠洪於《石門文字禪》中使用「文字禪」一詞有八例，其中卷九〈賢上人覓偈〉使用五言律詩的方式說明自己「懶修枯骨觀，愛學文字禪」，說明不該排斥語言文字，而應不離文字，以文字應作爲媒介，使參禪者得以參禪悟道。而卷十一〈贈湧上人乃仁老子也〉「應傳畫裡風煙句，更學詩中文字禪」則使用七言律詩的方式，明確說明詩中如畫，畫中如詩，且應學習詩中傳達的文字禪。卷十五〈余將經行他山，德莊自邑中馳書，作詩見留，是夕，胡彥通亦會，二君子談，達旦不寐，明日霜重，共讀蔡德符兄弟所寄詩，有懷其人，五首〉云：「愛將夷甫雌黃口，解說定林文字禪」，以七言古詩的方式說解，周裕鍇認爲「夷甫」乃用王衍善於談玄的典故，「定林」則用了禪門人人皆知的故實。而此處「定林文字禪」應非指詩，可能指王安石晚年退居金陵來往於定林寺所作的饒富禪味之詩，而這些詩歌指達摩以來不執文字、不離文字的禪學。故周氏推測「定林文字禪」應指不離文字的禪學。〔註8〕惠洪使用詩歌的方式，運用王安石的典故傳達不離文字的禪學觀，表現出宋代禪宗禪教合一、儒釋融合的「文字觀」。

而卷十五〈僧從事文字禪三首〉更是用七言律詩說明僧人立志從事文字禪的態度，是任重而道遠的。卷十五〈與法護禪者〉云：「手抄《禪林僧寶傳》，暗誦《石門文字禪》」此處則是用文字禪來指自己的詩文集，表明自己努力從事文字以說禪。卷十九〈潘延之贊〉云：「機鋒不減龐蘊而解文字禪，

〔註8〕 見前揭書周裕鍇《文字禪與宋代詩學》，頁 30。《續高僧傳》卷十六「梁鍾山定林寺釋僧副，曾從達摩求學」；《景德傳燈錄》卷三〈第二十八祖菩提達摩〉云：「時門人道副對曰：如我所見，不執文字，不離文字，而爲道用。師曰：汝得吾皮。」

行藏大類孺子而值休明世。舒王強之而不可神考，致之而不起。此天下士大夫所共聞，然公豈止於是而已乎？」此處文字禪爲參禪的方法。卷二十〈懶庵銘并序〉云：「以臨高眺，遠未忘情之語，爲文字禪」尤其說明自己因未能忘情於塵世，因而忍不住以文字說解禪。可見當時禪林間存在兩種聲音，一爲離文字的禪學觀，二爲不離文字的禪學觀。惠洪因見當時離文字導致流於空疏言談，反而背離禪宗意旨，因而大聲疾呼倡導文字禪，也因爲此，惠洪得罪了不少當時的文士僧人。

從《石門文字禪》一書包含四、五、六、七言的詩歌、書信題跋、偈頌贊銘、祭文行狀等文體，顯示惠洪利用文字實踐文字禪的用意，任何文字形態都可以說解禪理。此外，惠洪著述尙有僧傳、解經、詩評、詩論等著作，都是以文字彰顯佛祖義理的表現。惠洪文字禪的意義非僅指文字還包括口語、書、畫，以卷二十六〈題圓上人僧寶傳〉「仰山初見耽源所傳六祖圓相，即以焚之，及其授法也，則有默論雲門，不許錄語句而遠侍者以紙爲衣，遂傳于今。以是論之，非離文字語言，非即文字語言，可以求道也」、可以看出惠洪對文字禪的主張。又卷二〈至豐家市讀商老詩次韻〉云：「心疑輞川摩詰畫，目誦匡山商老詩」、卷二〈何忠孺家有石如硯，以水灌之，有枝葉出石間，如巖桂狀，爲作此〉云：「言不得意以象傳，桂枝馨香石介然。」卷一〈贈蔡儒效〉云：「東坡戲作有聲畫，竹外一枝斜更好。」卷十六〈讀和靖西湖詩戲書卷尾〉云：「先生詩妙眞如畫，爲作春寒出浴圖。」卷二十七〈蔡子因詩書三首〉云：「杜陵論書貴瘦硬，此論未工吾不平。豐妍瘦容各有態，飛燕玉環誰敢憎。」等等，可以看到惠洪的文字禪涵蓋詩、文、書、畫，均可以文字視之，皆可以是禪的一部份。然而語言文字卻不能代表禪，參禪者可以藉由語言文字悟道，然而卻不可以完全依賴語言文字。故而，惠洪將言語與文字都視爲文字禪的一部份。惠洪擅長以名相、禪法融入詩歌，其詩歌表現不但寫禪語、禪機、禪思想、禪生活，更將禪對世界人生的理解無形融化於詩中，直接以趣味、精神、意境入詩，即應用到禪的精髓。換句話說惠洪詩禪合一的最高手法就是全詩不涉禪字、禪語，然意境超脫於塵俗，充滿禪趣、禪機。詩禪之間存在的相似性在於兩者都企圖消解生命中的雜染，堪破文字的執障，不直接說解心靈的體悟，然而透過詩詞的創作，自然可以達到心靈的提升與解脫的境地。

唐代文士與北宋蘇軾、黃庭堅大都是承繼儒釋道融合的文學家，形成惠

洪詩禪合一的前導。惠洪詩風、文論則純粹是釋子詩風、文論。〔註9〕其《石門文字禪》卷二十〈墮庵銘〉云：

> 心非言傳，則無方便。以言傳之，又成瑕玷。蓋言不言，俱名污染。飲光華笑，智海簞卷。非言不言，驚如掣電。異哉曹山，法幢特建。以墮一字，雪諸情見。在聖非貴，在凡非賤。雜之不藏，著之難辨。二乘骨驚，十地魂戰。而解空子，乃圓笑靨。善刀藏之，不露鋒鋩。不動聲氣，降伏魔怨。

郭紹虞認爲這便是禪家的態度。而《石門文字禪》卷二十三〈昭默禪師序〉云：

> 李北海以字畫之工，而世多法其書。北海笑曰：學我者拙，似我者死。當時之人，不知其言有味，余滋愛之。蓋學者所貴，貴其知意而已。至於蹤蹟繩墨，非善學者也。

這也是禪家所持的方法。惠洪自述作詩文的態度，見《石門文字禪》卷二十六〈題自詩〉云：

> 予始非有意於工詩文，夙習洗濯不去，臨高望遠未能忘情，時時戲爲語言，隨作隨毀，不知好事者皆能錄之。南州琦上人處見巨編，讀之面熱汗下，然佳琦之好學，雖語言之陋如僕者，亦不肯遺，況工於詩者乎？因出示輒題其末。

另〈題珠上人所蓄詩卷〉云：

> 予於文字，未嘗有意，遇事而作，多適然耳。譬如枯株無故蒸出菌芝，兒稚喜爭攫取之，而枯株無所損益。寶峰珠上人，湛堂公之高弟，其爲人精敏能辦事，於佛事欲營之，蓋不知艱嶮爲何等物，在叢林中，爲眾推蓋，其氣不受控勒，日涉園。夫李商老每於人物特慎許可，而贈珠以詩曰：歡玉渥洼種者，佳湛堂之有子也。

凡此，惠洪皆認爲自己創作詩文是因爲未能忘情，因而時常述文以作紓解的戲語。故其並非刻意爲文，而是因事而發。郭氏認爲惠洪述文的態度與三蘇不敢有作文之意相通，因此，惠洪稱頌東坡的文章，於《石門文字禪》卷二十七〈東坡恍池錄〉云：

〔註9〕詳見前揭書郭紹虞《中國文學批評史》，頁370～371，郭氏討論釋子的文論特別舉契嵩《鐔津文集》與惠洪《石門文字禪》爲代表。認爲他們兩位的論文主張可以代表釋家一派，並且影響後來古文學家與道學各方面。契嵩與惠洪作文的態度與古文家一樣，都強調文章不可徒事空文，必須有所根本。

東坡蓋五祖戒禪師之後身，以其理通，故其文渙然如水之質，漫衍浩蕩，則其波亦自然而成。文蓋非語言文字也，皆理故也。自非從般若中來，其何以臻此，其文自孟軻、左丘明、太史公而來，一人而已。然予有恨恨其窺夢幻如霧見月，雖老而死，古今聖達所不免，譬如畫則有夜，而東坡喜學煉形蟬蛻之道，期白日而骨飛，竟以病而歿，使其如魯仲連之不受萬鍾之位而肆志，則寧復有遺恨哉！佛鑑能珍敬其書，則其趣味乃真是山邊水邊之人，與夫假高尚之名，心悅孔方道人者異矣！

惠洪認為東坡的文章自然天成，如水的本質乃浩蕩，更以為東坡的文字正因為能夠融合詩禪，故能成就其獨特的風格。宋祁〈雲門錄序〉云：「忘言之言，未始有言也；可道之道。未始有道也。」〔註10〕可見，惠洪受蘇軾影響，其創作詩文態度也是自然成文。

筆者觀察惠洪《石門文字禪》可見其在詩禪合一的演進上，其實是居於蘇、黃與南宋詩家之間一個重要的繼承與闡發者。關於惠洪繼承蘇、黃的地方，如「游戲三昧」、「妙觀逸想」、「反常合道」、「以偈為詩」、「夢中詩文」、「句中有眼」等等，已如第四章第五節所論，但惠洪在蘇、黃詩禪合轍的道路上，又有其獨到的創見，例如「文字如春花」、「月映萬川」、「鼻觀詩論」等等。整體而言，惠洪在詩禪的繼承與開展上，最大的意義，集中在「詩為文字禪」的主張與倡導。

惠洪受蘇黃詩禪觀的啟發，其「文字禪」觀蔚然開展。由於北宋當時禪學觀以離文字，流於浮誇無根，惠洪觀此弊端，因而提出不執、不離文字的文字禪觀。《石門文字禪》中惠洪明白指出詩中自有文字禪以及詩為文字禪的觀點者頗多，處處都顯示出惠洪因見當時亂象，因而抄《禪林僧寶傳》以立禪林典型，誦《石門文字禪》以提倡「詩禪合一」的文字禪主張，因此終成為北宋詩壇一大特色。而惠洪之「文字禪」主張，也代表詩禪合一，不論在創作論或批評論，屆此均已走上高峰，惠洪正是此孤峰頂上的繼承者與開創者。

第二節　惠洪獨到的詩歌創見

北宋以前詩歌理論創作，以《文心雕龍》、《詩品》二部作品體系最完整。

〔註10〕見《宋景文集》卷四十五，郭紹虞《中國文學批評史》一書所錄。

《文心雕龍》從詩歌文體發展的歷史考察，討論作家作品風格的形成及創作方法與鑑賞批評。而《詩品》則確認詩歌的美學特徵，就五言詩的獨特性質與詩人個體的風格作討論，並對流派首先進行比較與批評。齊、梁時期趨向唯美的詩歌理論，批評家關照到文筆之說與美文意識。隋唐時期詩學批評走向意境論，如王昌齡詩有三境說，皎然論取境與造境論，權德與、劉禹錫提出境在象外說。此外尚有一部份詩人主張政教應與審美結合的現實主義詩論，代表詩人有詩史之稱的杜甫，社會現實主義的白居易，及古文家韓愈、柳宗元等人特別對文、詩分別討論。司空圖《二十四詩品》，可視為唐末五代詩歌論風格之代表。

宋詩取法唐詩，歷來評價不同。蘇軾提出不同的詩歌美學觀，江西詩派黃庭堅首創立詩的法度，發展從悟法到活法的詩法理論。而理學家對於詩歌理論亦有貢獻，邵雍提出情傷性命與以物觀物的說法，朱熹認為文皆是從道中流出的詩論，包恢則提出三種自然說。大抵南宋初期，詩歌理論已經建構得相當完備。

從惠洪《石門文字禪》的詩歌引用字詞內容以及《天廚禁臠》藉秦少游評論詩歌流變，〔註 11〕我們得知惠洪熟稔於中國詩歌的流變，也已集前代論詩之成果，淬礪於文字禪詩學。上從《詩經》四言形式，兩漢賈誼、司馬相如的賦體，六朝時期謝靈運山水詩、陶淵明四言、五言詩，唐朝李白飄逸、杜甫、白居易社會寫實、柳宗元山水、李商隱與李賀的綺麗風格。惠洪都了然於胸，因此惠洪在論詩的時候，能夠回歸詩騷、重視樂府流變、隨意撮舉六朝以及唐代詩人作品為例，在詩學理論的闡發上遊刃有餘。惠洪同時熟悉中國儒家思想與禪宗思想演變，其思想內涵上至離騷、莊子、兩漢史論精神。又加上他特別留意詩歌理論創作，對於皎然、齊己、賈島、杜甫、白居易等討論詩歌理論的著作皆相當注意。陳良運認為詩歌變化除了內因與外因外，更不可忽視詩人本身的才識與創造精神。〔註 12〕惠洪本身熟稔儒、釋、道的內涵，更能熟悉詩歌體裁與理論，加上他對於人生有一種得道覺悟、了脫生死的豁達，因而其詩論才能在整個詩學歷史上承先啟後，有其獨到的創見。

〔註11〕《天廚禁臠》卷上云：「蘇武、李陵之詩，長於高妙。曹植、劉公幹之詩，長於豪逸。陶潛、阮籍之詩，長於沖澹。謝靈運、鮑昭之詩，長於峻潔。徐陵、庾信之詩，長於藻麗。而杜子美者，窮高妙之格，極豪逸之氣，包沖澹之趣，兼峻潔之姿，備藻麗之態，而諸家之作不能及焉。」

〔註12〕陳良運《中國詩學批評史》（江西：江西人民出版社，1995 年 7 月），頁 126。

　　關於惠洪詩歌理論的創見，根據周裕鍇的說法，有「文字禪」、「有聲畫」、「詩眼」、「奇趣」、「妙觀逸想」、「游戲三昧」等等，其中不少地方惠洪實受蘇軾、黃庭堅的影響，但在蘇、黃的基礎之下，惠洪另有自己獨特的演繹。以「奪胎換骨法」來說，歷來都認爲是惠洪引用黃庭堅的「奪胎換骨」詩歌理論，但周裕鍇認爲這是惠洪自身的創造。〔註13〕關於惠洪文字禪的創發部份，筆者於上節已有充分的討論，本節將純就詩歌理論建構方面歸納惠洪在詩學上迥異前人的新見。

　　根據筆者的研究，惠洪論詩在詩禪之外，對傳統詩學也有很多進一步的開發，譬如詩法上，對仗法的獨創性、句法的特殊講究、風格體勢的獨到鑑賞以及「有聲畫」、「詩眼」、「奇趣」等。

一、偷春格

　　惠洪《天廚禁臠》論近體詩三種頷聯法，論對偶、破題法、用韻法，而其中論對偶的做法，舉杜甫〈寒食月〉云：「其法頷聯雖不拘對偶，疑非聲律。然破題、引韻已的對矣，謂之偷春格。言如梅花偷春色而先開也。」緣於惠洪慣用春意象賞詩、論詩。因此，在對偶方法上，惠洪也提出了所謂「偷春格」的對偶評鑑法，這是詩法上的一大創新。

　　對偶方法的演進，在唐五代的詩格中，從最早的上官儀《筆札華梁》中提出九種屬對之法〔註14〕、空海《文鏡祕府論》的二十九種對〔註15〕、元兢《詩髓腦》的八對、王昌齡《詩格》的五對、皎然《詩議》的八種對〔註16〕等其中或談勢對，或意對，或蹉對、或句對等等，但遍考整個唐五代的對偶論都不曾有人提出「偷春格」之說。

　　在宋初也未曾出現「偷春格」之論，至宋代沈存中《夢溪筆談》中才有此紀錄，但未詳加討論，惠洪《天廚禁臠》不僅記載，更舉詩例說明。〔註17〕

〔註13〕見周裕鍇〈惠洪與換骨奪胎法——一樁文學批評史公案的重判〉《文學遺產》，
　　　　2003 年第六期，頁 81～98。
〔註14〕見張伯偉《全唐五代詩格彙考》，頁 58。
〔註15〕見空海《文鏡祕府論》（台北：河洛出版社，1976 年），頁 113。
〔註16〕見前揭書張伯偉《全唐五代詩格彙考》，頁 116、185、211。
〔註17〕張思緒《詩法概述》引沈存中《夢溪筆談》曰：「此詩次聯不拘對偶，疑非律
　　　　詩，然起二句明系對舉，謂之偷春格，如梅花偷春色而先開也。」（上海：上
　　　　海古籍出版社，1988 年），頁 110。

其後魏慶之《詩人玉屑》〔註18〕可算是延續惠洪此說的詩歌對偶論，從惠洪文字禪與詩禪之「春」意象來看，這未嘗不是惠洪在論詩上的一大創見。

二、有聲畫

自北宋神宗熙寧時期，詩畫合一的理論便在文人間廣泛的談論，詩的最高境界以忘言無聲為最佳，而畫本身能傳達詩的意境，也算是一種無聲之詩。詩與畫皆可以傳達美的意境，具有共通性。錢鍾書在〈中國詩與中國畫〉一文指出：「詩跟畫是姊妹藝術。」〔註19〕早在惠洪之前，歐陽修〈盤車圖〉詩已云：「忘形得意知者寡，不如見詩如畫」（《歐陽文忠公集》卷六），東坡〈書鄢陵王主簿所畫折枝二首之一〉詩亦云：「論畫以形似，見與兒童鄰。賦詩必此詩，定知非詩人。詩畫本一律，天工與清新」（《蘇東坡集》前集）東坡認為衡量詩畫的好壞，不能只看形似，而要如同「味摩詰之詩，詩中有畫」，能夠畫畫與寫詩都達到「得於象外」的意境。蘇軾逸詩〈詠韓幹馬〉也云：「少陵翰墨無形畫，韓幹丹青不語詩。」（《蘇文忠公詩合注》卷五十），張浮休《畫墁集》〈跋百之詩畫〉詩云：「詩是無形畫，畫是有形詩。」黃庭堅〈題畫詩〉詩云：「李侯有句不肯吐，澹墨寫出無聲詩。」（《豫章黃先生文集》卷五）等等，凡此說明詩畫合一的境界同在於忘言、忘形。而這樣的觀點，與六朝言意之辨，亦有異曲同工之妙，由歐陽修、蘇軾、張浮休、黃庭堅等人提出的「詩畫一律」、「無形畫」、「有形詩」、「無聲詩」等討論，得知「有聲畫」的理論於北宋初，已引起廣泛的討論。從東坡的「無形畫」演變到惠洪的「有聲畫」，正是惠洪在詩畫理論上的繼承與開創。

在追溯詩畫合一的傳統上，惠洪特別留意王維能以畫境入詩，以詩境入畫。《石門文字禪》卷二〈至豐家市讀商老詩次韻〉詩云：「心疑輞川摩詰畫，目誦匡山商老詩。」表示惠洪特別關注詩畫之間的差異，而卷六〈長沙邸舍中，承敏、覺二上人作記年、刻舟之誚，以詩贈〉詩云：「清秀摩雲洞冰雪，更將已素稱三絕。不作能癡顧虎頭，定為露頂王摩詰。傳神寫照誰與功，吾聞成在阿堵中。擬將萬匹鵝溪絹，為寫漚中勝義空。」惠洪推崇王維的詩畫，並且進一步提到詩如有聲畫的概念。《石門文字禪》卷八有〈宋迪作八境絕妙，人謂之無聲句。演上人戲余曰：「道人能作有聲畫乎？」因為之各賦一

〔註18〕宋魏慶餘《詩人玉屑》卷二云：「言如梅花偷春色而先開也。」
〔註19〕見錢鍾書《文學研究叢編》第一輯，（台灣：木鐸，1981年）

首〉〔註20〕一詩，這是惠洪繼東坡以「無形畫」名詩和山谷以「無聲詩」名
畫之後，從詩畫合一的角度，賦予詩歌「有聲畫」的名稱，這也是惠洪論詩
另一創見。此後南宋孫紹遠收集有宋一代文士題畫詩八卷，因而有「聲畫集」
一書之編撰。〔註21〕據戴麗珠《詩與畫》〈由「無形畫」變爲「有聲畫」〉一
文的考察，「由『無形畫』變爲『有聲畫』，其中語辭的變化——自『形』爲
主，轉爲以『聲』爲主。」黃山谷、惠洪、演上人均爲詩人，因此強調詩的
聲韻立場，「以『無聲詩』稱畫，以『有聲畫』稱詩」，如果以畫家的立場，「則
偏重於『形象』變化，所以稱詩爲『無形畫』，畫爲『有形詩』。」〔註22〕

　　惠洪於《石門文字禪》多處論及「有聲畫」一詞，如《石門文字禪》卷
一〈同超然無塵飯柏林寺分題得柏字〉：「沙村宿雨餘，炊烟淡寒色。山墟罷
市休，野飯漁舟隔。……欲收有聲畫，絕景爲摹刻。興來勿復緩，轉顧成陳
迹。」內容生動描摹雨後村落的暮色與聚落的景況，僧人與童子互動的情景。
惠洪並且認爲這就像是一幅奇特的景象，如同有聲畫一般，在詩畫合一的促
動下，惠洪利用文字生動的記錄下柏林寺美景，並拈出「有聲畫」一語。《石
門文字禪》卷四〈次韻天錫提舉〉詩亦云：「攜僧登芙蓉，想見綠雲徑。天風
吹笑語，響落千巖靜。戲爲有聲畫，畫此笑時興。」惠洪在此也是用「有聲
畫」作爲詩的代稱，來表達天賜提舉，與他同登芙蓉山，一路的天風笑語，
千巖落響之興。

　　惠洪的「有聲畫」有時專指「題畫詩」，《石門文字禪》卷一〈華光仁老
作墨梅甚妙爲賦此〉詩云：「雪裏梅開何草草，欲問清香無處討。回看水際竹
叢邊，寂寞閑愁洗粧早。東坡戲作有聲畫，竹外一枝斜更好。……。慚愧高
人筆下春，解使孤芳長不老。」惠洪因東坡曾作詩題仁老墨梅畫，而附筆題
詩，也對仁老墨梅加以「高人筆下春」的評贊。《石門文字禪》卷八〈宋迪作
八境絕妙，人謂之無聲句。演上人戲余日：「道人能作有聲畫乎？」因爲之各
賦一首〉一詩中，惠洪就因爲演上人的戲言，而有八首題宋迪「瀟湘八景圖」

〔註20〕宋迪是北宋畫院畫家，工善山水，別號復古。他做的瀟湘八景圖，在北宋極
　　　　爲有名，一時文士爭相題詩歌詠。惠洪此詩稱宋迪的瀟湘八景圖爲「八境」，
　　　　他與演上人共同賞畫時，演上人敦促他作詩（有聲畫）爲題記，這是惠洪此
　　　　詩創作的原因。

〔註21〕見孫紹遠《聲畫集》卷三「中華文人畫談」（台北：商務，1977年），頁107。

〔註22〕見戴麗珠《詩與畫》〈由「無形畫」變爲「有聲畫」〉（台北：聯經，1978年），
　　　　頁5～8。

之作。宋迪畫作被喻爲無聲句，而惠洪則利用八首詩描，寫出一幅幅不同風味的有聲畫，如〈平沙落鴈〉詩云：

> 湖容秋色磨青銅，夕陽沙白光濛濛。翩翩欲下更嘔軋，一十五五依蘆叢。西興未歸愁欲老，日暮無雲天似掃。一聲風笛忽驚飛，羲之書空作行草。

〈遠浦歸帆〉詩云：

> 東風忽作羊角轉，坐看波面纖羅卷。日腳明邊白鳥橫，江勢吞空客帆遠。倚欄心緒風絲亂，蒼茫初見疑鳧鷖。漸覺危檣隱映來，此時增損憑詩眼。

〈山市晴嵐〉詩云：

> 宿雨初收山氣重，炊煙日影林光動。蠶市漸休人已稀，市橋官柳金絲弄。隔谿誰家花滿畦？滑唇黃鳥春風啼。酒旗漠漠望可見，知在柘岡村路西。

〈江天暮雪〉詩云：

> 潑墨雲濃歸鳥滅，魂清忽作江天雪。一川秀發浩零亂，萬樹無聲寒妥帖。孤舟臥聽打窗扉，起看宵晴月正暉。忽驚盡卷青山去，更覺重攜春色歸。

〈洞庭秋月〉詩云：

> 橘香浦浦青黃出，維舟日暮柴荊側。湧波好月如佳人，矜誇似弄嬋娟色。夜深河漢正無雲，風高掠水白紛紛。五更何處吹畫角？披衣起看低金盆。

〈瀟湘夜雨〉詩云：

> 嶽麓軒窗方在目，雲生忽收圖畫軸。軟風爲作白頭波。倒帆斷岸漁村宿。燈火荻叢營夜炊，波心應作出魚兒。絕憐清境平生事，蓬漏孤吟曉不知。

〈烟寺晚鐘〉詩云：

> 十年車馬黃塵路，歲晚客心紛萬緒。猛省一聲何處鐘？寺在烟村最深處。隔谿脩竹露人家，扁舟欲喚無人渡。紫藤瘦倚背西風，歸僧自入烟蘿去。

〈漁村落照〉詩云：

> 碧葦蕭蕭風淅瀝，村巷沙光潑殘日。隔籬炊黍香浮浮，對門登

　　網銀戢戢。刺舟漸近桃花店，破鼻香香覺醇釅。舉籃就儂博一醉，

　　臥看江山紅綠眩。

〈平沙落鴈〉一詩，惠洪用王羲之的行草來比擬鴈鳥翻飛的姿態，將鴈鳥與自然融合的動態感，用文字刻劃出來。〈遠浦歸帆〉一詩更用寫詩的眼光，取材自然景物的變化，寫出帆船於江上隨風搖曳沈浮的景象。不但描寫江河的壯闊氣勢，融情於景，更呈現詩人的深沈情感。〈山市晴嵐〉一詩讓讀者感受到天氣微妙的變化，捕捉光影細微的轉變。還寫市井人物的生活樣貌與田園景物純樸風貌，讓讀者藉閱讀詩歌亦如同看見眼前一幅幅畫面。〈江天暮雪〉一詩惠洪描寫黃昏時，雲彩的變化，以潑墨的方式形容天色漸暗，相當傳神，彷彿描摹出當時天色每分每秒的轉換。〈洞庭秋月〉一詩則描寫月色光潔，沒有雲彩遮蔽的星空，顯現出銀河星空的遼闊，不知不覺天色漸亮，太陽冉冉上升。〈烟寺晚鐘〉詩中惠洪描寫遠處的烟寺晚鐘突然響起，惠洪巧妙的描摹景物的變化，讓讀者讀來彷彿參與了當時的情景，無怪詩歌又有「有聲畫」之稱。惠洪因著八首題畫詩使「有聲畫」的題畫意涵更為突出。

三、詩　眼

　　所謂「詩眼」是指詩人的人格、才學、修養所醞釀而成的眼識，《冷齋夜話》卷四「詩日其用不言其名」條云：「句中眼者，世尤不能解。語言者，蓋其德之候也，故曰有德者必有言」。「詩忌」條又云：「如王維作畫，雪中芭蕉，詩眼見之。」卷五「荊公東坡句中眼」條云：「此皆謂之句中眼，學者不知此妙，語韻終不勝。」可知「句中眼」即「詩眼」，指作者本身的人格識解所獨具的慧眼。以此慧眼行於詩句中，才能詩外見道，不滯於題，而有餘韻無窮。

　　觀察惠洪《石門文字禪》中談論「句中眼」如卷四〈敦素坐誦公哀烏臼樹絕句歡愛不已其詩云三年逐客弄湘流華遮欄雨鬢秋秖有荒寒江上樹尚成詩句聚眉頭成此寄之〉云：「君看句中眼，秀卻天下白」、卷四〈蔡老有志好學識面于京師作此示之〉云：「儻明句中眼，王良控驥褁」、卷八〈肇上人居京華甚久別余歸閩作此送之〉云：「為君肥字作棲鴉，句中有眼莫驚嗟」而「詩眼」如卷一〈同彭淵才謁陶淵明祠讀崔鑒碑〉云：「袖手歸去來，詩眼飽山翠。」卷三〈奉陪王少監朝請遊南澗宿山寺步月二首〉云：「單衣喜和風，詩眼愛空翠」、「詩眼愛雲泉，玉骨含富貴」、卷五〈題王路分容膝軒〉

云：「詩眼豔秋水，袖手望空青」、卷五〈寄題彭思禹水明樓〉云：「議郎詩眼發天藏，咄嗟辦樓臨汝水」「淮水粘天雪翻浪，吳山吐月鏡緣空。二豪詩眼應驚駭，覓句遙知與我同」卷六〈景醇見和甚妙時方閱華嚴經復和戲之〉云：「扶笻坐山堂，詩眼不知夜」卷十四〈臨清閣二首〉云：「時看稚子對浴，少陵詩眼長寒。」卷十二〈快亭〉云：「滿地棠陰驚晝永，小亭詩眼覺天多」、卷十二〈次韻張司錄見寄〉云：「看山詩眼湛如水，拄笏爽氣高摩雲」卷十三〈題胥大夫欣欣堂〉云：「摹寫高情無好句，謾橫詩眼付冥搜。」卷二十二〈忠孝松記〉云：「蓋龍圖晶公，以詩眼增損，發其天藏也」。從這些詩句中可以看出惠洪強調詩中「句中眼」，可以含天下秀色，飽藏山色空翠。詩人以「詩眼」覓句，以「詩眼」看山，以「詩眼」覺天地清景，冥搜秋水雲泉，正可以開發出天然的寶藏。

惠洪的「詩眼」、「句中眼」之說，與佛家「五眼」、「金剛眼」應有關係。《金剛經》卷一云：

須菩提，於意云何？如來有肉眼不？如是世尊，如來有肉眼。須菩提，於意云何？如來有天眼不？如是世尊，如來有天眼。須菩提，於意云何？如來有慧眼不？如是世尊，如來有慧眼。須菩提，於意云何？如來有法眼不？如是世尊，如來有法眼。須菩提，於意云何？如來有佛眼不？如是世尊，如來有佛眼。〔註23〕

又如《阿毘達磨俱舍論》卷五云：

且如古者，於九義中，共立一瞿聲，為能詮定量。故有頌言：
方歐地光言，金剛眼天水，於斯九種義，智者立瞿聲。〔註24〕

在佛教禪宗的修行過程中，禪者能除垢出纏，自能開展天眼、慧眼、法眼乃至於佛眼，等到光明大現，證量現前，也就是得到金剛佛眼的時候。惠洪以其禪學修養，將此佛家的「五眼」說，轉為詩歌的「句中眼」、「詩眼」，是很自然的。不過筆者仍認為惠洪的「句中眼」、「詩眼」與蘇軾、黃庭堅應有一定的關係。

蘇軾〈僧清順新作垂雲亭〉詩云：

江山雖有餘，亭榭苦難穩。登臨不得要，萬象各偃蹇。惜哉垂

〔註23〕見《金剛般若波羅蜜經》卷一《大正新脩大藏經》第八冊（新文豐景印本，1988 年），頁 751b。
〔註24〕見《阿毘達磨俱舍論》卷五《大正新脩大藏經》第二十九冊（新文豐景印本，1988 年），頁 29b。

雲軒，此地得何晚。天功爭向背，詩眼巧增損。……天憐詩人窮，
乞與供詩本。我詩久不作，荒澀旋鋤塾。從君覓佳句，咀嚼廢朝飲。

又〈次韻吳傳正枯木歌〉詩云：

　　……君雖不作丹青手，詩眼亦自工識拔。……

蘇軾把江山「萬象」納入「詩眼」之中，並說是老天垂憐詩人窮困，賜給他
「萬象各倔蹇」，作爲作詩的憑藉。蘇軾也把這個「詩眼」的說法，拿來評
贊吳傳正的詩作。惠洪《石門文字禪》卷二十二〈忠孝松記〉云：「以詩眼
增損，發其天藏也。」明顯是從蘇軾「詩眼巧增損」這句話而來。黃庭堅《豫
章先生大全集》卷十六〈贈高子勉四首〉其四云：「拾遺句中有眼，彭澤意
在無弦」，〈子瞻詩句妙一世……〉云：「句法提一律，堅城受我降。」也提
到「句中有眼」的說法。惠洪在二公之後，又推崇二公之盛，受其影響的痕
跡，應可以確信。

　　近人多認爲「句中眼」、「詩眼」爲黃山谷所開創，例如黃奕珍先生〈試
論黃庭堅的「句中眼」〉一文認爲黃庭堅爲論「句中眼」第一個開創者，後人
多用「詩眼」、「字眼」、「句眼」等名稱來指稱。所謂的「句中有眼」，指的是
識力的建立與表發，因此不僅涵蓋詩歌還包含禪宗、書法共三個領域。關於
惠洪提出黃庭堅句中眼的說法，亦見於黃庭堅〈自評元祐間字〉、〈跋法帖〉、
〈題絳本法帖〉、〈贈高子勉四首〉中，並非惠洪獨特的見解，只是惠洪轉引
紀錄之。〔註25〕黃先生指出「詩眼」的意涵，並擴及詩歌、禪宗、書法等領
域。周裕鍇也指出：「黃庭堅把禪家『句中有眼』之說引入詩歌批評，在詩學
史上有重要的意義。」前人對於詩歌多主張意在言外的思想，然而黃庭堅此
舉提供了「從語言的選擇與安排角度來揭示詩歌意味的奧秘的可能。」自黃
庭堅之後，江西詩派多視「句中眼」爲作詩的不傳之秘。而此亦符合宋詩的
特色之一「以文字爲詩」的風格。〔註26〕由周裕鍇先生中的研究可以了解詩
歌史上把「詩眼」、「句中眼」歸爲黃庭堅的創作，可能是因爲江西詩派講究
這種詩法的緣故。

　　龔鵬程認爲惠洪《冷齋夜話》卷四「詩曰其用不言其名」條云：「句中
眼者，世尤不能解。語言者，蓋其德之候也，故曰有德者必有言」。與范溫

〔註25〕詳見黃奕珍〈試論黃庭堅的「句中眼」〉收入《中國文學研究》第九期，1995
　　　　年6月，頁1～24。

〔註26〕見周裕鍇《文字禪與宋代詩學》第一章〈宋代詩學術語的禪學語源〉，頁115。

《潛溪詩眼》記山谷語云：「學者先以識為主，禪家所謂正法眼藏」「直須具此眼目，方可入道」故「識文章者，當如禪家有悟門」，顯示詩眼主要指作者本身的人格識解而言，具詩眼，才能詩外見道；不滯於題，而有餘韻無窮。〔註27〕惠洪的「詩眼」、「句中眼」指的是作者本身的人格識解，入於詩中。但惠洪之後，「詩眼」有二說，一指詩人眼識，一指句中字眼。南宋嚴羽《滄浪詩話》〈詩法〉云：「看詩須著金剛眼，庶不眩于旁門小法。」〔註28〕指的是詩人的眼識修養，應具金剛眼。南宋范溫《潛溪詩眼》：云「學者先以識為主，禪家所謂正法眼，直須具此眼目，方可入道。」〔註29〕也是此意。但是到了元代楊載《詩法家數》卷十四云：「句中要有字眼；或腰，或膝，或足，無一定之處」及「詩要鍊字，字者眼也。」〔註30〕則顯見「詩眼」的意思已經轉為鍊字、字眼的講求。清代薛雪《一瓢詩話》卷三云：「讀書先要具眼，然後作得好詩，切不可誤認老成為率俗，纖弱為工緻。」則又是回歸到蘇軾、黃庭堅、惠洪等宋人的原意，〔註31〕認為「句中眼」就是從句法分析入手，尋求詩韻的最佳嘗試。

四、奇　趣

　　關於奇趣的看法，惠洪雖受蘇黃影響，但其獨創性也頗高。惠洪於作品中多次探討奇趣，可知其對於奇趣的重視。《冷齋夜話》卷五〈柳詩有奇趣〉引東坡云：「詩以奇趣為宗，反常合道為趣，熟為此詩，有奇趣。然其尾兩句雖不必亦可。」惠洪藉用東坡的言語以強調自己的論點，認為詩歌創作，奇趣佔很重要的成份。此外，《天廚禁臠》卷上論〈四種琢句法〉，惠洪舉唐代詩僧無可的詩，惠洪評論此句法最有奇趣，可見其重視句法要有奇趣。惠洪並且將詩分為三種趣：奇趣、天趣、勝趣，其中奇趣惠洪舉江淹〈效淵明體〉說明此詩脫去翰墨痕跡，讀之令人想見其處，謂之奇趣。

　　另外，惠洪於《石門文字禪》更多次提到詩歌要有奇趣的觀點，卷一〈送覺海大師還廬陵省親〉云：「此詩語散緩，細讀有奇趣。」以為詩語散緩也是一種奇趣的表現；卷四〈十六夜示超然〉云：「此詩若散緩，熟讀有奇趣。

〔註27〕詳見前揭書龔鵬程《佛教與佛學》〈釋「學詩如參禪」〉頁158。
〔註28〕見臺靜農《百種詩話類編》下冊（台北：藝文，1974年），頁1370～1372。
〔註29〕郭紹虞《宋詩話考》
〔註30〕見《百種詩話類編》下冊，頁1631。
〔註31〕見《百種詩話類編》下冊，頁1431。

便覺陶淵明彷彿見眉宇。」也同樣認爲陶詩平淡的風味，要多次熟讀，才能品味其中的奇趣；卷五〈次韻思禹思晦見寄二首〉云：「此詩未暇數奇趣，談笑先看押難韻。」可見惠洪非常重視詩歌是否有奇趣，然而除了奇趣之外，他也重視押韻的部份；卷六〈子中見和復荅之〉云：「得句有奇趣，笑渦印朱顏。」表達創作詩句有奇趣，使詩人在創作中心滿意足；卷六〈次韻游方廣〉云：「臨高賦新詩，妙語發奇趣。」揭示詩歌應有奇趣，才能令人讀之有妙誤，得妙語，以上都是惠洪強調詩歌創作要有奇趣的看法。

第三節　《冷齋夜話》、《天廚禁臠》與《石門文字禪》在詩歌理論上的意義

李東陽云：「唐人不言詩法，詩法多出於宋，而宋人於詩無所得。」吳喬云：「唐人工於詩而詩話少，宋人不工於詩而詩話多，常在於字句間。」〔註32〕關於這點看法，筆者認爲唐代詩人雖然沒有刻意談論詩法，但創作詩歌上，則是講究詩法。而詩話的體裁，一般認爲始於歐陽修所作《六一詩話》，此後詩話體裁因而大盛，而梅堯臣《宛陵集》則開啓了論詩詩的風氣。〔註33〕而宋人並非不工於詩，綜攬《全宋詩》的數量，更盛於唐代，只是宋人創作詩歌的方式與意境受到禪宗影響，而有不同的創作風格。然而大抵而言宋代論詩的風氣較唐朝爲盛，因此，惠洪創作《天廚禁臠》、《冷齋夜話》等詩論的作品，乃時代風尙所導致。

一、《天廚禁臠》的貢獻

歷來對於惠洪的著作，後人提出許多質疑，宋·嚴羽《滄浪詩話》云：「字謎、人名、卦名、數名、藥名、州名之詩，只成戲論，不足爲法也，又有六甲十屬之類，及藏頭歇後等體（今皆削之，近世有李公《詩格》，泛而不備；惠洪《天廚禁臠》，最爲誤人。）」胡仔《漁隱叢話》云：「論詩若此，

〔註32〕詳見李東陽《懷麓堂詩話》及吳喬《圍爐詩話》五，郭紹虞《中國文學批評史》上卷〈第六篇北宋〉（台北：盤庚出版社，1978年9月），頁372所舉用的例證，用以說明唐人重在作「詩」，宋人重在「評」詩。由於宋代詩壇風氣重在「評」，因此宋代許多文人一生畢力於討論詩歌做法的研究。

〔註33〕詳見前揭書，郭紹虞《中國文學批評史》認爲宋人最早開論詩之風氣當推歐陽修，因爲歐陽修始創體裁，而梅堯臣則開始嘗試論詩詩的創作。

非知詩者。」明・俞弁《逸老堂詩話》云：「『《天廚禁臠》有琢句法中假借格，……。』《朱子儋詩話》謂其論詩近於穿鑿。」明・朱承爵《存餘堂詩話》云：「《天廚禁臠》說琢句法，有假借格。……余謂古人琢句，亦或未用意至此，論詩者不幾於鑿乎？」清・賀貽孫《詩筏》云：「梅聖俞有《金針詩格》，張無盡有《律詩格》，洪覺範有《天廚禁臠》，皆論詩也。及觀三人所論，皆取古人之詩穿鑿扭捏，大傷古作者之意。三書流傳，魔魅後人，不獨可笑，抑復可恨。不知詩人託寄之語，十之二三耳，既云託寄，豈使人知？若字字穿鑿，篇篇扭捏，則是詩謎，非詩也。」凡此等等，皆針對惠洪論詩徵引之誤，提出抨擊。近人郭紹虞也引宋人對《天廚禁臠》之批評，以其體例不同於詩話，故《宋詩話考》一書不再論述。〔註34〕他以爲「《天廚禁臠》論詩主格，且復強立名稱，妄生穿鑿，自是唐代僧人論詩習氣，《禁臠》所論諸格往往類是。」〔註35〕

　　雖然《天廚禁臠》存在上述的缺失，然筆者以爲不該因噎廢食，因小失大，《天廚禁臠》仍有其不可磨滅的貢獻。何況前人除批評外，亦有讚賞，例如嚴羽《滄浪詩話》〈詩體〉篇，雖批評「惠洪《天廚禁臠》，最爲誤人」，但仍云：「今此卷有旁參二書者，蓋其是處不可易也」，〔註36〕由此可見嚴羽《滄浪詩話》一書，也認爲《天廚禁臠》瑕不掩瑜，曾加參考並引用之，同時肯定其不能取代之處。至於胡仔批評雖多，然而徵引《天廚禁臠》詩格與詩例之處亦多。〔註37〕再如，明・俞弁《逸老堂詩話》更引孟浩然〈裴司士員司戶見尋〉云：「庖人具雞黍，稚子摘楊梅」，解釋此假借格於唐代已有，「何以穿鑿爲哉？」〔註38〕筆者認爲此正可證明惠洪論詩格能舉古人詩例爲印證且有不同見解，故能強立不同名稱。再者，因惠洪繼承唐代僧人論詩風氣，故所論諸格類似唐僧論詩。惠洪明顯將《天廚禁臠》定義爲一本論詩格之作，自然與「詩話」類型不同，故不應一概而論。凡此，前人雖有批責，又多引

〔註34〕見郭紹虞《宋詩話考》上卷，頁14～15。「宋人固已病之。以其體例不同詩話，故不述。」郭氏引胡仔、嚴羽對於《天廚禁臠》的批評，表示贊同前人對《天廚禁臠》的批判。
〔註35〕引文見郭紹虞《中國文學批評史》，頁389。
〔註36〕見嚴羽《滄浪詩話》〈詩體〉（台北：久博，1986年），頁62。
〔註37〕見胡仔《苕溪漁隱叢話前集》卷四十八〈山谷中〉云：「〈魯直勸伯時畫馬〉云：『……』此格，《禁臠》謂之促句換韻，其法三句一換韻，三疊而止。此格甚新，人少用之。余嘗以此格爲鄙句云：『青玻璃色瑩長空，……』」
〔註38〕見《歷代詩話續編》〈逸老堂詩話〉卷上，頁1310。

述徵用，加上詩格、詩話體例有別，惠洪《天廚禁臠》存在的瑕疵，實際上弊少利多，仍具詩學上的重要價值。〔註39〕張伯偉也認為本書「保存了部份唐人遺說，並反映出宋代論詩風氣，則亦有可取。」筆者認為《天廚禁臠》保存承繼詩格傳統、品論唐宋名作、強調近體律法、重視古體歌行之價值，值得後人參考。

（一）承繼詩格傳統

詩格乃中國古代指稱詩歌文學批評的書，其包括所有以「詩格」、「詩式」、「詩法」等命名的作品。據張伯偉《全宋五代詩格彙考》所考，「詩格」之詞，最早出現於《顏氏家訓》〈文章篇〉云：「挽歌辭者，或云古代《虞殯》之歌，或云出自自由橫之客，皆為生者悼往告哀之意。陸平原多為死人自歎之言，詩格既無此例，又乖製作本意。」所謂「詩格」乃指詩的法式、標準。因而不僅詩歌批評會使用到此術語，書法與繪畫批評也會應用到。〔註40〕隋唐五代已有詩格理論的作品，詩話產生之前，初唐至北宋，文壇間便流行詩格類的作品。據張伯偉〈唐五代詩格叢考〉中介紹初盛唐時期已經有《詩格》，〔註41〕此書作者不可考，但從書中的內容了解唐代詩格方面的詩已在民間相當流行。〔註42〕還有白居易《金針詩格》、《文苑詩格》，賈島《二南密旨》，齊己《風騷旨格》，王玄《詩中旨格》，神彧《詩格》，桂林僧景淳《詩評》〔註43〕等等。由此可知評詩之風並非從宋代才開始，而是宋代才開始特別受到詩評家重視，廣為創作。

〔註39〕見張伯偉《稀見本宋人詩話四種》，頁135及頁9。《天廚禁臠》卷中〈比興法〉，惠洪引杜甫〈野外〉云：「老妻畫紙為棋局，稚子敲鍼作釣鉤。」以為：「妻比臣，夫比君，棋局直道也。鍼全直而敲曲之，言老臣以直道成帝業，而幼君壞其法，稚子，比幼君也。」張氏認為惠洪引此詩說明比興法乃「附會牽強，多失穿鑿」，並舉方回《桐江集》卷四〈跋胡直內詩〉指出：「詩意不專識諷，洪覺範《天廚禁臠》誤人處極多，或以是釋杜詩。」

〔註40〕張伯偉《全唐五代詩格彙考》，頁1～2。書法批評亦用「格」以評斷，例如徐靈府《天台山記》載司馬承禎語曰：「子之書法，全未有功。筋骨俱少，氣力全無。做此書格，豈成文字。」至於繪畫批評則以「法」為主，如謝赫《古畫品錄序》所云「畫有六法」。

〔註41〕此篇遺文見敦煌殘卷中，編號3011

〔註42〕張伯偉〈唐五代詩格叢考〉《中國詩學研究》（瀋陽：遼海出版社，2000年1月）

〔註43〕惠洪《冷齋夜話》卷六〈僧景淳詩多深意〉，張氏認為惠洪應親見此書，並且多所襲用。惠洪提出象外句應延自於桂林僧景淳《詩評》一書之「象外句格」。郭紹虞《宋詩話考》頁15，以為《冷齋夜話》有剽竊之弊。

惠洪以前，可考的「詩格」作品，據空海《文鏡秘府論》所載「（周）顒、（沈）約已降，（元）兢、（崔）融以往，聲譜之論鬱起，並犯之名爭興。家製格式，人談疾累。」〔註44〕沈約《品藻》可見皎然《詩式》中序所載：「早歲曾見沈約《品藻》、惠休《翰林》、庾信《詩箋》」，〔註45〕因而我們可知隋唐之時，詩格之作已普遍流傳。今可考第一部作品爲王斌《五格四聲論》，內容多屬四聲範圍，如聲律病犯，如蜂腰、鶴膝、旁紐。張氏以爲詩格大批出現於初唐律詩形成的過程中，主要討論詩的聲韻、病犯和對偶。具羅根澤《中國文學批評史》一書指出：「詩格有兩個盛興的時代，一在初盛唐，一在晚唐五代以至宋代的初年。」由此我們可知惠洪撰寫《天廚禁臠》時，乃承此詩格傳統而作。

由空海《文鏡秘府論》一書，觀察盛唐以前，論詩主要討論聲韻、病犯、對偶、體勢等，而晚唐至宋初論詩格則以論門、物象及體勢爲主，明顯可見論詩格逐漸受佛學的影響所導致。另有論格與法，主要爲宋人論詩的特色，唐人並無以此論詩。

惠洪《天廚禁臠》承繼此詩格傳統，內容兼容並蓄，有論聲韻、對偶、對偶、體勢等，此於本文第四章第三節已詳細論述，而論門、物象於第四章第五節也曾討論，蓋惠洪除承繼唐代論詩之法，更能融入宋初論詩特色，並結合禪學，此皆嚴羽認爲此書「是處不可易」的原因。

（二）品論唐宋名作

《天廚禁臠》引唐代詩歌計有陳子昂、王維、杜甫、李白、顧況、白居易、韓愈、韋應物、柳宗元、李賀、李商隱、司空曙、鄭谷、張喬、杜牧、王操、劉義等詩人。引宋代詩歌計有秦少游、王安石、蘇軾、黃庭堅等，可見其品論唐宋名作、舉例不僅唐一代詩歌之作，惠洪舉黃山谷詩歌詞作，運用詩格，加以評論。例如：《天廚禁臠》卷上討論「偷春格」云：「然破題、引韻已的對矣，謂之偷春格。言如梅花偷春色而先開也。山谷嘗用此法作茶詞。」惠洪將論詩之法延伸至宋詞，以爲山谷運用偷春格的方法創作茶詞。另外，《天廚禁臠》卷上論用典、用事法，引證之例爲〈雙竹〉與〈酴醾花〉，皆探討宋人作品如何運用典故的寫作方式。

惠洪於宋人詩除了引山谷之作爲例證外，還舉東坡〈與子由別和其詩〉

〔註44〕見王利器《文鏡秘府論校注》（南京：中國社會科學出版，1983年），頁396。
〔註45〕見張伯偉《全唐五代詩格彙考》，頁243。

「別期漸近不堪聞，風雨蕭蕭正斷魂。猶勝相逢不相識，形容變盡語音存。」
與山谷〈龍山雨中〉、李白〈宮怨〉及杜甫〈春日曲江〉等三首作品對照分
析：

> 斷腸草，其花美好，亦名芙蓉。尋常，七尺爲尋，八尺爲常。
> 形容變盡，但識其音聲存耳，見東漢〈黨錮傳〉夏馥言兄弟也。鳩
> 見雨即逐其婦，晴則呼其婦，以喻君怒其臣即逐之，怒息即詔其歸
> 爾。此謂賢鄙同笑。謂其賢愚讀之皆意解而愛敬之也。以賢者知其
> 用事所從出，而愚者不知，不知猶爲好也，此秦少游名之。(《天廚
> 禁臠》卷上)

李白、杜甫、東坡及山谷四人創作詩歌均使用了〈黨錮傳〉典故的運用，用
以說明國君不喜歡臣子即驅逐之。然而四人在詩歌創作上，融典於景色中，
後人閱讀若不知曉典故，則無法了解詩作隱含的寓意。惠洪並且指出此乃秦
少游所發現的，並非是他個人的獨見，可知惠洪縱觀蘇、李、曹、劉、陶、
阮、謝、鮑、徐、庾、杜甫等一脈相承的詩歌史，並且橫向探討風格，論各
家詩風之不同，有高妙、豪逸、沖澹、峻潔、薄麗等，留意各詩評家評詩之
作，客觀舉例並說明。

（三）強調近體律法

　　惠洪《天廚禁臠》共三卷，分上、中、下，論詩格共三十八目，並舉唐
宋詩歌名句爲例，同時夾雜黃庭堅的詞作，此外，尚舉唐代以前的詩格與詩
歌爲例。內容標舉詩格、詩法，然以句法討論爲主。書中收入句法有「近體
三種頷聯法」、「四種琢句法」、「就句對法」、「十字對句法」、「十字句法」、「十
四字對句法」、「錯綜句法」、「折腰步句法」、「絕絃句法」、「影略句法」、「比
物句法」、「奪胎句法」、「換骨句法」、「遺音句法」、「破律琢句法」、「促句換
韻法」、「子美五句法」、「杜甫六句法」等。惠洪於《天廚禁臠》卷上即說明
「專門句法，隨人所去取」，更認爲杜甫乃能「兼法諸家之所長」。其於卷上
提出「近體三種頷聯法」，討論對偶、破題法、用韻與偷春格的對法。其舉杜
甫〈寒食月〉的例子用以說明杜甫此詩「頷聯雖不拘對偶，疑非聲律。然破
題、引韻已的對矣，謂之偷春格。言如梅花偷春色而先開也。」之後，更用
黃庭堅茶詞的作品，加以說明今人運用此法後的創作。可見惠洪不但能夠熟
悉近體律法規則，更能舉一反三，觀察運用此法於宋詞中的作品，加以分析。
以爲「山谷嘗用此法作茶詞，……，蓋下押四山字，上鞍、難、歡、殘皆有

韻，如是乃知其工也。」這些都是惠洪獨特的見解。

（四）重視古體歌行

以古律體而言，《天廚禁臠》卷中云：「律詩拘於聲律，古詩拘於句語，以是詞不能達。」此乃說明古詩與律詩之差別，在於律詩強調聲律，而古詩則侷限於句語，因此，詞不能完全達意，而有一類歌行體，則使得詩人較能遣詞達意。〔註46〕惠洪特別重視古體歌行體，《天廚禁臠》卷中特別討論樂府歌行體，以爲歌行體，「哀而不怨」，歌詠「豐功盛德」、「詭異稀奇」之事，且遣詞造語能「舒徐而不迫，峻特而愈工。」故「吟諷之而味有餘」、「追繹之而情不盡」。〔註47〕且「『行』者詞之遣無所留礙，如雲行水流，曲折溶曳，而不爲聲律語句所拘。但於古詩句法中得增辭語耳。」惠洪認爲李賀與杜甫能守其法，不失爲文之旨，並引李賀〈將進酒〉、〈致酒行〉、〈南山田中行〉，杜甫〈麗人行〉、〈貧交行〉、〈兵車行〉等作品。而「『歌』者亦古詩之流，但有卓絕之事，可以歌詠者，至節要處，任其詞爲抑揚之語。」並引李賀李賀〈觱篥歌〉、〈採玉歌〉、〈莫舞歌〉，杜甫〈醉時歌〉、〈樂遊園歌〉、〈山水障歌〉，以爲例證。

二、《冷齋夜話》的價值

章學誠《文史通義》卷五〈詩話〉云：「詩話之源，本於鍾嶸《詩品》」，然而《詩品》只是以詩論詩的一種形式。一般皆認爲第一部詩話爲歐陽修《六一詩話》，在此之後，詩話成爲宋代評論詩人詩作、記錄詩人軼事、發表詩歌理論等的作品。

語錄體之名乃得於禪宗，自慧能之後，始分印度禪與中國禪，禪宗至此可謂正式成立。語錄體主要記載禪師言論的語錄，而詩話則是爲了集以資閒談，與禪宗語錄記載禪師言論、行事，內容性質頗爲相近。張伯偉認爲歐陽修撰《詩話》，形式上受禪宗語錄體的啓示和影響，非常有可能。由此得知，歐陽修詩話體裁的開創並非偶然，而是因應時代背景。〔註48〕

〔註46〕《天廚禁臠》卷中：「夫謂之行者，達其詞而已，如古文而有韻者耳。自唐陳子昂一變江左之體，而歌行暴於世。作者輩能守其法，不失爲文之旨。唯杜子美、李長吉，今專指二人之詞，以爲證。……如李賀〈將進酒〉〈致酒行〉〈南山田中行〉。杜甫〈麗人行〉〈貧交行〉〈兵車行〉。」

〔註47〕見張伯偉《稀見本宋人詩話四種》，頁141。

〔註48〕詳參前揭書張氏〈宋代詩話產生背景的考察〉《中國詩學研究》一文。

　　惠洪《冷齋夜話》乃一部隨筆記錄的詩話作品，與《天廚禁臠》不同的
地方在於《天廚禁臠》以記錄作詩的規則、範式為主，而《冷齋夜話》則以
「辨句法，備古今，紀盛德，錄異事，正訛誤」〔註 49〕為主。雖然清代何文
煥所編《歷代詩話》，同將《天廚禁臠》與《冷齋夜話》皆收入其中，但兩部
著作，明顯是不同性質的作品。由於兩部作品皆有論詩歌的做法，因而有多
處所論詩法及詩例相似，例如琢句法、對句法、含蓄法、用事法、影略句法、
奪胎換骨法、比物法、造語法、論詩之奇趣、天趣、氣與風格等。使用相同
詩例亦可見二十多處，但整體而言，《冷齋夜話》體裁並沒有《天廚禁臠》嚴
謹，且皆為一條條漫錄式的記錄。

　　據郭紹虞《宋詩話考》所考《冷齋夜話》，以為此書「所論甚雜，不專
論詩，本在筆記詩話之間，故各家著錄，多入小說類，不入詩文評類，《四
庫總目提要》亦以入雜家類。」〔註 50〕而《四庫提要》也云：「是書雜記見
聞而論詩者居十之八，論詩之中，稱引元祐諸人又十之八，而黃庭堅語尤多。」
由此可知這部作品中，惠洪記錄了相當多元祐詩人品評詩歌的軼事以及當時
評論詩歌、詩格。其中惠洪對黃庭堅、蘇軾及王安石，倍極推崇，以為「造
語之工，至於荊公、東坡、山谷，盡古今之變」又以為「用事琢句，妙在言
其用，不言其名耳，此法唯荊公、東坡、山谷三老知之」，凡此皆可見惠洪
對於他們三位大家的推崇。《冷齋夜話》提到王安石有十五處，卷一「換骨
奪胎」條、卷四「五言四句得於天趣」條引王安石「百家衣體」說明「天趣」、
卷五「舒王山谷賦詩」條、卷五「王荊公詩用事」條、卷四「西崑體」條等
等，可見惠洪處處受王安石影響之處。《冷齋夜話》中論及蘇軾生平事蹟、
引蘇軾詩、遊蘇軾所到處、觀蘇軾墨跡等共有五十五處，其中引蘇詩更達二
十五處，如卷七〈東坡廬山偈〉、〈般若了無剩語〉等等。至於山谷，《冷齋
夜話》更可見惠洪稱引山谷大量詩論，及融合詩禪合一的觀點。如卷三「山
谷集句貴拙速不貴巧遲」條、「山谷集句」條、卷五「荊公東坡句中眼」條
等等。凡此皆顯現《冷齋夜話》具有收集蘇、黃、王等當代詩學大家之詩論
的重要意義。

　　章學誠《文史通義》〈詩話〉將詩話分為論詩及事與論詩及辭兩大類，即
指對詩人詩事的記錄及對詩人詩作的研究。惠洪《冷齋夜話》同時具有這兩

〔註49〕見許顗《彥周詩話》。
〔註50〕見郭紹虞《宋詩話考》，頁 14。

類的特質，不僅記事，也記載詩人詩法，同時加入自己的見解融入其中，可謂一部有新意的詩話。綜言之，《冷齋夜話》在詩學上存有以下幾點意義：

1. 在論詩及辭方面能針對詩歌理論探討，提出獨特的詩學主張與見解，並以不同詩學觀點進行辯駁討論。例如卷三「池塘生春草」條惠洪表明贊同李元膺的說法，以為謝靈運「池塘生春草，園柳變鳴禽」，乃情意佳，但「詩句蓋其寓也」，然而世人多認為此二句乃謝詩的佳句等等。

2. 能對當代或前代詩作進行分析、評價，並指出其風格、成就、地位及前後繼承關係，且標舉雋句，提出批評或鑑賞的意見。如卷二「館中夜談韓退之詩」條記錄惠洪與沈存中、呂惠卿等人談論韓愈詩歌，沈氏以為韓愈詩歌不近詩，呂氏則認為韓愈的詩無人可比，兩派爭論不休，惠洪最後客觀評論，以為韓愈詩歌「真出自然，其用事深密，高出老杜之上。」卷三「諸葛亮劉伶陶潛李令伯文如肺腑中流出」條以為杜甫與六朝等文士文字皆自然誠實等等。

3. 對各種詩歌體製或詩歌流派的形式、發展、演變能進行探究，溯源辨流，闡說其特點。如卷四「西崑體」條云「詩到李義山，謂之文章一厄。以其用事僻澀，時稱西崑體。」卷四「詩用方言」條，云「江左風流久已零落，士大夫人品不高，故奇韻滅絕。東晉韻人勝士最多，皆無出謝安石之右。」《冷齋夜話》卷三「賈島詩」條言賈島詩有影略句。《冷齋夜話》卷六「比物以意而不指言某物謂之象外句」條，以「比物句法」為「象外句」等等。

4. 對詩歌的格律、聲調、音韻、對偶、造語、用事等藝術技巧問題也能加以研討，提出一定的做詩法則或規範。《冷齋夜話》卷四「詩句含蓄」條，將含蓄分為「有句含蓄」、「有意含蓄」、「有句意俱含蓄」三種；《冷齋夜話》卷一「換骨奪胎」條言換骨句、奪胎句的定義與藝術技巧；《冷齋夜話》卷四「詩用方言」條談評杜甫〈八仙詩〉中「船」字乃「方俗言也。所謂襟紐是也。」等等。

5. 對詩歌的創作背景、命題立意、典故出處、字句來歷等進行考證詮釋，辨誤糾謬。卷二「韓歐范蘇嗜詩」條說明韓歐范蘇等人作詩的嗜好，「洪駒父評詩之誤」條則對字句來歷進行辯誤。卷一「老嫗解詩」記錄白居易深入淺出的詩歌風格，卷三「詩一字未易工」條說明一字之工，可知才力之高下。卷四「滿城風雨近重陽」條，載潘大臨事蹟，乃後世成語「滿城風雨」的由來。

6. 在論詩及事方面，則能記述詩歌本事、詩人軼事及與詩歌有關的見聞。如卷一「江神嗜黃魯直書韋詩」條，則言元祐詩人嗜唐詩的軼事，「東坡留題姜唐佐扇楊道士息軒姜秀郎几間」條，記錄東坡在海南島的軼事等等。

故大抵而言，雖然《冷齋夜話》屬於分卷分則，隨意編排，無系統的詩話，但其內容皆具有重要的詩學意義。雖然《郡齋讀書志》以爲《冷齋夜話》「書中論辭少，論事多，論辭多襲前人之說，論事又多誇誕，人莫之信。」而《四庫全書總目提要》評《冷齋夜話》也以爲其「標題或冗沓過甚，或拙鄙不文」，因此，惠洪此說歷來皆遭非議，近人郭紹虞《宋詩話考》甚至以爲「此書不僅論事有僞造之病，即論辭亦有剽竊之弊。」但筆者以爲歷來批評多承襲吳曾《能改齋漫錄》批評之說而來，且書中瑕疵難免，並非通書皆如此。

三、《石門文字禪》的意義

惠洪《石門文字禪》一書，分三十卷，內容包含各種不同詩體的創作，如古詩、排律、五言律詩、七言律詩、五言絕句、六言絕句、七言絕句、詩偈、贊、銘、詞、賦、記、序、記語、題、跋、疏、書、塔銘、行狀、傳、祭文。可見惠洪不僅熟悉各種文學體裁，嘗試創作不同的體類，更能將文字禪化爲各種文體展現。以印證「詩爲文字禪」，「文字不離禪」的文字禪學觀。

承第四章惠洪詩學內涵所探討，《石門文字禪》包含惠洪完整的詩學內涵，除可見惠洪追摩前代詩風的痕跡，得知惠洪上承詩騷精神，能注意到樂府詩歌的復與變，留意陶淵明詩歌奇趣與謝靈運詩風餘韻，同時也觀照到六朝詩人不同的精采處，其取法前人化爲己身的詩才，更能超越前人，有獨特的見解，此皆可於《石門文字禪》中體現。此外，此書中也可看出惠洪如何彰顯北宋初期詩學體系中的詩法，如何受王安石、蘇軾、黃庭堅不同詩學體系的影響，如何取法古德禪僧之禪法與詩學。惠洪詩禪合一的詩學觀主要承襲東坡的詩論，而詩法更受黃庭堅的影響，《石門文字禪》中處處可見惠洪得自山谷詩禪合一、以禪論詩的獨特詩法，如「奪胎換骨」，見卷十六〈古詩云：「蘆花白間蓼花紅，一日秋江慘憺中。兩箇鷺鷥相對立，幾人喚作水屏風？」然其理可取，而其詞鄙野，余爲改之曰：換骨法。〉；「句中眼」，見卷四〈敦素坐誦公袞烏臼樹絕句歡愛不已其詩云三年逐客弄湘流華遮欄雨鬢秋秖有荒寒江上樹尚成詩句聚眉頭成此寄之〉云：「君看句中眼，秀卻天

下白」、卷四〈蔡老有志好學識面于京師作此示之〉云：「儻明句中眼，王良控驟裏」等等。

而詩法方面，《石門文字禪》也含有完整的詩學體系觀，如卷一〈贈汪十四〉、卷五〈次韻思禹思晦見寄二首〉等論鍊字。卷三〈金華超不群用前韻作詩見贈亦和三首超不群窮參黃蘗〉等論句法。卷十六〈古詩云：「蘆花白間蓼花紅，一日秋江慘憺中。兩箇鷺鷥相對立，幾人喚作水屏風？」然其理可取，而其詞鄙野，余為改之曰：換骨法〉論詩法。風格論及詩歌之構思與命題，也可見於卷一〈贈蔡儒效〉等。

另外，從《石門文字禪》一書，也可以觀察到惠洪極重視詩僧傳統，其對於六朝以來詩僧的詩學觀皆十分熟悉，並且意圖追法前代詩僧，如支遁、慧遠、湯惠休、皎然、寒山、齊己、智閑禪師，及萬回、丹霞、寶公、香嚴、藥山、亮山、靈雲、船子等八位古德人，惠洪不僅以前代詩僧之詩法與宋一代文士、詩僧相比，文字中更透露其對於前代詩法的熟稔與重視。同時惠洪對於宋僧大德的詩禪觀，更可於《石門文字禪》中顯露。

惠洪運用不同的文類，以行文字禪，其撰寫《石門文字禪》一書，最大的目的就是提倡以禪論詩的詩學觀，故惠洪不僅以禪學名相彰顯詩法，更以禪法象徵詩法，如前論「文字如春花」「妙觀逸想」「游戲三昧」等等詩觀，大半多來自本書，此正是《石門文字禪》最重要的詩學意義。

第四節　惠洪文字禪對後世的影響

惠洪的創作極廣，可分為詩學、禪學、僧史等方面，對後世各自有不同層次的影響，由於本文主要討論惠洪詩禪的關係，因而於本節主要探討惠洪文字禪，尤其是詩禪對後代的影響，有關惠洪僧傳、僧史方面的成就則不詳細論述。

一、對宋代的影響

惠洪文字禪對宋詩的影響，主要表現在江西詩法與以禪論詩的詩論上。本文第二章第二節關於惠洪生平與著述中曾提到惠洪與大慧宗杲的關係。大慧宗杲的看話禪於南宋引起廣大的影響，一時士大夫奔走門下，形成禪門盛況。大慧宗杲的禪學思想除了法承臨濟宗——雲庵——湛堂文準外，更受圓

悟克勤等人提攜。但江西詩派黃庭堅、陳師道等的藝術經驗及惠洪文字禪均帶給宗杲看話禪相當的啓示。宗杲企圖脫離文字的表象，追求文字的抽象精神，得到禪的宗旨。他消解語言的指義功能，恢復人的本眞存在的精神。以爲存心等悟將成爲心障，無法透視道眼。周裕鍇認爲宗杲雖受惠洪影響，然而他能更深刻理解江西詩派「向上一路」的精神，將江西詩派由惠洪的句法提升至深蘊的精神境界。〔註51〕而呂本中多次向宗杲問法，他所提出的「活法」，更是融合詩禪的文字觀。由惠洪到宗杲到呂本中，皆可視爲惠洪文字禪的流風餘沫。

惠洪以爲杲上人能得文字禪的遺意，《石門文字禪》卷二十三〈洪州大寧寬和尙語錄序〉云：「獨寬公少見機緣，有石門宗杲上人，抗志慕古，俊辯不群，遍遊諸方，得此錄。讀之而喜曰：雖無老成，尙有典刑。此語老宿典刑也。其可使後學不聞乎？即唱衣鉢，從余求序，其所以命工刻之。嗚呼！杲之嗜好，可謂與世背馳。彼方尊事大名譽者，傳授其語，而杲獨取百年物故老僧之語，欲以誇學者，不亦迂乎？雖然，會有賞音者耳。」宗杲記錄大寧寬和尙語錄，惠洪以爲此乃與當時之不立經書、浮談風俗背馳，宗杲能獨樹一格，以文字記錄禪師語錄，令惠洪非常高興，以爲此語錄，可爲典型，能以文字傳授禪法。

周裕鍇先生認爲江西詩派在南宋初期能擴散蔓延，並在整個南宋長盛不衰，實與大慧宗杲的禪風流布有關。江西詩派風格由北宋到南宋的演變，以及詩派內部的分化，可能是惠洪文字禪到宗杲看話禪的演變下，所啓示的結果。〔註52〕蘇門集團的元祐詩人，因受到政治上的打擊，至南宋重新得到推崇。除詩人得到〈江西宗派圖〉的榮耀，禪僧也受到皇帝的褒揚，尤其臨濟宗勢力因而大增。「以禪入詩」、「以禪喻詩」至此時，已達登峰造極的境界。禪宗的話語、典故幾乎深入江西詩派詩人的骨肉，化爲詩歌的一部份，因而得以獨霸於當時，實賴禪學爲其後盾，即使理學家也不例外。周裕鍇認爲理學家完成對禪學的「奪胎換骨」，禪宗的心性證悟和華嚴的法界觀幫助理學家建立反觀內省的修養方式及理一分殊的哲學體系。朱熹後來將理學集大成，成爲中國士大夫安身立命的信仰基礎。南宋後期詩人逐漸由禪宗居士的身分轉變爲理學的信徒，文字禪的影響也逐漸衰弱，〔註53〕而惠洪對江西詩法的

〔註51〕詳見前揭書周裕鍇《文字禪與北宋詩學》，頁147。
〔註52〕詳見前揭書周裕鍇《文字禪與北宋詩學》，頁69。
〔註53〕參考前揭書周裕鍇《文字禪與北宋詩學》，頁94～95。

影響，主要在「活法」、「句中眼」與「奪胎換骨」等，這是本文第四章、第五章已反覆論及的。

另外，南宋雷庵爲大慧宗杲的弟子，他曾爲惠洪辯解，認爲「寶覺嘗與老南和尚分座於黃檗，啓迪方來，尋從泐潭禪師授此經要。及謝事黃龍，日讀此經不輟，每掩卷撫几告參徒曰：此神髓也。」〔註54〕受惠洪禪教合一觀點鼓吹下，當時撰寫經論的僧人有道光《華嚴經》、《法華經》，瑛上人《華嚴經》，惠超《法華經》，法惠《宗鏡錄》。惠洪《石門文字禪》卷二十五〈題光上人所書華嚴經〉云：「出世間之醫，其用自心之得妙者也。是經，其廣則四天下微塵；數偈句，其得則震旦所譯十萬偈句。光擬之於沙界、涼曝得所藏之於毛端，寬博有餘；至於殊勝功德，則非有思議心所能測知。經初畢工，而盜賊蟻聚所至，流血可涉。光黃舒蘄衲之間，受禍猶酷。獨此經所寄東西南北十里之間，無犬吠之驚，父老男女安堵樂業，豈非龍神所護持而然乎？」可知惠洪以詩偈、詩歌爲文字禪觀，於當時已影響相當多的僧人。

祖琇肯定惠洪的才學，於《僧寶正續傳》卷二云：「師之才章，蓋天稟然。幼覽書籍，一過目，畢世不忘，落筆萬言，了無停思。其造端用意，大抵規模東坡，而借潤山谷。至於出入禪教，議論精博，其才實高。圓悟禪師以爲筆端具大辯才，不可及也。與士大夫游，議論袞袞，雖稠人廣座，至必奮席」。〔註55〕圓悟禪師其《碧巖錄》一書，可謂兩宋文字禪的代表之作。黃啓江先生以爲宋以後禪法日衰，惠洪以文字表達禪思、禪觀之教禪合一的觀點，普遍被接受與重視。且惠洪《僧寶傳》與《石門文字禪》等著作所宣揚之觀點與主張，更是具有超時代之意義的。〔註56〕

在以禪論詩方面，惠洪的影響及於南宋詩家。魏慶之《詩人玉屑》卷二引惠洪《天廚禁臠》之「偷春格」「言如梅花偷春色而先開也。」〔註57〕卷十引《冷齋夜話》卷四所舉之例「山谷曰：『管城子無食肉相，孔方兄有絕交書。』又曰：『語言少味無阿堵，冰雪相看有此君。』又曰：『眼看人情如格五，心知世事等朝三。』格五，今之蹙融是也。《後漢》注云：『常置入於

〔註54〕詳見《首楞嚴經合論》卷末，雷庵正受所撰〈統論〉，頁93。

〔註55〕見祖琇《僧寶正續傳》卷二（高雄：佛光大藏經，1994年），頁559。

〔註56〕見黃啓江〈僧史家惠洪與其「禪教合一」觀〉，《北宋佛教史論稿》，頁312～358。

〔註57〕宋魏慶之《詩人玉屑》卷二云：「言如梅花偷春色而先開也。」（台灣：商務，1968年），頁27。

險處耳，然句中眼者，世尤不能解。語言者，蓋其德之候也。』故曰：『有德者，必有言。』王荊公欲革歷世因循之弊，以新政化，作〈雪詩〉，其略曰：『勢合便疑包地盡，功成終欲放春回。農家不念豐年瑞，秖欲青天萬里開。』」魏慶之用惠洪之說來說明用代字的重要。可知宋代詩家不但注意到惠洪的《冷齋夜話》，同時更將惠洪書中所云的內容記載在他的著作中。再者，宋魏慶之《詩人玉屑》卷一云：「吳可學詩詩云：『學詩渾似學參禪，竹榻蒲團不計年，直待自家都了得，等閑拈出便超然。』」如此的詩禪觀與惠洪文字禪觀相似，亦可見惠洪文字禪的影響。

　　另外，南宋張表臣《珊瑚鉤詩話》卷一「東坡而韓文公廟記，鍾子翼哀詞，時出險怪，蓋遊戲三昧，偶一作之也。」〔註58〕可見游戲三昧運用以指詩歌之作。南宋曾季貍《艇齋詩話》卷九云：「後山論詩說換骨，東湖論詩說中的，東萊論詩說活法，子蒼說論詩飽參，入處雖不同，然其實皆一關捩，要知非悟入不可。」〔註59〕這段話指出陳師道、徐俯、呂本中、韓駒四個江西詩派重量級的詩人以禪論詩的四種詩法，其中「換骨」之說，出自於惠洪《天廚禁臠》、《冷齋夜話》與《石門文字禪》中，後山論詩說換骨，可見換骨說於當時已經相當流行。而「飽參」乃禪學名相，惠洪於《石門文字禪》中即可見其運用「飽參」名相之詞，化爲詩法。至於活法說，因爲惠洪影響大慧宗杲，而宗杲與呂本中交往密切，故就算呂本中不曾與惠洪見面，然而由此關係可知道此活法說亦可能間接受惠洪影響。南宋葛立方《韻語陽秋》卷二云：「詩家有換骨法，謂用古人意而點化之，使加工也。……學詩者，不可不知此。」〔註60〕便是針對惠洪的換骨法加以評析。

　　至於南宋嚴羽《滄浪詩話》卷一〈詩辨〉云：「禪家者流，乘有大小，宗有南北，道有邪正；學者須從最上乘，具正法眼，悟第一義。」「大抵禪道惟在妙悟，詩道亦在妙悟。」「盛唐諸人惟在興趣，羚羊掛角，無跡可求。故其妙處透徹玲瓏，不可湊泊，如空中之音，相中之色，水中之月，鏡中之象，言有盡而意無窮。」卷十五〈詩法〉云：「須參活句，勿參死句。」「看詩須著金剛眼，庶不眩于旁門小法。」〔註61〕等等，則全是惠洪以禪論詩之餘風。

　　此外韓駒〈贈趙伯魚〉詩云：「學詩當如初學禪，未悟且遍參諸方，一朝

〔註58〕見《百種詩話類編》下冊，頁1445。
〔註59〕見《百種詩話類編》下冊，頁1364。
〔註60〕見《百種詩話類編》下冊，頁1367。
〔註61〕見《百種詩話類編》下冊，頁1370～1372。

悟罷正法眼，信手拈出皆成章。」〔註62〕《詩人玉屑》卷五述韓駒的話，謂：「詩道如佛法，當分大乘、小乘、邪魔外道，惟知者可以話此。」可知韓駒不僅「飽參」的概念受惠洪影響，其「詩眼」觀也可能習自於惠洪。另外宋代范溫《潛溪詩眼》云：「學者先以識為主，禪家所謂正法眼，直須具此眼目，方可入道。」范溫為史學家范祖禹之子，詞人秦觀之婿，曾直接從黃庭堅學詩。此書亦簡稱《詩眼》，當時曾為各家所稱引，宋以後散佚。但「詩眼」之直接文獻，如前所考，惠洪也曾論述。

其他如曾幾〈讀呂居仁舊詩有懷〉云：「學詩如參禪，慎物參死句，縱橫無不可，乃在歡喜處。又如學仙子，辛苦終不遇。忽然毛骨換，政用口訣故。」葛天民《無懷小集》〈寄楊誠齋〉詩云：「參禪學詩無兩法，死蛇解弄活潑潑。」這都是惠洪之後，另外開展出來的以禪論詩文字禪觀的各色路徑。

二、對元明清的影響

惠洪對元明清的影響主要在詩法及文字禪觀上，元詩四大家之一范德機（1272～1330）著有《木天禁語》、《詩學禁臠》二書，《木天禁語》為一本討論詩法的著作，全書共一卷，將作詩之法歸納為六大類，分別為篇法、句法、字法、氣象、家數、音節；每個類目均有詳細論述，書中多引唐人詩例。《詩學禁臠》一書，張伯偉認為此書之名，乃仿效惠洪《天廚禁臠》之題名，此書主要通過唐人七律標舉「頌中有諷格」、「美中有刺格」等十五種詩格。《木天禁語》論詩歌做法之氣象類中列舉「偈頌」一格，又詩歌做法之「家數」類，儼然都有惠洪影響的痕跡。〔註63〕然而《詩話概說》雖指出這兩部書亦同時有惠洪《天廚禁臠》相似的通病，在於過於瑣屑，強立名目，故做玄虛之類等等，且引《四庫全書總目提要》說明《詩學禁臠》：「淺漏尤甚」。作者認為每部作品作品皆有缺點，若因此懷疑其為偽作，則缺乏客觀的證據。〔註64〕

元代詩人戴良（1317～1383）重刊《僧寶傳》其序云：

〔註62〕見《陵陽先生詩》卷二。
〔註63〕見張健《元代詩法校考》一書《木天禁語》內篇，（北京：北京大學出版社，2001年），頁174、142。惠洪《石門文字禪》強調以偈為詩，又《天廚禁臠》強調諸家所長之專門句法，范德機偈頌一格，家數詩論顯然承此而來。
〔註64〕見前揭書《詩話概說》，頁98～99，作者認為《四庫全書總目提要》僅從作品中疏謬的一面提出批評，但對其可取之處並無肯定，故失其公正性。

或則曰：（司馬）遷蓋世之言，覺範則出世間者也。出世間之道
以心而傳心，彼言語文字，非道之至也。於此而不能以無滯，則自
心光明且因之而壅蔽，其於道乎何有？是大不然。爲佛氏之學者，
固非即言語文字以爲道，而亦非離文字以入道。觀夫從上西竺東震
諸師，固有兼通三藏，力弘於心宗者矣。若馬鳴、龍樹、永嘉、圭
峰是也。學者若不致力於斯，而徒以撥去言語文字爲禪，冥心默照
爲妙，則先佛之微言，宗師之規範或幾乎熄矣。〔註65〕

戴氏以爲覺範能有司馬遷的史才，欣賞惠洪不但能出世間之道，更能不離文字，亦不執著於文字表象之文字禪觀，由此可知宋以後反對「撥去語言文字爲禪」而傾向禪教一致的禪僧，仍奉惠洪爲師。

禪宗發展至元末明初已逐漸式微，尚有少數禪師，尚闡揚大慧宗杲的看話禪。明初禪師楚石梵琦爲大慧宗杲五傳弟子，被袾宏喻爲明朝第一流宗師，其致力闡揚看話禪，並提倡淨土修持。〔註66〕「平日度人，或以文字而作佛事，《六會語》梓傳已久，外有《淨土詩》、《慈氏上生偈文》、《北游集》、《鳳山集》、《西齋集》，又有和天台三經詩、永明壽禪師山居詩、陶潛詩、林逋詩，總若干卷，並行於世。」〔註67〕可見梵琦爲不離文字的禪僧，曾云：「不立文字，虛張意氣。直指人心，轉見並深。」〔註68〕又云：「法離語言文字，返著文字語言；假使精進三藏，何如直截根源。」〔註69〕麻天祥以爲梵琦把講禪與悟禪區別對待，目的是爲他自己的法語、禪詩出示一種合乎邏輯的解釋。〔註70〕這樣的主張似乎受到惠洪文字禪理論的影響。

明末四大高僧之一的紫柏眞可（1543～1603），字達觀，面對當時佛教現狀，立誓調和儒釋道三家，復興禪宗。其以爲惠洪的「文字禪」乃「文字悟」，〔註71〕大力提倡惠洪的著作，張揚其文字禪的意義。紫柏發起大藏經的雕刻，

〔註65〕見戴良《九靈山房集》卷二十一〈重刊禪林僧寶傳序〉，頁23～25。
〔註66〕見《中國佛教百科叢書·歷史卷》，頁597～598。
〔註67〕見至仁《楚石和尚行狀》，《楚石梵琦禪師語錄》卷二十，《禪宗集成》第二十冊，頁13442。
〔註68〕見《楚石梵琦禪師語錄·住海鹽州天寧永祚禪寺語錄》，《禪宗集成》第十九冊，頁13238。
〔註69〕見梵琦《明眞頌二十八首》，《楚石梵琦禪師語錄》卷十八，《禪宗集成》第二十冊，頁13409。
〔註70〕見麻天祥《中國禪宗思想發展史》，（《湖南：湖南教育出版》，1997年），頁253。
〔註71〕見賀烺〈紫柏大師集跋〉云：「初祖不立文字，直指人心；大師不離文字亦直指人心，其揆一也。……噫！有文字，有未始有，文字學者繇文字悟。」《嘉

爲明代《嘉興藏》，大量收集惠洪的作品，並重新翻刻，其爲惠洪《石門文字禪》撰序云：

> 蓋禪如春也，文字則花也，春在於花全花是春，花在於春，全春是花，而曰禪與文字有二乎哉。故德山臨濟棒喝交馳未嘗非文字也，清涼天台疏經造論未嘗非禪也。而曰禪與文字有二乎哉。逮於晚近，更相聯而更相非，嚴於水火矣。宋寂音尊者憂之，因名其所著曰《文字禪》。……橫心所見，橫口所言，門千紅萬紫於三寸枯管之下於此把住水泄不通，即於此放行，波瀾浩渺……夫何所謂禪與文字者，夫是之謂文字禪。而禪與文字有二乎哉？噫！此一枝花自瞿曇拈後，數千餘年擲在糞掃堆頭，而寂音再一拈似，即今流布，疏影撩人，暗香浮鼻，其誰爲破顏者？〔註72〕

紫柏亟欲凸顯文字與禪不二，並且批判當時禪僧不觀經典，導致當代禪門文字觀混亂的現象。認爲必須透過文字禪才能夠解禪、悟禪，體會古德大佛的禪理，他指出惠洪提出「文字禪」初始用意乃「以詩喻禪」，故文字與禪是不可分割檢視。他十分重視「即文字語言而傳心」、「即心而傳文字語言」，以爲「文字，波也；禪，水也。如必欲離文字而求禪；渴不飲波，必欲撥波而覓水。即至昏迷，寧至此乎？」〔註73〕不僅提倡惠洪「文字禪」的觀點，並且親身實踐，以詩文著作與當時世人唱和，並用書信的方式交流禪法。〔註74〕其〈跋宋圓明大師邵陽別胡強仲敘〉云：「我寂音尊者方羈縻於縲紲之中，九死一生之地，而能超然自然。所謂生死憂患，莫能入其胸中，何術至此哉。」以及〈禮石門圓明禪師文〉云：「若夫圓明大師，則又出入性、相之樊，掉臂於禪宗之域，及出世法而融攝世法，以世法而波瀾乎出世之法。……石門之血脈幸而續之，則飲光之笑聲，或將傳於龍華會上，未可知也。」〔註75〕紫柏極欣賞惠洪雖歷世間百般艱難，卻猶能自在超脫，其法更能兼容並蓄，這些都是紫柏極力效法推崇惠洪的詩禪合一觀。

　　與紫柏眞可往來密切的明代詩僧憨山德清，主張禪教一致、禪淨合一。

　　興藏》冊22，頁374。
〔註72〕此序內容根據《石門文字禪》（台北：新文豐，1973年12月）版本。
〔註73〕見《紫柏尊者全集》卷十四。
〔註74〕董其昌曾接獲紫柏書信的開示，勉勵「極當發憤，此生決了，不得自留疑情，遺誤來生」。詳見《紫柏老人集》卷十二〈復董元宰〉，《嘉興藏》冊22，頁333下。
〔註75〕見《紫柏老人集》卷八及卷七，《嘉興藏》冊22，頁272、267。

其於《憨山老人夢遊集》一書〈夢遊詩集自序〉云：「僧之從戍者，古今不多見。在唐末則谷泉，而宋則大慧、覺範。在明，則唯余一人而已。」〔註76〕可見憨山德清自許自己乃上承惠洪之禪教合一的思想，並效法惠洪以詩集傳法流布後世。

　　據廖肇亨〈明末清初叢林論詩風尚探析〉一文所考，明代中葉，尚認為惠洪「論詩近於穿鑿」，然而明末卻能搖身一變成為眾所稱引的高僧，主要關鍵乃因紫柏真可大力頌揚，使惠洪得以成為當時詩僧理想的典型，作品也成為當時文士、詩僧仿效的對象。〔註77〕如徐波〈南來堂題詞〉一文云：

　　　　空門之妙於筆札者，古不具論，宋有寂音尊者，一題一詠，與

　　眉山、喻章並埒，最為尊貴。〔註78〕

徐波將惠洪與蘇軾、黃庭堅相比，顯示相當欣賞惠洪文字禪的詩學內涵。另外毛晉也在《石門題跋》書末跋文云：

　　　　宋僧能工詩文者不少，……，求如雷霆發聲，萬國春曉者，惟

　　洪覺範一人而已。謝無逸稱其得自在三昧於雲庵老人，故能遊戲墨

　　場中，呻吟磬咳，皆成文章。〔註79〕

毛晉以為惠洪獨能以詩文解禪，能將自在三昧寓於遊戲墨場，以為其作品能有震聾發瞶的力量，皆對惠洪文字禪的詩學內涵有極高的推崇。此外，盧世㴶〈與趙仲起〉一文也云：

　　　　余不知禪，不好禪，茲閱鈔《石門文字禪》，特愛其文字耳，就

　　中題跋一部尤可愛，乃盡錄之，此僧遂至與東坡、山谷、放翁諸先

　　生高揖端拜，天下詎可以族類論耶？然每至悲涼嗚咽，慷慨激烈處，

　　輒見其涕出淚流，肩搖骨涌，蓋尊宿中一片有心人也，披誦之餘肅

　　然起立。〔註80〕

因紫柏重新翻刻，使盧氏得以閱讀《石門文字禪》，其雖然不懂禪法深意，但欣賞惠洪的詩文，並因從其字裡行間，感受到惠洪慷慨激昂的豪情與詩風，

〔註76〕見憨山德清《憨山老人夢遊集》卷四十七〈夢遊詩集自序〉（台北：新文豐，1983年），頁2549。

〔註77〕詳見廖肇亨〈明末清初叢林論詩風尚探析〉《中國文哲研究集刊》第二十期，2002年3月。

〔註78〕見徐波〈南來堂題詞〉，收於蒼雪讀徹著，王培孫註《南來堂集》（台北：鼎文，1977年），〈附錄〉卷1，頁1。

〔註79〕毛晉《石門題跋》（台北：新文豐，1985年）。

〔註80〕見盧世㴶〈與趙仲啓〉，收於《尺牘新語》（台北：廣文，1971年），頁394。

不禁肅然起立。馮夢禎〈林間錄重刻跋語〉一文云：

> 嗟乎！祖師塗毒鼓，千歲之下猶有聞而死者，覺範之功豈可誣
> 哉？今去覺範之時又遠，宗風不絕如髮，達觀師慨然任之，欲倡明
> 綱宗，以息魔外，今之覺範也。〔註81〕

馮夢禎曾與達觀討論惠洪著書的用意，達觀以為惠洪著書的立意，便在於確
立綱宗。而明代之宗法林立，達觀卻能承繼惠洪，也欲以文字倡明綱宗。

自惠洪傳文字禪至明代，歷經五百多年，幸得紫柏真可大力聲援惠洪之
禪教一致觀，鼓吹「語言文字乃入道之階梯，破暗之燈燭。」〔註82〕才使惠
洪「文字禪」的詩學內涵得以重新現世。從紫柏、徐波、毛晉、馮夢禎、盧
世㴷等人不僅對惠洪其禪法、詩學及處世觀的推崇，皆可見惠洪文字禪在明
代的影響。晚明時代詩禪觀重新承繼惠洪詩禪合一的禪觀，由非如一禪師〈同
聲草序〉一文所云，可對惠洪文字禪之詩學內涵做最好的註解，其云：

> 詩乃心之聲，因感物而著形焉，形聲相感，觸目無非文字，所
> 謂詩即文字之禪。不達乎此，此禪與詩歧而為二矣；如悟明不二，
> 則聲和響順，志同氣合，可以植而為忠為孝，為聖為賢，此聲詩有
> 補於世教多矣，其可不傳乎？〔註83〕

可知明末清初重新對文字禪的重視。

另外，皮朝綱〈惠洪審美理論瑣議〉一文指出惠洪「鼻觀」說影響明末
清初的文學批評家錢謙益，〔註84〕錢氏〈香觀說書徐元嘆詩後〉云：

> 有隱者告曰：「吾語子以觀詩之法，用目觀不若用鼻觀」余驚問
> 曰：「何謂也？」隱者曰：「夫詩也者，疏瀹神明，淘汰穢濁，天地
> 間之香也。目以色為食，鼻以香為食，今子之觀詩以目，青黃赤白、
> 煙雲塵霧之色雜陳於吾前，目之用，有時而窮，而其香與否，目固
> 不得而嗅之也。吾廢目而用鼻，不以視而以嗅，詩之品第出，略與
> 香等，或上妙或下中，或斫鋸而取，或箭筈而就，或熏染而得，以
> 嗅映香，觸鼻即了，而色、聲、香、味四者，鼻根中可以兼舉，此

〔註81〕見《林間錄外三部》，《佛光大藏經‧禪藏》（高雄：佛光，1994年），頁 195
～196。
〔註82〕見《紫柏尊者全集》卷七，頁 375 下。
〔註83〕非如一禪師乃南宋林希逸的後代，此段文字見《即非禪師全錄》〈同聲草序〉，
《嘉興藏》冊三十八，頁 736。
〔註84〕詳見皮朝綱〈惠洪審美理論瑣議〉《宋代文學研究叢刊》第二期（高雄：麗文
文化，1996年），頁 530～533

觀詩方便法也。」〔註85〕

又〈後香觀說書介立旦公詩卷〉云：

> 余用隱者之教，以鼻觀論詩，作香觀說，序元嘆詩卷，靈岩退
> 老嘆曰：「此六根互用，心手自在法也。」……於斯時也，聞思不及
> 鼻觀論詩，先參一韻，偶成半偈，間作香嚴之觀，所謂清齋晏晦，
> 香氣寂然，率入鼻中者，非旦公孰證之？非鼻觀孰參之？〔註86〕

錢謙益在二文中將「鼻觀」說此引入詩學理論，倡導要以嗅覺作爲審美鑑賞的主要感覺官能。

有關惠洪鼻觀詩論詳見本文第五章第一節，錢氏能運用惠洪的「鼻觀」以作爲詩學審美鑑賞的感官，此於惠洪《石門文字禪》卷二十四〈葡軒序〉亦有論述云：「純一無雜，鼻觀通妙，聞慧現前。……今禪師乃宴坐，不言之中，使來者嗅薝葡焉，乃翁乃祖，皆以舉手動足爲佛事，克家之子，又以清芬轉法輪，非縱非橫，非同非異，如伊之字，摩醯之目，非化變諸幻而開幻眾者乎？」可見錢氏承襲惠洪鼻觀詩學另外延伸出詩學的鑑賞論。

此外，惠洪的文字禪觀亦影響明代僧普荷，見其著作《滇詩拾遺》卷五〈詩禪篇〉云：「千古詩中若無禪，雅頌無顏國風死，惟我創知風即禪，今爲絕代剖其傳。禪家無禪便是詩，詩而無詩禪儼然。從此作詩莫草草，老僧要把詩魔掃，哪怕眼枯鬚皓皓。一生操觚壯而老，不知活句非至寶。」可知普荷認爲詩中應有文字禪，故其作詩也主張詩禪合一。

而明代都穆《南濠詩話》卷三云：「嚴滄浪謂論詩如論禪，禪道惟在妙悟，詩道亦在妙悟。學者須從最上乘具正法眼，悟第一義。此最爲的論。」〔註87〕明代屠隆《鴻苞》卷十七謂：「三百篇是如來祖，十九首是大乘菩薩，曹劉三謝是大阿羅漢，顏鮑沈宋高岑是有道高僧，陶韋王孟是深山野衲，杜少陵是如來總持弟子，太白是散聖，李長吉是幻師，郊島是苦行頭陀，玉臺香奩是綺語破戒僧，溫李二羅是野狐禪。」這些都是延續以禪論詩的明代詩論模式。

清初賀裳《載酒園詩話》一書云：「僧詩之妙，無如洪覺範者，此固一名家，不當以一僧論也。」錢謙益〈題南谿雜記〉一文云：「石門，文字之佛也。

〔註85〕錢謙益《牧齋有學集》卷四十八〈香觀說書徐元嘆詩後〉（上海：上海古籍，1996年），頁1567
〔註86〕錢謙益《牧齋有學集》卷四十八〈後香觀說書介立旦公詩卷〉，頁1569。
〔註87〕見《百種詩話類編》下冊，頁1380。

放翁，文字之仙也。余爲通其意曰：石門〈謁梁公〉、〈魯公廟〉、〈李愬畫像〉諸詩，佛子之忠義鬱盤，揚眉努目，現火頭金剛形相者也。」〔註88〕由此可見元明清以來對惠洪詩禪的肯定，並對惠洪詩文的成就給予很高的評價。

三、對鄰近日本、韓國的影響

韓人李仁老（1152～1230）撰《破閑集》，〔註89〕此書乃韓國詩話的開創之作，內容以隨筆體裁寓詩論於閒談述事之中。主要評論韓人及其作品，將韓國詩人與中國詩人詩作進行比較，用以表彰師法中國之韓國詩人。內容云：

> 讀惠洪《冷齋夜話》十七八皆其作也，清婉有出塵之想，恨不得見本集。近有以《筠溪集》示之者，大率多贈答篇，玩味之，皆不及前詩遠甚。惠洪雖奇才，亦未免瓦注。

作者不但稱讚惠洪的文字清婉並且有出塵禪趣之想，而《筠溪集》即《石門文字禪》的別稱，作者認爲《石門文字禪》的詩作多贈答的內容，以爲《冷齋夜話》高過於《石門文字禪》。以《破閑集》完成的時間而言，已距離惠洪生存的年代約一百年。雖然一般認爲南宋時期，中國論詩詩的風格主要透過嚴羽《滄浪詩話》，才更爲普及。然而韓國詩話之始《破閑集》特別推舉惠洪《冷齋夜話》，可見受歡迎的程度與影響力之深遠。《破閑集》論「琢句法」云：

> 琢句之法，唯少陵獨盡其妙。如「日月籠中鳥，乾坤水上萍」、「十暑岷山葛，三霜楚戶砧」之類是已。且人之才如器皿，方圓不可以該備，而天下奇觀異賞可以悦心目者甚夥。苟能才不逮意，則譬如駑蹄臨燕越，千里之途，鞭策雖勤，不可以致遠。是以古之人雖有逸才，不敢妄下手，並加鍊琢之工，然後足以垂光虹蜺，輝映千古。至若旬鍛季鍊，朝吟夜諷，撚鬚難安於一字，彌年只賦於三篇。手作敲推，直犯京尹；吟成大瘦，行過飯山；意盡西峰，鐘撞

〔註88〕見錢謙益《牧齋有學集》卷四十九〈題南谿雜記〉（上海：上海古籍，1996年），頁1610。

〔註89〕《破閑集》共三卷，作者李仁老，慶源人。書稿完成於南宋寧宗嘉定十三年（1220），爲惠洪去世後九十二年，可見惠洪《冷齋夜話》、《石門文字禪》作品的內容與聲名，不僅流傳於南宋，更已經遠傳至韓國，並對於韓國詩話體裁與詩論評述均有貢獻。此處資料乃參考鄺健行、陳永明、吳淑鈿選編《韓國詩話中論中國詩資料選粹》（北京：中華書局，2002年7月），頁3。

半夜；如此不可縷舉。及至蘇、黃，則使事益精，逸氣橫出，琢句
之妙，可以與少陵並駕。

有關於詩法之琢句法，惠洪於《天廚禁臠》與《冷齋夜話》中皆有探討。另
外，《冷齋夜話》卷四〈詩曰其用不言其事〉云：「用事琢句，妙在言其用，
不言其名耳，此法唯荊公、東坡、山谷三老知之。」及卷六〈比物以意而不
言某物謂之象外句〉云：「唐僧多佳句，其琢句法比物以意，而不指言某物，
謂之象外句。」《破閑集》參考惠洪的著作並且重新舉例，亦可謂別出心裁。
又如：

自雅缺風亡，詩人皆推杜子美爲獨步。豈唯立語精硬，刮盡天
地菁華而已，雖在一飯未嘗忘君，毅然忠義之節，根於中而發於外，
句句無非稷契口中流出，讀之足以使懦夫有立志。玲瓏其聲，其質
玉乎，蓋是也。

詩家作詩多使事，謂之點鬼簿；李商隱用事險僻，號西崑體；
此皆文章一病。近者蘇、黃崛起，雖追尚其法，而造語益工，了無
斧鑿之痕，可謂青於藍矣。如東坡「見說騎鯨遊汗漫，憶曾捫蝨話
悲辛」、「永夜思家在何處，殘年之爾遠來情」，句法如造化生成，讀
之者莫之用何事。山谷云「語言少味無阿堵，冰雪相看只此君」、「眼
看人情如格五，心知世事等朝三」，類多如此。

《破閑集》所云亦見於《冷齋夜話》卷四「西崑體」條云：「詩到李義山，謂
之文章一厄，以其用事僻，時稱西崑體。」與卷五「荊公東坡句中眼」云：「造
語之工，至於荊公、東坡、山谷，盡古今之變。」可見作者參酌不少《冷齋
夜話》的內容。

此外，韓人李睟光撰（1563～1628）《芝峰類說》，一書刊於明神宗萬曆
四十三年。書中主要評論中國詩與韓國詩的關係，探討韓國詩採用中國詩的
淵源，並細分詩、詩法、詩評等十多類。〔註90〕本書內容詩評部份云：

惠洪《冷齋夜話》：「山谷嘗稱荊公〈與客夜坐〉詩、東坡〈山
寺贈僧〉詩二絕」云。余謂「各據稿梧同不寐，偶然聞雨落階除」

〔註90〕《芝峰類說》總二十卷，其中詩話五卷。內容主要討論韓國詩與中國詩的關
係，細分詩、詩法、詩評、御製詩、古樂府、古詩、唐詩、五代詩、宋詩、
元詩、明詩、旁流、詩藝等節目，可見作者閱覽之博；其間新意很多。此資
料參考前揭書《韓國詩話中論中國詩資料選粹》，頁63。

　　　　荊公詩也。「白灰旋撥通紅火，臥聽蕭蕭雪打窗」，東坡詩也。細味

　　　　之則荊公無意，東坡有意，此可見優劣矣。

李晬光所引文字，完全出自惠洪《冷齋夜話》。又日本曹山釋元恭禪師《俗語解》即有奪胎一詞，也是承自惠洪的「奪胎換骨」之詞。

　　此外，日人道忠（1653～1744）乃日本江戶時期禪林著名的學者，其著有《冷齋夜話考》乃目前唯一對於《冷齋夜話》一書考釋的作品，同時也可知日人對於惠洪作品重視的程度。而由道忠《冷齋夜話考》書中「夜闌更秉燭」條引陸游《老學庵筆記》；「雷轟薦福碑」條引王明清《玉照新志》；「天棘是柳」條引許顗《彥周詩話》等等，可知惠洪《冷齋夜話》一書在北宋末年及南宋時期已廣泛受到重視，其後又流傳東瀛，藉日人的考釋，我們得以看出其影響與傳布的歷史痕跡。

　　還有日本五山文學中漢詩創作除受到白居易、蘇東坡與黃庭堅等影響，而僧人們作詩更同時受到惠洪以文字為禪，文字與禪相融合的影響，日人興宗明教禪師周鳳（しゅうほう）（1391～1473）〔註91〕曾云：「然則詩實吾徒不可學者乎？故以清涼覺範為詩僧，有識所恨也。但近古高僧皆有詩集，後生相承而學之耳。」「且論詩論禪，豈有二哉！至於參句參意，惟一也。」〔註92〕內容除推崇覺範惠洪為詩僧，更強調僧人的詩集乃互相傳承，而「論禪論詩，豈有二哉？」更可見詩禪融合的概念已經影響五山文學，並融入其中，此皆為惠洪文字禪的餘響。〔註93〕

　　此外，據張伯偉所考，以為《石門文字禪》於十四世紀中葉已傳入日本。〔註94〕而日本江戶時期，更有日僧廓門貫徹註解惠洪《石門文字禪》，完成《註石門文字禪》一書。此乃《石門文字禪》於中國北宋末年出版後，經明代紫

〔註91〕周鳳，別名臥雲山人（がうんさんじん）、瑞渓（ずいけい）

〔註92〕玉村竹二《五山文學新集》第一卷《小補集》卷首附臥雲山人周鳳〈小補集序〉（東京：東京大學出版會，1967年6月），頁3。

〔註93〕周裕鍇〈惠洪文字禪的理論與實踐及其對後世的影響〉一文，內容指出《五山文學新集》中「文字禪」一詞出現的頻率極高，如：「覺範著文字禪，實為天下英物。」（〈天英住相國道舊疏〉）或「承圓明而說真淨禪」（〈雲岩住江宏濟山門疏〉）、「參詩如參禪」（〈正宗住筑聖福江湖疏〉）等，周先生更指出五山詩僧常化用惠洪文字禪，如橫川景三：「禪文詩似春在花」乃承繼惠洪「文字禪」的概念。

〔註94〕張伯偉於日本五山時期僧人義堂周信《空華日用工夫集》中，發現提引惠洪《石門文字禪》之作，推測本書應於當時已傳入日本。

柏真可翻刻後，〔註95〕再次傳入日本。由於廓門貫徹重新註解，而受到日本
禪林的重視，凡此可視爲惠洪與其《石門文字禪》於後世之餘響。

〔註95〕紫柏真可於明萬曆丁酉八月望日撰序，並重新翻刻《石門文字禪》等著作，
　　　　此舉使得惠洪文字禪的詩學文字觀於明代重新受到重視。

第六章 結 論

　　本文研究之初，筆者曾希望探討惠洪《天廚禁臠》、《冷齋夜話》、《石門文字禪》等三部著作在詩學方面的意義；定位惠洪在詩禪合一的發展史上，所居的地位；耙梳惠洪在北宋文字禪於詩學方面，有哪些繼承與開拓；並希望還給惠洪人格及詩學上的客觀面貌。

　　經由一年多來的努力，筆者透過惠洪生平與北宋政治、經濟、文化背景，考察出北宋中央集權、文人主政與宋初的反佛思潮，促使文人集團交遊密切，文士及僧人互動頻繁，儒釋思想緊密融合。而北宋禪宗的發展一枝獨秀，承繼唐代五家七派，有回歸經典文字的宗門傾向，尤其是臨濟宗與雲門宗，對惠洪文字禪的發展深具影響意義。

　　以惠洪生平事蹟來看，他的冒用度牒、弘法嬰難、三度下獄、流荒海南、浪子和尚等種種歷史責難，更加顯現他性格疏狂、道心堅定、護教虔誠，其不護個人細行，純以禪學與詩學為重的態度，苦心孤詣尤令人同情共感。惠洪一生結交緇素僧俗無數，舉凡北宋高僧如真淨克文、靈源禪師、大慧宗杲等，名臣如張商英、陳瓘、黃庭堅、韓駒、許顗等，都與他往來切磋，看得出他在吸收北宋初期名家禪法與詩法上的努力，同時也可以看出他在宣教、傳法與提倡文字禪上的廣大唱酬。

　　以惠洪的著作內涵來看，《冷齋夜話》、《天廚禁臠》為詩論代表作，《石門文字禪》則為其以詩文為佛事之作，而《禪林僧寶傳》、《林間錄》、《僧史》、《志林》主要為僧史與叢林筆記，《智證傳》、《法華合論》、《楞嚴尊頂義》、《圓覺皆證義》、《金剛法源論》、《起信論解義》主要為解析經論與祖師機鋒語句疏證佛教經義，《臨濟宗旨》則論臨濟宗之要義。以著作數量之多，著作內涵

廣及詩禪交涉、儒禪交涉、僧史與叢林筆記種種，可以看出其文字禪之體現。

從文字禪的演進來看，禪宗初期不依傍文字，悟心成佛的主張到北宋已經轉回倚重經典文字的「文字禪」時代，其間歷經六朝僧人文士化、唐代詩僧以禪入詩，加上經典普傳入世、文士與僧人往來密切等種種演進，「文字禪」在六朝隋唐已有很好的遠因。入宋以後，禪宗開展語錄與燈錄的文字化走向，惠洪因而大量著作僧史、經論與詩文，全力實踐其文字禪的主張。舉凡文字禪所涵蓋的誦讀與註疏佛經、編纂燈錄語錄、制作頌古拈古、吟誦世俗詩文等意義，惠洪的著作均已實踐。從詩學的角度，更可以看到惠洪文字禪的藝術，可以擴及詩、文、口語、書法與繪畫，這樣的文字禪在《石門文字禪》一書中已全然涵蓋。

在探討「惠洪詩學的內涵」一章，筆者發現惠洪熟悉詩學傳統，對詩騷、樂府、陶謝詩、蘇李體、江左體、鮑謝詩風均能隨意援例，儼然有明顯的詩歌正典（canon）觀察，尤其是唐代古詩與律體的典律，惠洪從中開發許多詩法、句法與對仗格式。惠洪的詩學建構在追摩前代詩風與萃取北宋蘇、黃詩法上，從而建立一套已極臻完整的詩學體系，其中從鍊字用韻之細密考究，對偶論之十字句、蜂腰格、假借對、當句對之講求，偷春格之創發，句法上之出奇制勝，而詩法之「奪胎換骨」猶有代黃庭堅立說的意義，此外用事論、風格論、體製論等等，也都有相當的創發。

惠洪詩學上的講究，其實受到魏晉隋唐詩僧傳統的影響頗深，從《天廚禁臠》、《冷齋夜話》、《石門文字禪》中，處處可以看到惠洪稱嘆支遁、鳩羅摩什、道安、慧遠、湯惠休、皎然、靈澈、道標、賈島等人的痕跡，惠洪也常徵引宋僧保邏、善昭、雪竇、契嵩等人的理論，其提倡以禪論詩的努力，成果斐然。惠洪在繼承歷代詩僧詩禪合一的既有成就外，開創以禪學名相之飽參、三昧、萬象、風雷等名相論詩，及「文字如春」、「妙觀逸想」、「鼻觀詩論」、「月映萬川」等以禪法象徵詩法的詩學理論，從詩學的角度來說，其文字禪可謂貢獻卓著。

藉由惠洪文字禪詩學意涵的探討，筆者發現惠洪對於北宋文字禪有極重要的承繼與開拓。惠洪《冷齋夜話》、《天廚禁臠》、《石門文字禪》等著作，不但保留部份唐人遺說，更能反映出宋代的論詩風氣。惠洪身為北宋時期僧人與詩人的雙重角色，扮演了接軌詩人與僧人之間的橋樑。延續撰寫詩格的傳統，並能在宋代詩學上有創新的開展，同時突顯蘇黃詩學，可謂北宋文字

禪的倡導與實踐大家，同時也是北宋文字禪的高峰。

　　惠洪努力用詩歌闡發文字禪，演進至南宋則有嚴羽「以禪喻詩」、曾幾「學詩如參禪」、范溫「詩眼」等流風遺俗；元明清時代則有范德機《詩學禁臠》、戴良《僧寶傳》及紫柏眞可大力倡導惠洪文字禪，可見其影響深遠。雖然他的一生極爲坎坷，甚至遭受誣名，導致備受爭議，然而經由筆者的觀察，發現惠洪並非不守戒律的僧人，只是因爲直言狂妄、好爲議論、不拘小節、放蕩不羈的個性，導致千古以來皆以「浪子和尙」稱呼。然而正因爲其著作內涵豐富，不但可以證明其一生不改「以文字說禪」的決心，更知道惠洪終身以文字證禪佛爲職志，其生命智慧使得明代紫柏眞可不但重新翻刻其著作，並爲《石門文字禪》作序後，使惠洪詩禪合一的文字禪能夠重新影響明、清時期詩禪合一的發展。同時惠洪獨特生命面貌，也值得後人「追溯典型」，觀察惠洪文字禪，能有如此豐富的詩學意涵，正因爲其能意識到自己扮演接軌前代詩僧文士與開展後代詩禪融合新風貌的重要角色，故能不斷地融合與創新。

　　在觀察惠洪文字禪的詩學內涵時，筆者得以從惠洪的作品中釐清詩學與禪學發展史的脈絡，惠洪努力的爲僧人作傳而有《禪林僧寶傳》，無非也是爲了保留典型，而此禪宗大德的典範正可視爲惠洪心目中的禪林正典，而詩學及禪林正典同時都在惠洪文字禪的演進中提供詩禪融合素材。有關詩學歷史方面，本文曾借用哈洛‧卜倫（Harold Bloom）《影響的焦慮》（The Anxiety of Influence）與《西方正典》（The Western Canon）典律（canon）觀，運用在惠洪溯源的歷程。事實上惠洪文字禪方面，不論在詩學或禪學上都與卜倫認爲的正典概念之源於傳統與自身原創巧妙融合，惠洪因此能有其紹古與創新。

　　以上都是筆者本文從惠洪作品中勾勒出來惠洪對於北宋以禪論詩的主張與發展及其對後代之影響，然而有關南宋時期詩話的發展及承繼惠洪文字禪的流風，筆者的討論仍是有限的，也非本文重心所在，而是留待有志者繼續觀察的課題。期待在惠洪「文字禪」的高度發展之後，研究者能持續開發「詩禪合一」此一研究論題，爲「文字禪」研究建構起完整的藍圖。

附錄一 惠洪年譜

西元	帝號	年號	年	惠洪生平與相關禪宗大事	參 考 文 獻
961	太祖	建隆	2	吳越王錢椒請延壽禪師住永明寺。延壽著《宗鏡錄》	
965		乾隆	3	派 157 人西去印度，爲中國歷史上最大官派僧團	
971		開寶	4	詔刻宋代第一部大藏經	
972			5	法眼文意弟子天台德韶卒，其弟子四十九人，以延壽最著名	
974			7	延壽於五台山受戒，受者一萬餘人	
975			8	延壽（904～975）卒，著有《宗鏡錄》一百卷，《萬善同歸集》三卷，《唯心訣》一卷，《心賦注》四卷等。高麗國王曾遣三十六僧人從學於他，使法眼宗盛行於海外。其主張禪、淨、教融合	
980				見譯經院，開創宋代譯經事業	
1004	眞宗	景德	1	道原依據《寶林》、《聖冑》等傳，撰《傳燈錄》三十卷，呈送朝廷，眞宗命楊億等人刊正並頒行	
1024	仁宗	天聖	2	汾陽善昭卒，善昭倡公案代別，創頌古，對宋代禪學的發展有很大的影響	

1025			眞淨克文生 晦堂寶覺祖心生	
1043			芙蓉道楷生	
1044	慶曆	4	歐陽修左遷滁州時由廬山，見圓通居訥禪師，與之談論佛儒關係	
1045		5	蘇洵登廬山見居訥禪師	
1049	皇祐	1	歐陽修等請居訥主持十方淨因禪院。居訥請辭，舉懷璉以代，仁宗開始重視禪宗	
1052		4	重顯卒，著有《頌古百則》雲門宗	
1056	嘉祐	1	契嵩刊行《六祖壇經》	
1057			陳瓘生	
1062		7	契嵩呈《輔教編》、《傳法正宗記》、《傳法正宗論》、《傳法正宗定祖論》。仁宗敕其書編入大藏，賜「明教大師」由此名振海內	
1063			圓悟克勤生	
1069	神宗	熙寧 2	黃龍慧南卒，其弟子有晦堂祖心、寶峰克文、東林常總	
1071	神宗	熙寧 4	居訥禪師卒 惠洪於三月二十九日生於江西筠州新昌縣，原爲彭氏子，父母雙亡後，「出繼喻家爲嗣」 又名德洪，字覺範	卷一七〈二十九日，明白庵主寂滅之日，用「欲得現前，莫存順逆」爲韻作八偈〉、卷二十四〈寂音自序〉、《僧寶正續傳》、《筠溪彭氏家譜》 《嘉泰普燈錄》卷第七
1072		5	契嵩禪師卒，著有《鐔津文集》、《傳法正宗記》、《傳法正宗記》、《傳法正宗論》和《傳法正宗定祖國》等	
1077		10	7歲 嘗隨父至縣城，遊石龜觀，拜石龜	卷二六〈題石龜觀壁〉

1080		元豐	3	蘇轍謫監筠州鹽酒稅,與克文禪師相善,為其語錄作序詔革廬山東林寺院為禪院,命常總為總住持	蘇轍《欒城集》卷二五〈洞山文長老語錄絃〉
1082			5	詔革相國寺六十寺院為八禪二律,以慧林、智海兩剎為東西序,詔宗本住慧林,常總住智海。常總固辭,詔許之	
1083			6	13歲 與鄰居蔡儒効日課讀儒經 浮山法遠請義青接續曹洞宗法系	卷一〈贈蔡儒効〉
1084		元豐	7	14歲 父母併月而歿,依三峰靘禪師為童僧 蘇轍與克文、省聰禪師迎蘇軾於建山寺 王安石奏施金陵舊宅為寺,延請真淨克文禪師住持,並以其名請於朝,賜紫方袍,號真淨大師	卷二十四〈寂音自序〉、《五燈會元》卷十七〈清涼惠洪禪師〉《冷齋夜話》卷七〈夢迎五祖戒禪師〉卷三○〈雲庵真淨和尚行狀〉
1085			8	15歲 「我年十五恃豪偉,廢食忘眠專製作」	卷二〈次韻平無等歲暮有懷〉
1086	哲宗	元祐	1	16歲 初聞靘禪師頌迦葉波偈:「諸法從緣生,諸法從緣滅」曉夕以思,茫然莫識其旨。 「余十五、六時,游北山,謁準禪師」 謁元祐禪師於廬山玉澗寺道林堂	卷二十五〈題香山靘禪師語〉 卷二十六〈題廬山〉《禪林僧寶傳》卷二五〈雲居祐禪師傳〉
1087			2	17歲 「年十六、七,從洞山雲庵學出世法,忽自信而不疑,誦生書七千,下筆千言,跬步可待也。」	卷二十六〈題佛鑑蓄文字禪〉、卷三○《祭雲庵和尚文》
1988			3	18歲 居新昌 筠州徐公謹請克文住上高縣九峯,克文遂移居九峯投老庵,惠洪亦隨之	宋賾藏主編《古尊宿語錄》卷四五〈寶峯雲庵真淨禪師偈頌〉下中〈呈筠守徐朝議辭九峯命二首〉

1089			4	19 歲	
				大慧宗杲生（卒於 1163）	《嘉泰普燈錄》卷第七
1090			5	20 歲	
				秋，嘗宿蘄州黃梅縣獨木鎮，作詩以自遣。〔註1〕	卷十〈元祐五年秋，嘗宿獨木，爲詩以自遣。今復過此，追舊感歎，用韻示超然二首〉
				法秀卒（1027~1090）。生前曾住持京城法雲寺，受神宗重視。惠洪九月遊法雲寺，拜瞻法秀禪師畫像	《禪林僧寶傳》〈法雲圓通秀禪師傳〉
				客居華嚴禪院，見檀越岑守忠之子孫所藏道隆禪師偈稿	《禪林僧寶傳》卷二○〈華嚴隆禪師傳〉〔註2〕
				試經於京師天王寺，得度，冒惠洪名依宣秘大師深公，講《成實》、《唯識論》，有聲講肆。	卷二十四〈寂音自序〉
				大覺懷璉卒。雲居元祐辭受哲宗賜之紫袈裟	
1091			6	21 歲	
				在京師。博觀子史，以詩聞名京師士大夫間	《僧寶正續傳》卷二
				宏智正覺生，卒於 1157	
1092			7	22 歲	
				在京師	
				東林常總卒（1026~1092）。曾任東林寺住持，被譽「叢席之盛，近世所未有也」	
1093	元祐		8	23 歲	
				在京師初春至淨因院拜見道臻禪師〔註3〕	《禪林僧寶傳》卷二六〈淨因臻禪師傳〉
				遊廬山東林寺，瞻拜常總禪師之塔	《禪林僧寶傳》卷二四〈東林照覺總禪師傳〉

〔註1〕 此案據周氏詳考，以爲應非於元祐五年秋宿獨木之可能，疑〈自序〉誤記
〔註2〕 參考《宋僧惠洪行履著述編年總案》
〔註3〕 據周氏詳考，道臻（1014~1093），嗣法浮山法遠禪師，住京師淨因院。元祐八年八月十七日示寂，享年八十。因此，周氏推測惠洪見道臻時，當在元祐八年正月後八月前。

			南還建昌，逢佛印禪師出歐峯雲居寺	《冷齋夜話》卷一〇
			登列岫亭望西山，思欲一遊。皋上人來覓詩，作詩贈之	卷二〈余方登列岫，愛西山，思欲一游。時皋上人來覓詩，作此〉
1094	紹聖	1	24歲 春返江西，與彭几同赴京師。過德化縣柴桑里，同彭几謁陶淵明祠，作詩紀之	卷一〈同彭淵才謁陶淵明祠讀崔鑑碑〉
			至彭澤縣，謁狄仁傑廟，作詩紀之	卷一〈謁狄梁公廟〉
			在汴京聞士大夫誦黃庭堅詩作，恨不見其人〔註4〕	卷二十七〈跋珠上人山谷醮池詩〉
			往廬山歸宗寺依克文禪師	卷二七〈跋山谷雲庵贊〉
1095		2	25歲 於歸宗寺爲赤眼禪師作贊	卷十八〈赤眼禪師畫像贊序〉
			遊廬山，爲破竈墮和尚像作贊	卷十八〈破竈墮和尚贊序〉
1096		3	26歲 「丞相張公商英出鎮洪府，道由歸宗見師於淨名庵」，遂結識惠洪。〔註5〕	卷三十〈雲庵眞淨和尚行狀〉
			「紹聖三年，眞淨移居石門，衲子益盛，凡入室叩問必瞑目危坐，無所示見，來者必起，從園丁壅菜，率以爲常」	卷三十〈泐潭準禪師行狀〉
			晦堂祖心撰《冥樞會要》	
1097		4	27歲 「明年迎居石門」，張商英迎克文入石門，衲子來隨者益盛，惠洪隨之。	卷三十〈雲庵眞淨和尚行狀〉
			四明大梅山法英禪師十八人到州郡告元照，指責其假託唐慈愍三藏之名作《淨土集》，攻擊禪宗。地方官吏毀其原本以使雙方和解	

〔註4〕「予紹聖初留都下，聞士大夫藉藉誦青石牛詩，而此四絕尤著聞，恨不見此老。」

〔註5〕據周裕鍇先生所考，惠洪於歸宗時，似未面見張商英。

1098	元符	1	28 歲 至金谿疎山，見匡仁禪師畫像，爲其作贊	卷十九〈疎山仁禪師贊序〉
			至臨川，作詩寄曾垂綬，並於康樂亭碾茶作詩，觀女優撥琵琶。遊承天寺，爲文益禪師作贊	卷三〈南豐曾垂綬天性好學，余至臨川，欲見，以還匡山，作此寄之〉、〈臨川康樂亭碾茶，觀女優撥琵琶，坐客索詩〉、卷一八〈清涼大法眼禪師眞贊并序〉
			遊臨川承天寺清涼大法眼開法故基，爲其作贊	
			讀契嵩著作《輔教編》、《傳法正宗記》等，慕其護法之誠，作〈嘉祐序〉。〔註6〕	
			回靖安縣寶峯院。時師兄惠淵住持奉新縣慧安禪院，克文作偈寄之。〔註7〕	卷二十三〈嘉祐序〉「元符元年中秋日高安某序」
			佛印了元禪師卒，生前反對當時「江西叢林尚以文字爲禪」的現象	
1099		2	29 歲〔註8〕 讀黃檗希運禪師語錄，手校而藏之，書其卷末。	卷二五〈題斷際禪師語錄〉
			因違禪規，遭刪去。別克文，攜希祖、本明二法弟出山。僧一亦從遊。	《羅湖野錄》卷上
			子瓊以小字書《金剛經》，爲之作贊。	卷一九〈小字金剛經贊〉、《全宋文》〈小字金剛經贊并序〉（140/3027/330）

〔註6〕 惠洪詳細說明契嵩的創作，乃「觀學者循奇巧而不知本也，乃作《壇經贊》；亡孝背義又循養其欲也，乃作《孝篇》十二章；士大夫不顧名實，多是己非他，乃作《輔教編》；學者苟合自輕，不貴尚以修德也，乃題《遠公影堂》；記其所慕也，乃作《茨堂序》；因風俗山川之勝，欲以拋擲其才力以收景趣，乃作《武林志》。」更表明語言文字的重要性，「一旦以其所爲之書獻，天子爲之動容，天下靡然向其風，而卒能酬其志，豈非其所自信修誠之效歟？後之學者讀其書，必有掩卷而三歎者也。」
〔註7〕 周裕鍇《宋僧惠洪行履著述編年總案》。
〔註8〕 周裕鍇《宋僧惠洪行履著述編年總案》。

			至舒州，為舒州演上人作《杏殼觀音菩薩贊》。為舒州怡然居士陳顯仁夢蝶齋作銘。	
			讀《宗鏡錄》，題其後。	卷一八〈杏殼觀音菩薩贊〉、《全宋文》〈杏殼觀音菩薩贊并序〉（140/3026/312）、卷二○〈夢蝶齋銘序〉、卷二五〈題宗鏡錄〉
			讀贊寧《宋僧史》，怪其不為雲門文偃禪師立傳。	
			在杭州，遊靈隱寺永安院，拜契嵩禪師畫像，並為其作贊。	卷三〈飛來峯〉、卷一九〈嵩禪師贊〉
			「年二十九乃遊東吳」	卷二十四〈寂音自序〉
			秋訪潛庵禪師於南山清隱寺。「元符二年秋，余與弟希祖自南昌舟而東下訪之。」	卷一一《靈隱送僧還南嶽》
1100		3	**30歲**	
			春，至常州。	
			至江寧府，遊鍾山定林寺，讀王安石壁間所書三祖僧璨《信心銘》。	《全宋文》〈妙宗字序〉（140/3021/209）
			返江西，舟過鄱陽湖。	
			遊南嶽衡山。遊福嚴寺，與僧讀懷讓和尚傳，題其後。作南嶽彌陀和尚承遠真贊。	《全宋文》〈題讓和尚傳〉（140/3017/126）、〈南嶽彌陀和尚贊〉（140/3028/344）、卷二十四〈寂音自序〉
			為王裕之作硯銘。	
			至石霜拜楚圓禪師塔，瞻其像，作贊。	《全宋文》〈菖蒲齋記〉（140/3022/234）、卷二十四〈寂音自序〉
			為法如作〈菖蒲齋記〉。	
1101	徽宗	建中靖國	1	**31歲**	
			春，希祖出示克文所蓄黃龍慧南手跡，題其後。「建中靖國元年春，修水祖超然出雲庵所蓄此書為示，點畫奇勁，如空中之雨，小大蕭散出於自然。」	卷二十五〈題黃龍南和尚手抄後三首〉
			夏，「建中靖國改元夏，余客洞山禪悅堂之東齋」，作〈畫浪軒記〉。	卷二十一〈畫浪軒記〉

			在洞山日，嘗獨行山谷間，見有巖如側磬，中有石牀，僅容坐臥，名《全宋文》〈宜獨巖銘〉（140/3023/253）之日宜獨巖，爲作銘。	卷二十六〈題華光鑑湖圖〉
			訪高安米山陳尊宿道蹤影堂，作序。拜陳尊宿畫像，作贊。	《全宋文》〈陳尊宿影堂序〉（140/3024/260）
			在袁州。聞蘇軾以建中靖國元年七月二十七日歿於常州。	卷十五〈袁州聞東坡歿於毗陵，書精進寺壁三首〉
			「予建中靖國游西湖，航西興，游浙東，以病不果，甚以爲恨。」	《全宋文》〈永明智覺禪師行業記〉（140/3023/253）
			十二月二十六日，在西湖逢永明延壽禪師忌日，作偈。	
			法雲寺佛國惟白撰《續燈錄》	
1102	崇寧	1	32歲	
			嘗跋法眼文益禪師所箋注石頭希遷《參同契》，以爲尚未知石頭之論。	《全宋文》〈題清涼注參同契〉（140/3018/134）
			三月，與陳瑩中會於興化，同渡湘江，宿道林寺，夜宿華嚴宗，有詩記之、唱和。	卷三〈陳瑩中由左司諫謫廉相見於興化同渡湘江宿道林寺夜論華嚴宗〉
			題祖可聽泉堂。爲祖可作贊。	《全宋文》〈癩可贊〉（140/3027/335）
			秋，在龍安送宗上人遊東吳，作詩贈之。	
			多，將入湘，取道袁州，過黃檗山鷲峯寺，與陳瓘及其甥李郁同聽法會。時陳瓘除名編管袁州。	
			崇寧元年十月眞淨克文示寂	卷三十〈雲庵眞淨和尚行狀〉
1103		2	33歲	
			三月三日，懷往昔與眞淨克文此日山行，作詩紀之。	
			三月七日，與陳瓘同渡湘江，宿道林寺，夜論華嚴宗。	
			愼修留於道林寺一月，既還西湖，作序贈之。	
			春末，遊長沙鹿苑寺虎岑堂，見景岑禪師畫像，作贊。	
			自湘中歸拜師眞淨克文塔。	卷三十〈雲庵眞淨和尚行狀〉「崇寧二年十月十五日」記

1104	崇寧	3	34 歲 正月，與黃庭堅於長沙碧湘門外相聚 夏，張商英在峽州宜都，招住天寧寺，上書退謝，並作六頌以辭之。張商英延之住持傳慶寺，作書辭免。 爲峽州天寧寺作請茶榜疏。 四月，嘗至分寧黃龍山，代靈源惟清作祭黃龍慧南諡號文。 應顯謨閣學士朱世英之請住臨川禪寺。顯謨朱公彥，請開法於北禪景德。	卷二十四〈寂音自序〉朱世英於崇寧三年以顯謨閣待制改知洪州。《嘉泰普燈錄》卷第七《山谷先生年譜》崇寧三年〈贈惠洪〉詩、《全宋文》〈上張無盡居士退崇寧書〉（140/3015/84） 《全宋文》〈請崇寧茶榜〉（141/3031/27）
1105		4	35 歲 春，至洪州百丈山瞻仰大智禪師遺像。 上元日，在分寧縣爲李公彥跋其所作《宮詞》一百篇。 「崇寧四年，四月某日，住山某敢昭告于南禪師之塔。」 遊金陵，應運使吳正重之請，住清涼寺。入寺爲狂僧誣，入制獄一年。	卷十八〈百丈大智禪師眞贊并序〉、《林間錄》後集 《全宋文》〈跋李成德宮詞〉（140/3020/200） 卷三十〈祭老黃龍諡號文代〉 卷二十四〈寂音自序〉
1106		5	36 歲 著縫掖入京師，因張商英特奏，再得度。 十月，作〈題雲庵手帖三首〉	卷二十四〈寂音自序〉、《續傳燈錄》卷十七 卷二十五〈題雲庵手帖三首〉
1107	大觀	1	37 歲 惠洪建明白庵於臨川。撰《林間錄》 十一月一日，謝逸爲《林間錄》作序	卷二十〈明白庵銘并序〉 《林間錄》序
1108		2	38 歲 朱彥喪父，惠洪往慰之，作文祭彥父 寓居鍾山，作詩記其事 多，至常州訪鄒浩，觀其子鄒柄所書浩詩，跋其後 於錢世雄住處見李豸弔蘇軾文	卷三〇〈祭朱承議文〉 卷九〈寓鍾山〉 卷二七〈跋鄒志完詩，乃其子德久書〉 卷二十七〈跋李豸弔東坡文〉

1109		3	39 歲	
			六月，獲拜觀僧元靜移寫藏於鍾山之富鄭公家所蓄雲門匡眞禪師像。	卷十八〈雲門匡眞禪師畫像贊二首并序〉
			福英禪師所撰行狀向惠洪乞銘	卷二十九〈夾山第十五代本禪師塔銘并序〉
			秋，以弘法嬰難	卷二十三〈昭默禪師序〉
1110		4	40 歲	
			春病臥獄中，得昭默禪師書，作〈昭默禪師序〉，以傳其德美行。	卷二十三〈昭默禪師序〉
			「大觀四年春二月戊子之夕病，比丘德洪纍然臥縲絏之」	卷十八〈漣水觀音畫像贊并序〉
			張商英拜相	
			寶覺祖心卒	
1111	政和	1	41 歲	
			上元，龔德莊宅遭火燒燼，於灰炭中得《金剛般若》一卷，惠洪往觀之。	卷二十五〈題靈驗金剛經〉
			因結交張商英、郭天信而被流放崖州。（海南島）	卷二十四〈寂音自序〉
			十二月，胡強仲自開封獄與惠洪相隨三千餘里而至邵陽。	《全宋文》〈邵陽別胡強仲序〉（140/3016/98）
			靈源聞惠洪被流放，感嘆而言	《佛祖統紀》卷四十七
1112		2	42 歲	
			二月十五日配到瓊州。五月七日至崖州。館於瓊州開元寺，寺空如逃亡家，於壞龕中得《首楞嚴經》。	卷二十四〈寂音自序〉《首楞嚴經合論》〈後敘〉
			又遇其遊行市井、宴坐靜室作務時，恐緣差失念，作日用偈八首	卷十七〈政和二年，余謫海外，館瓊州開元寺儼師院，遇其遊行市井，宴坐靜室，作務時，恐緣差失念，作日用偈八首〉
1113		3	43 歲	
			五月二十五日，蒙恩釋放回江西。	卷二十四〈寂音自序〉
			十一月十七日渡海北還。	卷二十三〈夢徐生序〉
			續寫《首楞嚴經合論》	《首楞嚴經合論》〈後敘〉

1114			4	44 歲 春，還自海外，過衡嶽謁方廣譽禪師，館於靈源閣下，因名其居曰「甘露滅」。	《林間錄》後集、卷二十〈甘露滅齋銘并序〉 卷二十二〈華嚴院記〉、〈寄老庵記代〉
				二月，自高安赴官臨汝，造豐成境之華嚴院。	卷二十四〈寂音自序〉、卷十八〈六世祖師畫像贊并序〉、卷二十一〈合妙齋記〉
				四月，到筠州，館於荷塘寺。又館於石門寺，悲叢林之荒寒，念祖師之標誌，不自知涕流。遂作〈六世祖師贊〉錄以寄昭默禪師以見其志。依資國寺乞食故人，經行晏坐之餘，追繹大晟樂之和雅，而庶幾善用其心以和本妙之意，遂名其齋曰合妙，作〈合妙齋記〉。	卷二十四〈寂音自序〉
				五月，因為張懷素黨人再度入獄。	卷二十三〈潛庵禪師序〉
				冬十月，證獄太原，拴縛在旅邸，人諱見之，而潛庵禪師冒雨步至，撫慰為死訣。「五月二十八日，太原造大獄來追，對驗十月六日得放」	卷二十四〈記福嚴言禪師語〉
1115			5	45 歲 自太原還南州，過都下	卷二十三〈李德茂書城四友序〉、〈華嚴同緣序〉
				上元，夕宿故人李德茂之館。感惠臻道人欲以華嚴不思議妙義結萬人同觀，故於二月十九日普告大眾加鞭此道。題〈記福嚴言禪師語〉	卷二十四〈記福嚴言禪師語〉
				結夏於新昌之度門，後往來九峰、洞山間，凡四年。	卷二十四〈寂音自序〉
				六月十日，於筠溪石門寺釋〈華嚴十明論〉。	卷二十五〈題華嚴十明論〉
				秋，七月，羅彥勝室攜十八軸并釋迦如來像來求贊，乃以筆語為之供。	卷十八〈繡釋迦像并十八羅漢贊并序〉
				十月，化清信檀越鏤版印師注釋之《金剛經》。	卷二十五〈題六祖釋金剛經〉、〈題準禪師語錄〉

			十月七日，得湛堂語錄於杲上人處。	卷二十六〈題華光梅〉
			政和五年十一月十二日夜書〈題華光梅〉	
1116		6	46歲	
			正月，為南州道人本忠之居「墮齋」作記，並說三偈。定居九峰，作詩和山陰帛道猷。	卷二十三〈墮齋偈序〉
			春，龔德莊獻二比丘畫像於京師，惠洪識其為觀世音大勢至像，並為之贊。	卷四〈和帛道猷一首并序〉 卷十八〈放光二大士贊并序〉
1117		7	47歲	
			上元前四日，李德修訪，袖烏蘭石示之。	卷二〈李德修以烏蘭石見示并序〉
			二月二十六日，夜夢高安應侯君，遂起呼燈火，洗心為銘。天寧寺宗衍禪師遣僧慶來乞為以記其事，為之詞，作〈高安城隍廟記〉。	卷二十一〈高安城隍廟記〉
			政和七年春，詔易天寧為神霄宮，佛照以老病景德房寺。	卷二十四〈送因覺先序〉
			三月作〈信州天寧寺記〉	卷二十一〈信州天寧寺記〉
			五月戊申，法侶集于寂音堂。	卷十九〈雲庵和尚舍利贊并序〉
			五月初吉，佛鑑大師示其所畫觀音像，精深之工，曲盡其妙，為作序。	卷十八〈漣水觀音像贊〉
			秋，訪王溫甫之「喧寂庵」。	卷二十〈喧寂庵銘并序〉
1118	重和	1	48歲	
			二月六日祭靈源禪師塔。	卷三十〈祭昭默禪師文〉
			夏，《首論楞嚴經論》完成。	卷二十五〈題超道人蓮經〉
			六月四日清晨，惠超示其所書《妙法蓮華經》。自西安入湘上，館於雲巖寺。遭狂道士誣，以為張懷素黨人，坐南昌獄百餘日，會兩赦得釋，遂歸湘上南臺。	卷二十四〈寂音自序〉

1119	宣和	1	49歲	
			正月集《五宗語要》	卷二十五〈題五宗錄〉
			春，與大梁郭中復彥從遊衡山南臺，為郭中復敍當寺羅漢像之所從得，並為長老昭公書其始末而暫之。	卷十八〈衡山南臺寺飛來羅漢贊并序〉
			五月，獲觀潭州開福轉輪藏。	卷二十一〈潭州開福轉輪藏靈驗記〉
			十月八日，臨川瞻上人出示蔡子因詩。十月，居湘溪鹿苑芩堂，於首山生辰，追想其人，書其傳法偈並汾陽無德禪師注釋。十一月與客遊天寧宮，依長老德公之請，名其軒曰「一擊」。謁枯木大士成公於道林，名其松曰「忠孝」。十二月，里道人稱公絕湘攜畫一軸來訪。	卷二十七〈跋蔡子因詩書三首〉、卷二十五〈題首山傳法偈〉卷二十二〈一擊軒記〉、〈忠孝松記〉卷二十六〈又稱上人所作〉
			取雲門、臨濟兩宗人物，自嘉祐至政和，凡八十一人，為《禪林僧寶傳》三十卷	卷二十三〈僧寶傳序〉
1120		2	50歲	
			三月，作詩懷故人季真游。	卷十三〈禪首座自海公化去，見故舊，未嘗忘追想，悼歎之情，季真游北，游大梁，聞其病，憂，得書，輒喜。為人重鄉義，久要不忘。湘西時，訪史資深，亦或見尋。此外閉門高臥耳。宣和二年三月日風雨，有懷其人，戲書寄之。〉
			六月，遇永道法師於長沙，以詩遣之。	《雲臥紀談》卷下
			秋，空印軾公修成普同塔，遣侍者覺惠求文記文。八月初吉，與空印軾公會於湘西之瀕，夜語及山中之勝，遂於中秋前一日為其記之。頃還自海外時，夏均文以襄陽別業見，要使居之。後六年，均文謫祈陽酒官，余自長沙往謝之，夜語，感而作詩。重九後二日，從朝奉郎夏倪登祈陽靈泉寺，為寺西「遠遊堂」作記。	卷二十二〈普同塔記〉、〈溈源記〉、〈遠遊堂記〉

			冬，於湘西古寺見東坡、山谷墨蹟。	卷五〈予頃還自海外夏均父以襄陽別業見要使居之後六年均公謫祁陽酒官余自長沙往謝之夜語感而作〉
			十二月，與空印禪師謁從禪師於筠州芙蓉峰，累石於玉淵之上以為塔，酌泉賦詩，夜暮遂宿其上，次日記之。	卷二十七〈跋東坡山谷墨跡〉卷十二〈次韻拉空印遊芙蓉〉
			佛眼清遠卒。圓覺宗演重刊《臨濟慧照禪師語錄》、《雲門匡真禪師廣錄》陳良弼齋延諸禪講，淨因寺繼成禪師與華嚴宗善法師辯論。	卷十六〈宿芙蓉峰書方丈壁三首〉、卷二十六〈題浮泥壁〉
1121		3	51 歲	
			三月，遷居水西南台寺，南州道人崇難攜蘇養直詩來訪。	卷二十七〈跋養直詩〉
			秋，會萍鄉文益之於湘上，夜語及里中奇豪高偁之學行與所居「布景堂」，頗慕其為人，想見其處。	卷二十七〈跋了翁書〉
			八月七日，南州珠上人攜了翁書來訪。遊湘西道林寺，與張廓然及其門弟子會於四絕堂。	卷二十四〈四絕堂分題詩序〉
			十月，有仲懷禪者來，示妙湛禪師語錄。十一月，張商英歿。	卷二十三〈臨平妙湛慧禪師語錄序〉
			與許顗於長沙相從彌年。	
1122		4	52 歲	
			二月辛亥，湘西真身禪寺新堂成，同道林真教禪師、鹿苑希一禪師往登焉。希一請以「待月」名其堂，使寂音記之。	卷二十四〈待月堂序〉
			春，應萍鄉高偁之請，為其居「布景堂」作記。夏，希先送王子敬蘭亭帖來索跋。夏，《禪林僧寶傳》初成於湘西南臺。	卷二十二〈布景堂記〉
			夏，希先送王子敬蘭亭帖來索跋。	卷二十六〈題其上人僧寶傳〉、〈題英大師僧寶傳〉
			七月，得秦少游、張文潛、晁無咎三帖，讀之為流涕。	卷二十七〈跋蘭亭記并詩〉、〈跋三學士帖〉

			九月二十七日夜，為眾說《參同契》，福唐太淳上人初其所抄《僧寶傳》。	卷二十六〈題淳上人僧寶傳〉
			十二月十四日，龍安照禪師之門弟子義一持無盡所作照公塔銘語句來，坐念舊游，錄兩詩以授之。	卷二十四〈送一上人序〉
			十二月二十四日，大雪，珠禪客忽至，以谷山退院，來審是否，遂賦詩示之。	卷十三〈宣和四年十二月二十四日大雪珠禪客忽至渠以谷山退院來審是否作此示之〉
			陳瓘卒	
1123		5	53 歲	
			正月八日獻《禪林僧寶傳》於曾孝序。坐念涉世多艱，百念灰冷，因作自序。	卷二十四〈寂音自序〉
			依往年例於雲庵生陳辰日作偈。「每歲必作一偈，致不忘法乳之意」	卷十七〈雲庵生辰十一首〉
			四月十二日館湘陰與徐質夫夜語，有詩記其事。	卷十三〈宣和五年四月十二日，余館湘陰之興化，徐質夫自土山來，一昔夜語，甚傾倒，且日前嘗夢見東坡，今復見子，何清事相聯耶？吾所居有亭名閑美，嘗有白燕巢梁間，屢見鶴翔舞於層霄，囑予為詩，紀其事，質夫大梁人，賢而有文，佳公子也〉卷十六〈宿興化寺〉
			夏五月，與周庭秀別於湘上，賦詩送其入吳中。中秋前一日，付覺慈山谷雲庵贊。	卷十三〈周庭秀愛湘中山水之勝，定居十餘年。宣和五年夏五月，忽思吳中，別余於湘上，作此送之。〉
			十一月，過龍山，應渾道人鴻公請偈送之。	卷九〈龍山亦名隱山，余宣和五年十一月中澣日過焉，有渾道人鴻公乞偈為作〉卷二十六〈題端上人僧寶傳〉、〈題休上人僧寶傳〉
1124		6	54 歲	
			春，遊龍山道林雲禪師之龍王寺。	卷二十一〈重修龍王寺記〉

			三月侯延慶作〈禪林僧寶傳引〉。 冬，陳瑩中歿。	卷九〈隱山照上人求詩〉
1125		7	55歲 二月爲長沙嶽麓寺住持法光及信士馬章述隋文帝建「感應佛舍利塔記」之緣由。	卷二十一〈隋朝感應佛舍利塔記〉、〈潭州白鹿山靈應禪寺大佛殿記〉、〈重修僧堂記〉
			秋，過襄、沔，謁方禪師於潭州白鹿山靈應禪寺之潮音堂。應住持沙門用澄之請，爲所建天人師殿、禪堂作記。	卷七〈宣和七年重陽前四日，余自長沙還鹿門，過荊渚謁天寧璋禪師，留二宿作此〉
			重陽前四日，自長沙還鹿門，過荊渚，謁天寧璋禪師，留二宿，有詩記之。	
1126	靖康	1	56歲 上書刑部陳詞，求還僧籍。	《雲臥紀談》卷上
1127	高宗	建炎	1	57歲 五月祭鹿門燈禪師時，已回復僧籍。	卷三十〈祭鹿門燈禪師文〉
			十月，自漢上南還廬山，阻兵於大石田捷徑，過鍾山之下，過禪僧道光等，爲所書《華嚴經》題記。	卷二十五〈題光上人所書華嚴經〉
			十月，資福禪院住持沙門九深書爲新修法法堂作記。	卷二十一〈資福法堂記〉
			十二月，宿於雙峰祖印禪師仲宣之正覺禪院，爲其新建涅槃堂作記。	卷二十二〈栽松庵記〉〈少陽義井記〉 卷二十一〈雙峰正覺禪院涅槃堂記〉
			與祖印禪師遊東山，登沙門宗至新建五慈觀閣，慕其建閣之力，作文述其事。	卷二十一〈五慈觀閣記〉
1128		2	58歲 三月邵陽儉上人與歇攜叔黨書帖來訪。	卷二十七〈跋叔黨子〉
			夏五月示寂於同安。	《僧寶正續傳》卷二、《嘉泰普燈錄》卷七
			韓駒爲作塔銘。	《雲臥紀談》卷上

1129		3	克勤住成都昭覺寺。正覺住明州天童山。	
1132	紹興	2	懷深卒，關於其言行有《慈受懷深禪師廣錄》四卷	
1134		4	重刊《景德傳燈錄》。編集《圓悟佛果禪師語錄》二十卷。春，宗杲撰《辯正邪說》以非難默照禪。	
1135		5	宗杲住泉州雲門庵。克勤卒。著有《碧巖錄》《擊節錄》《語錄》，其弟子以宗杲、紹隆著名。	
1136		6	紹隆卒	

※本附錄未標註書名，均引自《石門文字禪》一書

※本年表參考周裕鍇《宋僧惠洪行履著述編年總案》後，已補充疏漏之處。承蒙四川大學周裕鍇老師悉心指正，特此感謝。

附錄二 北宋僧人惠洪之研究成果述評

　　關於近人研究惠洪的成果，近幾年有越來越多學者，從不同角度切入探討。由於惠洪《石門文字禪》已傳至日本，關於惠洪生平之研究，日本學者阿部肇一 1977 年已有專門一章節〈北宋の學僧德洪覺範〉，內容敘述贊寧與德洪的比較，張商英、鄒浩及陳瓘與惠洪交遊情形，還有惠洪的簡歷及法系圖。外國文獻研究者，還有西脇常記〈慧洪研究〉、柳田聖山主編《禪林僧寶傳》《禪の文化──資料篇》一書，則是註解禪林僧寶傳的日文專著，探討北宋初期禪宗史料與惠洪撰寫《禪林僧寶傳》的寫作背景及評價，以及禪宗史籍對五代至北宋禪宗發展的記載。作者針對《禪林僧寶傳》出現以前北宋時期禪宗史料的編輯狀況，更針對惠洪的生平與其寫作《禪林僧寶傳》的背景及評價加以討論，且留意自《祖堂集》以來的禪宗史籍對五代至北宋時期禪宗發展的研究探討。至於長谷川昌弘〈『石門文字禪』よりみたる北宗禪宗史〉，則探究《石門文字禪》一書於北宋禪宗史之重要及其價值。大野修作〈慧洪《石門文字禪》の文學世界〉亦探討《石門文字禪》之文學價值。另外美國學者雷維霖 "A Monk's Literary Education: Dahui's Friendship with Juefan Huihong" 內容主要探討一個禪師的文學養成教育──大慧與覺範慧洪的友誼。宗杲數度拜訪惠洪，凡此有助於其對於禪宗開悟與訓練的養成教育。由本文可以得知文字禪的傳續現象，並了解惠洪所隸屬的臨濟宗黃龍派，在江西北部的西門山寶峰寺活動的情形，而宗杲曾在此依止數年。宗杲不但能吸收臨濟法脈的禪學，更能加以融合開拓，針對當時文字禪浮濫的現象，提出救贖的方法，因而提出看話禪的參禪方法。了解宗杲與惠洪的關係，有助於釐清惠洪文字禪的影響。

　　中文相關文獻針對惠洪文字禪研究成果其中關於惠洪「文字禪」研究最為透澈者，應屬大陸學者周裕鍇先生。周先生於《文字禪與宋代詩學》一書對於宋代文字禪的詩學意涵有深入的研究。周裕鍇〈「文字禪」發微：用例、定義與範疇〉提出文字禪的定義與範疇。劉正忠〈惠洪「文字禪」初探〉，本文主要探討惠洪文字禪的意義。黃啓江〈僧史家惠洪與其「禪教合一」觀〉探討惠洪文字禪問題與禪教合一觀。麻天祥〈宋代禪宗的新視向：惠洪與文字禪〉探討惠洪文字禪的意義。吳麗虹《惠洪覺範禪學研究》探討「惠洪禪學在禪史上之意義與價值」，考察「禪教合一」與「文字禪」的影響。釋見一〈漢月法藏之禪法研究〉描述漢月法藏於晚明時期受惠洪〈臨濟宗旨〉的啓發與文字禪的影響。彭雅玲〈惠洪的禪語觀及創作觀〉探討惠洪的禪語觀，並由文字禪反省惠洪的創作觀。彭雅玲〈創作與眞理——北宋詩僧惠洪的創作觀與眞理觀析論：以「石門文字禪」爲討論中心〉以《石門文字禪》爲討論中心，根據惠洪的創作觀與眞理觀進行析論。謝佩芬〈釋惠洪「文字禪」與文學觀初探〉《國科會 89 年釋惠洪新論計劃成果》分「文字禪」爲三（一爲惠洪作品、二爲修行方法、三爲以文字爲禪）。陳自力〈非離文字語言　非即文字語言——惠洪文字禪理論研究〉討論惠洪文字禪理論，分析學者對文字禪的看法，說明惠洪促進文字與禪、禪與文學的結合。林伯謙〈惠洪《智證傳》研究〉考訂《智證傳》體例、特色與其在惠洪文字禪研究中所扮演的重要角色。蕭麗華、吳靜宜〈蘇軾詩禪合一論對惠洪「文字禪」的影響〉比對蘇軾及惠洪二者詩禪合論的理論，藉以觀察狹義「文字禪」之內涵及其在北宋發展之軌跡。

　　惠洪《禪林僧寶傳》相關研究成果，如陳垣〈禪林僧寶傳：僧寶傳之體製及得失〉則是較早研究惠洪僧寶傳的成果，作者引前人批評，指出「傳多浮誇，贊多臆說」、「多失事實」等。另外，方豪〈宋代佛教對史學之貢獻〉則討論惠洪其僧史對史學之貢獻。楊曾文〈北宋惠洪及其《禪林僧寶傳》〉論述惠洪生平，並將《禪林僧寶傳》一書中81位禪師以表格分類呈現，並進行討論。

　　關於惠洪人格考與生平考，郭紹虞《宋詩話考》中《《冷齋夜話》〉，論《冷齋夜話》，含《天廚禁臠》，涉及惠洪人格評斷。王煜〈北宋德洪覺範禪師融會儒釋〉全文重在討論，認爲惠洪融會儒釋只是表面工夫。張雙英〈試探胡仔論惠洪評詩之弊的理論基礎～作家兼批評家時角色的糾葛〉藉由作家兼詩

評家不同角色，探討惠洪「僞造」、「剿竊」之習慣的由來與缺失。黃啓方〈釋惠洪五考〉～考證「惠洪之姓氏」、「寂音自序」、「別號」、「覺範與師範」、「惠洪與黃庭堅」等問題。姚大勇〈惠洪稱謂辨〉考訂惠洪的稱謂。林伯謙〈惠洪非「浪子和尙」辨〉，提出翻案，認爲惠洪非浪子和尙，還給惠洪客觀的歷史評價。張宏生〈釋子綺語——詩僧惠洪的一個面向及其文化信息〉，討論惠洪未忘情之語與艷情詩乃北宋文化現象下的產物。張宏生〈無蔬筍氣的詩僧與士大夫禪〉探討惠洪未忘情之語及元祐前後寬容的文化精神。楊勝寬〈人品、氣韻、詩史——惠洪論杜及論詩述評〉探討惠洪論杜、論詩與文人主流意識的一致性。李貴〈北宋詩僧惠洪考〉考證惠洪生平經歷、姓名及著述。蕭麗華・吳靜宜〈惠洪詩禪的「春」意象——兼爲「浪子和尙」辯誣〉，從惠洪「春」意象直接入手，一方面突顯惠洪詩禪獨到之處，二方面爲其「浪子和尙」的汙名，通過詩歌檢證得到有力的辯誣。林伯謙〈佛教文史五考〉針對惠洪臨終前一年已重敘僧籍，文中各節亦俱有辨正。

詩學方面，郭玉雯〈有關奪胎換骨法若干問題的探討〉，重點探討奪胎換骨的定義、分界、是否爲山谷所立，且惠洪所舉詩例是否恰當。鄭群輝〈瘦搭詩肩古佛衣——論北宋文學僧慧洪覺範〉論述惠洪生平及文學創作，側重詩歌創作的探討，並認爲惠洪詩歌與蘇軾風格接近，乃習蘇詩之結果。〈北宋詩僧慧洪覺範的文學成就〉針對惠洪在詩歌、詞、筆記散文等創作，了解惠洪在文學上的成就。皮朝綱〈慧洪以禪論藝的美學意蘊〉探討惠洪如何理解王維所畫「雪中芭蕉」的含意，美學意蘊如何？皮朝綱〈慧洪審美理論瑣議〉更針對惠洪提出的審美理論加以探討。張福勳〈宋代的詩僧與僧詩〉以爲惠洪詩歌創作與論詩主張一致，反應當時的風氣。陳德禮〈妙觀逸想：古代藝術家的審美體驗及其意義世界〉認爲惠洪提出妙觀逸想、自法眼觀藝、神情寄寓於物三個命題可概括中國古代審美體驗論的基本特徵。杜愛英〈北宋詩僧德洪用韻考〉探討惠洪詩歌的韻系與宋代通語 18 部相一致。李貴〈試論北宋詩僧惠洪妙觀逸想的詩歌藝術〉探討「妙觀逸想」在惠洪詩歌中的意涵與影響。周裕鍇〈惠洪與換骨奪胎法——椿文學批評史公案的重判〉透過惠洪著作爲內證，宋人文獻爲外證，證明奪胎換骨乃惠洪總結的若干種作詩法中的兩種。莫礪鋒〈再論「奪胎換骨」說的首創者——與周裕鍇兄商榷〉作者以爲在現有文獻的基礎上，尙無法否定黃庭堅首創「奪胎換骨」說的舊說，以爲惠洪只是較早的引述者。兩人主要探討奪胎換骨是否爲惠洪之說。陶文

鵬〈論仲殊、道潛、惠洪的山水詩〉，言惠洪山水詩多借山水宣揚佛意禪理，亦有純寫山水之美及以自我入畫之作。周裕鍇〈從法眼到詩眼：佛禪觀照方式與宋詩人審美眼光之關係〉以惠洪《石門文字禪》為中心，結合蘇軾與黃庭堅等人，從禪觀與詩觀相通的問題上，考察僧人與詩人在觀照世界方面的一致性。

詞學研究，謝惠青〈詞僧惠洪及其詞之探賾〉從《全宋詞》收惠洪詞，分類探討其詞之特色。神田喜一郎〈五山文學與填詞〉探討惠洪的詞作風格。

惠洪對於後世的影響，廖肇亨〈明末清初叢林論詩風尚探析〉從德洪覺範評價的轉變看明末清初叢林詩論的發展方向。廖肇亨〈惠洪覺範在明代〉透過惠洪形象與特質之建構過程的解析，了解明代佛教的豐富文化義蘊。

從以上針對惠洪的研究文獻來看，目前現有的研究成果，對於惠洪詩學方面的研究較缺乏。有關惠洪生平的考訂，主要有黃啓方先生〈釋惠洪五考〉一文，針對惠洪姓氏、年譜、別號及惠洪、黃庭堅交游的時間，均有詳密的考訂；有關惠洪的姓名字號亦可見李貴〈北宋詩僧惠洪考〉一文；至於惠洪稱謂則可參考姚大勇〈惠洪稱謂辨〉。阿部肇一〈北宋義學僧德洪覺範〉一文，主要比較惠洪與贊寧之不同。而惠洪因「浪子和尚」之誣名，導致歷來評價兩極，林伯謙〈惠洪非「浪子和尚」辨〉一文，客觀的釐清「浪子」「和尚」之名義，重新探討〈上元宿百丈〉一詩內容，並從惠洪可能受政治迫害導致汙名的角度加以思考，觀察惠洪的宗教情感及對佛門的貢獻，林先生認為「浪子和尚」是指學禪未悟，未歸靈源之鄉，並非指親近女色，由其一生專以詩文為佛事來看，後人應以客觀角度，重新觀照惠洪的著作與文學成就。由此可見惠洪雖然本身是一個極具爭議性的人物，但為其平反的學者仍不少，且能夠從不同角度切入。有關惠洪的生平，歷來有許多疑點值得釐清，目前對於惠洪生平考最清楚的作品仍屬黃啓方〈釋惠洪五考〉，而惠洪的稱謂等問題，姚大勇、李貴及林伯謙，均分別提出證據加以考證。

此外，後人多認為「文字禪」始於惠洪《石門文字禪》的創作，因此對於惠洪的「文字禪」有不少深入的探究。其中以周裕鍇《文字禪與宋代詩學》的研究成果最顯著，對於惠洪《冷齋夜話》、《石門文字禪》、《禪林僧寶傳》、《智證傳》、《林間錄》均有深入的研究，並對於文字禪的定義能加以釐清。阿部肇一〈北宋贊寧與德洪的僧史觀〉專從僧史角度看文字禪，劉正忠〈惠洪「文字禪」初探〉則從詩為文字禪的角度立說，其他從語言文學觀看文字

禪的有謝佩芬〈釋惠洪「文字禪」與文學觀初探〉、陳自力〈非離文字語言　非即文字語言──惠洪文字禪理論研究〉等。

關於惠洪的詩論方面的研究，近代學者周裕鍇發現「奪胎換骨」可能為惠洪總結作詩之法的兩種，李貴已注意惠洪承繼蘇軾的妙觀逸想之文字禪觀，並能對於作品中妙觀逸想的意象加以探究，並且留意惠洪以禪論詩的情形。蕭麗華師和筆者則觀察惠洪承襲蘇軾「以禪論詩」的詩論觀現象，並注意惠洪「春」意象之詩禪合一論而有〈蘇軾詩禪合一論對惠洪「文字禪」的影響〉、〈惠洪詩禪的「春」意象──兼為「浪子和尚」辯誣〉兩篇文章。其他從美學論惠洪者有皮朝綱〈慧洪以禪論藝的美學意蘊〉、〈慧洪審美理論瑣議〉、陳德禮〈妙觀逸想：古代藝術家的審美體驗及其意義世界〉等文。

至於惠洪對於後代的影響，廖肇亨主要觀察惠洪於明代的影響情形。由於紫柏真可重新翻刻惠洪的著作，使惠洪於明代備受重視，[註1] 甚至影響漢月法藏 [註2]、憨山德清 [註3] 大師等人的禪學觀。廖肇亨〈惠洪覺範在明代──宋代禪學在晚明的書寫、衍異與反響〉，作者針對惠洪在晚明被接受與重新詮釋的過程為例，藉以思考禪學體系當中關於知識、語言、文化論述之傳播與接受的衝突與融合，並經由檢視惠洪覺範其人在晚明所引起的思想論爭，說明縱使原初看似反對經典與教條的禪宗思想，在其長遠的發展過程中，經典詮釋其實也是不容忽視的重要環節。以晚明叢林對惠洪覺範的接受過程著眼，同時配合檢視惠洪覺範於晚明知識社群與佛教叢林互動脈絡之文化圖像，希望就禪學體系中（一）晚明禪林的價值取向；（二）晚明禪學論爭經過與彼此立場之重新釐清；（三）禪學詮釋方法與社會文化的相互定位；（四）

〔註1〕紫柏為《石門文字禪》作序云：「蓋禪如春也，文字則花也。春在於花，全花是春；花在於春，全春是花。而曰：禪與文字有二乎哉？……逮於晚近，更相笑而更相非，嚴於水火矣。宋寂音尊者憂之，因名其所著曰《文字禪》。……噫！此一枝花自瞿曇拈後，數千餘年擲在糞掃堆頭，而寂音再一拈似，即今流布，疏影撩人，暗香浮鼻，其誰為破顏者？」《嘉》冊23、頁577上。

〔註2〕釋見一於《漢月法藏之禪法研究》（臺北：法鼓文化，2000年）一文中第三章第一節〈惠洪覺範〈臨濟宗旨〉與《智證傳》的啟示〉說明明代漢月法藏之禪法受惠洪《臨濟宗旨》與《智證傳》影響。

〔註3〕據廖肇亨〈惠洪覺範在明代〉一文中註25中提到憨山德清門人顓愚觀衡（1579～1646）曰：「昔紫柏大師海內周旋三十餘年，搜尋洪覺範禪師文集，盡覺範大師所有諸作，紫柏老人盡得而梓之。一一能新人耳目。紫柏老人未梓之前，世以絕聞者亡矣。人謂紫柏老人是覺範大師後身。」語見顓愚觀衡：〈永嘉禪師證道歌註頌重刊序〉，《紫竹林顓愚衡和尚語錄》，收錄於《嘉興藏》，冊27，頁704。

禪學思想體系當中不同修證路線間的融合與衝突等不同面向能有進一步的助益。關於惠洪文字禪理論對後世的影響，周裕鍇〈惠洪文字禪的理論與實踐及其對后世的影響〉，文中論述北宋著名詩僧惠洪的文字禪觀念是針對當時禪門流行的"無事禪"和"無言禪"而提出來的。他借助包括佛學以外的儒道思想資源和經典言論對"不立文字，教外別傳"、"平常無事"的禪宗宗旨進行修正，為文字禪的有效性作出辯護。在文字禪理論的支持下，惠洪留下的卷帙浩繁的著述，包括佛教的經論注疏、僧史僧傳、語錄偈頌、禪宗綱要以及世俗的詩文辭賦、筆記雜錄、詩話詩格、經書注解。惠洪能成為宋代文字禪的代表人物，與其童年教育、禪門師承、社會交往、坎坷遭遇有關，獨特的人生經歷使他具備了融通儒與釋、禪與教、詩與禪的眼光。惠洪的著述和文字禪觀念對后世禪林影響深遠，甚至在日本五山禪林文學里受到歡迎。

近幾年有關惠洪相關之研究論文成果豐碩，其中大陸地區共有四部，其中以四川大學陳自力《釋惠洪研究》2003 年博士論文最早，已於 2005 年出版。揚州大學成明明《北宋詩僧研究》2003 年中國古代文學碩士論文，本文以北宋詩僧為研究對象，采用宏觀和微觀相結合，群體和個案研究相結合的方法，力求對北宋詩僧群體風貌作全面的展示，對其士夫化的特征以及詩歌創作進行深入的探討和分析。本文由上下兩篇，總計六章構成。上篇從宏觀的角度對北宋詩僧群體作了客觀的描述，并分析了其成因。第一章探討北宋詩僧的地域分布與宗派構成，從地域文化的角度，運用統計學的方法，對北宋詩僧的地域分布和宗派所屬作了考察，得出結論：從詩僧的籍貫和寓居地來考察，北宋時期詩僧地域分布呈現出不平衡性，南方地區占絕對優勢，而又以浙江和福建兩地最多；詩僧地域分布與僧尼數量、風土民情、地理環境、經濟文化等因素密切相關，詩僧北游京都、南游江淮同樣盛行；從佛門宗派來考察，出自禪宗的詩僧占北宋詩僧總數的 7%，可見詩禪關系是相當密切的，而禪宗詩僧又以臨濟宗和云門宗居多。第二章探詢北宋詩僧的士夫化及其背景，描述了北宋詩僧士夫化的種種體現：干謁權貴、交游名士、放浪形骸、好作綺語艷詞、儒釋兼修等等。文中分析了詩僧士夫化的背景，指出：北宋佛教的融合思潮，禪宗的世俗化，以及文人士夫的佛禪化是北宋詩僧士夫化的大背景。另外，廣西師範大學于萍《論宋詩僧惠洪的詩學思想》中國古代文學 2004 年碩士論文，作者認為作為詩僧，惠洪的詩學思想最突出的一點就是他能從文學的角度來看待詩歌，這既不同于唐僧齊己的一味追求淡雅靜幽，也不似

寒山、拾得、王梵志那樣純用白話口語來寫一些類似打油詩的勸世說教之作，也因此沒有墮入僧詩慣有的蔬筍氣或是教條氣的老路中去，這是他比其他詩僧的高明之處。從文學的角度來認識詩歌，他對詩歌的審美理想、風格、創作等方面都較有心得。對詩歌的一些基本因素如鍛字煉句的基本功、詩緣情的創作態度、妙觀逸想式的形象思想的把握等都能帶有自己的獨特見解。惠洪所津津樂道的「平中見奇」、「氣韻說」、詩歌的語言美和富貴態的審美理想都不是他的獨創，可貴的是他能從自我的角度來理解和闡釋這些宋代詩歌的共性特征，因而能同中見異，頗具個性。他對豪放和清婉兩種風格的傾心更是體現了他狂中帶雅的面貌。他的創作論主要集中于他對煉字和煉意的追求，其中最著名的便是他對黃庭堅的「奪胎換骨」說的記載以及他本人所提出的「妙觀逸想」說。對前者的理解，惠洪更偏重于創作中的對創新的要求，而后者則體現了他用藝術的眼光來衡量藝術的做法。詩歌是情感的藝術，惠洪論詩十分注重詩中含情，雖然在他自己的創作中屢因俗情過重而受到世人責難，卻并沒有因此而放棄這一詩學理念。而浙江大學潘建偉《釋惠洪詩歌風格論》2007 年碩士論文，論文重點在于論述惠洪詩風，內容分爲四個部分：第一個部分大致介紹惠洪的人生與詩風演變；第二部分從禪宗「事事無礙」與惠洪的詩風之間的關系角度，并聯系其人生經歷，對「事事無礙」與世俗生活、與人生困境、與山林詩風分別作了詳細的論述；第三部分從詩學淵源、創作觀念與創作法度三個方面考辨惠洪與江西詩派的詩風之異同，指出了惠洪在當時詩壇上獨特面；第四部分從禪宗與陶淵明的影響、學習黃庭堅的詩學以及一以貫之的豪放之氣三個側面論述惠洪晚年詩風的複雜性。

至於台灣地區碩博士論文研究成果亦豐，國立台灣師範大學吳麗虹《惠洪覺範禪學研究》1997 年國文所碩士論文可爲較早的成果，本文以惠洪對於文字禪之詮釋與實踐爲研究重點，由惠洪著作入手，先由其自序等文獻中瞭解惠洪之生平與性格；其次，就禪宗發展的概況及惠洪對當時叢林之看法以明惠洪學說之時代背景。然後由惠洪著作中，考察出禪教合一觀爲惠洪禪學之核心，編纂僧史則是惠洪禪學之具體實踐，並以此二點爲重心，探究惠洪對文字禪之詮釋發揮，及其主張所產生的影響，以得知惠洪禪學在禪史上之意義與價值。中興大學謝惠青《詞僧惠洪及其詞之探賾》中國文學 1998 年碩士論文，作者針對《全宋詞》中 19 位詞僧釐析其作品。論文除探討惠洪生平、詞作內容特色，更特別討論惠洪之〈述古德遺事作漁父詞〉。

　　於筆者《惠洪「文字禪」之詩學內涵研究》國立台灣師範大學國文所 2004年碩士論文之後，則有佛光人文社會學院藍慶蔚《惠洪「文字禪」研究》2005年碩士論文，作者主要參考筆者之研究成果，另外針對禪宗的歷史上，「文字禪」所引發的內部諍辯可以說是除了燈史的問題之外最為持久而劇烈的。其中，惠洪於宋代「文字禪」發展扮演重要的角色，本論文以惠洪《石門文字禪》、《智證傳》、《林間錄》、《冷齋夜話》四本著作為核心，討論其所提倡的「文字禪」。論文先以惠洪身為一個禪僧的角度出發，從禪宗史以及惠洪的生平來考察惠洪為何會主張「文字禪」，再以禪宗的思想脈絡來探討何謂「文字禪」以及「文字禪」與教理的關係。另外，不少學者以為「文字禪」即是詩歌，對此，本文也予以探討，提出身分認同的問題，因為惠洪的人生經歷以及他的宗教歷練，在他的內心世界具有強烈的情感，而惠洪的另一個身分是文人，但這應與作為宗教的禪有所區分。故從宗教來看「文字禪」是禪宗教學的方便手段；若從文學來看，自然是抒發情感的詩歌了。對於惠洪的生平，是以惠洪的性格以及其生平中重要事件對他的影響來縱論他雖有禪宗的傳承，卻因生平遭遇而無法遵循傳統的禪宗教學方法；為突破此限制而對於「文字」有所需求、依賴。第三章則對於「文字禪」的意涵及達摩以來歷經汾陽善昭、雪竇重顯到惠洪的文字觀提出探討，並討論惠洪為解決當時叢林的風氣而提出文字禪的主張以及相關問題。第四章則更進一步，談論「文字禪」當中，其教理（文字）與禪的爭論，並透過惠洪的悟境研究，來看看是否能以文字（教理）來說禪、教禪。第五章討論惠洪「文字禪」與詩學的關係，因為惠洪與當時有名的文士交往，加深了惠洪對文字的需求；故本章焦點放在「文字禪」內涵中，作為宗教工具性的「文字」與作為感性抒情的詩歌「文字」應有所區別。透過此討論，可知文士、僧人對於詩、禪與教應有不同的看法。

　　另外針對《冷齋夜話》一書加以探究，則有中央大學曾文樹《冷齋夜話文藝思想之研究》2007 年碩士論文，作者認為惠洪以禪宗僧侶的身分卻具有高度士大夫化的言行舉止，引起批評。《冷齋夜話》就是他仿效文人所著作之筆記，其爭議性亦不遑多讓。此書貶多褒少、傳統目錄學上的歸類混淆、多論蘇黃之言等，皆不利於其後續的研究。雖然近來惠洪逐漸引起注目，但論述的重心多以惠洪或「文字禪」或片段性的詩歌理論為主。針對《冷齋夜話》作全盤性與專門性的研究者，實屬少見。因此本文在研究方法上採取異於其

他研究者的進路，先以「筆記」為範疇作專書性、規範化與科學化的綜理，再粹取其文藝思想。肯定其在詩話文評與筆記小說，橫跨集部與說部兩方面的表現。落筆重心不僅包括文學理論、文學批評，還涉及較少人談論的筆記小說創作等。進而探索其文藝思想的特質為何？與宋代文學主流江西詩派以及「以禪喻詩」的異同。研究過程中發現，當宋代捲起一片「以禪喻詩」的風潮時，惠洪文藝主張有其特殊之處。除了同樣以禪學「游戲三昧」與思維模式運用於文藝美學，另一方面又顯示惠洪異於宋代以禪論詩觀點，在於他極力吸收儒家傳統文學觀的努力。在專書化、學科化與去蕪存菁的結果，確實展現了此書「如酸漿滴入」，可歷世傳之無窮的獨特魅力。

　　而針對惠洪與士大夫之交遊，也有華梵大學劉楚妍《洪覺範「文字禪」思想及其與士大夫之交遊》2008 年碩士論文，作者旨在揭櫫惠洪文字思想立論對後世之啓發，昭顯惠洪所重者，為禪宗「觀機逗教」之機宜，其思想理念，契理契機，實乃習禪、治學之優良方式。臨濟法脈迄今亙古流長，乃惠洪之功也。由是可推知「文字語教」實是歷史記錄、文化傳承、宗門傳衍之不可或缺者。尊師重道、文化傳承，及闡揚教義，務弘宗法，實於文字語教所助成者也。

　　當然與惠洪相關的研究論文，仍如雨後春筍般，不斷的湧現，筆者述評仍有疏漏之處，然而也因此可見惠洪的詩學、文字禪與佛學等相關成就，值得後人不斷追尋探索。

參考文獻

一、惠洪著作

1. 〔宋〕釋惠洪《石門文字禪》，四部叢刊本。

2. 〔宋〕釋惠洪《石門文字禪》，臺灣商務印書館景印文淵閣四庫全書，1116 冊。

3. 〔宋〕釋惠洪《石門文字禪》，臺北：藝文印書館影印《叢書集成續編》，1970 年。

4. 〔宋〕釋惠洪《石門文字禪》，台北：新文豐出版，1973 年 12 月。

5. 〔宋〕釋惠洪《全宋詩》卷 1327，一～二十，以明萬曆二十五年徑山興盛萬壽禪寺刊《石門文字禪》為底本）。

6. 〔宋〕釋惠洪《石門洪覺範天廚禁臠》，北京：中華書局影印明正德丁卯刊本，1958 年 10 月。

7. 〔宋〕釋惠洪《冷齋夜話》，臺灣商務印書館景印文淵閣四庫全書，863 冊。

8. 〔宋〕釋惠洪《冷齋夜話》，臺北：藝文印書館景印《叢書集成續編》，1970 年。

9. 〔宋〕釋惠洪《林間錄》，臺灣商務印書館景印文淵閣四庫全書，1052 冊。

10. 〔宋〕釋惠洪《林間錄》，《卍續藏》148 冊，台北：中國佛教影印卍續藏經委員會編，1967 年。

11. 〔宋〕釋惠洪《林間錄》，《佛光大藏經‧禪藏》，高雄：佛光，1994 年 12 月。

12. 〔宋〕釋惠洪《禪林僧寶傳》，《佛光大藏經‧禪藏》，高雄：佛光，1994 年 12 月。

13. 〔宋〕釋惠洪《禪林僧寶傳》，臺灣商務印書館景印文淵閣四庫全書，1052冊。

14. 〔宋〕釋惠洪《禪林僧寶傳》，《卍續藏》137 冊，台北：中國佛教影印卍續藏經委員會編，1967 年。

15. 〔宋〕釋惠洪《臨濟宗旨》，臺灣商務印書館景印文淵閣四庫全書，1052冊。

16. 〔宋〕釋惠洪《臨濟宗旨》，《卍續藏》111 冊，台北：中國佛教影印卍續藏經委員會編，1967 年。

17. 〔宋〕釋惠洪《法華經合論》，《卍續藏》47 冊，台北：中國佛教影印卍續藏經委員會編，1967 年。

18. 〔宋〕釋惠洪《楞嚴經合論》，《卍續藏》18 冊，台北：中國佛教影印卍續藏經委員會編，1967 年。

19. 〔宋〕釋惠洪《智證傳》，《卍續藏》111 冊，台北：中國佛教影印卍續藏經委員會編，1967 年。

20. 〔宋〕釋惠洪《智證傳》《禪宗集成》第一冊。

21. 〔宋〕釋惠洪《禪林僧寶傳》《臨濟宗旨》(廓門貫徹註《註石門文字禪》)《冷齋夜話》《天廚禁臠》，柳田聖山、椎名宏雄編《禪學典籍叢刊》第五卷，京都：臨川書店，2000 年 10 月。

10.《阿毘達磨俱舍論》，《大正新脩大藏經》第二十九冊，新文豐景印本，1988年。

11. 〔唐〕釋道宣《續高僧傳》《大正新脩大藏經》第五十卷。

12. 〔唐〕釋淨覺《楞伽師資記》《大正新脩大藏經》第八十五卷。

13. 〔唐〕釋慧能《壇經校釋》，中華書局 1984 年。

14. 〔唐〕釋玄覺《證道歌注》《續藏經》第二編第十六套第三冊。

15. 〔唐〕釋慧然集《鎮州臨濟慧照禪師語錄》《大正新脩大藏經》第四十七卷。

16. 〔五代〕釋靜、筠《祖堂集》，上海古籍出版第十四冊。

17. 〔五代〕釋文益《宗門十規論》，台北藝文印書館《禪宗集成》第一冊。

18. 〔宋〕釋法印《禪宗頌古聯珠通集》《禪宗集成》第七冊。

19. 〔宋〕釋善清《慈受懷身禪師廳錄》《禪宗集成》第二十三冊。

20. 〔宋〕釋蘊聞《大慧普覺禪師語錄》《大正新脩大藏經》第四十七卷。

21. 〔宋〕釋普濟《五燈會元》，中華書局 1984 年。

22. 〔宋〕釋道原《景德傳燈錄》《四部叢刊三編》本。

23. 〔宋〕賾藏主集《古尊宿語錄》《佛藏要籍選刊》本第十一冊。

24. 〔宋〕釋贊寧《宋高僧傳》，中華書局 1987 年。

25. 〔宋〕釋楚圓集《汾歸無德禪師語錄》《大正新脩大藏經》第四十七冊。

26. 〔宋〕釋正覺頌古《開松老人評唱天童覺和尚頌古從容庵錄》《大正新脩大藏經》第四十八冊。

27. 〔宋〕釋重顯頌古《碧岩錄》《大正新脩大藏經》第四十八冊。

28. 〔宋〕釋善卿《祖庭事苑》《續藏經》第二編第十八套第一冊。

29. 〔宋〕釋惠彬《叢林公論》《續藏經》第二編第十八套第五冊。

30. 〔宋〕林希逸《竹溪口齋十一稿》續集卷十三（台灣：商務複印《四庫全書》本）。

31. 〔宋〕祖琇《僧寶正續傳》，台北：新文豐，1983 年。

32. 〔宋〕宗杲《大慧普覺禪師語錄》，《大正新脩大藏經》第四十七冊。

33. 〔宋〕曉瑩《感山雲臥紀談》，高雄：佛光，1994 年。

34. 〔宋〕普濟《五燈會元》，台北：文津，1991 年。

35. 〔宋〕吳曾《能改齋漫錄》，台北：木鐸，1982 年。

36. 〔宋〕志磐《佛祖統紀》，《大正新脩大藏經》第四十九冊。

37. 〔宋〕淨善《禪林寶訓》，《大正新脩大藏經》第四十八冊。

38. 〔明〕紫柏《紫柏老人集》，卷十四，《續藏經》第一二六冊。

39. 〔明〕王士禎《帶經堂詩話》，上海市：上海古籍，2002 年。

40. 〔明〕顓愚觀衡《紫竹林顓愚衡和尚語錄》，《嘉興藏》，第二十七冊。

41. 〔明〕覺岸《釋氏稽古略》，《大正新脩大藏經》第四十九冊。

42. 〔元〕釋德輝《百丈清規》台北：佛光，1997 年。

43. 〔宋〕道融《叢林盛事》，高雄：佛光山出版社，1994 年。

二、佛經典籍

1. 《雜阿含經》，《大正新脩大藏經》第二冊。

2. 《百喻經》，《大正新脩大藏經》第四冊。

3. 《仁王護國般若波羅蜜多》，《大正新脩大藏經》，第三十三冊。

4. 《大般若波羅蜜多經》，《大正新脩大藏經》第七冊。

5. 《楞伽師資記》，《大正新脩大藏經》第八十五冊 。

6. 《六祖大師法寶壇經》，《大正新脩大藏經》第四十八冊 。

7. 《大方廣佛華嚴經》，《大正新脩大藏經》第九冊。

8. 《金剛經纂要刊定記》，《大正新脩大藏經》第三十三冊。

9. 《究竟大悲經》，《大正新脩大藏經》第八十五冊。

三、文集、詩話、史類

1. 顧紹柏《謝靈運集校注》，河南：中州古籍出版，1987 年。

2. 朱金成《白居易集箋校》，上海：上海古籍出版社，1988 年。

3. 曾棗莊、舒大剛主編《蘇軾文集》，北京：語文，2001 年。

4. 曾棗莊、曾濤編《蘇文彙評》，臺北：文史哲出版社，1998 年 5 月。

5. 傅璇琮編《黃庭堅與江西詩派卷》，高雄：麗文文化公司，1993 年 10 月。

6. 賈文昭主編《中國古代文論類編》（上冊），福州：海峽文藝出版社，1990 年 12 月。

7. 〔宋〕范仲淹《范文正公集》，台北：商務，1993 年。

8. 〔宋〕黃庭堅《豫章黃先生文集》《四部叢刊》本。

9. 〔宋〕釋道潛《參寥子詩集》《四部叢刊三編》本。

10. 〔宋〕秦觀《淮海集》，《四庫叢刊》本。

11. 〔宋〕黃庭堅《山谷詩集注》，上海：上海古籍，2003 年。

12. 〔宋〕釋文瑩《玉壺詩話》北京：中華，1985 年。

13. 日人空海《文鏡祕府論》，台北：河洛出版社，1976 年。

14. 王利器《文鏡祕府論校注》，南京：中國社會科學出版，1983 年。

15. 〔宋〕劉克莊《後村詩話》，台北：廣文書局，1971 年。

16. 〔宋〕劉克莊《江西詩派小序》，台北：藝文印書館，1971 年。

17. 〔宋〕嚴羽《滄浪詩話》，台北：久博，1986 年。

18. 〔宋〕胡仔《苕溪漁隱叢話》，台北：世界書局，1976 年 2 月。

19. 〔宋〕姚勉《雪坡舍人集》，台北：新文豐，1985 年。

20. 〔宋〕魏慶之《詩人玉屑》，台北：世界書局，1992 年 9 月。

21. 〔宋〕羅大經《鶴林玉露》，北京：中華書局，1983 年。

22. 〔明〕胡應麟《詩藪》，台北：廣文書局，1973 年 9 月。

23. 〔清〕張泰來述《江西詩社宗派圖錄》〔清〕鮑廷博校《知不足齋叢書》冊 22，臺北：藝文，1966 年（《百部叢書集成》冊 471，國立臺灣大學裝訂本）。

24. 郭紹虞《滄浪詩話校注》，台北：東昇，1980 年。

25. 郭紹虞《宋詩話輯佚》，臺北：華正書局有限公司，1981 年 12 月。

26. 郭紹虞《宋詩話考》，北京：中華書局，1983 年。

27. 丁仲祜《續歷代詩話》，台北：藝文印書館，1983 年 6 月。

28. 何文煥輯《歷代詩話》，臺北：漢京文化事業有限公司，1993 年 1 月。

29. 丁福保輯《歷代詩話續編》，臺北：木鐸出版社，1993 年 9 月。

30. 丁福保輯《清詩話》，臺北：木鐸出版社，1993 年 9 月。

31. 丁福保輯《續清詩話》，臺北：木鐸出版社，1993 年 9 月。

32. 程毅中編《宋人詩話外編》，北京：國際文化出版公司，1996 年 3 月。

33. 吳文治主編《宋詩話全編》（共十冊），南京：江蘇古籍出版社，1998 年 12 月。

34. 張伯偉編《稀見本宋人詩話四種》，南京：江蘇古籍，2002 年。

35. 臺靜農《百種詩話類編》，台北：藝文，1974 年。

36. 劉德重、張寅彭《詩話概說》，北京：中華書局，1990 年。

37. 張葆全《詩話與詞話》，台北：萬卷樓，1993 年 7 月。

38. 張伯偉《全唐五代詩格彙考》，南京：江蘇古籍出版社，2002 年。

39. 《舊唐書·裴晃傳》台北：藝文，1978 年。

40. 〔宋〕司馬光《資治通鑑》台北：商務，1979 年。

41. 脫脫《宋史》，台北：鼎文書局，1991 年。

42. 王夫之《宋論》，台北：九思出版社，1977 年。

43. 方豪《宋史》，台北：文化大學出版部，1979 年。

44. 《宋史研究論集》（1～30 集），台北：中華叢書編審委員會。

45. 李國鈞主編《中國書院史》，湖南：湖南教育出版社，1994 年。

四、近人詩文論著

1. 劉若愚著、杜國清譯《中國詩學》，台北：幼獅，1985 年。

2. 朱東潤《中國文學批評史大綱》，台北：開明，1960 年。

3. 陳良遠《中國詩學體系論》，北京：中國社會科學出版社，1992 年 7 月。

4. 胡曉明《中國詩學之精神》江西人民出版社，1993 年 9 月。

5. 袁行霈、孟二冬、丁放《中國詩學通論》，合肥：安徽教育出版社，1994 年 12 月。

6. 陳良遠主編《中國歷代詩學論著選》，南昌：百花州文藝出版社，1995 年 9 月。

7. 陳良運《中國詩學批評史》，江西：江西人民出版社，1995 年 7 月。

8. 張少康、劉三富《中國文學理論批評發展史》（下卷），北京：北京大學出版社，1995 年 12 月。

9. 汪涌豪、駱玉明主編《中國詩學》，上海：東方出版社，1999 年。

10. 張伯偉《中國詩學研究》，瀋陽：遼海出版社，2000 年 1 月。

11. 張方《中國詩學的基本觀念》，北京：東方出版社，1999 年 5 月。

12. 張思緒《詩法概述》，上海古籍出版社，1988 年 12 月。

13. 戴麗珠《詩與畫》，台北：聯經，1978 年。

14. 鄺健行主編《中國詩歌與宗教》，香港：中華書局，1999 年 9 月。

15. 張健《宋金四家文學批評》，台北：聯經出版社，1975 年。

16. 張高評《宋詩之傳承與開拓》，臺北：文史哲出版社，1990 年 3 月。

17. 張高評《宋詩之新變與代雄》，臺北：洪葉文化事業有限公司，1995 年 9 月。

18. 張高評《會通化成與宋代詩學》，臺南：國立成功大學出版委員會，2000 年 8 月。

19. 錢鍾書《宋詩選註》（增訂本），臺北：書林出版有限公司，1990 年 9 月。

20. 傅璇琮等主編《全宋詩》（共七十二冊），北京：北京大學出版社，1991 年 7 月～1998 年 12 月。

21. 黃保眞、成復望、蔡鍾翔《中國文學理論史——隋唐五代宋元時期》，臺北：洪葉文化事業有限公司，1993 年 12 月。

22. 趙仁珪《宋詩縱橫》，北京：中華書局，1994 年。

23. 張毅《宋代文學思想史》，北京：中華書局，1995 年 4 月。

24. 韓經太《宋代詩歌史論》，長春：吉林教育出版社，1995 年 12 月。

25. 趙齊平《宋詩臆說》，北京：北京大學出版社，1996 年 7 月。

26. 吳淑鈿《近代宋詩派詩論研究》，臺北：文津出版社，1996 年 9 月。

27. 孫望、常國武主編《宋代文學史》，北京：人民文學出版社，1996 年 9 月。

28. 程杰《北宋詩文革新研究》，臺北：文津出版社，1996 年 12 月。

29. 王運熙、顧易生主編《中國文學批評通史——宋金元卷》，上海：上海古籍出版社，1996 年 12 月。

30. 周裕鍇《宋代詩學通論》，成都：巴蜀書社出版，1997 年 1 月。

31. 黃啓方《宋代詩文縱談》台北：商務印書館 1997 年 8 月。

32. 王水照《宋代文學通論》，開封：河南大學出版社，1997 年 6 月。

33. 阮忠《唐宋詩風流別史》，武漢：武漢出版社，1997 年 12 月。

34. 程千帆、吳新雷《兩宋文學史》，上海：上海古籍出版社，1998 年 1 月。

35. 謝佩芬《北宋詩學中「寫意」課題研究》，臺北：國立台灣大學出版委員會，1998 年 6 月。

36. 程杰《宋詩學導論》，天津：天津人民出版社，1999 年 10 月。

37. 許總《宋詩——以新變再造輝煌》，桂林：廣西師範大學出版社，1999 年 12 月。

38. 張宏生《宋詩：融通與開拓》上海：上海古籍出版社，2001 年 12 月。

39. 陶文鵬《唐宋詩美學與藝術論》河北：南開大學出版社，2004 年 2 月。

40. 王洪《蘇軾詩歌研究》，北京：朝華出版社，1993 年 5 月。

41. 王水照《蘇軾論稿》，臺北：萬卷樓圖書有限公司，1994 年 12 月。

42. 朴永煥《蘇軾禪詩研究》，北京：中國社會科學出版社，1995 年 11 月。

43. 鄭倖朱《蘇軾以賦爲詩研究》，臺北：文津出版有限公司，1998 年 11 月。

44. 黃美鈴《歐、梅、蘇與宋詩的形成》，臺北：文津出版社，1998 年 5 月。

45. 黃寶華選注《黃庭堅選集》，上海：上海古籍出版社，1991 年 2 月。

46. 吳晟《黃庭堅詩歌創作論》，南昌：江西人民出版社，1998 年 10 月。

47. 黃寶華《黃庭堅評傳》，南京：南京大學出版社，1998 年 12 月。

48. 龔鵬程《江西詩社宗派研究》，臺北：文史哲出版社，1983 年 10 月。

49. 莫礪鋒《江西詩派研究》，濟南：齊魯書社，1986 年 10 月。

50. 歐陽炯《呂本中研究》，臺北：文史哲出版社，1992 年 6 月。

51. 龔鵬程《詩史本色與妙悟》，臺北：台灣學生書局，1986 年 4 月。

52. 周裕鍇《文字禪與宋代詩學》，北京：高等教育出版，1998 年。

53. 徐復觀《中國藝術精神》，臺北：台灣學生書局，1998 年 5 月第 12 次印刷。

54. 錢鍾書《談藝錄》（增訂本），臺北：書林出版有限公司，1999 年 2 月。

55. 神田喜一郎〈五山文學與填詞〉《日本填詞史話》北京：新華書局，2000 年 10 月。

56. 陳永明、吳淑鈿選編《韓國詩話中論中國詩資料選粹》，北京：中華書局，2002 年 7 月。

57. 徐文博譯《影響的焦慮》，台北：久大文化，1990 年。

58. 高志仁譯哈洛‧卜倫（Harold Bloom）著《西方正典》（The Western Canon : The Books and School of The Ages），台北：立緒，2003 年 12 月。

五、近人禪學論著

1. 錢穆《中國學術思想史論叢》（五），臺北：東大，1978 年。

2. 杜松柏《禪學與唐宋詩學》，臺北：黎明文化事業股份有限公司，1978 年 12 月再版。

3. 郭朋《宋元佛教》，福州：福建人民出版社，1981 年 8 月。

4. 陳援庵《釋氏疑年錄》，台北：彌勒，1982 年。

5. 湯用彤《漢魏兩晉南北朝佛教史》，北京：中華書局，1983 年。

6. 陳垣《中國佛教史籍概論》台北：新文豐出版社，1984 年 4 月。

7. 阿部肇一《中國禪宗史——南宗禪成立以後的政治社會史的考證》台北：東大，1986 年 2 月。

8. 何國銓《中國禪學思想研究》，台北：文津出版社，1987 年 4 月。

9. 嚴北溟《中國佛教哲學簡史》，台北：木鐸，1988 年。

10. 葛兆光《禪宗與中國文化》，台北：天宇出版社，1988 年。

11. 黃敏枝《宋代佛教經濟史論集》，台北：學生書局，1989 年。

12. 孫昌武《佛教與中國文學》，台北：東華書局，1989 年 12 月。

13. 日‧加地哲定《中國佛教文學》，北京：今日中國出版社，1990 年。

14. 冉雲華《中國禪學研究論集》，台北：東初出版社，1991 年 7 月再版。

15. 褚柏思《中國禪宗史話》，高雄：佛光出版社，1991 年 11 月修定五版。

16. 潘桂明《中國禪宗思想歷程》，北京：今日中國，1992 年。

17. 張伯偉《禪與詩學》，浙江：人民出版社，1992 年。

18. 杜繼文、魏道儒《中國禪宗通史》江蘇：江蘇古籍，1993 年 2 月。

19. 中村‧元等著，余萬居譯《中國佛教發展史》，台北：天華出版公司，1993 年 9 月。

20. 田光烈《論禪學》，台北：頂淵文化，1993 年 11 月。

21. 楊惠南《佛教思想發展史論》，台北：東大，1993 年。

22. 方立天《佛教哲學》，台北：洪葉文化，1994 年 7 月。

23. 顧偉康《禪宗六變》，台北：東大圖書，1994 年 12 月。

24. 杜松柏《知止齋禪學論文集》，台北：文史哲，1994 年。

25. 楊惠南《禪史與禪思》，台北：東大，1995 年 4 月。

26. 刑東風《禪悟之道‧南宗禪學研究》，新店：圓明出版社，1995 年。

27. 李淼《禪宗與中國古代詩歌藝術》，高雄：麗文文化，1993 年 10 月。

28. 柳田聖山著，吳汝鈞譯《中國禪思想史》，台北：商務印書館，1995 年 12 月再版第二刷。

29. 呂澂《呂澂佛學論著選集》，山東：齊魯書社，1996 年。

30. 葛兆光《中國禪思想史——從六世紀到九世紀》，北京：北京大學出版社，1996 年 10 月第二刷。

31. 黃啓江《北宋佛學史論稿》，台北：商務 1997 年。

32. 蔣義斌《宋儒與佛教》，台北：東大，1997 年。

33. 楊惠南《佛教思想發展史論》，台北：三民，1997 年。

34. 程東 薛冬《臨濟宗門禪》，台北：成都，1997 年。

35. 魏道儒《宋代禪宗史論》，高雄：佛光，2001 年。

36. 吳汝鈞《遊戲三昧：禪的實踐與終極關懷》，台北：學生，1997 年。

37. 錢志熙《活法爲詩》，長春：吉林文史出版社，1997 年 1 月。

38. 麻天祥《中國禪宗思想發展史》，湖南：湖南教育出版社，1997 年 3 月。

39. 印順《中國禪宗史》，竹北：正聞出版社，1998 年 1 月。

40. 張清泉《北宋契嵩的儒釋融會思想》，台北：文津，1998 年。

41. 王志躍《分燈禪》，台北：圓明出版社，1999 年。

42. 蔡日新《中國禪宗的形成》，新店：圓明出版社，1999 年 3 月。

43. 楊曾文《唐五代禪宗史》，北京：中國社會科學出版社，1999 年 5 月。

44. 忽滑谷快天《中國禪學思想史》，上海：上海古籍，2002 年。

45. 潘桂明、董群、麻天祥著《中國佛教百科叢書·歷史卷》，台北：佛光文化，1999 年。

46. 張節末《禪宗美學》，杭州：浙江人民出版社，1999 年 12 月。

47. 黃河濤《禪與中國藝術精神的嬗變》，台北：正中書局，1997 年 8 月。

48. 李淼《禪宗與中國古代詩歌藝術》，高雄：麗文文化，1993 年 10 月。

49. 謝思煒《禪宗與中國文學》，北京：中國社會科學出版社，1993 年 12 月。

50. 孫昌武《詩與禪》，臺北：東大圖書公司，1994 年 8 月。

51. 覃召文《禪月詩魂——中國詩僧縱橫談》，北京：三聯書店，1994 年 5 月。

52. 皮朝綱《禪宗的美學》，高雄：麗文文化，1995 年 9 月。

53. 季羨林《禪和文化與文學》，北京：商務印書館，1998 年 8 月。

54. 蕭麗華《唐代詩歌與禪學》，台北：東大圖書，1997 年 9 月。

55. 吳言生《禪宗詩歌境界》，北京：中華書局，2002 年。

56. 陳引馳《隋唐佛學與中國文學》，江西：百花州文藝出版社，2002 年。

57. 孫昌武《禪思與詩情》，北京：中華書局，1997 年 8 月。

58. 林湘華《禪宗與宋代詩學理論》，台北：文津，2002 年。

59. 胡遂《中國佛學與文學》，湖南：岳麓書社，1998 年 4 月。

60. 周裕鍇《禪宗語言》，台北：世界宗教博物館，2002 年 11 月。

61. 張美蘭《禪宗語言概論》，五南出版社，2000 年。

62. 周裕鍇《中國禪宗與詩歌》，上海：商務印書館，2000 年 1 月。

63. 洪修平《禪宗思想的形成與發展》，南京：江蘇古籍出版社，2000 年 1 月。

64. 王樹海《禪魄詩魂——佛禪與唐宋詩風的變遷》，北京：知識出版社，2000 年 3 月。

六、資料彙編與論文集

1. 黃啓方編《北宋文學批評資料彙編》，臺北：成文出版社，1978 年 9 月。

2. 張曼濤編《中國佛教史學史論集》，台北：大乘文化，1978 年 9 月。

3. 郭紹虞、羅根澤《中國古典文學理論批評專著選輯》，北京：人民文學，1984 年。

4. 石峻編《中國佛教思想資料選編》，北京：中華書局，1991 年。

5. 錢鍾書《文學研究叢編》第一輯，台灣：木鐸，1981 年。

6. 黃永武、張高評編著《宋詩論文選輯》（第一輯），高雄：復文書局，1988 年 5 月。

7. 黃永武、張高評編著《宋詩論文選輯》（第二輯），高雄：復文書局，1988 年 5 月。

8. 黃永武、張高評編著《宋詩論文選輯》（第三輯），高雄：復文書局，1988 年 5 月。

9. 江西省文學藝術研究所選編《黃庭堅研究論文集》，南昌：江西人民出版社，1989 年 9 月。

10. 張高評編《宋詩綜論叢編》，高雄：麗文文化公司，1993 年 10 月。

11. 張高評主編《宋代文學研究叢刊》（創刊號），高雄：麗文文化事業股份有限公司，1995 年 3 月。

12. 國立成功大學中文系編輯《第一屆宋代文學研討會論文集》，麗文文化事業，1995 年 5 月。

13. 張高評主編《宋代文學研究叢刊》（第二期），高雄：麗文文化事業股份有限公司，1996 年 9 月。

14. 儋州市人民政府、蘇軾學會合編《全國第八次蘇軾研討會論文集》，成都：四川大學出版社，1996 年 12 月。

15. 張高評主編《宋代文學研究叢刊》（第三期），高雄：麗文文化事業股份有限公司，1997 年 9 月。

16. 張高評主編《宋代文學研究叢刊》（第四期），高雄：麗文文化事業股份有限公司，1998 年 12 月。

17. 張高評主編《宋代文學研究叢刊》（第五期），高雄：麗文文化事業股份有限公司，1999 年 12 月。

七、學位論文

1. 何乾《禪宗精神與中國藝術》，文化大學哲學研究所博士論文，1983 年。

2. 蔡榮婷《景德傳燈錄之研究——以禪師啓悟弟子之方法爲中心》，政大中

國文學所碩士論文，1985 年。

3. 謝孟錫《禪宗對語言與真理的看法：一個西方哲學的理解進路》，文大哲學所碩士論文，1992 年。

4. 吳美鈴《由禪的「解構」義探討其與文學創作的關係》，華梵東方人文思想所碩士論文，1993 年。

5. 賴建成《晚唐暨五代禪宗的發展──以與會昌法難有關的僧侶和禪門五宗為重心》，文化大學文史學系博士論文，1993 年。

6. 陳碧雲《論「活法」》，高雄師範大學國文研究所碩士論文，1988 年。

7. 林正三《歷代詩論中「法」的觀念之探究》，台灣大學中國文學研究所碩士論文，1984 年。

8. 李栖《兩宋題畫詩研究》，東吳中文所博士論文，1991 年。

9. 蓋美鳳《活法與江西詩派形成》，台灣大學中國文學研究所碩士論文，1995 年。

10. 鄭眞熙《馬祖道一及其禪學思想研究》，師範大學國文學系碩士論文 1997 年。

11. 高毓婷《圜悟克勤禪學研究》，師範大學國文學系碩士論文，1997 年。

12. 吳麗虹《惠洪覺範禪學研究》，師範大學國文學系碩士論文，1997 年。

13. 李開濟《宋代大慧宗杲禪思想研究》，輔仁大學哲學研究所博士論文，1992 年。

14. 蓋綺紓《蘇門與元祐文化》，台灣大學中國文學研究所博士論文，2002 年 7 月。

15. 朴永煥《蘇軾禪詩研究》成功大學歷史語言研究所碩士論文，1992 年 7 月。

16. 林錦婷《蘇軾與黃庭堅之詩論及其比較》，中央大學中國文學所碩士論文，1994 年。

17. 鍾美玲《北宋四大家理趣詩研究──以蘇、黃、二陳為例》，成功大學中國文學研究所碩士論文，1995 年 6 月。

18. 李元貞《黃山谷的詩與詩論》，台灣大學中國文學研究所碩士論文，1971 年。

19. 王源娥《黃庭堅詩論探微》，東吳大學中國文學研究所碩士論文，1983 年。

八、期刊論文

1. 王煜〈北宋德洪覺範禪師融會儒釋〉《世界宗教研究》，1992 年 4 月。

2. 張雙英〈試探胡仔論惠洪評詩之弊的理論基礎──作家兼批評家時角色

的糾葛〉《中國文學批評的理論與實際》台北：萬卷樓圖書公司，1993年 10 月。

3. 鄭群輝〈瘦搭詩肩古佛衣——論北宋文學僧慧洪覺範〉《韓山師範學院學報》第四期，1995 年 12 月。

4. 皮朝綱〈慧洪以禪論藝的美學意蘊〉《四川師範大學學報》（社會科學版），1996 年 4 月。

5. 劉正忠〈惠洪「文字禪」初探〉《宋代文學研究叢刊》第二期，高雄：麗文，1996 年 9 月。

6. 皮朝綱〈慧洪審美理論瑣議〉《宋代文學研究叢刊》第二期，高雄：麗文，1996 年 9 月。

7. 張福勳〈宋代的詩僧與僧詩〉《陝西師範大學學報》（哲學社會科學版）1996 年 12 月。

8. 鄭群輝〈北宋詩僧慧洪覺範的文學成就〉《學術論壇》，1997 年 3 月。

9. 陳德禮〈妙觀逸想：古代藝術家的審美體驗及其意義世界〉《華中師範大學學報》（人文社會科學版），1998 年 1 月。

10. 杜愛英〈北宋詩僧德洪用韻考〉《山東師大學報》（社會科學版）第一期，1998 年。

11. 麻天祥〈宋代禪宗的新視向：惠洪與文字禪〉《1992 年中國歷史上的佛教問題》（三重：佛光山文教），1998 年 4 月。

12. 釋見一〈漢月法藏之禪法研究〉《中華佛學學報》第 11 期，1998 年 7 月。

13. 謝惠青〈詞僧惠洪及其詞之探賾〉《興大中文研究生論文集》第三期，1998 年 7 月。

14. 李貴〈試論北宋詩僧惠洪妙觀逸想的詩歌藝術〉《四川大學學報》（哲學社會科學版），1999 年增刊。

15. 姚大勇〈惠洪稱謂辨〉《江海學刊》，1999 年 6 月。

16. 周春生〈四庫全書總目子部釋家類、道家類提要補正〉《世界宗教研究》2000 年第一期。

17. 林伯謙〈惠洪非「浪子和尚」辨〉《東吳中文學報》第六期，2000 年 5 月。

18. 彭雅玲〈惠洪的禪語觀及創作觀〉《第五屆中國詩學會議論文集》，2000 年 10 月。

19. 張宏生〈釋子綺語——詩僧惠洪的一個面向及其文化信息〉《中國作家與宗教》，香港：中華書局，2001 年 2 月。

20. 彭雅玲〈創作與真理——北宋詩僧惠洪的創作觀與真理觀析論：以「石門文字禪」為討論中心〉《臺北師院語文集刊》，2001 年 6 月。

21. 謝佩芬〈釋惠洪「文字禪」與文學觀初探〉《國科會 89 年釋惠洪新論計劃成果》，2001 年 10 月。

22. 楊勝寬〈人品、氣韻、詩史——惠洪論杜及論詩述評〉《杜甫研究學刊》第一期，2002 年。

23. 陳自力〈惠洪上元之作考〉《西南民族學院學報》(哲學社會科學版)，2002 年 8 月。

24. 李貴〈北宋詩僧惠洪考〉《文學遺產》第三期，2002 年。

25. 廖肇亨〈明末清初叢林論詩風尚探析〉《中國文哲研究集刊》第二十期，2002 年 3 月。

26. 林伯謙〈惠洪《智證傳》研究〉《東吳中文學報》第八期，2002 年 5 月。

27. 蕭麗華‧吳靜宜〈蘇軾詩禪合一論對惠洪「文字禪」的影響〉《玄奘大學佛學與文學全國學術研討會》，2003 月 4 日。

28. 周裕鍇〈惠洪與換骨奪胎法——一樁文學批評史公案的重判〉《文學遺產》，2003 年第六期。

29. 莫礪鋒〈再論「奪胎換骨」說的首創者——與周裕兄商榷〉《文學遺產》，2003 年第六期。

30. 林伯謙〈惠洪其人其書簡論〉，中央研究院文哲所「詩與詩學研究」讀書會，2003 年 10 月 17 日。

31. 陳自力〈非離文字語言　非即文字語言——惠洪文字禪理論研究〉《曹溪——禪研究》(三) 中國社會科學出版社，2003 年 10 月。

32. 廖肇亨〈惠洪覺範在明代〉《明清文學與宗教研討會》中央研究院小型學術討論會，2003 年 11 月 14 日。

33. 楊曾文〈北宋惠洪及其《禪林僧寶傳》〉《江西師範大學學報》(哲學社會科學版) 第 37 卷第 1 期，2004 年 1 月。

34. 蕭麗華‧吳靜宜〈惠洪詩禪的「春」意象——兼為「浪子和尚」辯誣〉《台大佛學研究中心學報》第九期，2004 年 7 月。

35. 周裕鍇〈從法眼到詩眼：佛禪觀照方式與宋詩人審美眼光之關係〉《聖傳與詩禪國際學術研討會》，2004 年 12 月。

36. 周裕鍇〈惠洪文字禪的理論與實踐及其對後世的影響〉《北京大學學報》第四期，2008 年。

37. 張健〈呂本中的文學批評研究〉《幼獅學誌》第 11 卷 2、3 合期，1976 年 5 月。

38. 龔鵬程〈知性的反省——宋詩的基本面貌〉《中國文化新論‧文學篇二‧意象的流變》聯經出版公司，1982 年 10 月。

39. 周裕鍇〈蘇軾、黃庭堅詩歌理論之比較〉《文學評論》第 4 期，1983 年。

40. 宋筱蕙〈黃庭堅詩法研究〉《嘉義師專學報》第 14 期，1984 年 5 月。

41. 王卓〈呂本中談「悟入」有理〉《古代文學理論研究》第 10 輯，1985 年
    6 月。

42. 張連弟、趙廣林撰〈詩味說的形成和發展〉《古代文學理論研究》第 10
    輯，1985 年 6 月。

43. 南帆〈論詩的技巧構成——「死法」與「活法」〉《古代文學理論研究》
    第 11 輯，1986 年 8 月。

44. 袁行霈〈詩與禪〉《文史知識》，第十期，1986 年。

45. 馬積高〈江西詩派與理學〉《文學遺產》第 2 期，1987 年。

46. 張鳴〈宋詩活法論與理學的關係初探〉《中國文藝思想史論叢三》北京大
    學出版社，1988 年 6 月。

47. 陳莊、周裕鍇〈語言的張力——論宋詩話的語言結構批評〉《四川大學學
    報》，1989 年 1 月。

48. 黃景進〈論黃山谷所謂「無一字無來處」——兼論「點鐵成金」與「奪
    胎換骨」〉《中華學苑》第三十八期，1989 年 4 月。

49. 柯慶明〈中國古典詩的美學性格〉，收入《中國美學論集》頁 187 ～ 257，
    南天書局，1989 年 5 月。

50. 張晶〈宋詩的活法與禪宗的思維方式〉《文學遺產》第 6 期，1989 年 6
    月。

51. 歐陽炯〈宋代呂本中詩論〉《國立編譯館館刊》第 21 卷第 1 期，1992 年
    6 月。

52. 廖棟梁〈滋味：以味論詩說初探〉《中國文學批評》第一集，學生書局，
    1992 年 8 月。

53. 束景南〈活法：對法的審美超越〉《文學評論》第 4 期，1993 年 4 月。

54. 黃奕珍〈試論黃庭堅的「句中眼」〉《中國文學研究》第九期，1995 年 6
    月。

55. 黃景進〈韓駒詩論——兼論換骨、中的、活法、飽參〉《宋代文學研究叢
    刊》第二期，1996 年 9 月。

56. 黃景進〈換骨、中的、活法、飽參——江西詩派理論研究〉《宋代文學研
    究叢刊》第三期，1997 年 9 月。

57. 周裕鍇〈悟入：文字形式中的抽象精神〉《文藝理論研究》，《華東師範大
    學》，1998 年 3 月。

58. 張高評〈從會通化成論宋詩之新變與價值〉《漢學研究》16 卷 1 期，1998
    年 6 月。

59. 楊乃喬〈後現代性、後殖民性與民族性〉《東方叢刊》，1998 年 1 月。

60. 鄭雪花〈試析邵雍「以物觀物」的詩歌理念〉《孔孟月刊》第 37 卷,第 5 期,1999 年 1 月。

61. 葛兆光〈語言與意義:九至十世紀禪思想史的一個側面〉,鄭志明主編《兩岸當代禪學論文集》,嘉義:南華大學宗教中心,1999 年。

62. 周裕鍇〈夢幻與真如——蘇、黃的禪悅傾向及其詩歌意象之關係〉《文學遺產》第 3 期,2001 年。

63. 鄧廣銘〈略談宋學〉《北宋政治改革家王安石》附錄,石家莊:河北教育出版社,2001 年 5 月。

64. 吳永猛〈禪宗叢林體制之商榷〉《文藝復興》第 1 卷第 6 期,1970 年 6 月。

65. 周維介〈禪與中國詩論之關係〉《貝葉》第七期,新加坡:南洋大學圖書館,1972 年 12 月。

66. 李世傑〈禪的哲學〉《禪宗思想與歷史》,台北:大乘文化,1978 年。

67. 杜松柏〈禪家宗派與江西詩派〉《文史學報》第 8 卷,台中:中興大學,1978 年 6 月。

68. 陳榮波〈中國禪宗的特質〉《華岡佛學學報》第 5 期,1981 年 12 月。

69. 陳榮波〈中國禪宗構成因素及其特質〉《中華文化復興月刊》第 15 卷第 4 期,1982 年 4 月。

70. 曹仕邦〈禪宗「棒喝」教化方式形成的歷史背景〉《大陸雜誌》第 69 卷第 1 期,1984 年 7 月。

71. 冉雲華〈中國早期禪法的流傳和特點:慧皎、道宣所著「習禪篇」研究〉《華岡佛學學報》第 7 期,1984 年 9 月。

72. 古天英〈楞伽經中有關禪宗思想探索〉《慧炬》第 262 期,1986 年 4 月。

73. 傅佩榮〈宗教語言的意義問題〉《台大哲學論評》第 11 期,1988 年 1 月。

74. 蔣年豐〈禪與心理分析之研究比較〉《中國佛教》第 32 卷第 4 期,1988 年 4 月。

75. 鄭學禮著,駱一峰譯〈肯定、否定與禪的邏輯〉《哲學與文化》第 15 卷第 6 期,1988 年 6 月。

76. 徐宏力〈論禪宗悟性的美學價值〉《河南大學學報》,1989 年 2 期。

77. 洪修平〈禪宗的形成及其初期思想〉《文獻》季刊,1989 年 4 月。

78. 孫昌武〈略論詩與禪〉《中國古代、近代文學研究》,1989 年 4 月。

79. 成中英〈禪的詭論和邏輯〉《中華佛學學報》第 3 期,1990 年 4 月。

80. 洪修平〈論佛教的中國化與禪宗研究〉《中國文化月刊》第 142 期,1991 年 8 月。

81. 馮耀明〈禪超越語言和邏輯嗎?:從分析哲學觀點看鈴木大拙的禪論〉

《當代》第 69 期,1992 年 1 月。

82. 張伯偉〈禪學與宋代詩學〉《禪學研究》第一輯江蘇古籍出版社,1992 年 8 月。

83. 張伯偉〈宋代禪學與詩話二題——《石林詩話》與《滄浪詩話》〉《中國文化》第 6 期,1992 年 9 月。

84. 吳汝鈞〈游戲三昧:禪的美學情調〉《國際佛學研究》第二期,1992 年 12 月。

85. 洪修平〈略論宋代禪學的新特點〉《南京大學學報》1993 年 1 期。

86. 皮朝綱〈馬祖道一——洪州宗禪學及其在禪宗美學思想史上的意義〉《四川師範大學學報》20 卷 2 期,1993 年 4 月。

87. 皮朝綱〈雲門三句與禪宗美學〉《四川師範大學學報》增刊,1993 年 9 月。

88. 皮朝綱〈潙仰宗風、圓相意蘊與禪宗美學〉《西北師大學報》31 卷 1 期,1994 年 1 月。

89. 崔成宗〈宋詩話之詠物詩論〉《中國學術年刊》第 15 期,1994 年 3 月。

90. 皮朝綱〈臨濟禪法、無位真人與禪宗美學〉《四川師範大學學報》21 卷 2 期,1994 年 4 月。

91. 程杰〈宋詩類型特徵、詩意本質及其歷史內涵〉《中國首屆唐宋詩詞國際學術討論會論文集》,江蘇教育出版社,1994 年 8 月。

92. 皮朝綱〈黃龍三關與禪宗美學〉《西北師大學報》32 卷 1 期,1995 年 1 月。

93. 孫昌武〈黃庭堅的詩與禪〉《社會科學戰線》,1995 年 2 月。

94. 彭雅玲〈歐陽修排抑太學體初探〉《中華學苑》第 45 期,1995 年 3 月。

95. 張博穎〈禪宗對宋元寫意美學思想的促成〉《文藝研究》,1995 年 4 月。

96. 皮朝綱〈大慧宗杲看話禪與禪宗美學〉《四川大學學報》22 卷 3 期,1995 年 7 月。

97. 舟雲華〈禪宗「見性」思想的發展與定型〉《中華佛學學報》第 8 期,1995 年 7 月。

98. 陳雅芳〈禪宗公案義理結構之分析〉《禪與佛學論文集》,1995 年 10 月。

99. 李世萍〈靈感與禪悟——談詩禪相通之契機〉《內蒙古民族師院學報哲社版》第二期,1995 年。

100. 邢東風〈參究與研究:把握禪的兩種方式〉《北京大學學報哲學社會科學版》第 3 期,1996 年 5 月。

101. 林世榮〈禪宗公案文化現象解讀〉《中央研究所論文》第 5 期,1998 年 5 月。

102. 劉澤亮〈語默之間：不立文字與不離文字〉《中國禪學》第一卷，2000年。

103. 蕭麗華〈從儒佛交涉的角度看嚴羽《滄浪詩話》的詩學觀念〉《佛學研究中心學報》第五期，2000年6月。

104. 李玉珍〈禪宗文學之公案：佛教證悟經驗之宋代新詮〉，「讓證據說話：案類在中國」學術研討會，2000年12月28日。

105. 蕭麗華〈東坡詩論中的禪喻〉《佛學研究中心學報》第六期，2001年6月。

106. 蔡榮婷〈唐代華亭德誠禪師「撥棹歌」初探〉《第五屆唐代文化學術研討會論文集》，高雄：麗文文化，2001年9月。

107. 陸永峰〈佛教與豔詩〉《中華佛學研究》第六期，2002年3月。

108. 吳立民〈論祖師禪〉《中國禪學》第1卷，，北京：中華書局，2002年6月。

109. 方立天〈文字禪、看話禪、默照禪與念佛禪〉《中國禪學》第1卷，2002年6月。

110. 魏道儒〈關於宋代文字禪的幾個問題〉《中國禪學》第1卷，2002年6月。

111. 錢志熙〈詩學一詞的傳統涵義、成因及其在歷史上的使用情況〉《中國詩歌研究第一輯》，中華書局，2002年6月。

112. 郭玉生〈論禪宗語言對宋詩語言藝術的影響——從英美新批評理論的角度考察〉，《寧夏社會科學》第一期，2003年1月。

113. 周裕鍇〈宋代禪宗漁父詞研究〉《中國俗文化研究》第一輯，2003年。

114. 蕭麗華〈佛經偈頌對東坡詩的影響〉，中興大學「第四屆通俗文學與雅正文學全國學術研討會」論文，2003年3月15日。

115. 龔鵬程〈唐代的文人與佛教〉《普門學報》第十五期，2003年5月。

116. 蕭麗華、吳靜宜〈從不立文字到不離文字——唐代僧詩中的文字觀〉《中國禪學》第二卷，2003年6月。

117. 顧海建〈論宋代文字禪的形成〉《中華文化論壇》，2004年2月。

九、外文文獻

1. 阿部肇一〈北宋の學僧德洪覺範〉《駒澤史學》24期，1977年3月（昭和52年）。

2. 西脇常記〈慧洪研究〉《人文》33期，1987年3月。

3. 柳田聖山主編《禪林僧寶傳》《禪の文化——資料篇》，京都：京都大學人文科學研究所，1989年。

4. 長谷川昌弘〈『石門文字禪』よりみたる北宗禪宗史〉《東海仏教》41，1996 年 3 月。

5. 雷維霖〈A Monk's Literary Education: Dahui's Friendship with Juefan Huihong〉（一個禪師的文學養成教育——大慧與覺範慧洪的友誼）《Chung-Hwa Buddhist》Journal No.13.2，2000 年 5 月。

6. 大野修作〈慧洪《石門文字禪》の文學世界〉《書論と中國文學》，東京：研文出版社，2001 年。

7. Keyworth, George Albert. Transmitting the Lamp of Learning in Classical Chan Buddhism: Juefan Huihong （1071〜1128）and Literary Chan. Los Angeles: University of California. 2001 頁 1〜630

8. 小島岱山〈五台山系華嚴思想の中國的展開（二）——慧洪覺範に與えた李通玄の影響〉《印度學佛教學研究》，2001 年 3 月，頁 745〜749。

9. 小早川浩大〈覚範慧洪の評価について：『人天眼目』への引用から〉《曹洞宗研究員研究紀要》35 號，2005 年，頁 63〜80。

10. 小早川浩大〈晩年の覚範慧洪の五家宗派観の変化について：『林間録』に見える記述との相違から〉《宗學研究》47 號，2005 年，頁 245〜250。

11. 小早川浩大〈覚範慧洪の伝記研究（1）〉《曹洞宗研究員研究紀要》36 號，2006 年，頁 55〜70。

12. 小早川浩大〈覚範慧洪の開悟に関する一考察〉《駒澤大學佛教學部論集》37 號 ，2006 年，頁 299〜312。

13. 小早川浩大〈《林間録》の《禅林僧宝伝》への引用について〉《駒沢大学大学院仏教学研究会年報》38，2005 年，頁 49〜69（R）。

14. 小早川浩大〈晩年の覚範慧洪の五家宗派観の変化について〉《宗学研究》47，2005 年，頁 245〜250（R）。

15. 小早川浩大〈《林間録》の諸本について〉《宗学研究》48，2006 年，頁 217〜222（R）。